RENEE KNIGHT

Deadline

W0283761

GOLDMANN
Lesen erleben

Buch

»Sämtliche Ähnlichkeiten mit lebenden oder verstorbenen Personen ...«
Die Erklärung ist fein säuberlich mit Rotstift durchgestrichen.

Was wäre, wenn du plötzlich feststellst, dass du die Hauptfigur in dem Roman bist, den du gerade liest? Und wenn er ein Geheimnis verrät, das du in deinem ganzen Leben noch nie jemandem anvertraut hast?

Als Catherine Ravenscroft das Buch eines unbekannten Autors liest, das ihr zufällig in die Hände geraten ist, stellt sie schockiert fest, dass die Geschichte in ihre eigene Vergangenheit zurückführt – bis ins Detail wird dieser eine Tag in ihrem Leben beschrieben, den sie lieber für immer vergessen hätte. Ein Tag, an dem sie etwas tat, über das sie seit zwanzig Jahren eisernes Stillschweigen bewahrt hat. Denn die Wahrheit hätte ihre Familie zerstört. Und mit jeder Seite, die sie umblättert, versteht sie weniger, wer der mysteriöse Autor ist und wie er von all wissen kann. Als sie am Ende des Romans von ihrem eigenen gewaltsamen Tod liest, gerät sie in Panik. Was soll sie tun? Gegen wen muss sie sich wehren? Und wie viel Zeit bleibt ihr noch?

Stephen Brigstocke beobachtet mit Genugtuung, dass sein Plan aufgeht. Er kennt Catherine nicht, aber er weiß von ihrem Geheimnis. Er will, dass sie für das, was sie damals getan hat, büßen muss. Und für ihn kann die Strafe gar nicht grausam genug ausfallen ...

Autorin

Renee Knight hat Dokumentationen für die BBC produziert, bevor sie sich ganz dem Schreiben widmete. Ihre Fernseh- und Filmdrehbücher wurden von der BBC, Channel Four und Capital Films erworben. Sie absolvierte den renommierten Schreibkurs der Faber Academy und legte mit »Deadline« ihren ersten Roman vor, der zum internationalen Bestseller wurde. Renee Knight lebt mit ihrem Mann und ihren zwei Kindern in London.

Renee Knight

DEADLINE

Thriller

Deutsch
von Andreas Jäger

GOLDMANN

Die Originalausgabe erschien 2015
unter dem Titel »Disclaimer« by Doubleday, an imprint
of Transworld Publishers, London.

Dieses Buch ist auch als E-Book erhältlich.

1. Auflage
Taschenbuchausgabe Februar 2017
Wilhelm Goldmann Verlag, München,
in der Verlagsgruppe Random House GmbH

Redaktion: Eva Wagner
Umschlaggestaltung: UNO Werbeagentur, München
Umschlagmotiv: © Arcangel Images/Colleen Farrell
Th · Herstellung: Str.
Druck und Einband: GGP Media GmbH, Pößneck
Printed in Germany
ISBN 978-3-442-48529-1
www.goldmann-verlag.de

Für Greg, George, Betty
und meine Mutter Jocelyn

1

Frühjahr 2013

Catherine spannt sich an, doch es kommt nichts mehr, ihr Magen ist leer. Sie hält sich mit beiden Händen am kalten Porzellan fest und hebt den Kopf, um in den Spiegel zu schauen. Das Gesicht, das ihr entgegenblickt, ist nicht das, mit dem sie zu Bett gegangen ist. Sie hat dieses Gesicht schon einmal gesehen, und sie hatte gehofft, es nie wieder sehen zu müssen. Eingehend betrachtet sie sich in diesem neuen, harten Licht und befeuchtet einen Waschlappen, mit dem sie sich den Mund abwischt. Dann drückt sie ihn sich auf die Augen, als ob sie damit die Angst darin auslöschen könnte.

»Ist alles in Ordnung?«

Die Stimme ihres Mannes erschreckt sie. Sie hatte gehofft, er würde weiterschlafen. Würde sie in Ruhe lassen.

»Geht schon wieder«, lügt sie, während sie das Licht ausschaltet. Dann lügt sie noch einmal. »Hab wohl das Essen vom Take-away gestern Abend nicht vertragen.« Sie dreht sich zu ihm um, ein Schatten in der Schwärze der Nacht. »Leg dich wieder hin. Alles in Ordnung«, flüstert sie.

Er ist gar nicht richtig wach, dennoch streckt er die Hand aus und legt sie ihr auf die Schulter. »Bist du sicher?«

»Sicher«, sagt sie. Dabei weiß sie nur eines sicher: dass sie allein sein muss. »Robert, es ist alles gut, glaub mir. Ich bin gleich wieder da.«

Seine Finger ruhen noch einen Moment auf ihrem Arm, dann folgt er ihrer Aufforderung. Sie wartet, bis sie sicher ist, dass er wieder eingeschlafen ist, bevor sie ins Schlafzimmer zurückgeht.

Sie sieht es da liegen, mit den aufgeschlagenen Seiten nach unten, so, wie sie es zurückgelassen hat. Das Buch, dem sie vertraut hat. Die ersten Kapitel hatten sie eingelullt und in eine entspannte Stimmung versetzt, nur hier und da eine Vorahnung von Spannung und Nervenkitzel, kleine Appetithäppchen, um sie bei Laune zu halten, aber kein Hinweis auf das, was da zwischen den Seiten lauerte. Es köderte sie, lockte sie in seine Seiten, immer weiter und weiter, bis sie merkte, dass sie in der Falle saß. Und dann schossen die Worte in ihrem Schädel umher wie Querschläger und trafen sie mit voller Wucht in der Brust, eins nach dem anderen. Es war, als ob eine ganze Reihe von Menschen vor einen fahrenden Zug gesprungen wäre, während sie als Lokführerin ohnmächtig zusehen musste und den tödlichen Zusammenstoß nicht verhindern konnte. Zu spät für eine Vollbremsung. Es gab kein Zurück. Catherine ist unvermutet sich selbst begegnet, versteckt zwischen den Seiten des Buchs.

Sämtliche Ähnlichkeiten mit lebenden oder verstorbenen Personen … Die Erklärung ist fein säuberlich mit Rotstift durchgestrichen. Ein Hinweis, den sie übersehen hat, als sie das Buch aufschlug. Die Ähnlichkeit mit ihr ist unübersehbar. Sie ist eine Schlüsselfigur, eine Hauptdarstellerin. Die Namen mögen verändert sein, doch die Details sind unverkennbar, bis hin zu den Kleidern, die sie an jenem Nachmittag trug. Ein Kapitel ihres Lebens, das sie unter Verschluss gehalten hat. Ein Geheimnis, das sie keinem Menschen anvertraut hat, nicht einmal ihrem Mann und ihrem Sohn – zwei Menschen, die sie besser zu kennen glauben als irgendjemand sonst. Kein Mensch kann sich das ausgedacht haben, was Catherine gerade gelesen hat. Und doch steht es da schwarz auf weiß, jeder kann es lesen. Sie hat geglaubt, sie hätte es hinter sich gelassen. Hat geglaubt, es sei vorbei und abgeschlossen. Aber jetzt ist es wieder da. In ihrem Schlafzimmer. In ihrem Kopf.

Sie versucht, es zu verdrängen, indem sie an den gestrigen Abend denkt, bevor sie das Buch zur Hand genommen hat. An das behagliche Gefühl des Ankommens in ihrem neuen Heim: Wein zum Abendessen, dann auf dem Sofa die Füße hochgelegt und vor dem Fernseher eingenickt, schließlich mit Robert ins Bett gesunken. Ein stilles Glück, das ihr selbstverständlich geworden ist, aber es ist zu still, um ihr Trost zu spenden. Sie kann nicht einschlafen, also steht sie wieder auf und geht nach unten.

Es gibt noch ein Oben und ein Unten in ihrem neuen Zuhause, immerhin. Eine Maisonettewohnung, kein Haus mehr. Aus dem Haus sind sie vor drei Wochen ausgezogen. Zwei Schlafzimmer anstatt vier. Zwei Schlafzimmer sind angemessener für sie und Robert. Eins für sie beide, ein Gästezimmer. Und sie haben sich für eine offene Raumaufteilung entschieden. Wenig Türen. Sie müssen keine Türen mehr schließen, jetzt, nachdem Nicholas ausgezogen ist.

Sie schaltet das Licht in der Küche ein, nimmt ein Glas aus dem Schrank und füllt es. Nicht mit Leitungswasser. Kaltes Wasser auf Kommando aus dem neuen Kühlschrank, der eher an einen Kleiderschrank erinnert. Der Angstschweiß macht ihre Handflächen glitschig. Sie ist erhitzt, fast fiebrig, und sie ist dankbar für die Kühle des frisch verlegten Kalksteinbodens. Das Wasser hilft ein wenig. Während sie es in großen Schlucken trinkt, starrt sie durch die riesigen Glasscheiben, aus denen die Rückseite dieses neuen, noch fremden Zuhauses besteht. Da draußen ist alles nur schwarz. Nichts zu erkennen. Sie ist noch nicht dazu gekommen, Jalousien zu besorgen. Sie ist allen Blicken schutzlos ausgesetzt. Die anderen können sie sehen, aber sie kann niemanden sehen.

2

Zwei Jahre zuvor

Es tat mir leid, was passiert war, es tat mir ehrlich leid. Er war schließlich noch ein Kind, sieben Jahre alt. Und ich war wohl so etwas wie der stellvertretende Erziehungsberechtigte, auch wenn ich mir verdammt sicher war, dass die Eltern mir durch die Bank am liebsten jegliche Berechtigung abgesprochen hätten. Zu der Zeit war ich schon ziemlich tief gesunken: Stephen Brigstocke, der meistgehasste Lehrer an der Schule. Ganz bestimmt dachten die Kinder so, und auch die Eltern, wenngleich nicht alle – ich will doch hoffen, dass manche mich noch von früher in Erinnerung hatten, als ich ihre älteren Kinder unterrichtet hatte.

Jedenfalls war ich nicht überrascht, als Justin mich in sein Büro bestellte. Ich hatte damit gerechnet. Er brauchte ein bisschen länger, als ich erwartet hatte, aber so ist das nun mal an den Privatschulen. Da ist jede ihr eigenes kleines Königreich. Die Eltern mögen glauben, dass sie das Sagen haben, weil sie schließlich dafür bezahlen, aber es ist natürlich nicht so. Ich meine, ich bin doch das beste Beispiel – ich war so gut wie ohne Vorstellungsgespräch an den Job gekommen. Justin und ich hatten zusammen in Cambridge studiert. Er wusste, dass ich das Geld brauchte, und ich wusste, dass er einen neuen Englischlehrer brauchte. Privatschulen zahlen nämlich besser als die staatlichen, und ich brachte jahrelange Erfahrung als Lehrer an einer staatlichen Gesamtschule mit.

Armer Justin, es muss sehr schwierig für ihn gewesen sein,

sich von mir zu trennen. Eine unangenehme Pflicht. Und es war tatsächlich eher eine Freistellung als eine Entlassung. Es war anständig von ihm, das rechne ich ihm hoch an. Ich konnte es mir nicht leisten, meine Pension zu verlieren, und ich ging ohnehin auf die Verrentung zu, sodass er lediglich den Vorgang beschleunigt hat. Justin stand selbst kurz vor der Pensionierung, aber sein Abgang war mit meinem nicht zu vergleichen. Ich habe gehört, dass der eine oder andere Schüler sogar eine Träne verdrückt hat. Aber um mich haben sie nicht geweint. Nun ja, warum auch? Ich hatte diese Art von Tränen nicht verdient.

Ich will keinen falschen Eindruck erwecken: Ich bin nicht pädophil. Ich habe mich nicht an dem Jungen vergangen. Nicht einmal angefasst habe ich ihn. Nein, nein, ich habe die Kinder niemals angefasst. Sie haben mich einfach nur so furchtbar gelangweilt. Ist es sehr schlimm, so etwas über Siebenjährige zu sagen? Für einen Lehrer wohl schon. Ich hatte es satt, ihre geisttötenden Geschichten zu lesen, mit denen manche von ihnen sich gewiss viel Mühe gegeben hatten. Aber es war dieses Gefühl ihrer eigenen Bedeutung, das aus ihren Aufsätzen sprach, diese Überzeugung, dass sie mit ihren sieben Jahren – mit *sieben,* wohlgemerkt! – irgendetwas zu sagen hätten, was mich im Entferntesten interessieren könnte.

Und eines Abends hat es mir dann einfach gereicht. Die Katharsis des Rotstifts funktionierte nicht mehr, und als ich zu dem Aufsatz dieses besagten Jungen kam, dessen Namen ich vergessen habe, da setzte ich ihm in aller Deutlichkeit auseinander, warum mir ihr Familienurlaub in Südindien, wo sie bei Bauern auf dem Dorf gewohnt hatten, wirklich komplett am Arsch vorbeiging. Schön für sie, doch. Natürlich hat es ihn verletzt. Natürlich war er gekränkt, und das tut mir leid. Und natürlich hat er es seinen Eltern erzählt. Das wiederum tut mir nicht leid. Es half, meinen Abgang zu beschleunigen, und ich musste gehen, daran gibt es keinen Zweifel. Es war das Beste für mich, und auch für sie.

Nun war ich also zu Hause und hatte plötzlich sehr viel Zeit. Ein pensionierter Englischlehrer, der an einer zweitklassigen Privatschule unterrichtet hatte. Verwitwet. Ich habe Sorge, dass ich vielleicht allzu ehrlich bin – dass das, was ich bisher erzählt habe, ein wenig abschreckend wirken könnte. Es könnte den Eindruck erwecken, ich sei grausam. Und was ich diesem Jungen angetan habe *war* grausam, das gestehe ich ein. Aber im Allgemeinen bin ich kein grausamer Mensch. Seit Nancys Tod jedoch habe ich die Dinge ein bisschen schleifen lassen. Na schön, mehr als nur ein bisschen.

Es ist schwer zu glauben, dass ich einmal zum beliebtesten Lehrer des Jahres gewählt wurde. Nicht von den Schülern der Privatschule, sondern von denen an der Gesamtschule, wo ich zuvor unterrichtet hatte. Und es war keine einmalige Sache, es passierte mehrere Jahre in Folge. Einmal – ich glaube, es war 1982 – erhielten sowohl meine Frau Nancy als auch ich diese Auszeichnung von unseren jeweiligen Schulen.

Ich war Nancy in den Lehrerberuf nachgefolgt. Sie hatte angefangen, als unser Sohn in die Vorschule kam. Sie hatte in Jonathans Schule die Fünf- bis Sechsjährigen unterrichtet, und ich bekam die Vierzehn- bis Fünfzehnjährigen an der Gesamtschule gleich um die Ecke zugeteilt. Ich weiß, dass manche Lehrer diese Altersgruppe anstrengend finden, aber mir gefiel es. Die jungen Leute haben es nicht leicht in diesem Alter, und deshalb war ich der Meinung, dass man sie nicht zu hart rannehmen sollte. Ich habe sie nie gezwungen, ein Buch zu lesen, das sie nicht lesen wollten. Eine Geschichte ist schließlich eine Geschichte, man muss sie nicht unbedingt als Buch lesen. Auch ein Film, eine Fernsehserie oder ein Theaterstück hat eine Erzählung, der man folgen kann, die man interpretieren oder einfach genießen kann.

Damals war ich noch engagiert. Es lag mir etwas an meinem Beruf. Aber das war damals. Ich bin kein Lehrer mehr. Ich bin pensioniert. Ich bin Witwer.

3

Frühjahr 2013

Catherine stolpert. Sie schiebt es auf ihre High Heels, dabei liegt es daran, dass sie zu viel getrunken hat, das weiß sie genau. Robert fasst sie gerade noch rechtzeitig am Ellbogen, um zu verhindern, dass sie rückwärts die Betonstufen hinunterfällt. Mit der anderen Hand dreht er den Schlüssel um und drückt die Haustür auf, hält dabei ihren Arm fest gepackt und führt sie ins Haus. Sie streift ihre Schuhe ab und versucht, ihrem Gang ein wenig Würde zu verleihen, als sie auf die Küche zusteuert.

»Ich bin so stolz auf dich«, sagt er, während er von hinten an sie herantritt und die Arme um sie legt. Er küsst ihren Nacken an der Stelle, wo er in die Schulter übergeht, und sie reckt den Kopf nach hinten.

»Danke«, sagt sie und schließt die Augen.

Aber dann schmilzt dieser Moment des Glücks dahin. Es ist Nacht. Sie sind zu Hause. Und sie will nicht ins Bett gehen, obwohl sie entsetzlich müde ist. Sie weiß, dass sie nicht schlafen wird. Seit einer Woche hat sie nicht mehr richtig geschlafen. Robert weiß davon nichts. Sie tut so, als ob alles in Ordnung wäre, sie kann es vor ihm verbergen. Stellt sich schlafend, wenn sie neben ihm liegt, allein in ihrem Kopf. Jetzt wird sie sich eine Ausrede einfallen lassen müssen, warum sie nicht gleich mit ihm nach oben ins Bett geht.

»Geh schon mal vor«, sagt sie. »Ich komme gleich nach. Ich will nur noch kurz in meine E-Mails schauen.« Sie lächelt aufmunternd, aber es braucht nicht viel, um ihn zu überreden. Er muss morgen früh raus, und umso mehr weiß Catherine seine ehrliche Freude über diesen Abend zu schätzen, an dem sie im Mittelpunkt der Aufmerksamkeit stand und er der stumme, lächelnde Partner im Hintergrund war. Nicht ein einziges Mal hat er angedeutet, dass es vielleicht Zeit wäre aufzubrechen. Nein, er hat es ihr gegönnt, zu glänzen und den Augenblick zu genießen. Natürlich hat sie schon bei vielen Anlässen das Gleiche für ihn getan. Dennoch, Robert hat sich anstandslos in seine Rolle gefügt.

»Ich bringe dir noch Wasser rauf«, sagt er.

Sie sind gerade von einer Party zurückgekommen, bei der die Verleihung von Fernsehpreisen gefeiert wurde. Anspruchsvolles Fernsehen. Keine Seifenopern. Keine Fernsehspiele. Tatsachenberichte. Catherine hat einen Preis für einen Dokumentarfilm bekommen, den sie gedreht hat. Darin geht es um Kinder, die zu Sexobjekten herangezogen werden. Kinder, die Schutz gebraucht hätten, aber nicht geschützt wurden, weil niemand sich um sie gekümmert hat, weil niemand sich die Mühe gemacht hat, auf sie achtzugeben. Die Jury hat ihren Film als mutig bezeichnet. Catherine wurde als mutig bezeichnet.

Sie haben keine Ahnung. Sie haben keine Ahnung, wie ich wirklich bin.

Es war kein Mut. Es war unbeirrbare Entschlossenheit. Andererseits ist sie vielleicht doch ein bisschen mutig gewesen. Heimliche Filmaufnahmen. Männer auf Beutezug. Aber jetzt ist sie es nicht. Nicht jetzt, da sie zu Hause ist. Trotz der neuen Jalousien hat sie Angst, dass jemand sie beobachtet.

Ihre Abende sind zu einer Aneinanderreihung von Ablenkungen geworden, alles nur, damit sie nicht an den unvermeidlichen Moment denken muss, wenn sie im dunklen Zimmer wach liegen wird. Es ist ihr gelungen, Robert zu täuschen, glaubt sie. Selbst die Schweißausbrüche, die sie regelmäßig bekommt, wenn die Schlafenszeit näher rückt, hat sie lachend als Wechseljahrsbeschwerden abgetan. Sie zeigt andere Anzeichen davon, gewiss, aber dieses Schwitzen gehört nicht dazu. Sie wollte, dass er ins Bett geht, aber kaum hat er es getan, wünscht sie, er wäre bei ihr. Sie wünscht, sie hätte den Mut, es ihm zu sagen. Sie wünscht, sie hätte damals den Mut gehabt, es ihm zu sagen. Aber sie hatte ihn nicht. Und jetzt ist es zu spät. Es ist zwanzig Jahre her. Wenn sie es ihm jetzt sagen würde, könnte er es nicht verstehen. Die Tatsache, dass sie ihm all die Jahre etwas verheimlicht hat, würde ihn blind machen. Sie hat ihm etwas vorenthalten, von dem er glauben würde, er habe ein Recht darauf, es zu wissen. »Herrgott noch mal, er ist *unser* Sohn«, hört sie ihn sagen.

Sie braucht kein gottverdammtes Buch, das ihr sagt, was passiert ist. Sie hat nichts davon vergessen. Ihr Sohn wäre fast gestorben. Sie hat Nicholas all die Jahre beschützt. Hat ihn vor dem Wissen beschützt und ihm ermöglicht, in seliger Ahnungslosigkeit zu leben. Er weiß nicht, dass er um ein Haar das Erwachsenenalter nie erreicht hätte.

Und wenn er *doch* noch irgendeine Erinnerung an das Geschehen bewahrt hätte? Wäre dann alles anders? Wäre er anders? Wäre ihre Beziehung eine andere? Aber sie ist sich absolut sicher, dass er sich an nichts erinnert. Zumindest an nichts, was auch nur annähernd etwas mit dem wahren Geschehen zu tun hätte. Für Nicholas ist es einfach nur ein Nachmittag, der mit vielen anderen Nachmittagen seiner Kindheit verschmolzen ist. Sie kann sich sogar vorstellen, dass er ihn als glücklich in Erinnerung hat.

Wenn Robert da gewesen wäre, dann wäre es vielleicht anders gewesen. Natürlich wäre es anders gewesen. Es wäre gar nicht erst passiert. Aber Robert ist nun mal nicht da gewesen. Also hat sie es ihm nicht gesagt, weil es nicht nötig war – er würde es nie erfahren. Und es war besser so. Es *ist* besser so.

Sie klappt ihren Laptop auf und googelt den Namen des Autors. Es ist fast schon ein Ritual. Sie hat es schon einmal getan in der Hoffnung, irgendetwas zu finden. Irgendeinen Hinweis. Aber da ist nichts. Einfach nur ein Name: *E. J. Preston.* Wahrscheinlich ein Pseudonym. »Das Opfer des Fremden *ist E. J. Prestons erstes und möglicherweise letztes Buch.*« Nicht einmal ein Hinweis auf das Geschlecht. Nicht *sein* oder *ihr* erstes Buch. Herausgegeben ist es von Rhamnousia. Als sie das nachschlug, hatte sich ihr erster Verdacht bestätigt: Das Buch ist im Selbstverlag erschienen. Sie hatte nicht gewusst, was Rhamnousia bedeutet. Jetzt weiß sie es. Die Göttin der Rache, auch bekannt als Nemesis.

Das *ist* ein Hinweis, oder nicht? Zumindest auf das Geschlecht. Aber das ist unmöglich. Es kann nicht sein. Und niemand sonst kannte diese Details. Jedenfalls niemand, der noch am Leben ist. Bis auf die anderen, die dabei waren, natürlich – anonyme Zeugen. Aber das hier wurde von jemandem geschrieben, der wirklich betroffen ist. Das hier ist persönlich.

Sie sieht nach, ob es irgendwelche Rezensionen gibt. Fehlanzeige. Vielleicht ist sie die Einzige, die es gelesen hat. Und selbst wenn andere es lesen, werden sie nie wissen, dass sie die Frau im Zentrum der Erzählung ist. Bis auf einen – oder eine. Irgendjemand weiß Bescheid.

Wie zum Teufel ist dieses Buch in ihre Wohnung gekommen? Sie kann sich nicht erinnern, es gekauft zu haben. Es war plötzlich da, auf dem Stapel neben ihrem Bett. Aber es war ja auch alles so chaotisch nach dem Umzug. Überall standen unausgepackte Bücherkisten herum. Vielleicht hat sie es selbst dort hingelegt. Hat es aus einer Kiste genommen, weil das Cover sie ansprach. Es könnte Robert gehören. Er besitzt zahllose Bücher, die sie nie gelesen hat und vielleicht gar nicht erkennen würde. Bücher, die er vor Jahren gekauft hat. Sie stellt sich vor, wie er auf Amazon herumstöbert, an dem Titel oder am Cover Gefallen findet und es online bestellt. Ein Zufall. Ein verrückter, perverser Zufall.

Aber die Erklärung, auf die sie sich schließlich festlegt und an die sie zu glauben beginnt, ist, dass jemand anders es dort hingelegt hat. Jemand war in ihrer Wohnung, in dieser Wohnung, in der sie sich noch nicht zu Hause fühlt. Jemand war in ihrem Schlafzimmer. Jemand, den sie nicht kennt, hat das Buch auf das Regal neben ihrem Bett gelegt. Ganz vorsichtig, ohne etwas zu verändern. Auf ihre Seite des Betts. Die Person wusste, auf welcher Seite sie schläft. Es sollte so aussehen, als habe sie selbst es dort hingelegt.

Ihre Gedanken türmen sich auf, kollidieren miteinander, bis sie ganz verbogen und verdreht sind. Wein und Angst, eine gefährliche Kombination. Sie sollte inzwischen wissen, dass es besser ist, das eine nicht mit dem anderen zu mischen. Sie fasst sich an den schmerzenden Kopf. Diese Kopfschmerzen sind inzwischen ein Dauerzustand. Sie schließt die Augen und sieht den brennenden weißen Punkt der Sonne auf dem Cover des Buchs. Wie zum Teufel ist dieses Buch in ihr Haus gekommen?

4

Zwei Jahre zuvor

Sieben Jahre waren seit Nancys Tod vergangen, und immer noch hatte ich mich nicht dazu aufraffen können, ihre Sachen auszusortieren. Ihre Kleider hingen im Schrank. Ihre Schuhe standen noch da, ihre Handtaschen. Sie hatte winzige Füße. Größe 35. Ihre Papiere, ihre Briefe lagen noch auf dem Schreibtisch und in den Schubladen. Ich mochte es, wenn ich zufällig etwas von ihr fand. Ich nahm gerne ihre Briefe zur Hand, selbst wenn sie von British Gas waren. Es gefiel mir, ihren Namen und unsere gemeinsame Adresse schwarz auf weiß auf offiziellen Schreiben zu sehen. Doch nach meiner Pensionierung hatte ich keine Ausrede mehr. Pack's endlich an, Stephen, hätte sie gesagt. Also packte ich es an.

Ich fing mit ihren Kleidern an. Ich nahm sie von den Bügeln und aus den Schubladen und legte sie auf dem Bett zurecht, um sie später aus dem Haus zu schaffen. So, das war's, dachte ich. Doch dann fiel mein Blick auf eine Strickjacke, die vom Bügel gerutscht war und sich in einer Ecke des Kleiderschranks versteckte. Sie hat die Farbe von Heidekraut. Eigentlich sind es viele verschiedene Farben: blau, rosa, lila, grau – aber der Effekt ist der von Heidekraut. Wir hatten sie in Schottland gekauft, als wir noch nicht verheiratet waren. Nancy hat sie immer wie ein Umhängetuch getragen, sodass die leeren Ärmel schlaff an ihren Seiten baumelten. Ich habe sie behalten – ich halte sie in diesem Moment in der Hand. Es ist Kaschmirwolle. Die Motten waren dran, und am Ärmelaufschlag ist ein Loch, durch das ich meinen kleinen Finger stecken kann. Sie hat sie mehr als vierzig Jahre lang behalten. Die Jacke hat sie überlebt, und ich vermute, dass sie auch mich überleben wird. Wenn ich weiter schrumpfe, was zweifellos der Fall sein wird, dann wird sie mir vielleicht irgendwann passen.

Ich weiß noch, dass Nancy sie oft umgelegt hat, wenn sie mitten in der Nacht aufstehen musste, um Jonathan zu stillen. Ich sehe sie vor mir, ihr Nachthemd aufgeknöpft, Jonathans winziges Mündchen an ihrer Brustwarze, diese Strickjacke um die Schultern gelegt, um sich warm zu halten. Wenn sie sah, dass ich sie vom Bett aus beobachtete, lächelte sie, und dann stand ich auf und kochte Tee für uns beide. Sie gab sich immer Mühe, mich nicht zu wecken – sie sagte, sie wolle, dass ich meinen Schlaf bekäme, und es mache ihr nichts aus aufzustehen.

Sie war glücklich. Wir waren beide glücklich. Es war die Freude über das unerwartete Geschenk eines Kindes in einem Alter, in dem wir fast schon jede Hoffnung aufgegeben hatten. Da gab es keine kleinlichen Diskussionen darum, wer aufstehen sollte oder wer wem den Schlaf raubte. Ich will nicht behaupten, dass es fifty-fifty war. Ich hätte mehr getan, aber die Wahrheit ist, dass Jonathan Nancy am meisten brauchte, mehr als mich.

Schon vor diesen mitternächtlichen Gelagen war diese Strickjacke eines ihrer Lieblingsteile. Sie trug sie beim Schreiben – über einem Sommerkleid, über einer Bluse, über ihrem Nachthemd. Wenn ich von meinem Schreibtisch zu ihrem hinüberschaute, sah ich sie auf ihre Schreibmaschine einhämmern, dass die schlaffen Ärmel an ihrer Seite zitterten. Ja, bevor wir Lehrer wurden, waren Nancy und ich beide Schriftsteller. Nancy hörte bald nach Jonathans Geburt damit auf. Sie sagte, sie habe den Geschmack daran verloren, und als

Jonathan in die Vorschule kam, beschloss sie, dort als Lehrerin anzufangen. Aber ich wiederhole mich.

Weder Nancy noch ich waren sonderlich erfolgreich als Schriftsteller, auch wenn wir hie und da einmal eine Story unterbringen konnten. Alles in allem würde ich sagen, dass Nancy mehr Erfolg hatte als ich, und doch war sie es, die darauf bestand, dass ich weitermachte, nachdem sie es aufgegeben hatte. Sie glaubte an mich. Sie war sich so sicher, dass es eines Tages passieren würde, dass ich irgendwann meinen Durchbruch erleben würde. Nun ja, vielleicht hatte sie ja recht. Es war immer schon Nancys Vertrauen in mich, das mich angetrieben hat. Allerdings war sie die bessere Schriftstellerin. Das war mir immer bewusst, auch wenn sie es nicht wahrhaben wollte. Sie unterstützte mich jahrelang, während ich ein Wort nach dem anderen, ein Kapitel nach dem anderen hervorbrachte, sogar ein oder zwei Bücher. Alle abgelehnt. Bis sie Gott sei Dank eines Tages endlich begriff, dass ich nicht mehr schreiben wollte. Ich hatte es satt. Es fühlte sich einfach nicht richtig an. Es kostete mich einige Mühe, sie davon zu überzeugen, dass es wirklich eine Erleichterung für mich war aufzuhören. Aber ich meinte es ernst. Es *war* eine Erleichterung. Ich habe nämlich immer schon lieber gelesen als geschrieben. Ein Schriftsteller, ein guter Schriftsteller, muss vor allem Courage haben. Man muss bereit sein, sich zu exponieren. Das verlangt Mut, und ich war immer schon ein Feigling. Nancy war die Mutige von uns beiden. Und das war der Beginn meiner Laufbahn als Lehrer.

Es brauchte allerdings Mut, die Sachen meiner Frau auszuräumen. Ich faltete ihre Kleider zusammen und stopfte sie in Einkaufstaschen. Ihre Schuhe und Handtaschen legte ich in alte Weinkisten. Wer hätte damals, als der Wein ins Haus kam, geahnt, dass die Kisten, in denen er verpackt war, es eines Tages mit den Sachen meiner toten Frau wieder verlassen würden? Ich brauchte eine Woche, um alles zu verpacken, und noch länger, um es aus dem Haus zu schaffen.

Ich konnte den Gedanken nicht ertragen, alles auf einmal loszulassen, und verteilte es deshalb auf mehrere Gänge zum Sozialladen. Dabei lernte ich die zwei Frauen im *All Aboard* recht gut kennen. Ich erzählte ihnen, dass die Kleider meiner Frau gehört hatten, und danach unterbrachen sie jedes Mal ihre Arbeit, wenn ich in den Laden kam, und nahmen sich Zeit für mich. Wenn ich zufällig während ihrer Kaffeepause vorbeischaute, machten sie auch eine Tasse für mich. Bald fühlte ich mich auf eigenartige Weise getröstet in diesem Laden voller Habseligkeiten von Toten.

Ich hatte Sorge, dass ich, wenn ich mit dem Ausräumen von Nancys Sachen fertig wäre, wieder in die Lethargie verfallen würde, die mich seit meiner Pensionierung gelähmt hatte, doch es kam anders. So traurig es war, wusste ich doch, dass ich etwas getan hatte, was Nancy gutheißen würde, und ich fasste einen Entschluss: In Zukunft würde ich mir alle Mühe geben, mich so zu verhalten, dass Nancy, wenn sie plötzlich ins Zimmer träte, Liebe für mich empfinden würde und nicht Scham. Sie würde meine Lektorin sein, die unsichtbar im Hintergrund wirkte, objektiv blieb und dabei immer nur mein Bestes wollte.

Eines Morgens, nicht lange nach dieser Entrümpelungsphase, war ich auf dem Weg zur U-Bahn. Ich war voller Tatendrang erwacht: Ich war aufgestanden, hatte mich gewaschen, rasiert und angezogen, hatte gefrühstückt und war um neun Uhr schon ausgehfertig. Ich war guter Laune und freute mich auf den Tag, den ich in der British Library verbringen wollte. Ich hatte darüber nachgedacht, wieder zu schreiben. Keinen Roman diesmal, sondern etwas Handfesteres, ein Sachbuch. Nancy und ich hatten ein paarmal an der Küste von East Anglia Urlaub gemacht, und eines Sommers mieteten wir einen Martello-Turm, einen jener runden Befestigungstürme aus der Zeit der napoleonischen Kriege. Ich hatte schon immer mehr über diesen Ort in Erfahrung bringen wollen, aber alle Bücher zum Thema, die ich finden konnte, waren so furchtbar trocken und blutleer. Auch Nancy hatte mehrmals versucht, etwas zu finden, was sie mir zum Geburtstag schenken könnte, aber alles, was sie auftreiben konnte, waren öde Wälzer voll mit Daten und Statistiken. Wie dem auch sei, ich beschloss, dass dies mein neues Projekt werden sollte: Ich würde diesen wunderbaren Ort zum Leben erwecken. Diese Mauern hatten sich im Lauf von Jahrhunderten mit dem Atem anderer Menschen vollgesogen, und ich war entschlossen herauszufinden, wer alles zwischen damals und heute Zeit in dem Turm verbracht hatte. Und so hatte ich an jenem Morgen geradezu beschwingt das Haus verlassen.

Und dann hatte ich eine Geistererscheinung.

Ich konnte sie nicht deutlich sehen, es waren andere Leute zwischen uns. Eine Frau mit einem Kinderwagen, zwei Jugendliche, die gemächlich dahinschlenderten und rauchten. Und doch wusste ich, dass sie es war. Ich hätte sie überall erkannt. Sie ging schnell und zielstrebig, und ich versuchte, mit ihr Schritt zu halten, doch sie war jünger als ich, mit kräftigeren Beinen, und mein Herz raste von der Anstrengung, sodass ich mich gezwungen sah, einen Moment stehen zu bleiben. Der Abstand zwischen uns wuchs, und als ich mich endlich wieder aufraffen konnte, war sie schon in der U-Bahn-Station verschwunden. Ich eilte hinterher, zwängte mich unbeholfen durch die Schranke und fürchtete schon, sie würde in einen Zug steigen und mich endgültig abhängen. Die Treppe war steil, zu steil, und ich hatte Angst, ich könnte stürzen in meiner Eile, sie noch auf dem Bahnsteig einzuholen. Ich hielt mich am Geländer fest und verfluchte meine Gebrechlichkeit.

Sie war noch da. Ich lächelte, als ich auf sie zuging. Ich

dachte, sie habe auf mich gewartet. Da drehte sie sich um und sah mir direkt ins Gesicht.

Mein Lächeln wurde nicht erwidert. Ihre Miene war besorgt, vielleicht gar ängstlich. Natürlich war es kein Geist. Es war eine junge Frau von vielleicht dreißig Jahren. Sie trug Nancys Mantel, den Mantel, den ich in den Sozialladen gebracht hatte. Sie hatte die gleiche Haarfarbe wie Nancy in diesem Alter. Oder zumindest hatte ich das so wahrgenommen. Als ich näher kam, sah ich, dass die Frau ganz und gar nicht die gleiche Haarfarbe hatte wie Nancy. Braun, ja, aber nicht echt. Ein mattes, stumpfes, totes Braun. Es hatte nicht die kräftige, lebhafte Tönung von Nancys Haaren. Ich konnte sehen, dass mein Lächeln sie beunruhigt hatte, und so wandte ich mich ab und hoffte, sie würde verstehen, dass ich keine bösen Absichten hatte, dass es nur eine Verwechslung war. Als der Zug kam, stieg ich nicht ein, sondern wartete auf den nächsten. Sie sollte nicht glauben, dass ich sie verfolgte.

Ich brauchte den halben Vormittag, bis ich mich wieder ganz gefangen hatte. Die Stille der Bibliothek, die Schönheit des Baus und die beruhigenden Beschäftigungen des Lesens und Exzerpierens, die Fortschritte, die ich machte – all das brachte mich an den Punkt zurück, an dem ich gewesen war, als ich den Tag begonnen hatte. Als ich am frühen Abend nach Hause kam, war ich wieder ganz ich selbst. Ich hatte mir zur Belohnung eins dieser Fertiggerichte von Marks & Spencer gekauft, leicht und schnell zubereitet. Dazu machte ich mir eine Flasche Wein auf, trank aber nur ein Glas. Ich trinke nur noch wenig; ich ziehe es vor, die Kontrolle über meine Gedanken zu behalten. Zu viel Alkohol lässt sie wild in die falsche Richtung davonrennen wie kleine Kinder, die sich einfach nicht bändigen lassen.

Ich wollte unbedingt noch vor dem Schlafengehen meine Notizen durchgehen, also ging ich an meinen Schreibtisch, um schon mal einen Anfang zu machen. Er war immer noch mit Nancys Papieren übersät. Ich blätterte alles durch, Wurfsendungen und alte Rechnungen, und wusste bereits, dass ich nichts wirklich Wichtiges finden würde. Wäre da etwas gewesen, dann hätte es mich doch längst irgendwie auf sich aufmerksam gemacht, oder nicht? Ich warf den ganzen Stapel in den Papierkorb, dann nahm ich meine Schreibmaschine aus dem Schrank und stellte sie in die Mitte des frei geräumten Schreibtischs, um gleich am nächsten Morgen loslegen zu können.

In ihrer aktiven Zeit als Schriftstellerin hatte Nancy ihren eigenen Schreibtisch gehabt, einen kleinen aus Eichenholz, der jetzt in Jonathans Wohnung steht. Als sie aufhörte, waren wir uns einig, dass sie eigentlich auch meinen mitbenutzen könnte. Sie hatte die Schubladen auf der rechten Seite, ich die auf der linken. Sie bewahrte ihre Manuskripte in der untersten Schublade auf. Es gab zwar noch weitere, die sich im Bücherregal stapelten, aber es waren die drei in der Schreibtischschublade, für die sie die größten Hoffnungen hegte. Obwohl ich wusste, dass sie dort lagen, war es ein Schock für mich, sie zu sehen. »Mit Blick aufs Meer«, »Wintergeschichte« und »Ein ganz besonderer Freund«, alle unveröffentlicht. Ich griff nach »Ein ganz besonderer Freund« und nahm das Manuskript mit ins Bett.

Es war sicher an die vierzig Jahre her, dass ich diese Worte gelesen hatte. Sie hatte den Roman im Sommer vor Jonathans Geburt geschrieben. Es war, als läge Nancy mit mir im Bett. Ich konnte ihre Stimme deutlich hören: Nancy als junge Frau, noch keine Mutter. Die Zeilen waren geladen mit Energie, mit Furchtlosigkeit, und ich fühlte mich in eine Zeit zurückversetzt, als wir die Zukunft noch aufregend fanden, als Dinge, die noch nicht geschehen waren, uns noch mit gespannter Erwartung und nicht mit Angst erfüllten.

An diesem Abend schlief ich zufrieden ein, denn mir war bewusst, wie glücklich ich mich schätzen konnte, Nancy in meinem Leben gehabt zu haben, auch wenn sie jetzt nicht mehr bei mir war. Wir hatten uns einander geöffnet. Wir hatten alles geteilt. Ich dachte, wir wüssten alles voneinander, was es zu wissen gab.

5

Frühjahr 2013

»Warte – ich komm mit dir raus«, ruft Catherine vom oberen Treppenabsatz.

Robert dreht sich an der Haustür um und schaut herauf.

»Tut mir leid, Schatz, hab ich dich geweckt?«

Sie weiß, wie sehr er sich bemüht hat, sie nicht zu stören. Er hat extra kurz geduscht und ist auf Zehenspitzen herumgeschlichen, während er sich anzog. Dabei war Catherine die ganze Zeit wach. Hat mit halb geschlossenen Augen dagelegen und ihn beobachtet. Und ihn geliebt für seine Rücksichtnahme. Sie hat gewartet, so lange sie konnte. Kaum hatte er das Zimmer verlassen, ist sie aus dem Bett gesprungen, hat sich rasch angezogen und ist ihm hinterhergeeilt. Sie kann jetzt nicht allein sein. Später vielleicht, aber jetzt noch nicht.

Sie sitzt auf der untersten Treppenstufe und zwängt ihre Füße in die Laufschuhe.

»Ich habe einen Mordsschädel. Da ist es das Beste, ich gehe gleich ein bisschen an die frische Luft«, sagt sie, während sie sich mit zitternden Fingern die Schnürsenkel bindet. Sie hört sich selbst, wie sie so normal klingt, so glaubwürdig. Die zitternden Finger, das könnte der Kater sein. Sie hat sich noch eine Woche Urlaub genommen, um auszupacken und es für sie beide gemütlich zu machen – ihr neues Zuhause wohnlich zu machen –, aber an diesem Morgen packt sie es einfach nicht. Und es ist wahr, sie hat wirklich einen Mordsschädel. Was allerdings nichts mit der gestrigen Feier zu tun hat.

Sie bemerkt, wie Robert auf seine Uhr schaut. Er muss früh im Büro sein.

»Ich beeil mich, ich beeil mich«, sagt sie. Sie läuft in die Küche, füllt eine Flasche mit Wasser und schnappt sich ihren iPod, dann läuft sie zurück zu ihm. Sie ziehen die Tür zu, schließen zweimal ab und gehen zusammen zur U-Bahn. Sie nimmt seine Hand, und er sieht sie an und lächelt.

»Das war ein schöner Abend gestern«, sagt er. »Hast du viele nette Mails bekommen?«

»Ein paar«, antwortet sie, obwohl sie noch gar nicht nachgeschaut hat. Sie hatte weiß Gott anderes im Kopf. Später wird sie nachschauen, wenn sie wieder zu Hause ist, wenn sie einen klareren Kopf hat.

Er gibt ihr ein Küsschen auf die Wange, sagt ihr, dass es wohl nicht allzu spät werden dürfte, hofft, dass es ihrem Kopf besser geht und verschwindet in der U-Bahn. Sie macht kehrt, sobald er weg ist, setzt ihre Ohrhörer ein und läuft die Straße hinauf, zurück in die Richtung, aus der sie gekommen sind, auf die einzige Grünfläche im Viertel zu. Ihre Sohlen klatschen im Takt der Musik auf den Asphalt.

Sie quert das obere Ende ihrer Straße und läuft weiter. Ihr Herz klopft, schon rinnt ihr der Schweiß zwischen den Schulterblättern herab. Sie ist nicht fit. Sie sollte lieber schnell gehen und nicht laufen, aber sie braucht das jetzt, sie muss sich quälen. Bald hat sie das hohe schmiedeeiserne Tor des Friedhofs erreicht und läuft hindurch. Sie schafft eine Runde, dann bleibt sie stehen und ringt nach Luft, beugt sich vor, die Hände auf die Knie gestützt. Sie sollte sich dehnen, aber es wäre ihr irgendwie peinlich. Sie ist keine Sportlerin, sondern nur eine Frau auf der Flucht.

Weiter, weiter. Sie richtet sich auf und läuft wieder los, aber nicht mehr in diesem mörderischen Tempo. Ein lockerer Trab, der den Gedanken auf die Sprünge hilft. Nach der halben Runde verlangsamt sie das Tempo noch weiter zu einem zügigen Gehen, denn sie will, dass ihr Herz stark bleibt, dass es weiterpumpt. Namen fliegen ihr von den Grabsteinen entgegen: Gladys, Albert, Eleanor – Namen aus längst vergangener Zeit, von Menschen, die längst tot sind. Aber es sind die Kinder, die sie wahrnimmt. Die Kinder, an deren Grabsteinen sie stehen bleibt, um zu lesen. Anfang und Ende ihrer kurzen Lebensspannen. Tun wir das nicht alle? An den Gräbern der Kinder stehen bleiben, die für immer in ihren Bettchen unter dem Rasen schlummern? Sie nehmen weniger Platz ein als ihre erwachsenen Nachbarn, und doch kann man ihre Anwesenheit unmöglich ignorieren, sie scheinen zu rufen: *Bitte, schau mich an. Bitte, bleib einen Moment stehen.* Und sie bleibt stehen. Und stellt sich einen Grabstein vor, der hier stehen könnte, wenn es anders gekommen wäre.

NICHOLAS RAVENSCROFT
Geboren am 14. Januar 1988,
von uns gegangen am 14. August 1993
Geliebter Sohn von Robert und Catherine

Und sie stellt sich vor, wie sie Robert hätte beibringen müssen, dass Nicholas gestorben war. Und sie hört seine Fragen: *Wo warst du? Wie konnte das passieren? Wie war das möglich?* Und dann wären die Dämme gebrochen, alles hätte sich über ihn ergossen, und er wäre unter der Last in die Knie gegangen. Sie sieht, wie er verzweifelt dagegen ankämpft, wie er sich sträubt, wie er versucht, den Kopf über den Fluten zu halten, wie er nach Luft ringt, aber nie genug bekommt, um sich retten zu können.

Aber Nicholas ist nicht gestorben. Er lebt, und sie hat es Robert nicht sagen müssen. Sie haben es alle heil überstanden.

6

Zwei Jahre zuvor

Nachdem ich »Ein ganz besonderer Freund« gelesen hatte, wachte ich am nächsten Morgen erfrischt auf. Ich konnte es kaum erwarten, mich in die Arbeit zu stürzen, und ich nahm mir vor, meine Notizen durchzusehen und sie dann abzutippen. Ich wusste, dass irgendwo in der Kommode noch Papier war, weil in unserem Haus alles früher oder später in oder auf unserer Kommode zu landen schien. Ich konnte den Papierstapel, der unter den Scrabble- und Backgammon-Schachteln lag, schon vor mir sehen, doch ich scheiterte bei dem Versuch, ihn herauszuziehen. Der Stapel klemmte an der Rückwand der Kommode fest. Ein Paneel war eingedrückt, und ich versuchte, es von innen zu lockern, um das Papier herauszubekommen, doch es rührte sich immer noch keinen Millimeter. Irgendetwas steckte da zwischen der Rückwand der Kommode und der Wand. Ich langte mit der Hand dahinter und berührte etwas Weiches. Es war eine alte Handtasche von Nancy, offenbar eine ganz schlaue, die es irgendwie geschafft hatte, sich der Verbannung in den Sozialladen zu entziehen.

Ich setzte mich auf den Boden und lehnte mich an die Wand, streckte die Beine aus und nahm die Handtasche auf den Schoß. Sie war aus schwarzem Veloursleder mit einer Schließe aus zwei Perltropfen, die sich ineinander verhakten. Ich staubte sie ab und schaute hinein. Sie enthielt einen Satz Schlüssel von Jonathans Wohnung, einen Lippenstift und ein Stofftaschentuch, noch mit Falten vom Bügeln und zu einem

Quadrat zusammengelegt. Ich zog die Kappe des Lippenstifts ab und schnupperte daran. Er hatte seinen Duft verloren, aber die abgeschrägte Form bewahrt, die er vom jahrelangen Reiben an Nancys Lippen angenommen hatte. Ich hielt das Taschentuch an die Nase, und sein Duft beschwor Erinnerungen an Abende im Theater herauf. Und dann fand ich etwas, womit ich nicht gerechnet hatte: einen gelben Fotoumschlag mit dem aufgedruckten Kodak-Schriftzug in fetten schwarzen Lettern auf der Vorderseite. Das war ein kostbarer Fund, und ich wollte den Moment gebührend zelebrieren.

Ich kochte mir Kaffee und machte es mir auf dem Sofa bequem, in freudiger Erwartung einer Flut froher Erinnerungen. Ich nahm an, dass es sich um Urlaubsfotos handelte. Ich glaube, ich habe sogar gehofft, es wären welche von dem Martello-Turm darunter, als ob Nancy mir mit dem Fund der Handtasche helfen wollte, mein Projekt voranzubringen. In gewisser Weise war das auch der Fall, aber es war nicht das Projekt, das mir an jenem Morgen vorgeschwebt hatte.

Mein Kopf, der am Morgen noch so klar gewesen war, fühlte sich an, als ob jemand anders seinen Schädelinhalt darin abgeladen hätte. Ich konnte nicht mehr sagen, welche Gedanken meine waren und welche die der anderen Person, was wahr und was Lüge war. Mein Kaffee war kalt geworden, die Fotos lagen ausgebreitet auf meinem Schoß. Ich hatte Bilder erwartet, die ich wiedererkennen würde, aber diese hier hatte ich noch nie im Leben gesehen.

Sie sah direkt in die Kamera. Flirtete sie? Ich glaube, ja. Doch, sie flirtete eindeutig. Es waren Farbfotos. Manche waren am Strand aufgenommen. Sie lag da, eine lächelnde Gespielin in einem roten Bikini. Ihre Brüste waren hochgedrückt, als sei sie eine Art Pin-up-Girl, und sie sah eindeutig so aus, als hielte sie sich für eine sehr begehrenswerte Frau. Selbstbewusst. Ja, das war es. Sexuelles Selbstbewusstsein. Andere

Bilder waren in einem Hotelzimmer aufgenommen. Sie waren schamlos. Die Frau war schamlos. Trotzdem musste ich hinsehen. Ich konnte nicht aufhören hinzusehen. Ich ging die Bilder ein ums andere Mal durch, ich quälte mich damit, und je länger ich hinsah, desto wütender wurde ich, denn je länger ich hinsah, desto mehr begriff ich.

Ich war so aufgewühlt, weil ich wusste, wer diese Fotos gemacht hatte. Der Schmerz setzte ein, als mir klar wurde, wer der Fotograf gewesen war. Ich kannte dieses hübsche Gesicht, auch wenn ich ihn nirgends finden konnte. Ich suchte und suchte, aber sooft ich die Bilder auch durchging, ich konnte nicht mehr erkennen als seinen Schatten, der auf einer der Aufnahmen in den Bildrand ragte. Ich ging sogar die Negative durch, hielt sie gegen das Licht, weil ich dachte, er könnte auf einem sein, das nicht entwickelt worden war. Es waren mehr Negative als Abzüge, und ich hoffte, dass eines davon ihn zeigen würde, doch sie waren verschwommen, unscharf, nicht zu gebrauchen.

Wie kam Nancy dazu, diese Fotos in unser Haus zu bringen? Sie hatte sie vor mir versteckt, hatte zugelassen, dass sie hier in unserem Haus lauerten wie eine tickende Zeitbombe. Sie mussten jahrelang dort gelegen haben. Hatte sie sie vergessen? Oder war sie das Risiko eingegangen in dem Wissen, dass ich sie eines Tages finden könnte? Aber es war zu spät. Als ich sie schließlich fand, war sie schon tot. Ich würde nie mit ihr darüber sprechen können.

Sie hätte sie vernichten sollen. Wenn sie nicht vorhatte, es mir zu sagen, hätte sie sie vernichten sollen. Stattdessen hatte sie mich die Fotos finden lassen, als ich schon ein armseliger alter Mann war, lange nach dem Ereignis, als es schon viel zu spät war und ich nichts mehr daran ändern konnte.

Eine der Eigenschaften, die ich an Nancy am meisten geschätzt hatte, war ihre Ehrlichkeit. Wie oft hatte sie sich heimlich diese Bilder angesehen? Und sie wieder versteckt? Ich stellte mir vor, wie sie gewartet hatte, bis ich aus dem Haus war, ehe sie sie anschaute, wie sie sie wieder versteckte, wenn ich nach Hause kam. Jedes Mal wenn ich etwas aus der Kommode nahm, jedes Mal wenn wir Scrabble spielten, hatte sie gewusst, dass sie dort waren, und kein Wort gesagt. Ich hatte ihr immer vertraut, aber jetzt fragte ich mich besorgt, was sie sonst noch vor mir verborgen haben könnte.

Es ist verblüffend, wie viel Kraft einem die Wut verleihen kann. Ich stellte das ganze Haus auf den Kopf auf der Suche nach weiteren Geheimnissen. Ich attackierte unser Haus, als ob es der Feind wäre. Ich ging von Zimmer zu Zimmer, riss hier etwas auf, zerrte dort etwas heraus, kippte Möbel um und richtete ein heilloses Chaos an, doch ich fand nichts weiter. Der ganze Vorfall hinterließ bei mir ein Gefühl, als ob ich mit der Hand in ein verstopftes Abflussrohr gegriffen hätte und im Abwasser herumwühlte, um es freizubekommen. Nur dass ich nichts Festes zu fassen bekam, nichts als eine schmierige Dreckbrühe, die in meine Haut einzog und sich unter meinen Fingernägeln festsetzte. Und der Gestank drang in meine Nase, setzte sich in den Haaren fest, sickerte in die kleinen Blutgefäße ein und vergiftete meinen gesamten Organismus.

7

Frühjahr 2013

Ein Staubkörnchen landet auf dem Kopfkissen. Niemand sonst würde es hören, aber Catherine hört es. Sie hört alles – ihre Ohren sind weit offen. Sie sieht auch alles. Sogar in völliger Dunkelheit. Ihre Augen haben sich daran gewöhnt. Wenn Robert jetzt aufwachen würde, wäre er blind, aber Catherine ist es nicht. Sie beobachtet seine geschlossenen Augen: das Zucken der Lider, das Flimmern der Wimpern, und sie fragt sich, was dahinter vorgeht. Verbirgt er etwas vor ihr? Ist er so gut darin wie sie? Er steht ihr näher als irgendein anderer Mensch, und doch ist es ihr all die Jahre über gelungen, ihn im Dunkeln zu lassen. Ganz gleich, wie vertraut sie miteinander sind, er kann es einfach nicht sehen, und dieser Gedanke erschreckt sie. Und indem sie alles so lange unter Verschluss gehalten hat, hat sie das Geheimnis so anwachsen lassen, dass sie es nicht mehr herauslassen kann. Wie ein Baby, das zu groß geworden ist, um auf natürlichem Wege zur Welt zu kommen, und deshalb aus dem Mutterleib geschnitten werden muss. Der bloße Akt des Verheimlichens ist jetzt fast größer als das Geheimnis selbst.

Robert dreht sich auf den Rücken und fängt an zu schnarchen, also bugsiert Catherine ihn sanft auf die andere Seite, sodass er mit dem Rücken zu ihr liegt. Ganz behutsam, damit er nicht aufwacht – sie kann jetzt, mitten in der Nacht, kein Gespräch riskieren –, rückt sie so nahe an ihn heran, dass sie ihn riechen kann.

Sie erinnert sich an den Moment vor zwanzig Jahren, als er den Arm um sie legte und fragte: »Geht es dir nicht gut?« Es ging ihr nicht gut, aber er sollte es nicht merken, denn sie konnte ihm nicht sagen, warum, und damals war sie noch nicht so gut im Geheimhalten wie heute. Sie antwortete: »Nein, nicht besonders«, und obwohl sie spürte, wie ihr die Tränen in die Augen stiegen, gestattete sie ihnen nicht zu fließen, denn sie wusste, wenn sie ihnen freien Lauf ließe, würde eine Sturzflut von Worten folgen. Hätte sie in diesem Moment geweint, dann hätte sie nicht verhindern können, dass alles andere sich auch Bahn brach. Also weinte sie nicht. Sie legte ein Geständnis ab, aber es war ein falsches.

»Ich will wieder arbeiten. Ich habe schon ein schlechtes Gewissen, wenn ich es nur ausspreche. Ich weiß ja, wie glücklich ich mich schätzen sollte, zu Hause bleiben zu können, weil du genug für uns beide verdienst, aber … ich fühlte mich einsam. Ich bin depressiv …«

Und so begann sie, den Tunnel zu graben für ihre Flucht vor sich selbst – und auch vor Nicholas. Ihr Sohn verhinderte, dass sie je vergessen konnte, aber das konnte sie Robert nicht sagen. Sie konnte nicht sagen, dass es sie in den Wahnsinn trieb, mit Nicholas allein zu sein, dass seine Gegenwart Erinnerungen aufwühlte, die sie zu gerne ausgelöscht hätte.

»Verstehst du das?«, fragte sie. Und sie sah Robert in die Augen und fragte sich, ob er sie durchschaute.

»Aber natürlich«, sagte er und zog sie an sich heran, um sie zu küssen. Und dennoch spürte sie seine Enttäuschung. Er versuchte, sie mit seinem Kuss zu verbergen, versuchte, sein Bedauern darüber zu kaschieren, dass sie ihre Unfähigkeit eingestanden hatte, eine Mutter zu sein, wie er sie sich für seinen Sohn wünschte. Er gestand es nie ein, fasste seine Enttäuschung nie in Worte, und doch wusste sie, dass sie da war und unausgesprochen zwischen ihnen stand.

Es gab einen Moment, als sie ihm fast die Wahrheit gesagt hätte. Aber stattdessen log sie wieder und sagte, sie werde übers Wochenende zu einer alten Schulfreundin fahren. Es war eine Freundin, die er nicht gut kannte, eine Freundin, die außerhalb von London wohnte. Er würde es nicht herausfinden. Sie erzählte ihm, es sei ein Notfall – die Freundin habe einen Nervenzusammenbruch gehabt. Sie packte eine Tasche und fuhr am Freitag direkt von der Arbeit los, überließ es dem neuen Kindermädchen, Nicholas von der Schule abzuholen, weil sie nicht mehr da sein wollte, wenn Robert von der Arbeit nach Hause kam. Sie nahm ein Taxi, nicht die U-Bahn – sie wollte nicht riskieren, dass ihr jemand über den Weg lief, den sie kannte.

Als sie am Sonntagabend nach Hause kam, war Nicholas schon im Bett. Robert sagte, sie sehe blass aus, und sie erwiderte, es sei ein ziemlich furchtbares Wochenende gewesen, und sie sei erschöpft. Das entsprach alles der Wahrheit.

»Ich muss nur früh ins Bett, das ist alles«, sagte sie und wechselte gleich das Thema, indem sie ihn nach dem neuen Kindermädchen fragte.

»Sie scheinen sich gut zu vertragen. Nick war ganz aufgekratzt, als ich am Freitag nach Hause kam.«

»Das freut mich«, sagte sie.

Und am nächsten Morgen achtete sie sorgfältig darauf, sich nichts anmerken zu lassen. Sie hatte ein bisschen Farbe im Gesicht, und sie musste Nick für die Schule fertig machen, ehe sie zur Arbeit fuhr, sodass keine Zeit zum Reden blieb und er nicht merkte, wie abgelenkt sie war. In der Arbeit ging es auch hektisch zu. Sie war bis über beide Ohren eingedeckt, und das war genau das, was sie wollte. So beschäftigt zu sein, dass in ihrem Kopf kein Platz für die Erinnerung war. Und es gelang ihr, die Vergangenheit vollständig aus ihren Gedanken zu verdrängen. Das war das Ziel. Das war es, was sie antrieb.

Und jetzt hat die Vergangenheit sich wieder hereingedrängt, hat alles andere brutal beiseitegeschoben, steht da mit geschwellter Brust und fordert ihre Aufmerksamkeit.

Das Buch liegt immer noch auf dem Tischchen neben dem Bett. Sie bringt es nicht fertig, es zu Ende zu lesen. Immer, wenn sie es versucht, weicht sie zurück wie ein Feigling. Sie liest die gleichen Worte wieder und wieder, gefangen zwischen den Seiten. Vorsichtig löst sie sich von Robert und schlüpft aus dem Bett, nimmt das Buch und schleicht sich nach unten wie eine Einbrecherin.

Sie wirft es auf den Küchentisch und kehrt ihm den Rücken zu, ein kläglicher Akt der Rebellion. Heute ist Sonntag, ein Tag der Ruhe, aber nicht für sie. Sie macht Tee, geht damit ins Gästezimmer und setzt sich auf den Boden. Hier stehen fünf Umzugskartons, die noch darauf warten, ausgepackt zu werden. Auf zweien steht Nicholas' Name, drei sind mit *Gästezimmer* beschriftet. Sie kann sich nicht erinnern, was darin ist. Vom Schlafmangel ist ihr schwindlig, und ihre Hände zittern, als sie Sachen herauszieht, das Zeitungspapier in Fetzen reißt und ein Teil nach dem anderen auswickelt, alles Nippes, alles nutzlose Staubfänger. Sie hat auf irgendeinen Hinweis gehofft – einen Brief, einen Umschlag, irgendetwas, was mit dem Buch zu tun hat und ihr helfen könnte, seinen Weg in ihre Wohnung nachzuverfolgen – aber da ist nichts. Sie versucht es mit einem anderen Karton. Bücher über Bücher, die sie auf die leeren Regalbretter packt. Sie spart sich die Mühe, sie aufrecht hinzustellen, lässt zu, dass sie umkippen und abrutschen. Ein paar fallen aus dem Regal und landen polternd auf dem Boden.

Ihr Blick fällt auf Nicholas' Kisten. Er hätte vor einer Woche kommen sollen, um sie durchzusehen, aber er ist nicht gekommen, und sie hätte es für ihn gemacht, wenn Robert sie nicht daran gehindert hätte. Es seien Nicks Sachen, nicht ihre.

Und Catherine war frustriert, weil sie nur allzu gut weiß, dass Nicholas es nicht ordentlich machen würde. Und außerdem hat er doch hier kein eigenes Zimmer mehr. Was sie jetzt haben, ist ein Gästezimmer. Nicholas kann jederzeit vorbeikommen, natürlich kann er das. Und wenn er einmal die Nacht hier verbringen will, kann er das selbstverständlich auch tun. Im Gästezimmer. Er hat jetzt seine eigene Wohnung. Bezahlt seine eigene Miete. Und das ist gut so.

Er ist fünfundzwanzig. Er hat sich besser gemacht, als sie je zu hoffen gewagt haben. Er hat einen Job. Einen geregelten Tagesablauf. Er ist unabhängig. Und das ist es, was Catherine sich für ihn wünscht. Eine Chance, das denkbar Beste aus sich zu machen. Von der Flut der Gedanken ist sie ganz außer Atem, als ob sie jeden einzelnen laut ausgesprochen hätte.

»Schatz?«

Roberts Stimme ist sanft, dennoch fährt sie zusammen. Sie blickt auf von ihrem Nest aus zerrissenen Zeitungen, von denen ihre Hände schon ganz schwarz sind. Es ist neun Uhr, und sie ist schon seit vier Stunden auf. Sie bemerkt seine besorgte Miene. Sie sieht aus wie ein Wrack. Mit neunundvierzig kann man nicht mehr erwarten, dass es einem niemand ansieht, wenn man nicht geschlafen hat. Selbstverständlich bemerkt er ihr blasses Gesicht und die Ringe unter ihren Augen.

»Ich wollte schon mal anfangen, bevor Nicholas kommt. Um es ihm leichter zu machen«, lügt sie und blickt sich in dem Chaos um.

»Das kann warten. Es hat keine Eile. Lass ihn das machen.« Er legt ihr die Hand auf die Schulter. »Rührei?«

Sie nickt. Sie hat einen Bärenhunger. Sie ist die ganze Zeit hungrig, seit sie nicht mehr schläft. Jetzt folgt sie ihm nach unten in die Küche und lässt sich auf einen Stuhl fallen wie ein nasser Sack.

»Soll ich das Mittagessen machen?«, schlägt er vor. Nicholas kommt zum Sonntagsbraten, und sie hat ein Hähnchen gekauft.

»Nein, nein, ich mach's gerne«, sagt sie. Sie weiß, dass es ihr besser gehen wird, wenn sie ihre angestammte Rolle spielen und sich im Nebel der Bratendüfte tarnen kann. Sie kann das Buch am anderen Ende des Küchentischs liegen sehen. Sie hatte gehofft, dass sie ein wenig zur Ruhe kommen würde, wenn sie es aus ihrem Schlafzimmer entfernt.

Robert beobachtet sie und legt sich im Kopf Fragen zurecht. Ist sie depressiv? Ist es der Umzug? Er setzt zum Sprechen an, doch sie kommt ihm zuvor. Sie hat sich ihre eigene Frage zurechtgelegt, war ganz damit beschäftigt, sie durchzuspielen, und so hat sie nicht bemerkt, wie Robert Luft holte, um etwas zu sagen. Wenn sie es bemerkt hätte, hätte sie vielleicht nicht den Mut aufgebracht zu fragen:

»Ist das dein Buch?«

Sie achtet darauf, dass sie den Mund voll hat, damit es möglichst beiläufig wirkt, und deutet mit einem Nicken zum Ende des Tischs. Robert folgt ihrem Blick und greift nach dem Buch, zieht es zu sich heran. Er lässt sich eine Weile Zeit mit der Antwort. Und als sie schließlich kommt, ist es nur eine abschätzige Geste, ein Kopfschütteln.

»Ist es gut?« Er nimmt das Buch, dreht es um und liest den Text auf der hinteren Umschlagseite.

Sie schluckt. »Nicht besonders. Bisschen zäh.« Sie beobachtet, wie er es noch einmal umdreht und das Cover betrachtet.

»Das Opfer des Fremden«, liest er. »Worum geht es?«

Sie zuckt mit den Achseln. »Ach, es ist ziemlich albern. Schwacher Plot. Unglaubwürdig.«

Und er wirft es zur Seite. Achtlos, gedankenlos. Behandelt es so, wie sie es gerne behandeln würde, wenn sie könnte.

»Wieso fragst du?«

»Ich dachte, es gehört vielleicht dir«, sagt sie vorsichtig.

»Vielen Dank«, erwidert er, doch das Lächeln in seiner Stimme entgeht ihr.

»Ich kann mich nicht erinnern, es gekauft zu haben, das ist alles. Ich habe mich gefragt, wo es herkommt ...« Sie lässt den Satz in der Luft hängen, steht auf und trägt ihren Teller zur Spülmaschine.

Robert betrachtet achselzuckend das Buch. Er fragt sich, warum sie sich so dafür interessiert, und er glaubt, dass sie damit nur von dem ablenken will, was sie in Wahrheit beschäftigt. Er ist überzeugt, dass sie versucht, Konversation zu machen, und das macht ihm Sorge. Sie gehören nicht zu diesen Paaren. Sie haben es nicht nötig, »Konversation zu machen«. Sie stehen sich nahe – in letzter Zeit sogar so nahe wie seit Jahren nicht mehr. Er erkennt die Anzeichen: Catherine zu Hause, mit mehr Zeit als ihr guttut. Dann neigt sie zur Nabelschau, denkt zu viel über sich selbst nach.

»Cath. Du hast tolle Arbeit geleistet hier in der Wohnung – ich fühl mich hier schon ganz zu Hause. Aber ich kenne dich zu gut: Es juckt dich in den Fingern, wieder arbeiten zu gehen, nicht wahr?«

Sie sieht ihn an. Er glaubt das wirklich.

»Ich finde es prima, dass du kein Heimchen am Herd bist. Du solltest rausgehen und einen neuen Film machen, anstatt hier in der Bude zu hocken, Kisten auszupacken und die Wohnung einzurichten.«

Ihre Augen füllen sich mit Tränen, für Robert die Bestätigung, dass er richtigliegt. Er ist ihr Fels in der Brandung. Sie lässt ihn in dem Glauben. »Du hast recht. Ich weiß, ich war ziemlich zerstreut in letzter Zeit ...«

Er fällt ihr ins Wort. »Dann geh wieder arbeiten. Es war nicht nötig, gleich zwei Wochen Urlaub zu nehmen. Das meiste ist sowieso schon erledigt, und den Rest können wir zusammen abends und an den Wochenenden machen. Es sind nur noch ein paar Kartons übrig. Warum denn nicht?«

»Ja, warum nicht?« Sie ringt sich ein Lächeln ab.

Und plötzlich weiß sie wieder, wie das Buch in ihr Haus gekommen ist. Es ist ihr wieder eingefallen, als sie es da auf dem Tisch liegen sah. Ein Bild, an das sie sich erinnert. Es war bald nach ihrem Umzug. Der Tisch war voll mit Sachen. Eine halb ausgepackte Kiste mit Gläsern, zusammengeknüllte Zeitungsseiten, die das Cover des Buchs kitzelten, während es geduldig dalag und darauf wartete, dass sie es zur Hand nahm. Ein Stapel ungeöffneter Post und ein gefütterter Umschlag, die grauen Flusen der Füllung freigelegt, wo sie ihn aufgerissen hat. Und dieses Buch herausgezogen hat. Der Umschlag war an sie weitergeleitet worden. Sie erinnert sich, dass ihre alte Adresse mit einem dicken roten Stift durchgestrichen und die neue darübergeschrieben war.

Sie spürt Roberts Blicke auf sich ruhen, als sie die restlichen Frühstückssachen wegräumt. Ihre wiedergewonnene Energie bestätigt ihm, dass er recht hatte. Er kennt sie so gut.

Gedanken zischen ihr durch den Kopf: Das Buch wurde an ihre alte Adresse geschickt, also weiß der Absender nicht, wo sie jetzt wohnt. Er ist nicht in ihrer neuen Wohnung gewesen, in ihrem Schlafzimmer. Sie wird die Familie anrufen, die in ihr altes Haus gezogen ist. Sie wird sie bitten, nichts mehr nachzusenden. Es sei zu viel Mühe, wird sie sagen. Sie komme gerne selbst vorbei, um die Post abzuholen. Vielleicht wird sie noch weiter gehen. Vielleicht wird sie sagen, dass sie ein paar anonyme Briefe bekommen habe, nichts allzu Ernstes, aber es wäre ihnen lieber, wenn ab sofort nichts mehr nachgesendet würde. Und sollte jemand nach ihrer Adresse fragen, würden sie dann bitte sagen, sie hätten sie nicht? Oder ihre Telefonnummer – nein, sie dürfen auf keinen Fall ihre Telefonnummer herausgeben.

Sie beschließt all das, während sie Robert auf die Stirn küsst und nach oben geht, um zu duschen. Aber sie wird das alles morgen machen, nicht heute. Heute wird sie sich auf Nicholas konzentrieren, auf ihre Familie. Sie werden sich zusammen einen richtig schönen Sonntag machen.

8

Zwei Jahre zuvor

Ich hatte gehofft, dass die Arbeit an einem Buch über Baudenkmäler aus dem neunzehnten Jahrhundert mir helfen würde, einen klaren Kopf zu bewahren – dass sie mich davon abhalten würde, ständig über Nancys Verrat nachzugrübeln. So empfand ich das damals. Ich empfand ihr Geheimnis als Verrat. Ich sträubte mich gegen den Gedanken und gab mir alle Mühe, mich auf das Schreiben über den Martello-Turm zu konzentrieren. Ich hatte ein Foto von einem solchen Turm auf das Regal über der Kommode gestellt, über der Sammlung von Ansichtskarten, die Jonathan von seinen Reisen geschickt hatte. Der Turm hockte da oben, wuchtig und grau, also nahm ich das Foto wieder herunter.

Wie konnte ich mich konzentrieren? Ein kleines Metallteil klirrte in meinem Kopf herum. Ein winziges, silbrig schimmerndes Etwas, das mich von meinem Schreibtisch spöttisch anfunkelte. An dem Ring mit den Ersatzschlüsseln von Jonathans Wohnung, die ich in Nancys Handtasche gefunden hatte, hing noch ein weiterer, kleinerer Schlüssel. Zu klein für einen Haustürschlüssel, musste er zu etwas anderem gehören – etwas, das sich in seiner Wohnung befand, nicht in meiner. Er reflektierte das Licht und zwinkerte mir jedes Mal zu, wenn ich mich auf meine Arbeit zu konzentrieren versuchte. Für wen hielt er mich eigentlich? Für einen Mann, der sich mit drei Meter hohen Mauern vor der Vergangenheit schützte? Ich war nicht gebaut wie ein Martello-Turm. Ich war ein

Mann mit papierdünner Haut, der unbedingt herausfinden musste, was seine Frau noch vor ihm versteckt haben mochte. Das war immerhin menschlich. Dieser winzige Schlüssel hatte ein Loch in meinen Kopf gebrannt, und ich wusste, dass ich nichts würde schreiben können, solange ich nicht sein Geheimnis entschlüsselt hatte.

Jonathans Wohnung befindet sich in der obersten Etage eines Mehrfamilienhauses aus der Vorkriegszeit, erbaut in den 1930er-Jahren. Es gibt keinen Aufzug, aber irgendjemand hat an Leute wie mich gedacht, denen die Treppen vielleicht Mühe bereiten, und an jeden Absatz einen Stuhl gestellt. Ich ruhte mich auf jedem einzelnen kurz aus, um mich dann wieder an den Aufstieg zu machen. Nachdem ich mich die letzten Stufen hinaufgeschleppt hatte, sah ich nach unten, durch das schöne schmiedeeiserne Geländer hindurch, das sich spiralförmig bis auf den kalten Steinboden hinunterzog. Ein sanft geschwungener Trichter, durch den ein Mensch einen Kopfsprung machen könnte, ohne links oder rechts anzustoßen, glatt durch die Mitte, bis er als blutige Masse unten landete. Ich hatte irgendwie das Gefühl, dass ich nicht hätte herkommen sollen, dass ich kein Recht hätte, hier einzudringen. Es war Jonathans Wohnung.

Die Pflanze vor seiner Wohnungstür war eingegangen. Sie war schon länger nicht mehr gegossen worden. Ich steckte den Schlüssel ins Schloss. Es gab da vermutlich irgendeinen Trick, aber ich kannte ihn nicht, und ich brauchte eine halbe Ewigkeit, bis ich endlich drin war. Die ganze Zeit rechnete ich damit, dass mir jemand auf die Schulter tippen und mich fragen würde, was ich hier verloren hätte.

Als ich eintrat, schlug mir ein fürchterlicher Gestank entgegen. Ein Fäulnisgeruch. Irgendetwas Vergammeltes, irgendetwas Sterbendes oder Totes. Ich ging direkt in die Küche, weil ich annahm, es müsse der Mülleimer sein, doch der war leer. Auf dem Küchentisch stand eine Vase mit Blumen. Tot, vertrocknet, spröde, nur ein grüner Strich an der Vase, der anzeigte, bis wohin das Wasser gestanden hatte. Ich zögerte, weil ich mir nicht sicher war, ob ich mir erlauben konnte, sie wegzuwerfen. Dann ging ich ins Wohnzimmer, setzte mich auf Jonathans Sofa und blickte mich um. Ich konnte die unverkennbaren Spuren einer weiblichen Hand sehen. Noch mehr Blumen auf dem kleinen Tisch am Fenster. Leblos, hässlich, verdurstet, die Stängel dürr und vertrocknet, schrien sie geradezu danach, aus ihrem Elend erlöst zu werden. Eine weibliche Note. Ich ließ sie dort, wo sie waren. Ich hatte sie dort nicht hingestellt, sie hatten nichts mit mir zu tun.

Als ich in Jonathans Schlafzimmer trat, schnürte mir der Gestank die Kehle zu. Sein Bett war nicht gemacht, die Bettdecke war zerwühlt und halb auf den Boden gerutscht. Der Bezug war dunkelblau, das Betttuch rotbraun. Es erinnerte mich an Schuluniformen: praktische dunkle Farben, bei denen man den Schmutz nicht so sieht. Der Geruch kam aus der Ecke, wo Nancys Schreibtisch stand. Ich hielt mir Mund und Nase zu, während ich darauf zuging, und da war sie. Tot, kein Zweifel. Schon halb vermodert. Das Genick gebrochen, das Maul offen, die Zähne gebleckt, strömte sie diesen magenumstülpenden Verwesungsgestank aus. Ich hätte es wissen können. Der Tod, der immer seinen aggressiven Gestank hinterlässt, wie ein markierender Kater, lange nachdem er den Ort des Geschehens verlassen hat. Ich holte eine Plastiktüte aus der Küche, streifte sie über wie einen Handschuh, hob alles miteinander auf, die Falle mit der Maus drin, und versenkte die Tüte im Abfalleimer in der Küche.

Ich ging ins Schlafzimmer zurück und setzte mich an Nancys Schreibtisch. Er ist kleiner als meiner, und meine Oberschenkel berührten die Unterseite der Platte. Für Jonathan musste es noch enger gewesen sein, und ich stellte mir ihn vor mit seinen eins fünfundachtzig, wie er seine kräftigen Beine unter den Schreibtisch zwängte, der seiner Mutter gehört hatte. Erfreut stellte ich fest, dass er pfleglich behandelt worden war. Hier gab es keine verwelkten Blumen. Keine Wasserringe von Tassen oder Gläsern, nur eine unberührte Staubschicht. Es lagen sauber gestapelte Papiere darauf, und ein Foto von Nancy und mir. Mama und Papa. Mann und Frau. Zwei Verliebte. Zwei geliebte Menschen.

Ich drückte den Schalter der Schreibtischlampe, doch die Birne war durchgebrannt. Und dann begann ich meine Invasion. Ich zog die erste Schublade auf und schaute hinein: leer, bis auf ein paar Bleistiftstummel und ausgelaufene Kugelschreiber. Ich ging die übrigen durch und fand mehr von der gleichen Sorte. Die letzte Schublade war die kleinste. Sie war unter der Tischplatte angebracht, zwischen den beiden Schubladenblocks, ein schmales Versteck. Sie war verschlossen. Ich steckte den Schlüssel hinein und drehte ihn um, dann schob ich den Stuhl zur Seite und zog die Schublade auf.

Der Inhalt sah schwer nach Arbeit aus. Kugelschreiber, Bleistiftspitzer, Bleistifte, eine Schachtel Büroklammern, drei Notizbücher von der Sorte, wie Nancy sie benutzt hatte: blau linierte Reporter-Kladden, nichts Ausgefallenes. Sie hatte immer eines dabei, wenn sie schrieb, um ihre Gedanken festzuhalten – einen Anblick, der sie beeindruckt hatte, mitgehörte Gesprächsfetzen und dergleichen. Ich blätterte eines durch, schenkte ihm aber nicht sehr viel Aufmerksamkeit. Es war das Manuskript unter den Notizbüchern, das mich interessierte. Ich nahm es heraus.

»Ohne Titel«. Das Werk von jemand anderem vermutlich, denn Nancy hatte immer schon einen Titel, bevor sie anfing, und das Datum passte auch nicht – ich wusste, dass sie zu dieser Zeit schon längst das Schreiben aufgegeben hatte. War es von Jonathan? Ich blätterte um. Aber nein, dieses Manuskript war Jonathan gewidmet. Er hatte es nicht geschrieben. *Meinem Sohn Jonathan*, las ich, und dann den Namen meiner Frau am Fuß der Seite. Meine Frau, die ihre Urheberschaft geltend machte. Ein Buch, heimlich geschrieben und weggesperrt, um es vor meinen neugierigen Augen zu verbergen.

Worte sind Schall und Rauch, dachte ich, und doch fürchtete ich, dass die Worte auf diesen Seiten mir sehr wohl das Herz brechen könnten. Ich war noch nicht bereit für sie.

Es lagen noch andere Gegenstände in dieser Schublade herum, die sich an das Manuskript meiner Frau geschmiegt hatten: ein Schweizer Armeemesser, eine halb volle Schachtel Zigaretten und eine Dose Deospray mit einem billigen, erotischen Namen. Ich nahm das Deo und marschierte im Zimmer auf und ab wie ein wahnsinniger Kammerjäger, sprühte *Wildcat!* in die Luft, um den Gestank des Tierkadavers zu überdecken und alles, was sonst noch meine Sinne beleidigte. Als ich mich ein wenig beruhigt hatte, legte ich die Dose wieder in die Schublade und griff nach Nancys titellosem Werk, hielt es an meine Brust, als wäre es eine kleine, zitternde Kreatur. Ich hätte es nicht nehmen dürfen – dazu hatte ich kein Recht, es gehörte Jonathan. Aber ich nahm es trotzdem. Ich ließ die Notizbücher liegen und nahm das Manuskript. Jonathan würde nie erfahren, dass ich da gewesen war, und ich versprach mir, dass ich es zurückbringen würde, sobald ich es gelesen hatte.

9

Frühjahr 2013

»Mama, was soll ich mit den Sachen hier machen?«

Catherine trinkt ihren Wein aus und schließt genervt die Augen. Alkohol zum Mittagessen ist nie eine gute Idee, aber Robert hat zwei Flaschen von ihrem besten Wein aufgemacht, und sie wollte ihm und Nicholas unbedingt Gesellschaft leisten.

»Nimm einfach, was du willst, und ich kümmere mich um den Rest«, ruft sie.

Schweigen. Sie hört das dumpfe Poltern, mit dem Bücher und Aktenordner auf dem Boden des Gästezimmers landen, und schiebt ihren Stuhl zurück. Das ungeduldig klingende Scharren der Stuhlbeine auf dem Steinboden geht ihr durch Mark und Bein.

»Kaffee?«, hört sie Robert hinter sich rufen, als sie hinausgeht.

Nicholas hockt auf dem Boden in der gleichen Haltung wie Catherine am frühen Morgen.

»Ich weiß nicht, was ich mitnehmen soll.« Er wirkt verwirrt.

»Nimm alles, von dem du nicht willst, dass es weggeworfen wird. Wir haben nicht mehr den Platz, Nick.«

Er nickt, als ob er verstanden hätte, aber sie merkt, dass er es nicht so richtig rafft. »Willst du denn nichts davon?«

Und sie hört die Kränkung in seiner Stimme. Sie hat es wieder mal geschafft. Sie hat ihn mit ihrer Ungeduld und ihrer forschen, zupackenden Art verletzt.

»Also«, sagt sie sanft und setzt sich neben ihn, »lass doch mal sehen.« Sie greift nach einem großen braunen Umschlag und wirft einen Blick hinein. Er ist voll mit Nicholas' Zeugnissen aus der Grundschule, zusammengehalten von einem Gummiband. Sollte sie eines herausnehmen und es lesen? Würde ihm das gefallen? Sie hat Nicholas' Schulzeugnisse immer mit gemischten Gefühlen zur Kenntnis genommen. Aber was spielt das jetzt noch für eine Rolle? Er ist fünfundzwanzig. Vielleicht können sie jetzt darüber lachen, und sie überwindet ihren Widerstand und liest eine Beurteilung von Miss Charles. Wie gut sie sich an die Dauerwelle und die dünnen Lippen von Nicholas' Klassenlehrerin erinnert. Es war sein letztes Jahr in der Grundschule, und Catherine wählt die Beurteilung mit Bedacht aus.

»›Nicholas ist in der Klasse beliebt, sowohl bei den Jungen als auch bei den Mädchen ...‹« Sie lächelt und lässt den Rest von Miss Charles' Satz weg: »... allerdings hat er Mühe, sich auf seine Aufgaben zu konzentrieren, worunter seine Leistungen leiden.« Jahrelang immer dieselbe Geschichte. »Enttäuschend« – »muss sich mehr anstrengen« – »es fällt ihm schwer, bei der Sache zu bleiben«. Immerhin, damals hatte er wenigstens Freunde. Die scheinen im Lauf der Jahre immer weniger und weniger geworden zu sein.

»Die behalte ich.« Sie lächelt, während sie den Umschlag aufhebt und die Zeugnisse an ihre Brust drückt, als ob sie zärtliche Gefühle für sie hegte. »Wie ist die Wohnung?«

Er zuckt mit den Achseln. »Okay.«

»Deine Mitbewohner auch?«

Wieder hebt er die Schultern. »Bisschen nerdy.«

»Was denn, alle?«

Wieder ein Achselzucken.

»Oje.« Catherine versucht so zu klingen, als ob sie bereit sei, Nicholas zu glauben, aber sie kann sich denken, dass seine Mitbewohner einfach nur intelligent, engagiert und zielstrebig sind. Wahrscheinlich lesen sie, und das macht sie in seinen Augen »nerdy«.

»Es sind alles Studenten«, sagt er.

»Aber die Arbeit macht dir schon noch Spaß?« Sie bemüht sich, die Verlegenheit zwischen ihnen zu überspielen.

»Ist schon in Ordnung.« Er zuckt mit den Achseln. »Weißt schon.«

Sie weiß nicht. Wie kann sie es wissen, wenn er es ihr nicht sagt? Nicholas arbeitet in der Elektroabteilung einer Filiale der Kaufhauskette John Lewis – es ist nicht ganz das, was sie und Robert sich für ihren Sohn vorgestellt hatten, aber angesichts der Tatsache, dass er mit sechzehn von der Schule abgegangen ist und sein Abschlusszeugnis alles andere als berauschend war, erschien es ihnen wie ein Geschenk des Himmels. Es gab eine Zeit, da konnten sie sich nicht vorstellen, dass er jemals in der Lage wäre, sich auf irgendeinen Job ernsthaft einzulassen. Sie weiß noch, wie verletzt sie war, wenn andere Mütter, darunter auch enge Freundinnen, anriefen und es nicht erwarten konnten, ihr von den Zeugnisnoten ihrer Kinder zu erzählen. Zwischendurch fragten sie beiläufig nach Nicholas, obwohl sie verdammt gut wussten, dass er froh sein konnte, überhaupt in irgendeinem Fach bestanden zu haben. Es ist lange her, aber sie hat es ihnen nie ganz verziehen. Das war nicht schwesterlich, es war grausam.

Jedenfalls hat Nicholas bei John Lewis nun schon eine Weile durchgehalten, also muss es ihm wohl irgendwie gefallen.

»Ich nehme das hier mit«, sagt er und zieht ein Mobile aus der Kiste. Flugzeuge. Eine filigrane Bastelarbeit aus Balsaholz und Papier, die Tragflächen ein wenig eingerissen, die Schnüre verheddert.

»Und Sandy?«

Er schüttelt den Kopf, als Catherine den zerschlissenen

Stoffhund hochhält. Jetzt ist wiederum sie gekränkt. Sie versucht, Kindheitserinnerungen in ihm zu wecken, Erinnerungen an die Zeit, als er nicht einschlafen konnte, ohne dass er seine Wange an Sandy schmiegte, wenn sie ihn nicht zugedeckt hatte.

Es ist so verdammt kompliziert. Sie will, dass er erwachsen ist, aber sie will auch, dass er sich daran erinnert, wie sehr er sie einmal geliebt hat. Wie sehr er sie gebraucht hat. Zugleich beunruhigt sie der Gedanke, dass er sie immer noch mehr brauchen könnte, als ihm guttut. Es macht sie härter, und am Ende ist sie erleichtert, dass er Sandy nicht mitnimmt. An der Tür bleibt sie stehen und dreht sich zu ihm um.

»Du verstehst das doch, Nick, nicht wahr?«

Er hat das Mobile an einer Ecke des Regals aufgehängt und versucht die Schnüre zu entwirren.

»Was?«

»Das mit unserem Umzug. Du weißt schon. Wir brauchten einfach kein so großes Haus mehr.«

Er antwortet nicht, und sie weiß, dass sie der Versuchung widerstehen sollte, auf eine Antwort zu drängen, aber sie kann es nicht.

»Willst du denn nicht unabhängig sein? Wir sind ja da, falls du mal wirklich in Schwierigkeiten bist, aber es wird allmählich Zeit, Nick. Nicht wahr?«

Er zuckt mit den Achseln. »Wenn es das ist, was du dir einreden willst, Mama.«

»Das Spiel fängt gleich an«, ruft Robert aus dem Wohnzimmer, und Nicholas schiebt sich an ihr vorbei, um sich zu seinem Vater zu setzen, und lässt sie mit der verletzenden Bemerkung allein.

Catherine kehrt in die Küche zurück, gießt sich den Rest Wein ein und schiebt die Terrassentür auf. Sie zündet sich eine Zigarette an, nimmt abwechselnd einen Zug und trinkt einen Schluck Wein. Sie glaubt, es würde sie beruhigen, aber das tut es nicht. Es zerrt an ihren Nerven. Macht sie fahrig. Sie will sich selbst bestrafen. Die Zigarette ist ein Teil davon, eine langsame Selbstzerstörung, und das Buch ebenso. Sie geht in die Küche zurück, zieht es unter den Sonntagszeitungen hervor, unter denen sie es begraben hatte, und schlägt die erste Seite auf.

Nein, da ist kein Hinweis auf das, was noch kommt. Es ist mild. Sanft. Sie blättert vor zu dem Teil, von dem sie weiß, dass er ihr wehtun wird. Sie verliert sich darin, geht unter dem Gewicht in die Knie. Unter der Last der Ungerechtigkeit. Sie schließt die Augen, die Worte brechen über sie herein, während aus dem Fernseher Jubelgeschrei tönt. Ein Tor. Dann Stille.

Sie muss eingeschlafen sein. Wie lange sie geschlafen hat, weiß sie nicht. Draußen wird es schon dunkel. Sie ist benommen. Der Fernseher ist aus, und sie hört flüsternde Stimmen im Flur, an der Haustür. Dann kommen Schritte in die Küche.

»Ich fahr dann mal.« Nicholas hebt die Hand zum Abschiedsgruß und kommt auf sie zu. Er will ihr einen Kuss geben, und sie beugt sich vor, steht auf, um ihm auf halbem Weg entgegenzukommen. Seine Lippen streifen ihr Ohr. »Oh, das hab ich gelesen.« Ihr Herz setzt einen Schlag aus. Ihre Kehle schnürt sich zu. »Hat mir gefallen.« Schweiß kribbelt auf ihrer Oberlippe.

Robert lächelt. »Deine Mutter müht sich ab damit.«

»Echt? Sieht dir gar nicht ähnlich, Mama.« Und sie spürt, wie das Buch ihre Hand verlässt und in die ihres Sohnes wechselt. Er deutet ihre Miene falsch. »Ja, ich hab's ausgelesen. Ich lese tatsächlich, weißt du.«

»Nein, nein, ich wollte nicht … Ist das deins? Hast du es mir geschickt?«

»Nein.«

»Vielleicht hast du es hier liegen lassen?«

»Nein, hab ich nicht. Meins ist in der Wohnung.«

»Wieso hast du es gelesen?«

»Catherine …« Robert findet, dass sie Nick unnötig provoziert.

»Nein, nein, ich meinte nur, dass es ein merkwürdiger Zufall ist. Es wurde mir zugeschickt, als wir umgezogen sind, und ich bin mir nicht sicher, wer …«

»Also, meins war ein Geschenk.«

»Ein Geschenk? Von wem?« Jetzt dreht sie gleich durch.

Er sieht sie überrascht an, dann zuckt er mit den Schultern. »Von einem dankbaren Kunden. Jemand, dem ich geholfen habe, glaube ich. Ich kann mich nicht erinnern – es wurde an der Kasse abgegeben, und mein Name stand drauf. Keine große Sache.«

»Wer war es?«, fragt sie wieder.

»Ich weiß es nicht, Mama. Ich hab's dir doch gesagt. Was ist das Problem? Wieso ist das so wichtig?«

Sie wendet sich ab aus Furcht, dass er etwas in ihrem Gesicht lesen könnte, und murmelt ihre Antwort: »Ist es ja gar nicht. Nein, ist schon in Ordnung.« Aber sie kann es nicht lassen. »Und es hat dir gefallen?«, fragt sie.

»Ja, doch. Aber ich will dir ja nicht die Spannung nehmen.«

Sie wartet. »Ist schon in Ordnung, wahrscheinlich lese ich es sowieso nicht zu Ende.«

»Na gut, also bis dann. Ich ruf euch die Woche mal an.« Er geht zur Haustür, Robert hinterher. Sie folgt ihnen.

»Und wie geht es nun aus?« Sie muss es unbedingt wissen. »Ich lese es wahrscheinlich sowieso nicht zu Ende«, wiederholt sie.

Er macht die Haustür auf und dreht sich um. »Sie stirbt. Nimmt ein böses Ende. Aber sie hat's verdient.« Und dann umarmt er seinen Vater und winkt seiner Mutter zum Abschied grinsend zu.

10

Ein Jahr zuvor

Die Worte in Nancys Manuskript brachen mir nicht das Herz. Sie ließen meinen Puls rasen, sie wühlten mich auf, aber sie brachen mir nicht das Herz. Als ich »Ein ganz besonderer Freund« gelesen hatte, geschrieben von der jungen Nancy, hatte ich ihre Stimme so klar und deutlich gehört, dass mir die Tränen kamen. Jetzt, in diesem späten Werk, ihrem letzten Werk, hörte ich sie nicht weniger klar, aber als die reife Frau, mit der ich mehr als vierzig Jahre verheiratet war. Die Frau, die ich gepflegt hatte, als sie im Sterben lag, die ich gewaschen und gefüttert hatte, der ich vorgelesen hatte, die ich, so gut ich konnte, getröstet hatte. Ich hatte nicht erwartet, diese Frau in einem Romantext zu finden, aber hier war sie. Ich hatte das Schreiben aufgegeben, sie nicht. Und nachdem ich einige Zeit mit ihrem Buch verbracht hatte, nachdem ich es wieder und wieder gelesen hatte, kamen ihre Worte, die mich anfangs verstört hatten, in mir zur Ruhe, suchten sich kleine Winkel und Ecken, in denen sie es sich bequem machten, bis ich schließlich ihnen vertraute und sie mir.

Ich begriff allmählich, dass Nancy gewollt hatte, dass ich ihr Manuskript fand, wie sie auch gewollt hatte, dass ich die Fotos fand. Sie hatte beides so versteckt, dass sie sich sicher sein konnte, dass ich früher oder später darauf stoßen würde. Sie hätte sie vernichten können, hatte sich aber dagegen entschieden, weil sie warten wollte, bis ich dafür bereit wäre – und das war ich nicht gewesen, als sie noch lebte. Ich brauchte Zeit, um mich allein mit ihnen auseinanderzusetzen. Nancys Manuskript wühlte mich auf, schüttelte mich durch und entfachte neues Leben in mir. Es erinnerte mich an etwas, worüber wir uns immer einig gewesen waren: Romane sind die beste Methode, den Kopf frei zu bekommen.

Es war so lange her, dass ich zuletzt Worte zu Papier gebracht hatte, und ich tat es zum ersten Mal, ohne dass Nancy dabei war – sie hatte mich immer motiviert. Die Zweifel, die mich in der Vergangenheit geplagt hatten, die Fragen, mit denen ich mich gequält hatte, lösten sich in Luft auf, denn ich wusste, warum dieses Buch geschrieben werden musste. Und mir war völlig klar, für wen es bestimmt war.

Ich drehte meinen Schreibtisch zum Fenster, sodass ich das Haus gegenüber im Blick hatte und das Kommen und Gehen der jungen Familie beobachten konnte, die dort wohnte. Morgens ging es ab in die Schule, am Nachmittag kam die Mutter mit den Kindern nach Hause. Ihr Tagesablauf half mir, meinen eigenen Tag zu strukturieren, denn er spiegelte die Struktur wider, die mein Alltag vor so vielen Jahren gehabt hatte, wenn Nancy morgens mit Jonathan in die Schule fuhr und am späten Nachmittag zurückkam und ich dann meinen letzten Satz für diesen Tag zu Papier brachte.

Ich hatte die Fotos in meine Schreibtischschublade gelegt, um sie nicht mehr sehen zu müssen, aber sie standen im Mittelpunkt der Geschichte, also nahm ich sie heraus und heftete sie an den Fensterrahmen. Sie bildeten eine Collage von Sex und Betrug – eine Art Moodboard. Jedes Mal wenn ich diese junge Familie in ihr Haus gehen oder herauskommen sah, erinnerte mich der Rahmen, durch die ich sie betrachtete, daran, wie leicht Unschuld verdorben werden kann. Es half mir, das Wesentliche nicht aus den Augen zu verlieren.

Ich übereilte nichts. Monate brachte ich damit zu, Nancys Manuskript eigenhändig abzuschreiben. Ich wollte wissen, wie sie sich gefühlt hatte, als sie diese Sätze formuliert hatte. Ich wollte in ihren Kopf eindringen, um zu sehen, was sie gesehen hatte, als die Worte auf dem Papier erschienen waren. Ich schrieb von Hand, weil ich die Form jedes einzelnen Buchstabens spüren musste, meine Haut musste das Papier berühren und seine glatte Oberfläche spüren, wenn meine Hand sich von links nach rechts bewegte und über die Seite glitt. Es durfte keine Distanz zwischen mir und dem Text geben. Haut, Stift, Papier, Haut – ich wollte, dass sie eins wurden. Ich ließ mir möglichst lange Zeit und genoss den Rhythmus der Worte, nahm jedes einzelne in mich auf. Es gab Momente, da fand ich, dass der eine oder andere Satz noch verbessert werden könnte, aber ich hielt mich in diesem Stadium nicht mit Korrekturen auf. Ich machte immer weiter, und ich sagte mir, erst wenn ich am Ende angekommen wäre, würde ich mir erlauben zurückzublicken wie ein Bergsteiger, der den Gipfel schon vor sich sieht. Nicht nach unten schauen.

Ich erinnerte mich, wie Nancy und ich über Autoren gelacht hatten, die sich zu der absurden Behauptung verstiegen, sie seien von ihren Figuren besessen gewesen, es sei ihnen so vorgekommen, als habe ihr Buch sich selbst geschrieben. Für mich jedenfalls war es so. Die Figuren sprangen mir aus den Seiten entgegen, lebendig und fertig entwickelt. Atmende Menschen aus Fleisch und Blut. Meine Hand, schlüpfrig und fest zugleich, spritzte die Worte heraus, wie sie von Nancy in mich hineinflossen.

Es war eine Leben spendende Erfahrung, die Tür für Nancy zu öffnen, damit sie zu mir zurückkehren konnte, damit ihre sanfte, liebevolle Gegenwart wieder in unserem Haus Einzug halten konnte. Jeden Tag, wenn ich mit meiner Schreibarbeit fertig war und meine Hand davon schmerzte, machte ich mir Tee und Toast und las ihr laut vor, als ob sie mir in ihrem alten Sessel gegenübersäße.

Und dann, als ich endlich mit dem Ergebnis zufrieden war, tippte ich es ab. *Tack, tack, tack,* machten meine Finger und nagelten Wort für Wort auf dem Blatt fest. Endlich war es fertig. Wie lange hatte es gedauert? Vom Anfang bis zum Ende? Ich hatte ein Jahr mit Nancys Manuskript zugebracht, mit dem Abschreiben ihres Werks, aber der eigentliche Beginn lag natürlich Jahre zurück, nur dass ich es damals nicht erkannt hatte. Ich spürte, wie Nancy mir zulächelte, wie sie mich zum Weitermachen ermunterte. Sie hatte immer gesagt, dass ich eines Tages den Durchbruch als Schriftsteller erleben würde.

11

Frühjahr 2013

Kaum ist die Haustür hinter Nicholas ins Schloss gefallen, sperrt Catherine sich auf dem unteren Klo ein. Die Waffe, die benutzt wird, um sie zu quälen, wurde ihrem Sohn praktisch in die Hand gegeben, auch wenn Nicholas noch nicht zu begreifen scheint, dass das Buch ganz unmittelbar mit ihm zu tun hat. Sie hört Robert draußen vor der Toilettentür und greift nach einer Zeitschrift, raschelt mit den Seiten, um ihm zu signalisieren, dass es eine Weile dauern wird. Sie sieht auf ihre Unterhose hinunter, die um ihre Knöchel hängt, und wird plötzlich von einer Woge des Selbstmitleids erfasst. Das hat sie nicht verdient. Warum wird sie so gequält? Und warum jetzt? Sie fängt an zu weinen, fast wünscht sie, Robert würde sie hören und sie trösten. Er steht auf der anderen Seite der Tür.

»Ist alles in Ordnung?«

»Doch, doch.« Sie raschelt noch einmal mit der Zeitschrift, dann steht sie auf, zieht die Unterhose hoch und putzt sich die Nase, während die Spülung rauscht. Dann überprüft sie ihr Aussehen im Spiegel. Sie sieht scheiße aus, aber heute ist Sonntag, da ist das erlaubt.

Reiß dich zusammen, du blöde Kuh. Lies das Buch zu Ende, schieb es nicht ewig vor dir her. Weich nicht aus. Dann wirst du wissen, woran du bist und was du tun musst.

Sie lächelt ihr Spiegelbild an und muss beinahe laut lachen über diesen ganzen Irrsinn.

Es ist drei Uhr früh, und Robert schläft. Sie hat den gemeinsamen Abend irgendwie hinter sich gebracht, und als sie im Bett waren, hat sie das ganze Ritual durchexerziert, sich neben ihn gelegt und so getan, als ob sie schliefe, während sie darauf wartete, dass er einnickte. Als es so weit war, ist sie aufgestanden und nach unten geschlichen, um sich wieder im Klo einzuschließen.

Jetzt liest sie eine Schilderung ihres eigenen Todes. So, wie jemand anders ihn sich vorgestellt hat. So soll ihr Ende aussehen. Und es ist gnadenlos. Es ist hässlich. Und sie sieht, was sie nicht sehen könnte, wenn sie tot wäre. Das Bild, das andere sehen würden, wenn sie auf sie hinabschauten. Ihren zerschmetterten Schädel, aus dem das Hirn herausrinnt. Ihre Zunge, von ihren eigenen Zähnen durchtrennt. Die Nase glatt abgeschnitten und unter einem Wangenknochen verkeilt. Das würde der Zug mit ihr anrichten, nachdem sie sich davor geworfen hatte. Nur Catherine würde wissen, während sie fiele, dass sie in Wirklichkeit gar nicht gesprungen ist. Sie wurde gestoßen. Oder vielmehr geschubst, ganz sanft, aber so, dass sie das Gleichgewicht verlor und ins Gleis kippte, als der Zug eben einfuhr. Es herrscht Hochbetrieb, Scharen von Menschen drängen sich auf dem Bahnsteig. So ein furchtbarer Unfall. Das ist der Preis, den sie dafür zahlen muss, dass sie die letzten zwanzig Jahre so gelebt hat, als sei alles in bester Ordnung.

Eine so intensive Angst ist für Catherine eine ferne Erinnerung. Sie hat vergessen, wie es sich anfühlt. Sie ist jetzt in einem Alter, in dem der Tod unmerklich näher rückt und sich öfter in die Gedanken schleicht, aber sie hat es immer geschafft, ihren Weg unbeirrt fortzusetzen und die spitzen Krallen der Angst abzuschütteln, die sie am Vorankommen hindern wollten. Aber jetzt haben diese Krallen sie fest gepackt. Es ist der pure Hass, der ihr entgegenschlägt. Eine Art Hass, wie er sich vielleicht gegen sadistische Mörder oder Kinderschänder richten mag, denkt sie, und sie ist weder das eine noch das andere. Der Autor oder die Autorin hat sie zu einer Inkarnation des Bösen verzerrt. Ihren Charakter entstellt. Er oder sie will, dass sie sich rechtfertigt. Warum sollte sie das tun? Sie findet nicht, dass sie das nötig hat. Das ist nicht die Rolle, in der sie sich sieht.

Catherine ist diejenige, die die Wahrheit aus den Leuten herauskitzelt. Sie hat das zu ihrem Beruf gemacht. Es ist das, was sie besonders gut kann. Sie ist überzeugend, sie ist eine der Besten. Sie entlockt den Menschen die Wahrheit, sie bringt sie dazu, sich zu öffnen, sie filetiert die pikanten Geheimnisse aus ihnen heraus, die sie gerne für sich behalten hätten, um sie dann auf einem Tablett zu präsentieren, damit andere sie sehen und daraus lernen können. Und das alles auf absolut charmante Art und Weise, ohne je irgendetwas von sich selbst preiszugeben. Und sie wird sich auch jetzt nicht sezieren und unter die Lupe nehmen lassen. Sie wird den Jäger jagen und aufstöbern, der ihre Geschichte so verzerrt hat. Aber wer ist es? Jemand, dem sie noch nie begegnet ist? Ja, es ist jemand, den sie nicht kennt. Sie liest den letzten Satz noch einmal: *Zu schade, dass sie nicht erkannt hat, was für ein tödliches Versäumnis es war, nichts zu tun.*

Sie würde dieses Buch am liebsten in Fetzen reißen, aber seine zweihundert Seiten sind stärker als sie. Dennoch ist sie entschlossen, es zu vernichten. Und so steht sie auf und marschiert mit fliegendem Bademantel in die Küche. Sie findet die Streichhölzer, lange, elegante Hölzer, die bisher nur dazu benutzt wurden, Kerzen mit Feigenduft anzuzünden, reißt eines an und hält die Flamme an eine Ecke des Buchs. Es brennt nur zögerlich, der laminierte Einband ist schwer entflammbar und strömt zunächst nur einen giftigen Geruch aus. Endlich fangen die Seiten Feuer, die Ränder verkohlen, und es bildet sich ein dünner roter Streifen, dann ein blaues und gelbes

Glimmen, als das Feuer um sich greift. Sie hält das Buch so lange, wie sie kann, ohne sich die Finger zu verbrennen. Dann lässt sie das lodernde Bündel ins Spülbecken fallen, dreht den Wasserhahn auf und löscht den Brand.

»Was machst du da?«

Sie rührt sich nicht. Robert stürzt auf sie zu und starrt auf die verkohlten Überreste hinunter. Sie betrachten es beide fasziniert, dieses Ding, das Catherines Bemühungen zum Trotz immer noch als Buch zu erkennen ist. Er steht neben ihr und sucht in ihrem Gesicht nach einer Erklärung. Catherine weicht einen Schritt zurück und hüllt sich enger in ihren Bademantel.

»Catherine?«

Sie schüttelt den Kopf. Ertappt. Sie ist ertappt. Vielleicht hat sie es so gewollt. Vielleicht ist es besser so. Mit spitzen Fingern fischt Robert die aufgequollene Papiermasse heraus und hält sie hoch. *Opfer* ist das einzige Wort, das auf dem Schutzumschlag noch zu entziffern ist.

»Es handelt von mir.« Ebenso gut hätte sie sagen können: *Ich habe den Verstand verloren.* Sie wünscht, sie könnte die Worte wieder einfangen, aber sie sind schon heraus. Ist es das, was sie will? Ihm alles erzählen? Hier und jetzt?

»Schatz.«

Sie hört die Verwirrung, die quälende Sorge, die sich hinter diesem Wort verbirgt, während Robert das Buch wieder ins Spülbecken fallen lässt. Sie packt es mit beiden Händen, stürzt damit zum Mülleimer, als stünde es noch in Flammen, und wirft es hinein. Sie zieht den schwarzen Müllsack heraus und knotet ihn zu. All das im Eiltempo, als ob jemand auf schnellen Vorlauf gedrückt hätte. Sie läuft mit dem Sack in den Flur und zur Haustür hinaus, wirft ihn draußen in die Mülltonne und knallt den Metalldeckel zu. Dann steigt sie mit langsameren Schritten die Stufen zum Haus hinauf und schließt die Tür hinter sich.

Sie kann Robert in der Küche sehen, er beobachtet sie. Er rührt sich nicht von der Stelle, sie auch nicht. Zwischen ihnen erstreckt sich der Flur, die drei Meter angefüllt mit unausgesprochenen Worten. Catherine überlegt verzweifelt, welche sie hinunterschlucken, welche sie benutzen soll. Und, nachdem sie die richtigen ausgewählt hat, in welcher Reihenfolge sie ausgesprochen werden sollten.

Sie bewegt sich als Erste, schreitet durch den Flur auf Robert zu, mit offenem Mund, und liest im Gehen Wörter auf.

»Es wurde an unsere alte Adresse geschickt. An mich. Es handelt von etwas, was mir vor Jahren passiert ist.« Sie gerät ins Stocken. »Da will mich jemand bestrafen.«

»Dich bestrafen? Wer will dich bestrafen?«

»Die Person, die das Buch geschrieben hat.«

»Dich bestrafen wofür? Hat es mit einem Film zu tun, den du gemacht hast? Wenn es so ist, sollten wir die Polizei einschalten ...«

»Nein, es ist nichts dergleichen.«

»Und was ist es dann?« Er klingt ungeduldig. Er ist müde. »Wer hat es geschickt?«

»Das weiß ich nicht.«

»Wie kommst du darauf, dass es von dir handelt?« In seiner Frage schwingt Hohn.

»Ich habe mich wiedererkannt.«

»Wird dein Name genannt?«

Sie fasst seine Hand, hofft, dass es ihr die Kraft geben wird fortzufahren.

»Nein, mein Name wird nicht genannt, aber ich werde beschrieben, und ...«

»Beschrieben? Wie – blond? Mittleren Alters? Herrgott noch mal, Catherine!«

Er zieht seine Hand weg und setzt sich. Sie spürt, wie die Worte in ihrem Hals hinabgleiten und an ihrer Stelle Wut hochsteigt. Sie ist wütend auf seine Ahnungslosigkeit. Sie wirft ihm seine Unwissenheit vor. Wirft ihm vor, dass er nicht da war. Dass er es ihr so schwer macht, es ihm zu sagen.

Und jetzt ist der Moment vorbei. Sie kann es nicht sagen, nicht so, und ihre Sprachlosigkeit treibt ihr die Tränen in die Augen. Sie setzt sich hin und bricht zusammen, das Gesicht auf die Arme gelegt.

»Oh, Catherine, Catherine. Du hättest es nicht so weit kommen lassen dürfen.« Sein Ton ist sanfter, und sie spürt seine Hand an ihren Haaren. »Was hat es mit dem Buch auf sich? Nick hat es gelesen, nicht wahr? Ich hatte den Eindruck, dass du ein Problem damit hast. Wieso?«

Er wartet auf eine Antwort, und sie zwingt sich, zu ihm aufzuschauen. Ihr Gesicht ist tränennass und heiß.

»Es machte mir Angst … Ich habe etwas darin gesehen …« Sie gibt sich einen Ruck, will ihm wenigstens irgendeine Wahrheit erzählen. »Es hat mich dazu gebracht, mich selbst zu hassen. Es tut mir leid, es tut mir so leid …« Sie stockt; sie bringt es nicht über sich, also erzählt sie ihm etwas, von dem sie weiß, dass er es glauben wird: »Ich habe Wahnvorstellungen … es ist in meinem Kopf, ich kann es nicht erklären …«

Er ist einen Moment still, dann springt er in die Bresche.

»Oh, Catherine, du musst mir nichts erklären. Ich bin derjenige, der sich entschuldigen müsste. Ich wollte nicht wütend werden, ich mache mir einfach nur Sorgen um dich.« Er nimmt ihre Hand in seine. »Ich weiß, dass es in letzter Zeit nicht einfach war zwischen dir und Nick. Es ist schwer für dich. Aber du weißt doch, dass er dich liebt, nicht wahr? Uns fällt es einfach leichter zu reden, von Mann zu Mann, das ist alles.« Er legt die Arme um sie, um die Wirkung seiner Worte abzumildern, aber sie zuckt gleichwohl zusammen. »Er kann schwierig sein, das weiß ich. Ich mache dir keine Vorwürfe. Dieses Buch hat offensichtlich etwas ausgelöst …

etwas, was mit dir zu tun hat. Worum geht es? Um Schuld? Eine Mutter und ihren Sohn?« Er wartet auf ihre zustimmende Antwort und liest sie in ihr Schweigen hinein. »Du hast keinen Grund, dich schuldig zu fühlen, Catherine. Nick ist fünfundzwanzig, und es wird allmählich Zeit, dass er auf eigenen Füßen steht. Er kann immer noch zu uns zurückkommen, wenn er das braucht. Wir haben immer noch das Gästezimmer.« Er nimmt ihr Gesicht in seine Hände und zwingt sie, ihn anzusehen.

»Die Einzige, die dich bestraft, Catherine, bist du selbst.« Seine Stimme ist sanft. »Du muss damit aufhören. Versprichst du mir das?«

Sie nickt.

»Wir waren doch schon einmal an diesem Punkt, Cath. Packen wir es diesmal zügig an – es ist nicht nötig, dass du dich so quälst. Geh zu unserer Hausärztin, rede mit ihr. Und lass dir doch gleich etwas verschreiben, was dir beim Einschlafen hilft, ja?« Er lächelt. »Ich kenne dich zu gut. Du hast versucht, es zu verbergen, aber ich merke das doch. Und du siehst übrigens fürchterlich aus.« Er küsst sie.

Sie nickt wieder. »Es tut mir leid. Du bist sicher hundemüde«, sagt sie. »Und du musst doch morgen früh raus.«

»Mach dir keine Gedanken um mich«, sagt er. »Versprich mir, dass du zur Ärztin gehst.«

»Ja, das mach ich. Versprochen.«

»Du weißt, dass du mir alles sagen kannst. Das weißt du doch, oder?« Es ist keine Frage. Er nimmt sie bei der Hand und führt sie nach oben. »Rede einfach mit mir, Catherine. Wenn es dir so schlecht geht, dann rede mit mir.«

Seine Worte – liebevoll und besorgt – kollidieren mit dem Bild in ihrem Kopf: ihr Gesicht – das Gesicht, das ihr Mann gerade streichelt –, bis zur Unkenntlichkeit zerschmettert auf einem Bahngleis.

12

Spätwinter – Frühjahr 2013

In den richtigen Händen kann ein gespitzter Bleistift eine tödliche Waffe sein. Das Mindeste ist, dass man jemandem damit ein Auge ausstechen kann; im schlimmsten Fall kann er durch die Augenhöhle bis ins Gehirn dringen. Mein Bleistift ist perfekt gespitzt. Aber die tödlichste Waffe nützt nichts, wenn sie ihr Ziel nicht trifft.

Ich wusste, wer meine Zielperson war – ich kannte ihren Namen seit Jahren. Jetzt musste ich nur noch an sie herankommen.

Ich holte mir Rat bei einem Mann, der in der Nachbarschaft wohnte. Es war der Drucker, der die Totenzettel für Nancys Beerdigung gedruckt hatte. Er war es, der vorschlug, dass ich mir den Umweg über einen Verlag sparen und den Roman selbst veröffentlichen sollte. »Wenden Sie sich direkt an den Leser«, sagte er. Musik in meinen Ohren, aber – »online«? Also, da kam ich nicht mehr mit. Ich war nicht »online«. Ich besaß nicht einmal einen Computer. Es hat nicht viele Vorteile, wenn man alt und einsam ist, aber in diesem Fall holte ich wirklich das Beste aus meiner bemitleidenswerten Situation heraus. Ich brauchte Hilfe, und dieser freundliche Mann gewährte sie mir. »Ich rate zu einem Laptop«, sagte er. Ja, ich fand, dass sich das gut anhörte, und er half mir, einen zu kaufen, führte mich durch den verwirrenden Vorgang der Installation, und dann richtete er mir einen Internetanschluss ein.

Ohne ihn hätte ich das nie geschafft. So ein geduldiger Mann, so zuvorkommend. Er schenkte mir eine Freiheit, von der ich nicht einmal geahnt hatte, dass sie mir fehlte, schickte mich auf eine Reise in ein grenzenloses Universum und eröffnete mir altem Mann eine gänzlich neue Welt, in der ich mich frei und ungehindert bewegen konnte.

Meine erste Anlaufstelle war ihr Name. Ich tippte ihn ein, und schon war alles da. Fotos, eine Kurzbiografie und ihre sämtlichen Referenzen – alles, worüber sie je gearbeitet hatte. Es waren auch ein paar Hochstaplerinnen darunter, die sich für sie ausgaben, aber ich erkannte die Richtige, wenn ich sie sah. Obwohl wir uns nie begegnet waren, hatte ich keinen Zweifel, welche Catherine Ravenscroft meine war. Und da war auch ihr Ehemann, Robert. Robert und Catherine. Auf einem Foto hatte er den Arm um sie gelegt. Ihre Haare waren vom Wind zerzaust, und sie lächelte. Zu meiner Verblüffung entdeckte ich, dass ich durch Klicken auf das Foto den genauen Ort herausfinden konnte, an dem es aufgenommen war: GPS-Koordinaten. Ich sah auf einer Landkarte nach, und schon hatte ich es: Fowey in Cornwall. Ein Urlaub in einem schicken Hotel, dachte ich mir. Das Foto war mit einem Handy gemacht. Vielleicht hatte ihr Sohn es gemacht. Ihr kleiner Junge, der jetzt ein junger Mann ist. Nicholas. Nicholas Ravenscroft. Da ist er. Kein Hochschulabschluss? Ein Studienabbrecher? Nicht doch. Ein einfacher Verkäufer? Von einem Sprössling eines so ehrgeizigen und erfolgreichen Paars hatte ich mehr erwartet.

Oh, glückliche Tage. So viele verlorene Jahre, und dennoch konnte ich in kürzester Zeit alles nachholen und herausfinden, was sie und ihre Familie so getrieben hatten. Was für ein erfülltes Leben sie geführt hatte und wie reichlich sie dafür belohnt worden war. Man konnte es an ihren Zähnen sehen – ebenmäßig und weiß, ein sicheres Zeichen des Wohlstands, ähnlich wie Sonnenbräune in den Sechzigern. Ihre Frisur sah auch teuer aus, gut geschnitten, die grauen Haare (von denen sie inzwischen doch sicher einige hatte) raffiniert mit Blond vermischt. Ja, sie führte zweifellos ein Leben auf der Erfolgsschiene.

Ich entwickelte mich zu einem regelrechten Abenteuerreisenden. Manchmal lockten mich andere Pfade, und ich gebe zu, dass ich mich bisweilen ablenken ließ. Einer davon führte mich zu einem ehemaligen Schüler. Er war mein Lieblingsschüler gewesen, dieser junge Mann, allerdings war er gar nicht mehr so jung, fast schon in den besten Jahren. Ich hatte im Lauf der Jahre immer mal wieder an ihn gedacht, hatte mich gefragt, was wohl aus ihm geworden war, und jetzt konnte ich es herausfinden. Mit leichten Fingern spazierte ich durch seine Berufslaufbahn, sein Privatleben. Ledig, keine Kinder. Aus dieser Entfernung konnte ich ihn gefahrlos beobachten. Niemand würde es erfahren.

Aber zurück zur Tagesordnung. Ich brauchte eine Adresse: das Schwarze in der Mitte meiner Zielscheibe. Ich wusste, wo sie arbeitete, aber es war ihre Privatadresse, hinter der ich her war, und das erwies sich als gar nicht so einfach. Es war ihr Mann, der schließlich die Katze aus dem Sack ließ. Ich las ein Profil von ihm im Wirtschaftsteil einer Zeitung. Bla, bla, bla und dann: *Robert Ravenscroft lebt mit seinem Sohn und seiner Ehefrau Catherine, einer erfolgreichen Dokumentarfilmerin, im Nordwesten von London.* Keine vollständige Adresse, aber ein Hinweis. Am Ende waren es meine Finger, die mir die Laufarbeit abnahmen und mir halfen, ihren Eintrag im Telefonbuch zu finden. Mr R. Ravenscroft. Ich notierte mir die Nummer zur späteren Verwendung.

Ich fühlte mich wie ein Kind an Weihnachten, als mein Freund, der Drucker, die ersten Exemplare meines Buchs brachte. Dabei war Weihnachten schon längst vorbei – für mich war es eine einsame Angelegenheit gewesen. Ein Truthahn-Fertiggericht für eine Person, mit Bratkartoffeln und Rosenkohl, dazu Bratentunke und Cranberrysauce. Es roch besser, als es schmeckte – ein Hauch von weihnachtlichen Gewürzen stieg auf, als ich den Kartondeckel abzog. Ich musste bis Ende Januar auf mein wahres Weihnachten warten, doch als ich dieses allererste Buch aus dem Karton nahm, wusste ich, dass das Warten sich gelohnt hatte. Für das Cover hatte ich ein Bild von einer von Jonathans Ansichtskarten gewählt. Blauer Himmel, sengende Sonne. Ja, es machte sich gut: eine glühende weiße Sonne, die man noch sehen konnte, wenn man die Augen schloss.

Mein Freund wollte sich unbedingt gleich mit mir hinsetzen und mir demonstrieren, wie ich die Online-Bestellungen verwalten konnte, aber dafür hatte ich keine Zeit. Ich brannte darauf weiterzumachen. Ich versicherte ihm, dass ich das Internet-Universum inzwischen gemeistert hätte. Tatsächlich hatte ich nicht die Absicht, auf Online-Bestellungen zu warten.

Als ich dieses erste Buch in eine gefütterte Versandtasche steckte und ihre Adresse daraufschrieb, zitterten meine Hände vor freudiger Erwartung. Ich schrieb ganz sorgfältig, achtete darauf, dass mir keine Buchstaben- oder Zahlendreher bei der Postleitzahl unterliefen, nur um am Ende zu beschließen, dass ich das Päckchen doch persönlich vorbeibringen würde. Ein druckfrisches Exemplar, ein Geschenk für einen ganz besonderen Menschen. Es sollte eine Überraschung bleiben, deshalb warf ich es in den frühen Morgenstunden ein, um sicherzugehen, dass mich niemand sah. Es landete mit einem satten Klatschen auf der Fußmatte – eine Handgranate, die nur darauf wartete, dass jemand den Sicherungsstift zog.

Ich wollte, dass es sie mit voller Wucht traf, wenn sie am wenigsten damit rechnete. Vielleicht, wenn sie es sich mit einem Glas Wein auf dem Sofa gemütlich gemacht hatte. Ein Begleitschreiben legte ich nicht bei. Ich wollte nicht die Aufmerksamkeit auf mich lenken – es ging mir um Anerkennung. Nicht für mich, nein. *Sie* sollte anerkennen, dass die Frau in dem Buch ihr wahres Ich war, nicht die Frau, die sie zu sein vorgab. Ich wollte ihr die Wahrheit um die Ohren schlagen.

Man könnte sagen, das Buch war wie ein Terrier, mein Jack Russell in Gestalt eines Romans, der sie in ihrem Versteck aufstöbern und sie hinaus ans Licht jagen würde. Seine spitzen Zähne würden sie entblößen, würden ihr die Maske vom Gesicht reißen, die falschen Identitäten bloßlegen, die sie sich zurechtgelegt hatte. Wie gut sie sich versteckt hat in ihrer langen, vorbildlichen Ehe, ihrer gefeierten Karriere – und dazu ist sie auch noch Mutter, das dürfen wir nicht vergessen. Was für eine nützliche Tarnung.

Sei doch verdammt noch mal ehrlich. Steh zu dir selbst. Wollen doch mal sehen, wie du danach noch mit dir leben kannst.

Ich war müde, als ich nach Hause kam, also legte ich mich ein wenig ins Bett. Gegen Mittag wachte ich auf und machte mir ein Käsesandwich. Es war eine kümmerliche Angelegenheit – der Käse war trocken, das Brot altbacken. Es gab da immer noch das Regal in der Speisekammer, wo ich Nancys Eingemachtes aufbewahrte. Seit ihrem Tod hatte ich nichts davon angerührt, aber an diesem Tag nahm ich ein Glas Zwiebel-Chutney heraus, kratzte den Schimmel ab und strich es mir über den Käse. Als ich den ersten Bissen des Sandwichs hinunterschlucken wollte, spürte ich einen Fremdkörper im Hals, würgte und bugsierte ihn mit der Zunge heraus. Aber es war gar nichts Fremdes, es war ein Teil von Nancy – ein langes weißes Haar. Ich hätte auch jedes andere Glas auswählen können, aber aus irgendeinem Grund hatte ich mich zu diesem hingezogen gefühlt – zu dem, das ein Andenken von meiner Frau enthielt. Ich lutschte das Haar sauber und legte es an den Rand meines Tellers.

Es war ein Zeichen, da war ich mir ganz sicher. Sie gab mir auf diese Weise ihr Plazet, und ich begann zu überlegen, was ich noch tun könnte, um ihr eine Freude zu machen. Nicht schüchtern sein, sagte ich mir. Und so wagte ich es.

Es war ein strahlender, frischer Tag, die Sonne stand scharf konturiert und kühn am Himmel, und ich genoss es, sie im Gesicht zu spüren, als ich auf dem oberen Deck des Busses saß. Obwohl es vom Oxford Circus nur ein kurzer Fußmarsch war, brauchte ich länger als eigentlich nötig, um mir meinen Weg durch die Scharen unentschlossener Fußgänger zu bahnen und die Elektroabteilung von John Lewis zu erreichen. Aber der Lunch hatte mich gestärkt. Ein neuer Staubsauger sollte es sein, das hatte ich beschlossen, aber welcher? Ich sah mich Hilfe suchend um, und da war er. Der Mann, zu dem ich wollte.

Anfangs war er tatsächlich hilfsbereit, der junge Verkäufer im Anzug mit seinen Slippern und dem Namensschild am Revers. Er schien genau zu verstehen, was ich brauchte. Etwas Leichtes, das ein alter Knabe wie ich die Treppe hinauf- und hinuntertragen konnte. Er reagierte verständnisvoll, als ich ihm erzählte, dass meine Frau, die leider nicht mehr lebte, das meiste im Haushalt erledigt hatte. Er riet zu einem Dyson, einem Gerät, das ich hinter mir herziehen konnte, mit einem Griff, um ihn besser die Treppe hinauftragen zu können. Mit allem Zubehör und Supersaugkraft – es gab nichts Stärkeres auf dem Markt. Ach, aber ich hegte nostalgische Gefühle für die alten Handstaubsauger. Ich meinte, dass ich mich doch wohler fühlen würde mit einem Gerät, das mehr unserem alten Modell glich.

Ich konnte nicht umhin, den Tabakgeruch zu bemerken, den er ausströmte. Sicher hatte er sich gerade auf eine heimliche Zigarette verdrückt. Wie sich herausstellte, war der Handstaubsauber sogar noch schwerer als der Dyson – ich war mir nicht sicher, ob ich damit klarkommen würde. Vielleicht wäre einer dieser handbetriebenen Teppichreiniger doch besser für mich? Ein Bissell – so hießen die doch? So ein Ding mit Rollen, die den Staub aufnehmen, wenn man es über den Teppich schiebt. Wie wäre es mit so einem?

Er legte den Kopf schief und schaute mich an, als ob ich ihn aufgefordert hätte, lateinische Verben zu konjugieren. Dann feuerte er seine eigenen Fragen auf mich ab. Wie dicht war der Flor? Teppiche oder Läufer? Oder etwa Dielenböden? Er gab sich alle Mühe, und es ging hin und her, bis er schließlich seine Ungeduld nicht mehr verbergen konnte. Nahm ich zu viel von seiner Zeit in Anspruch? Verdarb ich ihm seine Teepause? Ich sah, wie seine Kiefermuskeln sich anspannten, wie er mit den Zähnen knirschte und verstohlen zu einem Kollegen hinübersah und mit den Augen rollte. Ich bin mir sicher, wenn sein Geschäftsführer das gesehen hätte, er hätte ihn zur Rechenschaft gezogen.

»Was würden Sie an meiner Stelle tun?«, fragte ich.

»Den Dyson nehmen«, sagte er.

»Sie sind der Fachmann«, erwiderte ich, und er nahm den Karton herunter und versicherte mir, das Gerät würde mich nicht enttäuschen. Es sei sein Geld auf jeden Fall wert. Und es galt natürlich die Tiefpreisgarantie des Hauses. Er trug ihn zur Kasse, doch da überlegte ich es mir noch einmal anders. Wie sollte ich es ihm beibringen? Es war viel Geld für einen Rentner. Ich könne mich nicht dazu durchringen, sagte ich zu ihm. Ich hoffte, ihm nicht seine Zeit gestohlen zu haben.

Ich hatte ihm eine Chance geben wollen. Er würde doch sicherlich noch einen Versuch unternehmen, mich zum Kauf irgendeines Artikels zu überreden, den ich nicht brauchte. Aber er war hoffnungslos. Ein totaler Versager. Ich konnte mir nicht vorstellen, dass man ihn für eine Managementausbildung in Betracht ziehen würde.

Ein paar Tage später kam ich wieder und gab ein Dankeschön-Geschenk für ihn bei der jungen Frau an der Kasse ab. »Richten Sie ihm bitte aus, dass es von einem dankbaren Kunden ist«, sagte ich.

Nachdem ich meine ersten zwei Bücher abgeliefert hatte, musste ich erst einmal warten. Immer wieder schaute ich in meinem Laptop nach, ob es schon Rezensionen gab, eine Nachricht, irgendetwas. Es überraschte mich nicht, dass von ihm nichts kam, aber ich hatte doch mit irgendeiner Reaktion von ihr gerechnet. Dieses herzlose Miststück. Ich hatte so lange wie möglich anonym bleiben wollen, um sie aus der Reserve zu locken, aber jetzt sah ich mich gezwungen, noch einmal zu ihrem Haus zu fahren, um nachzusehen, was da eigentlich los war.

So ein schönes Haus. Die Fassade vor Kurzem gestrichen, der Vorgarten fachmännisch bepflanzt. Das war ein richtiges Zuhause. Ein schönes Zuhause, in dem ich allerdings nicht willkommen sein würde. Ich stand schon eine gute Stunde dort. Es war ein kalter, ungemütlicher Frühlingstag. Endlich fuhr ein Wagen vor. Die Hintertüren sprangen auf, und mehrere Kinder kletterten heraus. Insgesamt drei, unterschiedlich alt. Da stimmte etwas nicht. Dann kam noch eine Frau. Die Mutter. Die falsche Mutter. Vielleicht war es auch das falsche Auto. Nur weil es vor dem richtigen Haus gehalten hatte, musste es noch nicht das richtige Auto sein. Die falsche Mutter ging auf das richtige Haus zu, schloss die Tür auf und ging hinein.

Ich überquerte die Straße. Das war das Haus, in das ich meine Handgranate geworfen hatte, doch sie war in die falschen Hände geraten.

Ich setzte einen Fuß auf den Gartenweg und sah, wie mich

aus einem der unteren Fenster ein Gesicht anstarrte. Ein zweites gesellte sich dazu. Zwei kleine Gesichter, die mich anschauten. Dann ein drittes, das auch noch mitmischen wollte. Ich lächelte ihnen zu, und sie zogen sich blitzschnell von ihrem Beobachtungsposten zurück. Die Gardine fiel vor die Scheibe zurück. Ich lächelte immer noch, als ich auf die Haustür zuging und klingelte. Ich konnte ihre quiekenden Stimmen drinnen hören. Offenbar fanden sie es furchtbar aufregend, dass ein Fremder bei ihnen vor der Tür stand. Die drei kleinen Schweinchen.

Es war die Mutter, die mir öffnete. Es war gerade mal später Nachmittag, aber sie hatte die Kette vorgelegt. Herrgott noch mal, es war schließlich nicht Mitternacht. Es war fünf Uhr. Helllichter Tag. Und ich lächelte sie an. Ich hätte doch nicht gelächelt, wenn ich etwas Böses im Schilde geführt hätte.

»Guten Tag, entschuldigen Sie bitte die Störung …« Eine Pause, um meinen Worten Nachdruck zu verleihen und zu demonstrieren, dass es mir wirklich leidtat. »Ich versuche, eine alte Bekannte zu kontaktieren – Catherine Ravenscroft. Sie hat früher hier gewohnt, wenn ich mich nicht irre …« Verwirrtes Blinzeln, erneutes Lächeln. »Ich habe vor ein paar Wochen ein Geburtstagsgeschenk für sie durch den Briefschlitz eingeworfen, aber ich habe nichts von ihr gehört, und … Na ja, das sieht ihr gar nicht ähnlich.«

»Sie sind umgezogen«, sagte sie. Mein Lächeln wurde nicht einmal ansatzweise erwidert.

»Ah, das erklärt alles. Ich habe sie und ihre Familie schon länger nicht mehr gesehen. Ich frage mich …« Wieder eine Pause. *Ich will ja nicht aufdringlich sein.* »Haben Sie vielleicht ihre neue Adresse?« Wieder ein Blinzeln. *Ich bin alt und gebrechlich. Und es ist kalt hier draußen. Seien Sie nett zu mir.*

Sie schüttelte den Kopf.

»Nein«, sagte sie und machte Anstalten, die Tür zu schließen. Frechheit. Blitzschnell hatte ich meinen Fuß dazwischen.

»Bitte«, sagte ich. »Ich will Sie ja nicht nerven, aber ich muss sie dringend kontaktieren.«

Die drei kleinen Schweinchen standen jetzt wibbelnd hinter ihrer Mutter.

»Nehmen Sie Ihren Fuß aus meinem Haus«, sagte sie. Und sie meinte es ernst. Eiskalt.

Natürlich zog ich den Fuß sofort zurück. Und entschuldigte mich. Und dann knallte sie mir die Tür vor der Nase zu. Ich hatte ihr keine Angst machen wollen – das war das Letzte, was ich gewollt hatte. Offen gestanden, es war kontraproduktiv. Aber ich konnte es nicht dabei bewenden lassen. Ich musste wissen, ob sie mein Päckchen weitergeleitet hatte. Also sank ich auf die Fußmatte, auf meine schmerzenden Knie, und schob die Finger durch den Briefschlitz.

»Bitte – sagen Sie mir doch wenigstens, ob Sie mein Geschenk weitergeleitet haben.« Und dann hatte ich einen Geistesblitz. »Wissen Sie, ich bin nämlich ihr Patenonkel. Es wäre mir arg, wenn sie denken würde, ich hätte ihren Geburtstag vergessen.«

»Mamaaaaaaa!« Eins der Schweinchen appellierte an sie. Eigentlich habe ich Schweine immer gemocht. So intelligente, loyale Kreaturen. Mama war nicht sehr nett zu diesem alten Mann.

»Ja, ich habe ein Päckchen weitergeleitet. Und jetzt gehen Sie. Die Familie hat uns gebeten, ihre Adresse nicht herauszugeben. Gehen Sie, oder ich rufe die Polizei.«

Ich rappelte mich wieder hoch. Es knackste und knirschte schmerzhaft, aber noch war nicht alles verloren.

»Vielen herzlichen Dank«, murmelte ich, als ich mich am Briefschlitz vorbei aufrichtete. Ich hatte mich im Haus geirrt, und meine kleine Bombe hatte einen Umweg genommen, den ich nicht eingeplant hatte, aber es hörte sich so an, als sei sie doch noch hochgegangen.

Ich hielt weiter Ausschau nach Rezensionen, aber da war immer noch nichts. Mithilfe meines Laptops blieb ich ihr auf den Fersen. Ich war inzwischen regelrecht süchtig, brauchte alle paar Stunden einen Online-»Schuss«. Ab und zu wurde ich mit etwas Neuem belohnt. Bewegte Bilder mit Ton. Ein Tonfilm. Sauber, sauber. Da war sie mit ihrem Ehemann. Er sah rundum zufrieden aus. Sie waren alle festlich gekleidet. Kluges Mädchen. Sie hatte einen Preis gewonnen: *Catherine Ravenscrofts mutiger Dokumentarfilm, der das sogenannte »Grooming« von jungen Mädchen aufdeckt* ... Oh, welch köstliche Ironie. Ich konnte es nicht erwarten, ihre Stimme zu hören. Ich schloss die Augen und badete mich in ihrem Klang: *»Ich möchte den mutigen Kindern danken, die offen über ihre Erlebnisse gesprochen haben, die mir vertraut haben, denn ohne ihren Mut, ohne ihre Bereitschaft, die Wahrheit zu sagen über das, was ihnen widerfahren ist ...«*

Mein Gott, sie war ja so überzeugend. Ja, diese Kinder waren in der Tat mutig. Sie hätte sie ohne Zögern auf dem Altar ihres eigenen Ruhms geopfert. Sie hatten tatsächlich keine Ahnung, wie sie wirklich war, diese Leute, die ihr den Preis verliehen hatten, oder? Ich wollte sie zum Schweigen bringen, ich konnte es nicht ertragen, ihre Stimme zu hören. Ich würde sie verschwinden lassen. Ein Kreuz in einem roten Kästchen. Klick – und weg. Ein simpler Zaubertrick. Kinderleicht.

13

Frühjahr 2013

Vergraben unter der Erde, tief unter der Oberfläche, mit mindestens zehn Metern zwischen ihr und dem Tageslicht. Catherine ist nicht allein – hier sind Dutzende andere, denen es so geht wie ihr. Aber sind sie wirklich hier? Ist er hier? Ist sie hier? Sie hält sich die Handtasche vor den Bauch und sieht rasch hinter sich, nach rechts und nach links. Augen begegnen ihrem Blick und zucken rasch weg.

... sie spürte, wie etwas leicht über ihren Rücken strich, und drehte sich um. Ein Meer von Gesichtern blickte ihr entgegen, aber sie interessierte sich für keines davon. Sie blickte zur Bahnsteiganzeige auf und sah, dass der Zug in drei Minuten eintreffen würde – was sie nicht wusste, war, dass die Ziffern auch anzeigten, wie lange sie noch zu leben hatte ...

Sie gerät allmählich in Panik. Das war ein Fehler. Jemand tritt ihr auf den Fuß. Ein Versuch, ihr ein Bein zu stellen? Sie zieht ihren Fuß weg und wirft dem Besitzer des Turnschuhs einen bösen Blick zu. Er murmelt eine Entschuldigung, den Blick starr vorausgerichtet, das Ziel im Auge. Er will ihr beim Ansturm auf den Zug zuvorkommen, nicht sie davorstoßen. Jemand atmet ihr in den Nacken, sie riecht Aftershave zu ihrer Linken. Sie hält die Luft an, der widerliche Geruch verschlägt ihr den Atem. Verstohlen blickt sie zur Seite. Ein Mann, größer als sie, starrt lüstern auf sie herab. Mist. Sie hätte den Bus nehmen sollen. Verdammt, als sie das Haus verließ, war sie entschlossen, sich von diesem Buch nicht lähmen zu lassen, und mit dem Bus hätte sie dreimal umsteigen müssen, wäre zu spät zur Arbeit gekommen. Zu schwierig.

Catherine die Mutige, das ist sie; sie ist kein wimmernder Feigling. Sie bemüht sich, Roberts Catherine zu sein. Seit ihrer nächtlichen Buchverbrennungs-Aktion hat er angefangen, wieder an sie zu glauben. Er hat sie mit Samthandschuhen angefasst, ist so rücksichtsvoll gewesen. Sie hat ihr Versprechen gehalten und einen Termin bei der Hausärztin gemacht, und Robert hat die kleinen gelben Pillen auf ihrem Nachttisch gesehen. Sie helfen ihr, ein bisschen besser zu schlafen, und sie helfen ihm zu glauben, dass sie auf dem besten Weg ist, wieder die Alte zu werden.

Von hinten drängen sie, und sie darf sich nicht noch näher an den einfahrenden Zug heranschieben lassen. Jedes Mal wenn ein Zug vorbeikam, ist sie ein paar Zentimeter vorgerückt, ein wenig näher heran, bereit für den nächsten, aber nicht zu nahe. Sie hat einen neuen Respekt vor der gelben Linie entwickelt. Ihr Körper zuckt vor Angst, dass ein Psychopath sie willkürlich aussuchen und ins Gleis stoßen wird. Das ist schon anderen Leuten passiert, und sie glaubt, dass es auch ihr passieren könnte. Nur dass es bei ihr kein Zufall wäre. Es wäre ein gezielter Anschlag. Es würde wie ein Unfall aussehen, und Catherine weiß, wie leicht solche Unfälle passieren.

Sie hält den Blick starr auf die Schienen gerichtet, und sie sieht Teile von sich darauf zerstreut. Der Zug fährt ein, sie hält die Stellung und schiebt sich nach vorne. Jetzt ist sie an der Reihe, den Sprung zu wagen. Sie schafft es. Die Türen schließen sich. Kein Sitzplatz, aber ausnahmsweise ist sie froh um das Gedränge von Leibern um sich herum, die sie am Umfallen hindern. Acht Stationen, dann ist sie am Ziel.

An der achten Haltestelle steigt sie aus und fährt hinauf zur Oberfläche. Sie geht immer weiter, ohne sich umzudrehen. Weiter zur Arbeit, weiter zu dem Schreibtisch, der schon auf sie wartet. Je näher sie ihm kommt, desto sicherer fühlt sie sich. Fast vergisst sie, dass sie noch vor wenigen Minuten wildfremde Menschen verdächtigt hat, sie zu beobachten und den richtigen Moment abzupassen, um sie vor den Zug zu stoßen. Aber das ist vorbei. Jetzt ist sie in Sicherheit. Sie zieht ihre Karte durch, passiert die Security und gesellt sich zu der Handvoll Mitarbeiter, die schon auf den Aufzug warten. Man kennt sie hier. Und sie kennt die anderen.

»Hey, wie war der Umzug?«

Catherine lächelt Kim an, die reizende Kim, die reizende, junge, vor Leben sprühende Kim. Sie wuchtet ihre Tasche auf den Schreibtisch und nimmt den hässlichen Metallklumpen heraus, den sie gewonnen hat, um ihn in einer selbstironischen Geste in die Luft zu recken, ehe sie ihn ins Regal hinter sich stellt. Hier ist alles offen angelegt, ganz wie zu Hause.

»Ist gut gelaufen«, sagt Catherine und nimmt auf ihrem Stuhl Platz. Das ist der Ort, wo sie alles unter Kontrolle hat, wo sie die Dinge in die Hand nehmen kann, wo sie etwas in Gang setzen oder auch beenden kann, ganz wie sie will. »Ist er nicht hässlich?«, sagt sie und deutet auf die Skulptur.

»Aber ganz praktisch als Mordwaffe. Wir werden noch froh drum sein, wenn Simon kommt«, scherzt Kim.

»Ja, und mit diesen praktischen Tüchern lässt sich das Blut auch ganz leicht wieder abwischen …« Catherine zieht ein Bildschirmputztuch aus der Tasche und wischt den Staub von ihrem Computer. Sie wundert sich, wie mühelos sie sich auf Kims Mord- und Totschlag-Witzeleien einlassen kann.

»Kaffee?«, fragt Kim.

»Bitte.« Catherine lächelt.

Nach und nach trudeln die anderen ein: Produzenten, Rechercheure und das Produktionsteam. Man begrüßt sich, man gratuliert, von allen Seiten werden ihr Sympathie und Wohlwollen entgegengebracht, und sie erwidert es. Sogar Simon, der platzend vor Selbstgefälligkeit hereingeschneit kommt, ist heute fast erträglich. Simon ist so alt wie sie, ebenfalls Dokumentarfilm-Regisseur, er kommt aus der Nachrichtenredaktion und hält sich deshalb für ein ernst zu nehmendes Schwergewicht, aber heute Morgen ist Catherine das alles egal. Es ist der Kontrast: Es ging ihr schon viel schlechter, und jetzt fühlt sie sich fast wieder normal.

»Übrigens, gratuliere.« Simon zwinkert ihr zu und streift Catherines Preis mit einem flüchtigen Blick.

Sie ignoriert ihn und schlägt eine neue Kladde auf.

»Und, was ist das nächste Projekt?«, fragt er. Oh, wie dieser Mann sie nervt mit seiner gnadenlosen Munterkeit!

»Jemand ist daran interessiert, aus meiner Doku einen abendfüllenden Film zu machen«, lügt sie und beobachtet befriedigt, wie er krampfhaft sein Lächeln aufrechterhält.

»Das ist ja toll«, sagt er.

»Nicht wahr?«, entgegnet sie und sieht ihm fest in die Augen.

»Also, wenn du darüber reden willst, sag mir Bescheid – ich hab ein bisschen Erfahrung mit dem einen oder anderen von diesen Filmleuten«, sagt er grinsend.

»Oh, das mach ich bestimmt, Simon.« Sie zwinkert ihm zu, dann dreht sie ihm den Rücken zu, greift zu einem Stift und trommelt damit auf ihrer Kladde herum. Eine Liste, das ist es, was sie jetzt braucht. Eine Liste ist immer ein guter Anfang.

Das Buch: Das Opfer des Fremden
Der Autor: Freund von … Verwandter von … Zeuge von …?

Catherine tippt mit ihrem Stift auf die Liste, und ihr fällt wieder ein, wann sie Nancy Brigstocke kennengelernt hat. Es war 1998. Es waren nur sie beide, und sie haben sich nur ein Mal getroffen. Nancy hatte mit Catherine Kontakt aufgenommen. Catherine erinnert sich an die Schuldgefühle, die sie plagten, als sie den Brief erhielt, denn Nancy hatte sicher darauf gewartet, dass sie die Initiative zu einem Treffen ergriff. Es wäre für Catherine ein Leichtes gewesen, Nancys Adresse zu ermitteln, aber für Nancy konnte es auch nicht allzu schwer gewesen sein, sie zu finden. Wer hätte es übers Herz gebracht, ihr die Information zu verweigern? Der Brief war mit Füllfederhalter geschrieben, blauschwarze Tinte. Sie sieht noch die geneigte Schrift vor sich, die Schleifen der Großbuchstaben an den Satzanfängen. Der Brief hatte sie nachhaltig beeindruckt. Catherine hatte sich verpflichtet gefühlt, sich mit ihr zu treffen.

Es war ein Freitagnachmittag im Oktober gewesen. Der Himmel war weiß, die Luft schwül. Schwüle im Oktober? Es kann nicht sein, dass es im Oktober schwül war, aber so hatte Catherine es empfunden. Drückend. Sie erinnert sich, wie sie ihre Mütze abgenommen und in die Manteltasche gestopft hat. Sie hatte sie aufgesetzt, als sie morgens aus dem Haus gegangen war, um zur Arbeit zu fahren, weil sie dachte, es sei kalt, stattdessen hatte sie geschwitzt. Die Hitze hatte sich in ihrem Kopf aufgebaut, bis sie das Gefühl hatte, ihr Gehirn würde auf kleiner Flamme geschmort, ihre Gedanken zu einer breiigen Pampe zerkocht. Sie hatte die Mütze abgenommen und ihren Mantel aufgeknöpft.

Nancy Brigstocke hatte ihren Mantel zugeknöpft gelassen. Sie ging darin regelrecht unter. Eine zierliche Frau. Sie trug Handschuhe, aber keine Mütze. Catherine erinnert sich, wie sie auf Nancy hinabschaute und das Rosa ihrer Kopfhaut durch die dünnen weißen Haare schimmern sah. Sie hatte vermutet, dass Nancy ungefähr im Alter ihrer Mutter sei, doch sie sah älter aus. Sie hatte Krebs. Das hatte sie in ihrem Brief geschrieben, und sie sah aus wie eine Frau, die im Begriff war, ihren Kampf zu verlieren. Sie hatte Catherine erzählt, dass sie vor Kurzem ihren Mann verloren habe – ein weiterer Grund, weshalb Catherine in das Treffen eingewilligt hatte. Was, wenn Nancy Brigstocke doch nicht gestorben war? Könnte sie noch am Leben sein? Mit ihrem Krebs? Sie setzt Nancys Namen auf die Liste.

Die Atmosphäre bei dem Treffen war angespannt. Es gab so vieles, was Catherine hatte sagen wollen, aber nicht konnte, und so überließ sie Nancy das Reden. Sie hörte den Hunger in der Stimme der alten Frau – wie sie bohrte und Catherine dazu bringen wollte, sich zu öffnen. Aber das wollte sie nicht. Sie konnte es nicht. »Es gibt nichts, was ich sagen könnte, um Ihnen zu helfen«, sagte sie.

Und dann bat Nancy um ein Treffen mit Nicholas, und Catherine lehnte ab. Sie versuchte noch, ihre Weigerung abzumildern, indem sie sagte, sie könne es nicht zulassen, er sei noch zu klein. Catherine nahm die Hand der gebrechlichen Frau, und sie ist sich sicher, darin den Tod gespürt zu haben. Sie sah ihn auch in den Augen der Frau, als Nancy zu ihr aufblickte. Catherine wandte das Gesicht ab, weil sie es nicht aushielt. Sie verabschiedete sich und ging, immer weiter, ohne sich noch einmal umzudrehen. Nancy sollte nicht sehen, dass sie weinte. Sie sollte ihre Tränen nicht falsch interpretieren. Catherine weinte um all die Dinge, die sie nicht gesagt hatte, und um diese winzige Frau, die in ihrem schicken Tweedmantel mit Fischgrätmuster wie geschrumpft wirkte. Mit ihren Lederhandschuhen, ihren dünnen, sorgfältig gekämmten Haaren, ihren bequemen Schuhen. Es war herzzerreißend, wie viel Mühe sie sich mit ihrem Aussehen gegeben hatte. Das Bemühen, stärker zu erscheinen, als sie war.

Aber vielleicht hat Catherine ihre Stärke unterschätzt, vielleicht hat Nancy über den Tod triumphiert und setzt eben jetzt auch zum Sturm auf Catherine an. Vielleicht war es gar nicht der Tod, was sie in ihren Augen gesehen hat, sondern etwas anderes, ebenso Kaltes. Könnte Nancy Brigstocke fähig sein, das Gift hervorzubringen, das in dem Buch steckt?

»Kann ich dir was abnehmen?« Kim sieht ihr über die Schulter. Catherine klappt ihre Kladde zu.

»Nein, eigentlich nicht. Ich habe mir nur ein paar Gedanken notiert. Aber wie wär's, wenn du einfach mal eine Liste von möglichen Storys zusammenstellst, und wir gehen sie dann morgen früh durch?«

Kim ist einverstanden. Kim würde alles für sie tun. Catherine ist ihre Chance auf eine Beförderung – die Einzige im Team, die ihr die Chance gibt, mehr zu sein als nur eine tüchtige Sekretärin.

»Übrigens, ich hatte ein paar Ideen, während du weg warst. Ich stell mal was zusammen, dann kannst du sagen, was du davon hältst.«

»Prima!« Catherine lächelt. Das gefällt ihr so an Kim. Sie ist motiviert, zeigt Eigeninitiative. Man muss sie nicht zweimal bitten, jedenfalls muss Catherine das nicht. Sie fragt sich, was Kim wohl denken würde, wenn sie *Das Opfer des Fremden* lesen würde?

Catherine macht früh Feierabend. Sie weiß, dass sie Nancys Brief von damals behalten hat. In ihrem Schlafzimmer stehen immer noch ein paar Kisten voll mit Sachen, von denen sie nicht weiß, was sie damit machen soll. Sie erinnert sich, den Brief in eine Mappe gelegt zu haben, zusammen mit diversen Fotos und Briefen von ihrer Mutter und alten Freundinnen. Beim Packen für den Umzug hatte sie kurz überlegt, sie wegzuwerfen, dann aber doch entschieden, sie zu behalten.

Ihre Hand streift das verblasste Rosa der Mappe und zieht sie heraus. Sie blättert sie durch, und tatsächlich, da ist er. Blassblaues Briefpapier und blauschwarze Tinte. Und in der oberen rechten Ecke steht eine Adresse. Keine Telefonnummer, nur die Adresse. Die Wahrscheinlichkeit, dass Nancy noch lebt und an derselben Adresse wohnt, ist gering, aber es ist einen Versuch wert. Catherines Herz rast – ein Adrenalinschub, und zwar von der richtigen Sorte: Kampf, nicht Flucht. Direkte Konfrontation, so ist es Catherine am liebsten. Wen sie letzten Endes konfrontieren wird, ist unsicher, aber irgendjemand muss sich für das verantworten, was sie im Moment durchmacht.

Sie sieht auf die Uhr. Es ist erst vier – genug Zeit, um hinzufahren und wieder zu Hause zu sein, bevor Robert zurückkommt.

Catherine erklimmt die letzten Stufen und versucht sich vorzustellen, wie eine Frau mit Krebs im Endstadium diese Treppen bewältigt haben soll. Und wenn Nancy Brigstocke noch lebte, wie würde sie sie jetzt bewältigen? Catherine weiß, dass ihre Mutter es nicht könnte.

Im obersten Flur will sie das Licht einschalten – es passiert nichts. Sie versucht es noch einmal. Nichts. Jemand hat es versäumt, die Birne zu wechseln. Und jemand hat auch vergessen, die Pflanze in dem Topf neben der Wohnungstür zu gießen. Tot, vertrocknet und spröde. Spärliches Licht dringt durch ein kleines, schmutziges Dachfenster ein; es reicht gerade eben, um die Nummern auf den beiden Wohnungstüren zu erkennen. Sie steht vor Nancy Brigstockes letzter bekannter Adresse und drückt die Klingel. Es ist nichts zu hören. Sie klopft zweimal fest mit bloßen Knöcheln an die Tür, dann rückt sie den Schulterriemen ihrer Handtasche zurecht und wartet. Nichts. Niemand zu Hause. Sie geht in die Hocke und späht durch den Briefschlitz. Grüner Teppichboden, die Beine von dunklen Holzmöbeln, keine Bewegung.

Sie setzt sich auf die oberste Stufe, öffnet ihre Tasche und kramt darin nach ihrem Notizblock und einem Stift. Sie muss ihre Worte mit Bedacht wählen. *Liebe Mrs Brigstocke*, beginnt sie. Sie darf weder aggressiv noch defensiv klingen. Und auch nicht wütend. Sie findet, dass es ihr gelungen ist, überzeugend und fair zu sein. Also reißt sie das Blatt aus dem Block, faltet es einmal und steckt es durch den Briefschlitz. Das ist Wahnsinn. Die Wahrscheinlichkeit, dass Nancy Brigstocke noch lebt und ihren Zettel findet, ist verschwindend gering. Sie lehnt sich einen Moment lang mit dem Kopf an die Tür, da merkt sie, dass jemand hinter ihr steht. Sie hört, wie die Person von der Anstrengung des Treppensteigens schwer atmet. Catherine dreht sich um. Eine Frau mit langen weißen Haaren beobachtet sie. Sie ist schwer mit Einkaufstaschen beladen, ihr Atem geht schnell und keuchend.

»Mrs Brigstocke?«, fragt Catherine. Kann das wirklich Nancy sein, nach Jahren der Krankheit und der Verwahrlosung, die Haare ungewaschen und zu lang, dicke Socken, die aus ausgetretenen Sandalen quellen? Diese Frau ist doch wohl zu groß? Aber dennoch ... Catherine tritt einen Schritt näher, sieht ihr forschend ins Gesicht, kann aber keine Ähnlichkeit entdecken.

Die Frau schiebt sich an ihr vorbei und schlurft auf die andere Wohnung zu. Sie setzt ihre Einkaufstaschen ab und stochert mit einem Schlüssel im Schloss herum.

»Ich wollte zu Nancy Brigstocke. Wissen Sie, ob sie noch hier wohnt?«

Die Antwort der Frau ist nur ein Murmeln. »Sie wohnt seit Jahren nicht mehr hier.«

»Wissen Sie, ob sie ... wo ich sie finden könnte?«, hört Catherine sich stammeln. »Wir haben uns aus den Augen verloren – Ich habe sie schon eine ganze Weile nicht mehr gesehen … als wir uns das letzte Mal getroffen haben, war sie krank …«

Die Frau ist jetzt in ihrer Wohnung, durch die angelehnte Tür beobachtet sie Catherine, mustert sie von Kopf bis Fuß, starrt sie so unverschämt an, dass Catherine ein Kribbeln auf der Haut spürt. Ein Blick voller Argwohn.

»Ich bin eine Freundin der Familie – wir haben uns aus den Augen verloren …«, setzt Catherine erneut an, und die Augen bohren sich in sie, decken ihre Lüge auf, fällen ein stummes Urteil. *Schöne Freundin.*

»Sind Sie vom Sozialamt?«, fragt die Frau.

»Nein, es ist nichts dergleichen … Ich hatte ihre Adresse verloren und … dann habe ich sie wiedergefunden … Ich wollte mich bei ihr melden …«

»Hat jemand ihre Rente bezogen?«

»Ich bin nicht vom Sozialamt, glauben Sie mir … Ich wollte sie einfach nur wiedersehen.«

»Tja, da kommen Sie zu spät. Sie lag schon im Sterben, als sie sie weggebracht haben … und das ist Jahre her. Arme Frau – an allen möglichen Apparaturen hat sie gehangen. Inzwischen ist sie längst tot, da bin ich mir sicher.«

»Es tut mir leid«, murmelt Catherine und wendet sich ab. Sie hätte es wissen müssen. Natürlich ist Nancy tot. Sie geht zur Treppe.

»Aber er wird es vielleicht bekommen – was immer es ist, was sie da durch den Briefschlitz geworfen haben.«

Das Blut pocht in Catherines Ohren. Sie dreht sich um.

»Wer? Wer könnte es bekommen?«

Die Frau mustert sie prüfend, überlegt sich in aller Ruhe, ob sie antworten soll.

»Wer könnte es bekommen?«, wiederholt Catherine mit einem fatalen Anflug von Panik in der Stimme.

Die Frau runzelt die Stirn über die Frage, die eine Freundin der Familie offenbar nicht stellen sollte. Sie macht Anstalten, ihre Wohnungstür zu schließen, und Catherine stürzt auf sie zu, streckt verzweifelt die Hand aus, um sie daran zu hindern.

»Bitte …«

In der Wohnung miaut eine Katze – sie ist hungrig und wetteifert mit Catherine um die Aufmerksamkeit der Frau.

»Bitte …«, versucht es Catherine erneut.

»Mr Brigstocke – er schaut ab und zu vorbei.«

»Mr Brigstocke?«

»Ihr Mann.«

»Aber ihr Mann ist doch tot.«

»Ich dachte, Sie hätten gesagt, Sie sind eine Freundin der Familie?« Die Augen der Frau verengen sich, sie erkennt Catherine als das, was sie ist. Eine Lügnerin.

»Eine Freundin von *ihr*. Ich habe Nancy Brigstocke gekannt. Sie hat mir erzählt, ihr Mann sei tot.«

»Vielleicht hat sie Ihnen nicht vertraut.«

Die Worte erschrecken Catherine – es könnte die Wahrheit sein.

»Wir waren Freundinnen«, setzt sie wieder an. Sie waren keine Freundinnen. Sie sind nie Freundinnen gewesen. Sie kannten sich kaum, und ihre Lüge windet sich in der Luft. »Wir haben den Kontakt verloren … Ich versuche zu verstehen, was passiert ist …« Catherine hat jetzt Tränen in den Augen, und vielleicht ist es das, was die Frau weich werden lässt.

»Ich hab ihn schon eine ganze Weile nicht mehr gesehen, aber er kommt ab und zu her. Es war eine traurige Sache am Ende. Die Wohnung hat schon gestunken, aber sie hat nicht aufgemacht, sie hat nicht auf die Klingel reagiert, also musste jemand von der Eigentümergemeinschaft ihn anrufen und herbestellen. Er hatte nämlich einen Schlüssel, wissen Sie. Die Wohnung muss in einem fürchterlichen Zustand gewesen sein. Und dann ist der Krankenwagen gekommen, und sie haben sie abgeholt. Das war das letzte Mal, dass ich sie gesehen habe.«

»Hat er nicht mit ihr hier gewohnt?«

»Nein. Es ist die Wohnung des Sohns. Sie ist eingezogen, während er auf einer seiner Reisen war – er war ja ständig auf Achse. Das hat sie erzählt. Ihr Mann hat nie hier gewohnt, aber am Ende hat er sich schon um sie gekümmert. Er hat die ganze Zeit ihre Hand gehalten, als sie sie abgeholt haben. Er hat ihr gesagt, er sei gekommen, um sie nach Hause zu holen, damit er sich um sie kümmern könnte. Ich habe ihn gehört. Ich hab hier gestanden und zugesehen – für den Fall, dass sie irgendetwas brauchten. Ich denke doch, dass sie am Ende zusammen waren.«

»Haben Sie seine Telefonnummer? Oder seine Adresse?«

Die Frau schnalzt mit der Zunge. Genug Fragen. Sie schüttelt den Kopf und schließt die Tür. Catherine steht davor und klopft. Sie muss unbedingt noch mehr wissen.

»Wie heißt er mit Vornamen? Können Sie mir wenigstens das sagen?« Sie wartet wieder. Klopft erneut. »Bitte.«

Die Tür bleibt geschlossen. Schließlich macht sich Catherine an den Abstieg, hält sich mit schweißnasser Hand am Handlauf fest. Es erschüttert sie, wie viel sie nicht gewusst hat, und sie denkt an ihren Zettel, der auf der anderen Seite der Tür liegt, adressiert an eine Frau, die wahrscheinlich seit Langem tot ist.

Und dann erinnert sie sich an ihre Handynummer, die sie auf diesen Zettel geschrieben hat. Verdammt. Wie lange wird es dauern, bis er sie anruft? Was wird er sagen? Was will er wirklich? Der »tote« Ehemann. Und sie beginnt sich zu fragen, ob Nancy die Wohnung freiwillig verlassen hat. Oder war sie zu schwach, um sich zu wehren? Hat er sie gezwungen? Hat er sie gegen ihren Willen zu sich nach Hause geholt? Nancy hatte ihr erzählt, er sei tot. Warum? Hatte sie Angst vor dem, was er tun könnte?

»Stephen …« Der Name hallt von oben durchs Treppenhaus. Catherine blickt zu der dunklen Gestalt auf, die sich über das Geländer beugt. »Er heißt Stephen.«

Sie geht weiter die Treppe hinunter, während Bilder aus dem Buch durch ihren Kopf flimmern. Manches hat er richtig getroffen. Die Details ihrer Kleidung. Wie konnte er das wissen? Und dann hört sie ein Geräusch, ein Echo aus der Vergangenheit: *Klick, klick, klick.*

14

Spätes Frühjahr 2013

Sie und Nancy haben sich also getroffen. Heimlich, ohne mein Wissen. Ich fand ihre Nachricht, als ich in der Wohnung war, um das Manuskript zurückzulegen. Ich musste sie mehrmals lesen, ehe ich mir sicher sein konnte, dass ich sie richtig verstanden hatte. Und als ich sie verstanden hatte, verschlug es mir den Atem: Es war wie ein Boxhieb in die Magengrube, so hart, dass meine Eingeweide sich verkrampften und mir die Luft wegblieb. Herauszufinden, dass sie sich getroffen hatten, verletzte mich, aber nicht so sehr wie die Entdeckung, dass Nancy ihr erzählt hatte, ich sei tot. Dieser Satz erschütterte mich bis ins Mark: »*... als wir uns trafen, hatten Sie kurz zuvor Ihren Mann verloren.*« Nancys »*würdige Haltung*« hatte sie »*nachhaltig beeindruckt*«. Sie konnte unmöglich glauben, »*dass Sie die Verfasserin des Buchs sind, das den Weg in mein Haus gefunden hat.*« Sie fragte sich sogar, ob Nancy überhaupt von seiner Existenz wisse.

Natürlich nicht, was denkst du denn? Sie ist tot, du blöde Kuh.

Was für eine selbstgefällige, eingebildete Idiotin sie doch ist. Ihr Ton ist allerdings respektvoll, das muss ich ihr lassen. Sie beschreibt Nancy als eine Frau von »*großer Integrität*«, eine Frau von »*tiefem Verständnis*«. Da liegt sie richtig. Nancy hat die Menschen wirklich verstanden. Sie schreibt, sie und Nancy sollten »*sich treffen und reden*«, und sie hat auch daran gedacht, ihre Telefonnummer zu hinterlassen.

Es ist meine eigene Schuld, dass ich so überrumpelt wurde. Hätte ich Nancys Notizbücher nicht als müßiges Geschreibsel abgetan und sie eingesteckt, als ich ihr Manuskript mitnahm, dann hätte ich schon vor einer ganzen Weile von ihrem Treffen gewusst, denn da steht alles drin. Die Notizbücher waren nicht nur voll mit Ideen für ihren Roman, sie waren weit mehr als das. Erst nachdem ich den Zettel gelesen hatte, nahm ich mir die Notizbücher vor, und da fand ich alles – eine detaillierte Schilderung ihres Treffens: Datum, Uhrzeit, Ort, sogar das Wetter. Und Nancys köstliche Beschreibung von CR: »*Ich erkannte sie sofort, als sie auf mich zukam, und der Anblick verursachte mir Übelkeit. Sie hatte keine Ahnung, dass ich sie schon einmal gesehen hatte. Sie war kalt, als ob alles spurlos an ihr vorübergegangen wäre – als ob sie mit Teflon beschichtet wäre: Nichts bleibt an ihr hängen. Sie hat sich sauber abgewischt – kein Krümelchen Dreck haftet mehr an ihr …*« Nancy hatte sie glatt durchschaut, und was sie gesehen hatte, gefiel ihr nicht.

Ich nahm diese Notizbücher mit nach Hause, ich las sie wieder und wieder und fand darin viel Tröstliches. Ich bin dankbar, dass sie sie behalten hat. Wie die Fotos sind sie Teile eines Puzzles. Ich habe jedes Wort darin aufgesaugt, ich habe die Tinte auf den Seiten geschmeckt, ich nehme sie mit ins Bett, und wenn ich schlafe, liegen sie unter meinem Kopfkissen, und ich träume, dass die Worte von der Seite in meinen Kopf ziehen, bis Nancys geheimste Gedanken in meinen aufgehen. Ich habe diese Blätter verschlungen, ich habe sie hinuntergeschluckt. Jetzt ist sie in mir, mein geliebtes Mädchen. Jetzt sind wir eins. Sie hat mir Kraft gegeben: Die Welt da draußen kommt nicht an mich heran, aber ich komme an die Welt heran, wann immer es mir gefällt.

Es ist überraschend heiß. Der April war bitterkalt, aber der Mai hat eine Hitzewelle gebracht. Ich will die Fenster nicht aufmachen, auch wenn das eine Abkühlung bringen würde. Mir ist es lieber, die Fenster bleiben geschlossen und die Vorhänge zugezogen. Ich habe mich abgeschottet, eine Mauer um mich herum hochgezogen. Es ist Mittag. Mein einziges Zugeständnis an die Hitze besteht darin, dass ich die Socken ausgezogen habe. Meine nackten Füße habe ich unter den Schreibtisch gestellt, wo ich sie nicht ständig sehen muss. Sie sind kein schöner Anblick. Ich habe in letzter Zeit meine Hygiene ziemlich vernachlässigt, und meine Zehennägel sind lang gewachsen. Sie rollen sich an den Enden ein, als wären sie unsicher, welche Richtung sie einschlagen sollen. Dabei sind sie hart wie Knochen. Ich kaue meine Fingernägel ab, um sie kurz zu halten, spucke sie aus und lasse sie liegen, wo sie hinfallen, spröde kleine Splitter um meinen Schreibtisch herum. Aber ich bin nun mal keine Schlangenmensch – mit meinen Zehennägeln kann ich beim besten Willen nicht so verfahren. Außerdem fürchte ich, dass meine Zähne damit überfordert wären.

Es klopft an der Tür. Ich erwarte niemanden. Ich stehe von meinem Schreibtisch auf und spähe aus dem Fenster. Es ist mein Freund Geoff, der Drucker. Ich lasse den Vorhang fallen. Soll ich ihn hereinlassen? Die Wohnung ist ein Saustall. Ich lasse mir Zeit. Wenn er wieder geht, bevor ich an der Tür bin, dann soll es eben so sein.

Er ist noch da, als ich die Tür aufmache.

»Ich wollte mal hören, wie es Ihnen geht«, sagt er.

»Mir geht es gut«, antworte ich.

Er hält mein Buch hoch. »Ich habe es gelesen«, sagt er. »Ganz und gar nicht das, was ich erwartet hatte, um ehrlich zu sein.«

Ich ziehe eine Braue hoch, doch er lächelt, also beschließe ich, es zu riskieren. Ich trete zur Seite und lasse ihn rein. Er geht an mir vorbei, und ich beobachte, wie er sich verblüfft umblickt. Ich habe seit meinem Wutanfall nach der Entdeckung der Fotos immer noch nicht richtig aufgeräumt.

»Bei mir ist eingebrochen worden«, sage ich.

»O Gott, Stephen, das tut mir ja so leid.«

Ich zucke mit den Schultern. »Sie haben ein ziemliches Chaos hinterlassen, aber die Wertsachen haben sie übersehen«, sage ich und deute mit einem Nicken auf den Laptop, der unversehrt auf dem Schreibtisch steht. Ich biete ihm Tee an, er nimmt die Einladung an und folgt mir in die Küche. Mir ist bewusst, wie meine Zehennägel beim Gehen über das Linoleum scharren. Ob es ihm auffällt? Meine Hausschuhe stehen unter dem Küchentisch, und auf dem Weg zum Wasserkocher bleibe ich stehen, um unauffällig hineinzuschlüpfen.

»Und, wie geht es Ihnen so?«, fragt er wieder. Er ist nervös, sein Ton übertrieben munter.

Ich warte, bis der Kocher gefüllt ist, ehe ich antworte. »Es geht mir gut«, sage ich und sehe ihn über die Schulter an.

»Und wie läuft es mit dem Buch? Wie verkauft es sich?«

»Ach, na ja, langsam, aber stetig«, sage ich. Die Verkaufszahlen interessieren mich nicht, aber das kann er nicht wissen. Ich warte, bis das Wasser kocht, dann wärme ich die Kanne an. Ich frage mich, ob er weiß, dass ich nur zwei Exemplare losgeworden bin, aber ich bin mir eigentlich sicher, dass diese Tatsache nur mir allein bekannt ist.

»Es ist nämlich so, wenn Sie online verkaufen wollen, müssen Sie sich unbedingt ein Profil zulegen – einen Blog starten oder etwas in der Art, verstehen Sie? Ich könnte Ihnen helfen, wenn Sie …«

»Und wie fanden Sie es?«, falle ich ihm ins Wort. Ich wende ihm weiter den Rücken zu, nervös wie ein Schuljunge. »Sie sagen, Sie haben es gelesen. Was halten Sie davon?«

»Es hat mir wirklich gefallen«, sagt er, und ich drehe mich

um, begierig nach mehr. »Um ehrlich zu sein, es ist nicht die Art Buch, für die ich mich normalerweise interessieren würde, aber es hat mich gepackt. Ich denke, Sie könnten es bei einem Verlag unterbringen, wenn Sie wollten.«

»Das ist sehr freundlich, aber ich kann mir nicht vorstellen, dass ein Profi sich für mein kleines Büchlein interessieren würde.« Ich leere die Teekanne, werfe drei Teebeutel hinein, gieße kochendes Wasser hinein, setzte den Teewärmer darauf und trage die Kanne zum Tisch.

»Also, ich könnte mir das schon vorstellen – es ist bestimmt nicht schlechter als so manches andere, was veröffentlicht wird.«

Ich suche im Schrank nach zwei sauberen Tassen und wische sie noch einmal sorgfältig mit einem Geschirrtuch aus, für alle Fälle. Dann setze ich mich ihm gegenüber.

»Milch und Zucker?«

»Milch und zwei Stück Zucker«, sagt er.

Ich mag Geoff. Er erzählt mir nicht viel über sich selbst, und er fragt mich nicht aus. Wir unterhalten uns über Bücher und Musik, und ich empfinde seine nachlässige Erscheinung irgendwie als beruhigend. Seine Nasenhaare sind nicht geschnitten, sie zittern wie Spinnenbeine, wenn er auf seinen Tee bläst. Er ist nicht herausgeputzt – in meinen Augen ein Zeichen für einen gesunden Verstand. Zugleich ist er respektvoll, nicht absichtlich ungepflegt. Er hat sich rasiert, allerdings kann ich sehen, dass sein Rasierer nicht mehr scharf ist; er trägt ein Hemd und kein T-Shirt, aber es ist am Bauch zu eng, die Knöpfe spannen um seine Leibesmitte herum, Haare sprießen durch die Zwischenräume, und der oberste Knopf ist nicht etwa offen, sondern er fehlt. Ich empfinde Zuneigung für Geoff, und ich glaube, das beruht auf Gegenseitigkeit. Vielleicht hat er seinen Vater verloren, oder vielleicht fürchtet er, so zu enden wie ich. Was immer der Grund sein mag, er ist gut zu mir gewesen, ohne herablassend zu wirken. Und ihm gefällt mein Buch, es gefällt ihm wirklich.

»Stephen, ich weiß, Sie wollen das alles selbst in die Hand nehmen, aber – ich hoffe, Sie haben nichts dagegen –, nachdem ich Ihr Buch gelesen hatte, dachte ich … nun ja, es hätte ein wenig Unterstützung verdient, also habe ich ein paar Exemplare zu unserem Buchladen gebracht, und dort haben sie mir versprochen, sie auszulegen, um zu sehen, wie es ankommt. Sie sind sehr bemüht, regionale Autoren zu fördern, und als ich von Ihnen erzählte, waren sie sehr interessiert.«

Ich war wie vor den Kopf gestoßen.

»Es ist in einem Buchladen? In dem in der Hauptstraße?«

»Ja. Habe ich etwas Falsches getan?«

Sehe ich unglücklich aus? Ich bin überrascht, das ist alles. »Nein, nein. Es ist nur so, dass ich selbst nie auf so eine Idee gekommen wäre. Danke.« Ich bin gerührt.

»Ich glaube, Ihnen ist gar nicht klar, wie gut es ist.«

O doch, das ist mir durchaus klar. »Na ja, Sie wissen schon – man singt nicht gern sein eigenes Loblied.«

Meine Gedanken überschlagen sich. Wie wahrscheinlich ist es, dass sie je in diese Gegend kommt und sich in meinen Buchladen um die Ecke verirrt? Einen Moment lang geht meine Fantasie mit mir durch, und ich sehe sie bei einer Signierstunde in der Schlange stehen, damit ich ihr ein Autogramm in ihr Exemplar schreibe. Geoff lächelt mich an, und ich merke, dass ich ebenfalls lächle – über meinen kleinen Tagtraum.

»Manches darin hat mich ziemlich überrascht.« Er zieht eine Augenbraue hoch. »Ganz schön eindeutig.«

Mein Lächeln ist verflogen. Er sorgt sich, dass er eine Grenze überschritten hat. Ich hebe das Kinn, dann setze ich mein Lächeln wieder auf. Ich spüre seine Erleichterung.

»Ich bin alt, aber noch nicht tot«, sage ich und sehe ihn über den Becherrand hinweg an, während ich meinen Tee schlürfe.

Ich würde ihm gerne sagen, dass es eine wahre Geschichte ist. Ich würde ihm gerne sagen, dass es eigentlich nicht in die Romanabteilung gehört. Aber ich will ihm keine Angst machen, und vorläufig ist das Ende noch Wunschdenken – eine Fiktion, die noch nicht Wirklichkeit geworden ist.

»Was halten Sie von ihr?«, frage ich stattdessen. »Finden Sie, dass sie bekommen hat, was sie verdient?«

Er grübelt darüber nach.

»Tja, schwierige Frage. Ich meine, sie war ein berechnendes Miststück, aber ich denke, sie hat einfach die Chance genutzt, den Kopf aus der Schlinge zu ziehen, nicht wahr?«

Ich spüre, wie mein Herz sich zusammenkrampft. Er hat gut reden. Er sitzt nicht hier und muss unter den Folgen dessen leiden, was sie getan und was sie unterlassen hat.

»Sie haben meine Frage nicht beantwortet«, bringe ich hervor. »Hat sie es verdient?«

»Na ja, ich war nicht traurig, als es passierte«, sagt er, »also würde ich sagen, ja. Großartige Schilderung.«

Das ist schon besser. Ich nicke, trinke meinen Tee und fange an, die Gelegenheit zu genießen, die mir in den Schoß gefallen ist. Ich sehe schon, dass ich einen arbeitsreichen Nachmittag vor mir habe. Ich werde die Buchhandlungen in ihrem Viertel abklappern. Warum nicht? Ich sollte es unter die Leute bringen – was habe ich denn zu verlieren? Ich werde mich ein bisschen fein machen müssen – oder vielleicht wäre Geoff ein präsentablerer Botschafter. Der gute Geoff, mein ahnungsloser Komplize.

»Glauben Sie, dass es Hoffnung gibt? Denken Sie, dass andere Buchhandlungen sich dafür interessieren könnten?«

»Nun ja, doch, warum nicht? Warten Sie erst mal ab, wie es bei Hillside Books läuft, und dann sehen Sie weiter.«

»Also, wenn es gut läuft, wären Sie dann bereit, mir zu helfen, es unter die Leute zu bringen?«

»Aber gerne, Stephen. Mit Vergnügen.«

Ich glaube fast, ich habe Tränen in den Augen.

»Ich kann Ihnen gar nicht sagen, wie viel es mir bedeutet, Ihre Unterstützung zu haben. Es ist eine einsame Reise, Geoff, und zu wissen, dass es da jemanden gibt, der an mich glaubt, also, das …« Ich gerate ins Stocken.

Und er lächelt. Ich glaube, ich habe ihm tatsächlich eine Riesenfreude gemacht.

15

Spätes Frühjahr 2013

Catherine ist den zweiten Tag zurück in der Arbeit, und sie ist wieder voll da. So sieht es für ihre Kollegen aus. Es ist der vertraute Anblick: Catherine, wie sie kerzengerade auf ihrem Stuhl sitzt und auf ihrer Computertastatur tippt, wie sie eine Haarsträhne an ihrem Hinterkopf um den Finger wickelt, während sie liest und sich Notizen macht. Sie führt die Fäden zusammen, sie hat eine Story in der Mache. Kim ist immer in ihrer Nähe, aber Catherine ist in ihre Arbeit vertieft, und Kim ist klug genug, sie nicht zu stören, wenn sie so drauf ist. Stattdessen stellt sie ihr eine Tasse Kaffee auf den Schreibtisch und zieht sich zurück.

Catherine hat die Bestätigung für Nancy Brigstockes Tod gefunden. Krebs. Zehn Jahre ist das jetzt her. Ihr Ehemann dagegen ist noch am Leben. Stephen Brigstocke, B. A. Er ist nicht mehr der tote Ehemann mit einem Fragezeichen dahinter. Er ist pensionierter Lehrer. Warum nur hat sie das nicht schon längst überprüft? Warum ist sie, als es um ihre eigene Geschichte ging, nicht mit der gleichen Gründlichkeit vorgegangen wie bei jeder anderen Story? Sie war nicht auf die Idee gekommen, dass Nancy gelogen haben könnte, als sie vom Tod ihres Mannes erzählte. Jetzt weiß sie es. Und sie weiß auch, wie er aussieht.

Sie hatte einen Anruf von der Frau, die ihr altes Haus gekauft hat. Die Frau war wütend, sie warf Catherine vor, eine Heuchlerin zu sein, weil sie sie nicht davor gewarnt hatte, dass so ein widerlicher alter Mann bei ihr klingeln würde. Catherine hatte sich tausendmal entschuldigt und ihr erklärt, der Mann sei tatsächlich ihr Patenonkel, aber sie habe nie gedacht, dass er einfach so auftauchen würde. Sie versicherte ihr, dass alles völlig harmlos sei, und nein, es würde keine ungebetenen Besucher mehr geben.

Jedenfalls nicht bei Ihnen, denkt Catherine.

Nach dem Anruf ist sie fix und fertig. Es breitet sich aus, wie eine Blutlache, wie Wellen in einem Teich. Sie muss an ihn herankommen, bevor er wirklichen Schaden anrichten kann. Denn noch hat er ihr nichts getan. Er hat sie nervös gemacht. Und er hat seine Bosheit in seinem verleumderischen Machwerk demonstriert, und indem er es an ihren Sohn geschickt hat, hat er deutlich gemacht, dass er damit nicht nur sie allein vergiften will. Was auf dem Spiel steht, ist zunächst ihr Ruf, ihre Integrität. Sie ist beliebt, sie wird bewundert, man vertraut ihr, einige wenige lieben sie. Das ist es, was er bedroht, denn wenn es einmal draußen ist, wenn es einmal gesagt ist, lässt es sich nicht mehr zurücknehmen. Sie wird nie wieder der Mensch sein, für den die anderen sie gehalten haben. Er wird ihren Blick verzerrt haben.

Nicholas hat es gelesen, auch wenn er sie darin nicht wiedererkannt hat. Bei ihm hat es nicht geklingelt. Natürlich nicht. Die Frau in dem Buch ist nicht die Mutter, die er kennt. Und Nancy ist tot. Wer kann also sagen, dass diese verdrehte Darstellung der Ereignisse wahr ist? Es ist das Produkt eines kranken Hirns, des Hirns eines verbitterten alten Mannes. Aber ist es auch das Hirn eines Mörders? Sicher nicht. Nein, es ist ihr Ruf, um den sie am meisten fürchtet, nicht ihr Leben.

»Kim? Hast du einen Moment Zeit? Ich wollte dich bitten, etwas für mich zu recherchieren.«

Kim rollt mit ihrem Stuhl herbei und parkt ihn neben Catherine, Stift und Notizblock im Anschlag.

»Stephen Brigstocke. Pensionierter Lehrer. Anfang siebzig. Wohnt in London. Hat wahrscheinlich in North London unterrichtet. Könntest du für mich herausfinden, an welchen Schulen er zuletzt eingesetzt war? Keine Kontaktaufnahme – ich will nur wissen, wo er in den letzten Jahren gewesen ist. Und seine Privatadresse, falls du drankommst, und eine Telefonnummer. Fang mit den Lehrergewerkschaften an.« Catherine sieht zu, wie sie den Namen *Stephen Brigstocke* notiert und kurz zögert, ehe sie das Wort *pädophil* in Klammern dazusetzt, mit einem Fragezeichen dahinter. Catherine korrigiert sie nicht. Warum sollte sie? Sie sieht zu, wie Kim an ihren eigenen Schreibtisch zurückrollt, nach dem Telefon greift und sich voller Eifer in die Jagd nach einem mutmaßlichen Kinderschänder stürzt.

Kim braucht nicht einmal eine Stunde, um herauszufinden, an welcher Schule Stephen Brigstocke zuletzt unterrichtet hat. Das Rathbone College. Der Name sagt Catherine etwas. Eine Privatschule in North London. Eine Schule, auf die sie Nicholas fast geschickt hätten. Eine Schule, auf die manche von ihren Freunden ihre Kinder schicken. Und davor an der Sunnymeade Comprehensive. Da war er viele Jahre. Warum wechselt jemand von einer staatlichen an eine Privatschule? Catherine versucht, zwischen den Zeilen zu lesen. Verrat von Prinzipien? Finanzielle Motive? 2004 bei vollen Bezügen pensioniert.

»War ein bisschen zu alt, um noch zu unterrichten, nicht wahr?« Kim schaut Catherine über die Schulter und liest mit. Catherine sieht, was oben auf dem Blatt steht: *Geboren 1938*.

»Stimmt, aber Privatschulen haben nun mal ihre eigenen Regeln«, sagt sie. »Hast du schon seine Kontaktdaten ermitteln können?«

»Noch nicht. Ich warte noch auf Rückmeldungen. Ich bleibe dran.«

»Prima. Danke.«

»Was ist denn nun die Story?« Es ist eine völlig berechtigte Frage.

Catherine zögert. »Ich bin mir noch nicht sicher. Vielleicht ist es gar nichts. Aber du weißt ja …« Und sie bezirzt ihre Assistentin mit einem Lächeln, um sie glauben zu machen, dass sie es als Erste erfahren wird, sollte Catherine auf etwas Konkreteres stoßen. Sie hat nicht vor, Kim allzu viel über diese Recherche herausfinden zu lassen. Dennoch ist sie dankbar für ihre Hilfe.

»Kaffee?«, fragt Catherine. Ein kleiner Rollentausch kann nicht schaden, und indem sie ihre Tassen in die Küche trägt, beendet sie geschickt das Gespräch.

Eine Stunde und zwei Tassen Kaffee später hat Catherine sich davon überzeugen können, dass der derzeitige Direktor von Rathbone College äußerst ungern auf das Thema Stephen Brigstocke angesprochen wird. Sein Vorgänger war kurz nach dem ehemaligen Englischlehrer in den Ruhestand getreten, und die Tatsache, dass der jetzige Direktor sich so dagegen sperrt, über ihn zu sprechen, ist für Catherine ein Hinweis darauf, dass an Brigstockes Abgang irgendetwas faul war.

Kurze Telefonate mit ein paar alten Bekannten – es erfordert einiges Geschick, Freunde zu kontaktieren, bei denen man sich ewig nicht mehr gemeldet hat, und den Austausch von Höflichkeiten kurz zu halten, ohne den Gesprächspartner vor den Kopf zu stoßen, und dabei trotzdem das gewünschte Ergebnis zu erzielen. So stößt sie endlich auf eine Frau, die nur zu gerne bereit ist, ganz offen über Stephen Brigstocke zu reden. Es ist eine Mutter, deren kleiner Junge von ihm unterrichtet wurde. Eine Mutter, die sich rühmt, die Kampagne angeführt zu haben, die zu seiner Entfernung von der Schule führte.

Ein widerlicher Mann. Ein Lehrer, der Kinder hasste. Und das Schlimmste ist, dass die Schule davon wusste. Sie versuchten, seine Unzulänglichkeiten zu kaschieren, indem sie ihn auf eine Position abschoben, wo er ihrer Meinung nach am wenigsten Schaden anrichten konnte – indem sie ihm die Mittelstufenschüler wegnahmen und ihn auf die jüngsten Kinder in der Schule losließen. Diese Mutter ist gar nicht mehr zu bremsen. Sie ist immer noch wütend. Diese Leute waren nur daran interessiert, ihren Ruf zu schützen, und sie verschwendeten keinen Gedanken daran, welchen Schaden er den Seelen und der Selbstachtung dieser siebenjährigen Knaben zufügen würde. Widerwärtig. Absolut widerwärtig.

Die Mutter erinnert sich immer noch an ihre erste Begegnung mit Stephen Brigstocke, als sie ihm bei einem Elternabend am Tisch gegenübersaß. Er wirkte regelrecht gelangweilt, als er über ihren Sohn redete. Er war ein Mann, dem es offenbar vollkommen gleichgültig war, was andere dachten oder wie er auf sie wirkte. Es war ihm schlichtweg egal. Und das fand sie einfach gefährlich. Wenn einem alles egal ist. Ist doch wahr, oder? Das sind nicht einfach nur schlechte Manieren. Den meisten Menschen ist es doch in der einen oder anderen Weise nicht egal, was andere Leute denken, nicht wahr? Aber ihm schon.

Catherine pflichtet ihr bei, dass das sehr beunruhigend gewesen sein muss. Und die Mutter war sich sicher, dass er getrunken hatte. Sie und ihr Mann konnten es an ihm riechen. Nicht bloß das übliche Gläschen Weißwein hier und da, sondern etwas Stärkeres. Harte Sachen. Er zeigte alle Merkmale eines starken Trinkers. Er hatte etwas Verdorbenes an sich, etwas eindeutig Verdorbenes.

Natürlich tat die Schule ihr Bestes, um ihn zu schützen. Als die ersten Zweifel an seinem Unterrichtsstil aufkamen, schrieben sie ihn erst einmal für längere Zeit krank. Sie deuteten an, dass es einen Trauerfall gegeben habe. Seine Frau war gestorben, und natürlich bemühten sich alle, Verständnis zu zeigen. Und dann war er wieder da. Er muss besonders gut mit dem alten Direktor gestanden haben, weil, na ja, sie hätten ihn eigentlich schon viel früher feuern müssen. Als sie die widerlichen Schmierereien gelesen hat, die er auf den Aufsatz ihres Sohnes geschrieben hatte, war sie total entsetzt. Und ihr Sohn war nicht sein einziges Opfer. Er hatte noch andere Kinder missbraucht.

»Missbraucht?«, wirft Catherine ein. O ja. Diese Mutter ist der festen Überzeugung, dass das, was ihr Sohn von Stephen Brigstocke erdulden musste, nichts anderes als Missbrauch war.

»Er war die Sorte Mann, mit dem man sein Kind auf keinen Fall allein lassen will, da bin ich mir absolut sicher.«

»Hat er je einem der Kinder körperlichen Schaden zugefügt?«, hakt Catherine nach.

Es ist einen Moment still.

»Na ja ... Ich habe gehört, der Grund, weshalb er an seiner früheren Schule aufgehört hatte, sei gewesen, dass er eine zu enge Bindung zu einem der Jungen entwickelt hatte. Um es mal so auszudrücken.«

»Wie meinen Sie das?« Catherine braucht mehr, so ein zimperlicher Euphemismus wie »enge Bindung« genügt ihr nicht.

»Es war ein ehemaliger Schüler. Angeblich hat er ein ungesundes Interesse für ihn entwickelt, nachdem der Junge von der Schule abgegangen war. Ich habe gehört, dass man ihm mit Kontaktverbot gedroht hat. Das habe ich erst erfahren, nachdem er schon in Pension war. Wenn ich ehrlich bin, hat es mich nicht überrascht.«

»Also, das war ein Schüler an seiner früheren Schule, der Sunnymeade Comprehensive?«

»Ja, richtig.«

»Und wie haben Sie davon erfahren?«

Die Mutter versucht sich zu erinnern. »Von einer Freundin. Ihre Kinder gingen auf die Sunnymeade.«

»Wissen Sie den Namen dieses Schülers? Ich würde gerne mit ihm sprechen.«

»Nein, tut mir leid. Aber ich könnte es sicher herausfinden.«

»Das wäre ungeheuer hilfreich. Vielen Dank. Und danke, dass Sie sich die Zeit für dieses Gespräch genommen haben.« Nun ja, natürlich hat sie sich die Zeit genommen. Catherine eilt ein Ruf voraus, sie ist bekannt für ihr gesellschaftliches Engagement. Sie ist eine Frau mit untadeligen Referenzen, man kann sich darauf verlassen, dass sie das Richtige tut. Zum ersten Mal seit Wochen fühlt sich ihr Kopf frei an, unbelastet von Scham. Sie bastelt an einer Story, sammelt Informationen, lernt ihren Feind besser kennen.

16

Spätes Frühjahr 2013

Ich habe ihre Telefonnummer. Ich habe ihre Adresse, und ich habe sie in natura gesehen. Sie ist nicht mehr nur ein Fantasieprodukt auf meinem Laptop. Ich habe es mir zur Gewohnheit gemacht, mich in der U-Bahn-Station herumzutreiben, wo sie auf ihrer Fahrt zur Arbeit umsteigt. In diesem Moment stehe ich hinter ihr.

Es sind ein paar Leute zwischen mir und ihr, und sie ist größer als ich, aber ich kann sie durch die Lücken zwischen den Schultern, den Hälsen der anderen sehen. Wenn ich die Hand ausstreckte, könnte ich sie berühren. Ihre Haare haben sich in ihrem Kragen verfangen, und sie wischt sie mit einer raschen Handbewegung heraus, dann hebt sie die Schulter, um den Riemen ihrer Handtasche zurechtzurücken. Sie ist unruhig. Das gefällt mir. Aber ihre Fingernägel sind lackiert. Das gefällt mir nicht. Ich könnte weinen, wenn ich sie anschaue. Sie sind ein Zeichen dafür, dass es ihr gleichgültig ist. Dass sie weitermacht, als ob nichts passiert wäre. Das will ich nicht sehen. Der Trost des Vergessens steht ihr nicht zu. Das darf nicht passieren. Sie sollte sich nicht die Nägel lackieren oder die Haare machen können. Sie sollte sich nicht um ihr Äußeres kümmern können. Sie weiß, was sie getan hat, und doch meint sie, dass sie es wert ist, in Schuss gehalten zu werden. Ich will ihre Nägel abgekaut und blutig sehen. Ich will ein Zeichen dafür sehen, dass sie etwas empfindet.

Alles drängt nach vorne, als der Zug einfährt, und ich lasse mich von der Menge hinter ihr hertragen. Ich habe fast keinen Boden mehr unter den Füßen. Auch sie wird geschoben, aber nicht von mir. Ich habe sie nicht berührt. Sie blickt sich um, übersieht mich. Ich bin nicht in ihrer Blicklinie, sie überragt mich um einen Kopf. Wir sind noch nicht bereit, Nancy und ich. Ich habe Nancy mitgebracht. Ihre Arme sind über meinen, meine Brust ist da, wo ihre war. Ich habe mir angewöhnt, an den meisten Tagen ihre Strickjacke zu tragen.

Die Türen gehen auf. Sie steigt ein. Sie achtet nicht auf die Lücke und gerät ins Straucheln. Habe ich den entscheidenden Moment versäumt? Dann schließen sich die Türen, und ich sehe sie davonfahren. Stößt sie einen Seufzer der Erleichterung aus? Ich kann es nicht sicher sagen, aber sie sollte es tun. Nicht dieses Mal. Noch nicht. Aber wir kennen jetzt ihre Strecke. Wir wissen, wo und wann wir sie finden können.

Und ich kann sehr geduldig sein. Früher habe ich geangelt. Natürlich nur als Hobby. Auf den Felsen bei dem Martello-Turm. Das hier ist wie Angeln: Ich habe den Köder ausgeworfen, und jetzt muss ich warten. Einfach nur warten. Irgendwann beißt der Fisch an.

Geoff steht ebenfalls bereit, um weitere Köder auszulegen, sobald ich ihm das Signal gebe. Es gibt zwei Buchhandlungen in ihrer Gegend, und er wird auf mein Kommando in Aktion treten. Der gute alte, dienstbereite Geoff. Und der Fisch wird anbeißen, ich weiß es, und wenn es so weit ist, werde ich meinen Fang einholen. Nun ja, nicht direkt einholen, es wird kaum ein ganzes Netz voll sein, also kein Fischzug. Es reicht, wenn einer anbeißt, mehr brauche ich nicht, ein einziger Biss von einem schlüpfrigen Fisch.

Ich genieße schon im Geiste das Kribbeln in meiner Hand, wenn ich den Zug an meiner Angelleine spüren werde. Ich will sehen, wie der Haken in der Kehle steckt. Will sehen, wie mein Fang nach Atem ringt. Sein Schicksal in meinen Händen. Ein einziger Schlag auf den Kopf mit einem stumpfen Gegenstand. Oder wird es ausreichen, dass ich ihn aus der Tiefe geholt habe und zusehen kann, wie er nach Luft ringt, die Augen weit aufgerissen und starr vor Panik? Die Vorstellung hat etwas zutiefst Befriedigendes. Ein Fisch auf dem Trockenen. Ein Fisch, brutal in eine feindliche Umgebung geholt. Wird er überleben? Unwahrscheinlich. Es wird ihn vermutlich umbringen, so plötzlich diesen Bedingungen ausgesetzt zu sein. Fische ertrinken doch, oder nicht? Wenn sie zu lange auf dem Trockenen sind. Also, zuerst wird er aus seinem Element geholt, und dann werde ich ihn vielleicht von seinem Leiden erlösen.

17

Spätes Frühjahr 2013

Es ist nicht der »Junge«, mit dem Catherine spricht, sondern seine Mutter. Sie ist eine zögerlichere Informantin als die andere Mutter. Catherine muss sie eine ganze Weile bearbeiten, um es ihr zu entlocken, aber dann öffnet sie sich doch. Ja, es war eine schlimme Zeit, sehr belastend. Und für ihren Sohn Jamie, der inzwischen siebenunddreißig ist, also, für ihn war es beängstigend. Catherine ist geduldig, verständnisvoll. Sie will wirklich nicht drängen. Sie können sich auch ein andermal weiter unterhalten, kein Problem. Vielleicht wäre es ihr lieber, wenn Catherine zu ihr nach Hause käme? Nein, sie möchte es lieber jetzt gleich erzählen, am Telefon.

Stephen Brigstocke hatte Jamie schon in der Mittelstufe unterrichtet und dann seine Abschlussklasse geleitet. Er war ein guter Lehrer, und Jamie hatte ihn gemocht. Er hatte sich für den Jungen interessiert, hatte ihm Nachhilfe gegeben, wenn er es brauchte, und sie waren dankbar gewesen. Ohne Mr Brigstocke hätte Jamie vielleicht nicht so gut abgeschnitten und einen Studienplatz an der Bristol University bekommen. Es war eine große Sache für sie alle – Jamie war der Erste aus der Familie, der zur Universität ging. Sie erinnert sich, wie sie ihn mit seinen Sachen hingebracht hat und dann am Sonntagabend wieder zurückgefahren ist. Sie hat geweint, als sie ihren Jungen dort allein zurückließ. Er war zum ersten Mal länger als eine Nacht von zu Hause weg, und ihr Mann hatte gesagt, sie solle nicht albern sein, er werde schon zurechtkommen.

Sie dachten beide, die Universität sei der sicherste Ort für ihn, um ein eigenständiges Leben zu beginnen.

»Also jedenfalls, in der ersten Woche hat Jamie Mr Brigstocke auf dem Campus gesehen. Er spazierte da umher, und Jamie dachte, es sei reiner Zufall – er habe vielleicht an der Universität zu tun oder kenne dort jemanden. Dann sah er ihn wieder, vor dem Hörsaal, in dem Jamie eine Vorlesung hatte, doch als Jamie rauslief, um ihn anzusprechen, ging er schnell weg, als ob er ihn nicht gesehen hätte. Oder besser gesagt: Er tat so, als hätte er ihn nicht gesehen. Er fing an, Jamie zu verfolgen. Er war im Pub, trieb sich auf dem Campus herum, vor Jamies Hörsälen, aber er hielt immer Abstand, sprach Jamie nie an, ging nie auf ihn zu, sondern beobachtete ihn nur. Es machte Jamie völlig fertig. Er sagte, es komme ihm so vor, als ob Mr Brigstocke glaubte, er könne ihn nicht sehen – als ob er sich für unsichtbar hielte. Wir sagten Jamie, er solle es melden, aber er wollte kein Aufhebens darum machen.

Und dann kam er eines Tages in sein Zimmer zurück, und da saß Mr Brigstocke, auf seinem Bett. Er hatte einem der anderen Studenten erzählt, er sei Jamies Onkel. Jamie sagte, Brigstocke habe immer und immer wieder dieselben Sätze wiederholt: Jamie solle das Beste aus seinem Studium machen, er solle seine Zeit nicht vergeuden. Immer und immer wieder. Es machte Jamie Angst. Der Mann war verrückt, vollkommen übergeschnappt. Schließlich musste Jamie vorschützen, dass er mit jemandem verabredet sei – anders wäre er ihn nicht losgeworden.

Es gab so einiges, was wir erst hinterher erfuhren – nicht von Jamie, sondern von einem seiner Freunde. Jamie hat nie mit uns darüber gesprochen. Der Freund erzählte uns, dass Jamie Brigstocke im Verdacht gehabt hatte, seine Sachen zu durchwühlen, wenn er in seinem Zimmer war. Seine persönlichen Sachen, wissen Sie? Sie lagen nicht mehr an ihrem Platz. Wir erfuhren erst viel später davon. Wenn wir es gewusst hätten … also, dann wäre mein Mann sofort hingefahren und hätte sich den Mann vorgeknöpft.«

»Was haben Sie gemacht?«

»Nun ja, wir wollten die Polizei verständigen, aber Jamie war dagegen. Mein Mann hat mit der Universität gesprochen, und man versicherte ihm, man würde die Sache im Auge behalten. Eine Zeit lang passierte nichts. Und dann, eines Nachts, als Jamie im Bett lag, tauchte plötzlich Brigstocke auf. Er hämmerte an die Tür und verlangte, eingelassen zu werden. Er sagte, er habe seinen letzten Zug verpasst, und er wolle bei Jamie auf dem Boden schlafen. Ich meine, der Mann hatte doch wirklich einen Knall. Ein anderer Student, dieser Freund von Jamie, hat ihm dann geholfen, ihn loszuwerden.«

»Und haben Sie da die Polizei eingeschaltet?«

»Nein, nein. Jamie wollte sie nicht rufen, und als wir es dann erfuhren, wollte er auch nicht, dass wir sie rufen. Aber sein Freund sagte, er habe sich Brigstocke vorgeknöpft, und er ist danach auch nicht mehr gekommen. Wir sind hingefahren, sobald wir konnten. Jamies Freund erzählte uns, Brigstocke habe an Jamies Tür geschluchzt, er habe mit den Fäusten an die Tür gehämmert, damit Jamie ihn hereinließ, und er habe ihn mit Gewalt wegzerren müssen. Jamie war zu aufgebracht. Es war sein Freund, der Brigstocke aus dem Gebäude schaffen musste. Er hat ihn auch ein bisschen vermöbelt – na ja, das musste sein. Er sagte, Brigstocke sei verrückt, er habe geweint wie ein kleines Kind. Jamie hat uns das alles nie erzählt. Er hat Mr Brigstocke nämlich wirklich gemocht, er hat zu ihm aufgeschaut.«

»Danke, Mrs Rossi, ich danke Ihnen sehr. Meinen Sie, Jamie würde mit mir sprechen?«

»Um Gottes willen, nein. Er würde toben, wenn er wüsste,

dass ich mit Ihnen geredet habe. Selbst heute noch. Er hat nie ein Wort darüber verloren. Manchmal frage ich mich, ob – na ja, ob da irgendetwas passiert war, bevor er an die Uni ging. Ich meine, Brigstocke war ja regelrecht besessen von Jamie.«

»Wie meinen Sie das? Hatten Sie je irgendeinen Verdacht, als Brigstocke noch Jamies Lehrer war?«

»Ich weiß nicht, ich weiß nicht ... Nein, nein, eigentlich nicht. Ich bin mir nicht sicher. Jamie hat Mr Brigstocke vertraut. Es war Mr Brigstocke, der ihm geholfen hat, diese Prüfungen zu bestehen. Sie haben viel Zeit zusammen verbracht.«

»Also, passen Sie auf, ich gebe Ihnen jetzt meine Nummer, und wenn Sie denken, dass Jamie vielleicht doch darüber reden will, rufen Sie mich bitte an. Es ist möglich, dass er nicht der Einzige ist, für den sich Stephen Brigstocke interessiert hat.«

Es war ein ergiebiger Arbeitstag. Produktiv. Catherine fügt nach und nach ein Bild von Stephen Brigstocke zusammen, und es ist kein schönes Bild. Schon geht es ihr besser, sie fühlt sich ein wenig sicherer. Sie ist nicht die Einzige, die etwas zu verbergen hat. Als sie gerade gehen will, drückt Kim ihr ein Blatt Papier in die Hand: die Adresse und die Telefonnummer, auf die sie gewartet hat.

Sie hat es nicht eilig, nach Hause zu fahren. Robert hat gesagt, es würde spät werden, also lässt sie sich Zeit, steigt eine U-Bahn-Station früher aus und beschließt, den Rest des Wegs zu Fuß zu gehen. Es ist ein schöner Abend. Sie kommt an ihrer Buchhandlung vorbei und bleibt stehen, um einen Blick ins Schaufenster zu werfen. Es ist voller Verlockungen – voller Dinge, die ihr helfen können, auf andere Gedanken zu kommen. Sie tritt gerade über die Schwelle, als jemand auf der anderen Straßenseite ihren Namen ruft. Sie würde es gerne ignorieren – sie spürt, wie der Buchladen sie einsaugt, sie zu seinen Regalen hinzieht –, aber die Stimme ruft noch einmal, und sie ist näher gekommen, ist schon direkt hinter ihr.

»Catherine!«

Sie dreht sich um und blickt in das strahlende Gesicht einer Freundin, die sie schon länger nicht mehr gesehen hat.

»Wie geht's dir?«

»Bestens, danke. Und dir?«

»Gut. Mir geht's gut. Was machst du gerade?«

»Also, ich wollte gerade ein Buch kaufen – ich brauche noch ein Geburtstagsgeschenk.« Warum lügt sie?

»Ach, lass uns doch was trinken gehen. Komm schon, auf ein schnelles Glas Wein …«

Das Angebot der Freundin ist verlockend. Die Sonne scheint. Robert wird spät nach Hause kommen. Sie können im Freien sitzen, ein Glas Wein trinken und eine Zigarette rauchen. Sie gibt nach und lässt sich entführen.

Es ist noch hell, als sie nach Hause kommt. Trotzdem lässt sie die Jalousien herunter und schaltet die Lichter ein. Robert wird erst in einer Stunde zurück sein. Die Stille im Haus lässt Stephen Brigstocke wieder in ihren Kopf Einzug halten. Sie hatte ihn eine Weile auf Distanz halten können: Die Gesellschaft ihrer Freundin und ein Glas Wein hatten geholfen, ihn abzudrängen, aber jetzt hat er sich wieder hineingeschlichen.

Der Zettel mit seiner Telefonnummer ist in ihrer Handtasche. Sie zieht ihn heraus und betrachtet ihn, dann tippt sie die Nummer in ihr Handy. Ihr Finger verharrt über dem Wort »Anrufen«. Was wird sie sagen? Ihr Mund ist trocken. Was, wenn sie es durch ihren Anruf nur noch schlimmer macht? Sie weiß nicht, was sie sagen soll. Was will er? Warum hat er sie nicht angerufen? Vielleicht war er noch nicht wieder in dieser Wohnung, seit sie ihre Nachricht durch den Briefschlitz geworfen hat. Vielleicht hat er ihre Nummer nicht. Oder er hat sie, zieht es aber vor, sie nicht zu benutzen. Vielleicht will er nicht mit ihr reden. Aber was will er dann? Er hat ihr das Buch geschickt – er hat das Buch *geschrieben* –, damit sie es liest. Und sie hat es gelesen. Sie muss es ihn wissen lassen. Aber er hat es auch an Nicholas geschickt. Wollte er damit sie treffen? Dem Buch für Nicholas lag kein Brief bei – mit einem Brief hätte er ihm alles erklären können, aber das hat er nicht getan. Es war eine Warnung an sie: Sie soll wissen, dass er weiß, wer ihr Sohn ist und wo er ist. Eine Drohung.

Er muss wissen, dass sie das Buch gelesen hat. Den Gefallen kann sie ihm tun. Aber will er auch eine Entschuldigung? Soll sie sagen, dass es ihr leidtut? Will er ein Schuldeingeständnis? Das ist zu viel verlangt. Aber etwas kann sie ihm geben. Sie kann immerhin die Hand ausstrecken, wenn das bedeutet, dass er sie künftig in Ruhe lässt. Ja, sie ist bereit, ihm ein Stück entgegenzukommen. Aber es wäre besser, es schriftlich zu machen, nicht mündlich. Am Telefon kann sie für nichts garantieren. Er würde ihr sowieso nicht glauben – besser, sie setzt ein paar Zeilen auf und schickt sie ihm. Sie löscht seine Nummer und verstaut den Zettel wieder in ihrer Handtasche.

Sie öffnet ihren Laptop und ruft die Website von *Das Opfer des Fremden* auf. Sie weiß gar nicht mehr, wie oft sie diese Seite schon studiert hat. Es gibt nie irgendwelche Veränderungen. Sie klickt auf »Rezension schreiben«. Vorsichtig jetzt. Ganz vorsichtig. Seine Frau hat ihr erzählt, er sei tot. Seine eigene Frau hat seine Existenz geleugnet. Sie hat ihm nicht getraut. Catherine muss vorsichtig sein. Er ist krank, dieser Mann. Er hat bewiesen, wie verwirrt sein Geist ist. Mit spitzen Fingern tippt sie die Worte ein: *»Der Schmerz, der aus diesem Buch spricht, ist unbestreitbar. Es kommt nicht oft vor, dass ein Roman so heftige Gefühle im Leser auslöst.«* Soll sie ihren Namen daruntersetzen? Nein, zu riskant. Niemand darf sie mit diesem Buch in Verbindung bringen, und es könnte irgendwann angezeigt werden, wenn jemand ihren Namen googelt. Trotzdem muss er wissen, dass sie es ist, also unterschreibt sie mit »Charlotte«, dem Namen, den er ihr in dem Buch gegeben hat, und klickt auf »Senden«.

18

Frühsommer 2013

Neuerdings schlafe ich am Tag und bleibe nachts wach. Ich mag die Dunkelheit. Ich bin nicht allein. Nancy ist bei mir, und ich habe auch meinen Laptop. Er ist mein Haustier, mein Schoßhund – ich benutze ihn für meine Einkäufe, wie andere sich von ihrem Hund die Zeitung bringen lassen: Lebensmittel ins Haus geliefert. Was für ein cleveres Bürschchen. Es sind hauptsächlich Konserven, wie im Krieg. Dosenfleisch. Hähnchengeschnetzeltes. Aber es ist egal, was ich esse, es schmeckt alles gleich, weil ein anderer Geschmack alles überlagert, selbst wenn ich mir so lange die Zähne putze, bis das Zahnfleisch blutet – ich bekomme den Geschmack einfach nicht aus dem Mund. Er macht alles sauer. Und heute Nacht ist es ganz besonders schlimm.

Ich habe eine Rezension gelesen. Hat da einer angebissen? Inzwischen muss sie wissen, dass Nancy tot ist, also bin ich es, den sie anspricht. Ich spüre das leichte Ziehen an meiner Angelschnur. »*Der Schmerz, der aus diesem Buch spricht, ist unbestreitbar. Es kommt nicht oft vor, dass ein Roman so heftige Gefühle im Leser auslöst.*«

Sie hat sich Charlotte genannt. Ist das ein Eingeständnis ihrer Schuld? Aber je öfter ich es lese, desto deutlicher erkenne ich es als das, was es wirklich ist. *So heftige Gefühle* – sie sagt nicht, was diese »Gefühle« sind. Heftiger Ekel? Heftiger Abscheu? Ich will Präzision, keine vagen Gefühle. Ich will Scham, Angst, Schrecken, Reue, ein Geständnis. Ist das wirklich zu viel verlangt? Diese kleine Rezension hat mir die Laune gründlich verdorben. Sie ist so sorgfältig geschrieben: sorgfältig darauf bedacht, sich nur ja nicht zu entschuldigen, nur ja keine Verantwortung zu übernehmen. Ich hätte wissen müssen, dass sie versuchen würde, sich irgendwie herauszumogeln. Wie kann sie sich zu der Annahme versteigen, ihre leeren Worte, so geschickt formuliert, könnten genügen? Selbst nach so vielen Jahren kann Mrs Catherine Ravenscroft, preisgekrönte Dokumentarfilmerin und Mutter von Nicholas, dem Staubsaugerverkäufer, es immer noch nicht lassen, mit ihren lackierten Fingernägeln und ihrer hinterlistigen Rezension Salz in die Wunde zu streuen.

Sie hat einen Fehler gemacht, wenn sie glaubt, ihre wohlgesetzte kleine Botschaft würde mich zufriedenstellen. Sie hat mich provoziert. Es ist eine Beleidigung. Ich bin nicht daran interessiert, dass sie meinen Schmerz anerkennt. Dafür ist es zu spät. Sie muss es selbst spüren, sie muss wissen, wie es sich anfühlt. Erst dann werde ich zu ihr durchdringen. Sie muss so leiden, wie ich gelitten habe.

19

Frühsommer 2013

Catherine wacht auf. Sie kann sich nicht erinnern, eingenickt zu sein, aber ihr Kopf sagt ihr, dass sie eine ganze Weile geschlafen hat. Ihre Augen sind verklebt. Das Bett neben ihr ist leer, und Licht zwängt sich unter dem Rollo hindurch. Sie lässt ihren Kopf wieder aufs Kissen sinken. Die Sonne wärmt das Zimmer. Es muss ein schöner Tag sein da draußen. Es ist nach zehn, Robert hat schon vor Stunden das Haus verlassen. Sie stellt sich vor, wie er sich gefreut haben muss, sie so tief schlafen zu sehen.

Er hat ihr gestern Abend gesagt, er müsse an diesem Morgen früh im Büro sein. Es war das erste Mal seit langer Zeit, dass er überhaupt über seine Arbeit gesprochen hat. Sie war so mit sich selbst beschäftigt, aber gestern Abend hat Robert sich alles von der Seele geredet: In der Arbeit hat sich zu viel angehäuft, und jetzt wächst ihm alles über den Kopf. Catherine weiß, wie er es hasst, nicht alles im Griff zu haben, er muss immer einen Schritt voraus sein, um nicht das Gefühl zu haben, die Kontrolle zu verlieren. Wenn ihm das nicht gelingt, gerät er nicht direkt in Panik, aber er wird auf jeden Fall sehr unruhig. Er ist Anwalt – die Leute verlassen sich darauf, dass er alles richtig macht.

Gestern Abend haben sie noch lange zusammengesessen und geredet, und zum ersten Mal seit Ewigkeiten hatte sie das Gefühl, wirklich präsent zu sein. Sie war schockiert, als er ihr erzählte, dass die Hilfsorganisation, für die er arbeitet, vom parlamentarischen Untersuchungsausschuss des Finanzministeriums in die Mangel genommen werden soll. Die Art und Weise, wie staatliche Fördermittel in einige der Projekte der Organisation geleitet worden waren, hat Verdacht erregt.

»Ist was dran an den Vorwürfen?«, fragte sie.

»Nein, nein, es war nur Inkompetenz«, erwiderte er.

»Musst du aussagen?«

Er schüttelte den Kopf. »Es wäre allerdings einfacher, wenn ich es täte. Irgendwie muss ich sicherstellen, dass die Direktoren nicht als Kriminelle dastehen, sondern allenfalls als wohlmeinende, aber unprofessionelle Witzfiguren.«

»Sie können froh sein, dass sie dich haben«, sagte sie und nahm seine Hand.

Als sie sich kennenlernten, arbeitete Robert als Justiziar für das Innenministerium. Er war fast dreißig, sie war zweiundzwanzig, aber er war schüchtern, und das ließ ihn jünger wirken, als er war. Catherine arbeitete für eine Zeitung – ihr erster Job. Sie war ehrgeizig, genau wie er. Sie waren beide entschlossen, Karriere zu machen, und sie waren beide erfolgreich. Sie erinnert sich, wie überrascht sie von seiner Offenheit war – er war so unverstellt, dass es in ihr das Bedürfnis weckte, ihn zu beschützen.

Bei ihrer ersten Begegnung hatte er ihr erzählt, er habe »politische Ambitionen«. Das waren seine Worte gewesen – es klang ein wenig verlegen, fast entschuldigend. Sie ermutigte ihn zum Reden. Es war das erste von vielen »inoffiziellen« Gesprächen, die sie in einem Pub in Stoke Newington führten: neutrales Gebiet, wo keine Gefahr bestand, dass jemand von ihren oder seinen Kollegen vorbeikam. Robert war schon als Student in die Labour Party eingetreten. Das war sie auch, aber im Gegensatz zu ihm ist sie später wieder ausgetreten. Er hatte gehofft, als Kandidat für die Parlamentswahl aufgestellt zu werden – er wäre einer der jüngsten Abgeordneten aller Zeiten gewesen. Es ist nie dazu gekommen, aber sie weiß, dass er insgeheim immer noch den Wunsch hegt. Gestern Abend haben sie darüber gesprochen. Er lächelte, erfreut, dass sie das Thema ansprach, aber dann schüttelte er den Kopf.

»Ach nein, das ist vorbei.«

»Also, ich würde dich dabei unterstützen.« Es war eine Erleichterung, über etwas anderes nachzudenken als über sich selbst. Sie betrachtet es als Zeichen, dass sie auf dem Weg der Besserung ist, und setzt sich auf, an die Kissen gelehnt.

Es ist fast eine Woche vergangen, seit sie die Rezension abgeschickt hat, und ihr Instinkt sagt ihr, dass es der richtige Schritt war. Stephen Brigstocke brauchte ihr Eingeständnis. Jetzt weiß er, dass sie anerkennt, was er durchgemacht hat. Es hat ihr auch geholfen, denkt sie. Vielleicht ist das auch ein Grund dafür, dass sie besser schläft. Das Schreiben dieser Worte hat sie gezwungen, über seinen Schmerz nachzudenken, nicht nur über ihren eigenen. Sie kann keine Verantwortung dafür übernehmen, aber sie kann allmählich verstehen, was ihn zu einem solchen Akt gezielten Hasses getrieben hat. Ja, es hat ihr gutgetan, darüber nachzudenken. Vielleicht ist für sie beide auf unterschiedliche Weise ein gewisses Gleichgewicht wiederhergestellt worden.

Sie steht aus dem Bett auf und zieht das Rollo hoch. Draußen ist prächtiges Wetter. Sie hat keine Lust, in die Arbeit zu fahren – sie kann anrufen und sagen, dass sie heute von zu Hause arbeitet. Sie geht nach unten, kocht Tee und setzt sich dann mit ihrem Laptop an den Tisch, um die Website für *Das Opfer des Fremden* aufzurufen. Ihre Rezension ist noch da, aber es ist nichts Neues dazugekommen. Eine Abbildung des Buchcovers versteckt sich in der Ecke des Bildschirms, und die Erinnerung daran, wie es in ihr Leben eingedrungen ist, lässt die Wut in ihrem Bauch wieder aufflammen.

Sie verlässt die Seite. Sie wird nie wieder einen Blick darauf werfen.

20

Frühsommer 2013

Es ist Morgen. Ich war die ganze Nacht auf. Mir ist nicht nach Frühstück. Laut meinem elektronischen Schoßhund ist es zehn Uhr, und ich bin steif vom langen Sitzen auf meinem Stuhl. Ich muss mich bewegen. Mir fällt allmählich die Decke auf den Kopf. Zu lange vor dem Bildschirm gehockt – ein Problem, von dem Menschen meines Alters wohl eher selten betroffen sind. Drei Schritte zum Fenster, und ich ziehe den Vorhang auf. Es ist ein herrlicher Tag. Ich hatte ja keine Ahnung. Ich stehe nur da und blinzle, als ob ich mitten in der Nacht vor ein Auto gelaufen wäre. Es ist der richtige Tag, um das Haus zu verlassen.

Ich habe Abzüge von den Fotos machen lassen, habe dieselben Negative eingesandt, die Nancy vor all den Jahren eingesandt hatte. Ich habe halb damit gerechnet, einen bösen Brief vom Labor zu bekommen, aber nein, es kommt nur ein Umschlag mit frischen Hochglanzabzügen. Ich schlüpfe in meine leichte Sommerjacke und stecke den Umschlag mit den Fotos in die Tasche. Ja, der Tag ist wie gemacht, um das Haus zu verlassen.

Jedes Mal wenn ich einen der wunderschönen Londoner Plätze betrete, bedauere ich, dass ich mich nicht bemüht habe, es öfter zu tun. Es hat so eine belebende Wirkung. Und der Berkeley Square ist einfach ein Juwel. Er hat nichts zu verbergen, er ist sich seines Werts vollauf bewusst und stellt ihn schamlos zur Schau. Hierher zieht man, wenn man zum

Kundenkreis von Rolls-Royce gehört. Was auf mich natürlich nicht zutrifft, und ganz offensichtlich auch nicht auf die Gestalten, die sich an diesem Mittag mit mir den Platz teilen. Ich schließe die Augen und recke das Gesicht zur Sonne, und für einen ganz kurzen Augenblick bin ich froh, am Leben zu sein. Ich bin immer noch hier, lebendig und zu allen Schandtaten bereit. Aber zuerst esse ich mein Sandwich auf und genieße es, Teil dieses Freiluft-Lunchclubs zu sein. Ich nehme eine Art kameradschaftlichen Geist zwischen mir und den anderen Essern wahr. Ein paar von uns hocken auf Bänken, andere liegen auf dem Rasen oder sitzen auf ihren Jacken. Wir kennen einander nicht und sind doch entspannt in Gesellschaft der anderen – es ist ein Privileg, gemeinsam dieses Fleckchen üppigen Grüns mit den uralten Platanen nutzen zu können, den einzigen Lebewesen auf diesem Londoner Platz, die älter sind als ich.

Ich knülle mein Sandwichpapier zusammen und werfe es in einen Abfalleimer, und ich weiß zu schätzen, dass er da ist, ich schätze das Gefühl der Sicherheit, das auf der Tatsache beruht, dass er nicht aus Angst vor Bombenlegern entfernt wurde. Dies ist ein sicherer Ort. Während ich den Platz überquere, ziehe ich den Umschlag aus der Tasche und lese noch einmal die Adresse. Nummer 54, Berkeley Square.

Die Fassade von Nummer 54 ist teilweise herausgerissen und durch Glas ersetzt worden, überdimensionale Scheiben, die den Eindruck erwecken, als sei der Mund des Gebäudes mit Gewalt aufgerissen worden, um diese glänzenden Grabsteine hineinzustopfen, damit er sich nie wieder schließen kann. Ein Haus, das permanent gegen den Würgereiz ankämpfen muss. Es ist ein beschämender Gesichtsausdruck für diese einst noble Fassade. Ich schreite durch die klaffende Mundöffnung, stelle mich der jungen Frau hinter dem Empfangstresen vor und übergebe ihr mit einem Lächeln den Umschlag.

21

Frühsommer 2013

Catherine beschließt, den Tag gemütlich zu Hause zu verbringen. Sie schreibt Robert eine SMS, dass sie heute nicht in die Arbeit fährt, und fragt ihn, wie es bei ihm läuft. *Gut*, simst er zurück. *Bin um 7 daheim.* Sie schickt ihm drei Küsse. Heute Abend wird sie ein richtig schönes Essen machen. Sie werden einen kühlen Weißwein trinken, sie werden das mit frischen Kräutern gewürzte Essen genießen, und sie werden ihre Zweisamkeit genießen. Sie zieht Roberts Gesellschaft immer noch der aller anderen vor – es gibt niemanden, mit dem sie lieber einen Abend verbringt, niemanden, dessen Meinung sie mehr respektiert als seine. Sie denkt an den Abend vor zehn Tagen zurück, als sie ihm beinahe alles erzählt hätte. Gott sei Dank hat sie es nicht getan. Robert glaubt, dass er der Starke ist, aber das ist er nicht wirklich, und die Ehe ist ein zerbrechliches Ding – nicht nur ihre. Es gilt eine Balance zu wahren, und sie glaubt, dass ihr das gelungen ist.

Robert hasst jede Art von Konfrontation. Sie hat ihn kaum je wütend erlebt, nicht einmal mit Nicholas, nicht einmal in dessen schwierigsten Phasen. Es war immer Catherine, die ihre Stimme erhob, nie Robert. Er war derjenige, der die Wogen glättete. Obwohl es sie manchmal geärgert hat, weil sie das Gefühl hatte, der Kuckuck im Nest zu sein, kann sie doch verstehen, warum er so gehandelt hat. Wenn Nick mit ihr nicht reden konnte oder wollte, wusste er wenigstens, dass er mit seinem Vater reden konnte.

Robert ist als Einzelkind zwischen zerstrittenen Eltern aufgewachsen und mit der Zeit zum Experten für Schlichtung geworden. Die Vorstellung, dass sie und Nicholas einen Schlichter brauchten, hat sie gekränkt, aber manchmal war es wirklich nötig. Es ist ihre Schuld, das gibt sie zu. Sie ist einfach nicht so an ihn herangekommen, wie sie es sich gewünscht hätte. Er schien ihre Stimme zu missdeuten, ihren Ton, ihre Mimik. Aus den nichtigsten Anlässen wurde er wütend auf sie, und nach einer Weile wurde sie in seiner Gegenwart immer gehemmter. Nichts fühlte sich natürlich an. Es war nicht immer so gewesen, aber auf jeden Fall seit dem Beginn seiner Pubertät. Sie hat nie an ihrer Liebe zu Nicholas gezweifelt, und doch hat die Bindung zwischen ihnen offenbar gelitten. Vielleicht wäre es anders gewesen, wenn sie und Robert noch ein zweites Kind bekommen hätten.

Es fällt Catherine schwer, über diese Dinge nachzudenken. Normalerweise verdrängt sie das Ganze, aber sie gestattet sich die Hoffnung, dass sie und ihr Sohn jetzt, nachdem er ausgezogen ist, einander aus der Distanz mit anderen Augen sehen können.

Sie kann sich nicht erinnern, sich je auf einen Einkauf im Supermarkt gefreut zu haben, aber heute tut sie es. Es ist gut, sich auf diese alltäglichen Verrichtungen konzentrieren zu können, und sie genießt die Erfahrung in vollen Zügen. Sie wählt einen Bund glatte Petersilie aus; die langen Stängel liegen kühl in ihrer Hand, als sie sie in ihren Einkaufswagen legt. Sie kauft frische Lebensmittel, die, wenn sie nicht gegessen werden, vergammeln und stinken werden, und sie so daran erinnern, dass sie wieder die Kontrolle zu verlieren droht.

Die stumpfsinnige Beschäftigung des Einräumens befriedigt sie nicht weniger als das Einkaufen im Supermarkt. Eine so gewöhnliche und undankbare Tätigkeit ist ein Luxus, wenn es einem so schlecht gegangen ist wie Catherine in letzter Zeit. Sie kostet das simple Vergnügen aus, die Lebensmittel aus den Taschen zu nehmen und zu verstauen: Alles hat seinen Platz, und sie ist diejenige, die dafür sorgt, dass es dorthin kommt.

Es ist erst vier Uhr – sie muss erst in ein paar Stunden mit dem Kochen anfangen. Sie geht ins Wohnzimmer und legt sich aufs Sofa. Wie eine Katze räkelt sie sich auf dem einen sonnigen Fleckchen im Zimmer. Sie schließt die Augen, obwohl sie gar nicht müde ist, nur entspannt. Dann tut sie etwas, was sie seit Wochen nicht mehr getan hat: Sie greift nach einem Buch und fängt an zu lesen. Es ist ein unbedenkliches Buch – eines, das sie schon einmal gelesen hat –, und sie lehnt sich auf dem Sofa zurück und versinkt darin.

Um sechs gießt sie sich ein Glas Wein ein und ruft ihre Mutter an. Diesen wöchentlichen Anruf versäumt sie nie, auch wenn es in letzter Zeit hastige, oberflächliche Gespräche waren und ihre Mutter eigentlich Besseres verdient hätte.

»Mama? Wie geht's dir? Wie war deine Woche?«

»Wunderbar, Schatz. Ruhig, weißt du ... aber sehr schön. Wann seid ihr aus dem Urlaub zurückgekommen?«

Catherine zögert, sie ist sich nicht sicher, ob sie ihre Mutter korrigieren soll – sie haben seit letztem Sommer keine Urlaubsreise mehr gemacht. Neuerdings bringt ihre Mutter öfter Daten und Uhrzeiten durcheinander.

»Wir sind schon ganz lange zurück, Mama – du weißt doch, ich hab dich seitdem schon oft besucht.« Sie bemüht sich, nicht zu hart zu klingen und sie nicht zu beunruhigen. Es gibt keinen Grund zur Beunruhigung, noch nicht. Für ihre Mutter schrumpft die Zeit mehr und mehr zusammen, aber an andere Dinge erinnert sie sich noch sehr gut. Catherine bringt sie wieder in die Spur. »Sag mal, hast du denn schon Emmas neues Baby bewundert?« Catherines jüngere Cousine hat gerade ihr drittes Kind bekommen.

»Ja, sie waren hier und haben mich abgeholt. Sie sind ja so lieb. Ein süßes kleines Ding. Lächelt die ganze Zeit. Und wie geht es Nick? Macht ihm seine Arbeit noch Spaß?«

»Ja, doch, es gefällt ihm gut.«

»Das ist toll. Er ist so ein kluger Junge.«

Nick und seine Großmutter hatten schon immer eine enge Beziehung. Nach seiner Geburt ist Catherines Mutter damals für ein paar Wochen zu ihnen gezogen, um zu helfen. Es hat Catherine neuen Respekt vor ihr eingeflößt. Ihre Mutter half ihr mit Nicholas, aber sie kümmerte sich auch um Catherine und Robert. Sie machte das Essen, passte auf das Baby auf, sorgte dafür, dass sie nachmittags ein Nickerchen machen konnten, was immer sie ihrer Meinung nach brauchten. Dabei spielte sie sich nie als Märtyrerin auf, sagte Catherine nie, wie sie dies oder jenes tun sollte, sondern bot nur ihre Unterstützung und ihre Liebe an.

»Tut mir leid, dass ich so lange nicht mehr vorbeigeschaut haben, Mama. Es war alles ziemlich hektisch, mit dem Umzug und allem. Lass uns doch einen Sonntagslunch organisieren, und dann lade ich Nick auch ein. Ich hole dich ab.«

»Du musst mich nicht abholen, Catherine. Ich kann den Bus nehmen.«

»Also, das sehen wir dann schon, Mama.« Das letzte Mal, als Catherines Mutter den Bus nehmen wollte, ist sie in Panik geraten, weil sie nicht sicher war, wo sie aussteigen musste, und so ist sie sitzen geblieben, bis sie wieder am Busbahnhof ankamen. Catherine weiß, dass sie die Augen davor verschließt, wie ihre Mutter nach und nach abbaut. Ihr Zustand hat noch keinen Namen, doch er ist bald nicht mehr zu übersehen. Catherine hat eine Haushaltshilfe engagiert, die zweimal die Woche kommt und ihrer Mutter beim Putzen und Einkaufen zur Hand geht. Es ist gut zu wissen, dass noch jemand ein Auge auf sie hat.

»So, jetzt muss ich mich aber um das Abendessen kümmern, Mama. Wir telefonieren bald wieder. Also, mach's gut.«

»Du auch, Schatz. Pass gut auf dich auf.«

Um sieben schickt sie Robert eine SMS, um ihm Bescheid zu sagen, dass das Essen um Viertel nach sieben fertig sein wird. Sie legt Musik auf, erlaubt sich, sie laut aufzudrehen, erlaubt sich noch ein Glas Wein, erlaubt sich, sich zu Hause zu fühlen.

Um neun ist Robert immer noch nicht da. Catherine macht sich Sorgen. Er hat auf ihre Anrufe und SMS nicht reagiert. Es ist nicht seine Art, so vollkommen gedankenlos zu sein. Einfach nicht zu erscheinen. Ein Knoten bildet sich in ihrer Magengrube. Sie hinterlässt eine Nachricht für Nicholas und bittet ihn, sie anzurufen, wenn er von seinem Vater hört, doch auch von ihm kommt nichts. Sie legt sich gerade zurecht, was sie der Polizei sagen wird, als endlich eine SMS von Robert kommt. Er wurde in der Arbeit aufgehalten. Keine Entschuldigung. Kein Kuss.

Verdammte Scheiße. Sie ist verletzt. Zum Kotzen ist das. Er hat keinen Gedanken an sie verschwendet.

22

Frühsommer 2013

Catherine irrt. Robert hat die ganze Zeit nur an sie gedacht. Stundenlang. Regungslos hat er an seinem Schreibtisch gesessen, nachdem alle anderen nach Hause gegangen waren, und der Kopf lief ihm heiß vom Nachdenken über seine Frau. Das Päckchen hatte den ganzen Nachmittag ungeöffnet auf seinem Schreibtisch gelegen, und dann, als er gerade aufbrechen wollte, hatte er danach gegriffen.

Er hatte das Jackett halb angezogen, im Begriff, heim zu Catherine zu fahren, als er es aufriss. Wie sie hatte er sich auf einen gemeinsamen Abend gefreut, und daran hatte er gedacht, als er den Umschlag aufriss. Stirnrunzelnd zog er einen Packen Fotos heraus, gedankenlos, ohne wirklich zu registrieren, was er da sah. Ein rascher Blick. Da war noch etwas in dem Päckchen. Ein Buch. Das Buch, das Catherine verbrannt hatte. *Das Opfer des Fremden* von E. J. Preston. Er schlug die erste Seite auf: *Sämtliche Ähnlichkeiten mit lebenden oder verstorbenen Personen sind rein zufällig …*

Und dann hatte er sich wieder hingesetzt und das Jackett ausgezogen.

Er sah die Fotos noch einmal durch, und diesmal schenkte er ihnen seine volle Aufmerksamkeit, studierte sie eins nach dem anderen. Es waren insgesamt vierunddreißig. Er griff nach dem braunen Umschlag, in dem sie gekommen waren, und sah sich auch diesen genau an. Die Handschrift auf der Vorderseite. Sie kam ihm nicht bekannt vor. *Persönlich abge-*

geben, stand in der Ecke, und dazu Roberts Name, mit Füller geschrieben. Kein Kugelschreiber, ein Füllfederhalter mit königsblauer Tinte. Rasch sprang er auf, um seine Sekretärin noch zu erwischen, bevor sie Feierabend machte.

»Wo kam das hierher?«, fragte er sie.

Sie war überrascht über seinen Ton und unterbrach sofort ihre Arbeit. »Jemand hat es am Empfang abgegeben.«

»Wer?«

»Ich frag mal nach«, sagte sie und griff nach dem Hörer, während Robert ungeduldig auf sie herabsah. Sie drehte sich zu ihm um.

»Es war ein Mann. Ein alter Mann. Lucy sagt, er hat ihr den Umschlag in die Hand gedrückt und erklärt, er sei für Sie. Weiter hat er nichts gesagt. Sie meinte, er habe ein bisschen … na ja, abgerissen ausgesehen. Sie dachte, er wäre ein Stadtstreicher, aber er war höflich, und er hat nicht herumgelungert, er hat nur den Umschlag abgegeben und ist gleich wieder gegangen.«

»Danke. Wir sehen uns dann morgen«, sagte er und entließ sie.

Jetzt sitzt er immer noch an seinem Schreibtisch, die Fotos vor sich ausgebreitet wie eine Hockney-Collage: viele kleine Bilder, so zusammengesetzt, dass sie ein größeres Bild ergeben. Aber Robert kann nicht erkennen, was dieses größere Bild ist. Was er sieht, ist Catherine. Catherine an einem Strand, wie sie an den Trägern ihres roten Bikinis nestelt und in die Kamera lächelt, während Nicholas in der Nähe sitzt. Catherine, friedlich schlafend. Dann auf einen Arm gestützt, sodass ihre Brüste zusammengedrückt werden, ihre wunderschönen Brüste, die über den Rand ihres Bikinis quellen, während sie ihr lächelndes Gesicht in die Hand schmiegt. Wen lächelt sie an? Catherine und Nicholas, im seichten Wasser sitzend, Nicholas blickt aufs Meer hinaus, Catherine direkt in die Kamera. Sie sieht sehr sexy aus, stolz auf ihren schönen Körper, und ihr kleiner Junge, der damals fünf war, sitzt zu ihren Füßen.

Die Fotos sind über eine Reihe von Tagen entstanden – nicht an einem, sondern an zwei oder drei Tagen. Oder noch mehr? Er versucht sich zu erinnern. Nicholas ist in den meisten Strandszenen zu sehen. Es gibt auch noch andere Fotos, auf denen Nicholas nicht auftaucht. War er da, irgendwo im Hintergrund? Er muss in der Nähe gewesen sein. War er im selben Zimmer? Oder im Nebenzimmer? Allein? Hat er geschlafen? Was hat er gesehen? Was hat er gehört?

Auf diesen anderen Fotos trägt Catherine Unterwäsche, keinen Bikini. Slip und BH. Eindeutig kein Bikini. Spitzenwäsche. Träger, die von den Schultern rutschen. Nippel, die sich deutlich durch die Spitze abzeichnen. Slips, keine Bikini-Unterteile. Nichts annähernd so Robustes. Winzige, fragile Stofffetzen. Nichts, was unter Wasser an Ort und Stelle bleiben würde. Er muss es wissen – er hat ihr die Sachen gekauft, für ihren Urlaub. Und sie hat die Hand in ihren Slip geschoben, und sie hat den Kopf in den Nacken gelegt, als ob sie etwas an der Decke anschaute, aber es ist klar, dass sie nichts Bestimmtes anschaut. Sie ist entrückt, hat sich an einen Ort versetzt, der ihre Lippen sich öffnen und ihre Augen sich schließen lässt. Verloren in ihrem eigenen exquisiten Raum. Aber nicht ganz allein, denn da ist noch jemand. Ein stummer, still genießender Zeuge. Unsichtbar. Bis auf ein Foto. Ein einziger Flüchtigkeitsfehler. Ein Schatten am Rand des Bildausschnitts.

Robert ist froh, dass er allein ist; froh, dass niemand da ist, der seine Tränen sehen kann. Der anfängliche Schock beim Anblick der Bilder ist einem Schmerz gewichen, der ihn durchbohrt wie eine stählerne Klinge, die ihn vom Scheitel bis zum Bauch aufgeschlitzt hat. Er spürt, wie seine Eingeweide aus der klaffenden Wunde quellen. Seine Finger haben gezittert, als er Catherine simste, er sei in der Arbeit aufgehalten worden. Eine SMS war alles, wozu er imstande war. Er konnte nicht mit ihr sprechen, noch nicht. Er war nicht in der Lage, das Gespräch zu führen, von dem er wusste, dass sie es irgendwann führen müssten, aber nicht jetzt.

Er will glauben, dass das Ganze ein Irrtum ist, aber er kann nicht leugnen, was er mit eigenen Augen sieht. Das ist sie. In Farbe, in Nahaufnahme. Er kann beinahe ihren Duft riechen. Die Hochglanzabzüge sprechen für sich – Bilder, die ihm neu sind, und in denen doch hier und da etwas aufblitzt, was er wiedererkennt. Die Unterwäsche. Er hatte sie ausgesucht, und den roten Bikini auch. Ihr Gesicht ist dasselbe – jünger, aber dasselbe –, und doch ist in ihrem Gesichtsausdruck etwas, was ihm fremd ist. Und das tut so unendlich weh. Er hat noch nie eine so vollkommene Hingabe in Catherines Gesicht gesehen. Es ist Catherine, und doch ist es nicht seine Frau. Den Ort erkennt er auch wieder. Spanien … wann war das? Einundneunzig? Zweiundneunzig? Ein kleines spanisches Küstenstädtchen. Ein Sommerurlaub zu dritt.

Und dann steigt der Zorn in ihm auf, und er ist dankbar dafür, weil der Zorn den Schmerz für einen Moment überlagert. Er erinnert sich, dass er einen Teil dieses Urlaubs verpasst hat. Er ist früher nach Hause geflogen und hat Catherine und Nicholas zurückgelassen. Ein Fall war zur Verhandlung gekommen – etwas, was ihm damals wichtig erschienen sein muss, was aber jetzt von der noch wichtigeren Tatsache in den Hintergrund gedrängt wird, dass es ihn von seiner Frau und seinem Kind getrennt hat.

Catherine mag auf den Fotos nicht wie seine Frau aussehen, aber Nicholas ist eindeutig als sein Sohn zu erkennen. Sein Lächeln. Sein schlanker Körper, schon ohne Babyspeck, ein richtiger kleiner Junge. Schlaksig, mit Knubbelknien und spitzen Ellbogen. Wibbelig und ständig in Bewegung, wie unter Strom und platzend vor Neugier. Der Anblick seines kleinen Jungen facht seinen Zorn neu an. Was hat Nicholas mitbekommen? Wie viel hat er gesehen? Wie viel hat er verstanden? Der arme kleine Kerl hatte doch keine Wahl. Er konnte nicht einfach nach Hause fliegen. Er konnte Papa nicht bitten, ihn abzuholen.

Robert versetzt sich in Gedanken in die Zeit zurück, als Catherine und Nicholas aus diesem Urlaub nach Hause kamen. Kurz danach verkündete Catherine, dass sie wieder Vollzeit arbeiten wollte. Er erinnert sich gut daran. Es kam aus heiterem Himmel. Er hatte angenommen, dass sie noch etwas länger zu Hause bleiben und dann auf Teilzeit gehen würde. Es war nicht das Geld, er verdiente damals mehr als sie – genug für sie beide. Es hatte ihn geärgert, aber er hatte nichts gesagt. Er hatte mit seinen Gefühlen hinter dem Berg gehalten, weil er seine Bedürfnisse den ihren unterordnete. Er hatte seine Enttäuschung für sich behalten.

Er schluckt den Schleim hinunter, der sich in seinem Rachen angesammelt hat. Sie hatte ihm erzählt, sie sei depressiv und vermisse ihre Arbeit. Obwohl sie es nicht laut aussprach, nahm er wahr, dass das Muttersein ihr nicht genügte; sie nahm ihre eigenen Bedürfnisse wichtiger als die ihres Sohnes. So, wie er Catherines Bedürfnisse wichtiger genommen hatte als die von Nick. Es war also nicht um die Arbeit gegangen – sondern um ihre Urlaubsaffäre.

Sie war deprimiert wegen ihrer Ehe, nicht weil sie zu Hause saß. Er betrachtet die Fotos, die auf seinem Schreibtisch ausgebreitet sind. Sie hatte in diesem Urlaub etwas Aufregenderes gefunden. Verdammte Scheiße, was ist er doch für ein Idiot gewesen. Er hätte sie neulich abends zur Rede stellen sollen, als er sie beim Verbrennen des Buchs erwischte. Sie war drauf und dran, es ihm zu sagen, und sie hätte es getan, wenn er darauf bestanden hätte. Aber das hat er natürlich nicht getan. Er hat ihr direkt in die Hände gespielt, wie immer. Deswegen hat sie nicht schlafen können – deswegen ist sie so verdammt mit sich selbst beschäftigt: weil sie ertappt worden ist. Es ging nicht um Nicks Auszug oder um ihre Schuldgefühle – Nick ist ihr scheißegal, und er selbst auch. Nein, sie ist ertappt worden, darum geht es. Die Affäre, die sie vor Jahren hatte, ist aufgeflogen. Eine Affäre, die sie unter den Augen ihres Sohnes hatte. Du lieber Himmel.

Der arme Nicholas, da saß er in Spanien fest mit seiner Mutter – und mit wem noch? Wer war da bei ihnen? Seine Mutter mit einem Fremden und mit ihm, einem Fünfjährigen, der zum Zeugen von weiß Gott was wurde. Der Fremde? Er durchkämmt sein Gedächtnis auf der Suche nach irgendeinem Gespräch, das er vielleicht mit Catherine hatte, als sie nach Hause kam, etwas, was ihm einen Hinweis liefern könnte. Aber es fallen ihm nur vollkommen harmlose Sätze ein: *»Du hast uns gefehlt«* – *»Es war nicht mehr dasselbe, nachdem du weg warst.«*

Na, das glaube ich gern.

Und was ist mit Nicholas? Hat er irgendetwas gesagt, was Robert hätte auffallen können? Hätte auffallen sollen? Hat sich sein Verhalten geändert? Hat er sich zurückgezogen? Robert kann sich nicht erinnern, dass Nicholas überhaupt irgendetwas gesagt hat. Er hätte doch sicher so etwas gesagt wie: *»Mamas Freund hat dies und das gemacht …«*, oder *»Wir haben da so einen netten Mann kennengelernt …«*, oder *»Mama hat sich mit jemandem angefreundet«*? Er kann sich nicht erinnern, dass sein Sohn je irgendetwas über die Zeit erzählt hat, als er mit Mama allein im Urlaub war. Und mit einem Fremden. War es ein Fremder? Oder hat er ihn gekannt?

Es beunruhigt ihn, dass Nicholas nichts gesagt hat. Es ist nicht normal für ein Kind, einfach gar nichts zu sagen. Ein

Kind sagt nur dann nichts, wenn es etwas verheimlicht. Etwas Unaussprechliches.

Sein Handy piepst. Eine SMS von Catherine: *Hättest ja auch eher Bescheid sagen können.* Kein Kuss diesmal. Er antwortet nicht. Er will nicht mit ihr sprechen, auch nicht via SMS.

Aber er muss mit seinem Sohn reden. Er muss ihn sehen. Wenn er sich an den Nicholas von den Fotos erinnert und ihn mit dem jungen Mann vergleicht, den er heute kennt, fällt ihm die Diskrepanz auf. Von der wilden Überschwänglichkeit eines Kindes ist in dem lethargischen, planlos dahinlebenden Fünfundzwanzigjährigen keine Spur mehr zu erkennen. Dieses Kind wurde von der Pubertät ausgelöscht – ausgeräuchert – und ist nie wieder ganz und gar auferstanden. Er hat sich immer gefragt, woran das lag. Warum hat er die Schule nicht durchgezogen? Warum war er so unmotiviert? Und seine Mutter hatte nichts gesagt. Nun, vielleicht war das hier der Grund. Vielleicht hat der kleine Nick Dinge gesehen und gehört, die er nicht hätte sehen und hören sollen. Vielleicht hält Robert jetzt den Schlüssel zu dem Ereignis in der Hand, das seinem Sohn jegliches Feuer geraubt hat.

»Nick? Hi, ich bin's, Papa.«

»Hallo.« Seine Stimme ist tonlos.

»Hör mal, hast du schon gegessen?« Robert versucht, Enthusiasmus in seine Stimme zu legen.

»Äh, nein.«

»Also, dann hol ich dich ab und lad dich zum Abendessen ein. Ich musste länger arbeiten, und ich hab einen Bärenhunger ...« Nicholas zögert, aber Robert ist entschlossen: »Nur auf einen schnellen Happen, wir können uns im Pub bei dir um die Ecke was bestellen. Das liegt auf meinem Nachhauseweg.«

»Übrigens, Mama hat versucht, dich zu erreichen.«

»Ich hab mit ihr gesprochen, keine Sorge«, lügt er. »Wir sehen uns in einer Viertelstunde.«

An Nicholas' Haustür sind vier Klingelknöpfe, drei mit hingekritzelten Namen, einer ohne. Robert drückt die oberste, namenlose Klingel. Er ist nicht mehr hier gewesen, seit er und Catherine Nicholas vor drei Monaten beim Umzug geholfen haben. Er stellt sich vor, wie sein Sohn die Treppen vom vierten Stock herabsteigt. Als Nick endlich die Tür aufmacht, sieht er erschöpft aus.

»Gehen wir?« Robert strahlt, er will die mangelnde Begeisterung seines Sohnes kompensieren und schießt dabei übers Ziel hinaus.

»Ich bin noch nicht ganz fertig.«

»Kein Problem. Ich komm mit rauf und warte so lange.«

Robert folgt ihm; er muss sich bremsen, um sich den schweren Schritten seines Sohnes anzupassen. Er registriert Nicholas' nackte Füße, seine schmutzigen Sohlen, die Post, die im Hausflur auf dem Boden herumliegt, den fleckigen, mit Brandlöchern übersäten Teppichboden. Er wartet im Wohnzimmer. Als er um die Ecke in die Küche späht, sieht er die Spüle voll mit schmutzigem Geschirr, die geschwärzte Bratpfanne auf dem Kochfeld, den Mülleimer, der dringend geleert werden müsste – Saft- und Milchkartons, Essensreste, die aus der schwarzen Tüte quellen. Was kann man schon erwarten in einer Wohnung voller Studenten?, sagt er sich. Wobei Nick der Einzige ist, der nicht studiert. Seine Mitbewohner sind nicht da, und die Wohnung riecht nach Marihuana. Er hofft, dass es von den anderen ist, nicht von Nick. *Bitte, mach, dass er nicht wieder auf Gras ist.* Aber er will nicht riskieren, seinen Sohn zu verärgern, also sagt er nichts.

»Fertig?« Robert stößt die Schlafzimmertür auf, und wieder sackt ihm der Magen ein Stück tiefer. Unterhosen, Teller, Jeans, Tassen, alles in seinem eigenen Dreck liegen gelassen. Die Bettdecke ist am oberen Ende, wo Nicholas' Gesicht liegt, gelblich verfärbt. Er sitzt auf dem Bett und zieht sich die Socken an. Robert sieht zu, wie er in die schwarzen Slipper schlüpft, die er zur Arbeit trägt, und wieder kocht die Wut auf Catherine in ihm hoch. Das ist ihre Schuld. Sie hat Nicholas hinausgedrängt. Sie hat Robert überredet, dass es gut für ihren Sohn wäre, auf eigenen Füßen zu stehen. Es gibt noch nicht einmal eine Deckenlampe, nur eine nackte Glühbirne. Roberts Kehle schnürt sich zu. Er sieht das Mobile, das Nicholas als kleiner Junge hatte, an einem Haken hängen, der für etwas anderes gedacht war: Die fragilen Papier-Tragflächen der Flugzeuge stoßen gegen die Wand, sie haben nicht genug Platz, um frei zu schweben.

»Komm jetzt, Junge, lass uns gehen.« Er schenkt seinem Sohn ein aufmunterndes Lächeln. Er ist entschlossen, den Abend durchzustehen, ohne zusammenzubrechen.

Vater und Sohn. Eine Flasche Rotwein. Steak mit Pommes frites. Robert hat die Küche überredet, ihnen trotz der späten Stunde noch etwas zu servieren. Ein liebevoller Vater, der wünscht, er hätte so etwas schon früher getan. Er wünscht, er hätte es sich zur Gewohnheit gemacht. Er fragt Nicholas nach der Arbeit, doch wenn Nicholas antwortet, hört er nur mit halbem Ohr zu. Eine Stelle als Verkaufsassistent bei John Lewis ist nicht die Karriere, die Robert und Catherine sich für ihren Sohn gewünscht hatten, aber dennoch hat Nicholas offenbar genug darüber zu sagen, um seinen Vater davon zu überzeugen, dass alles in Ordnung ist. Jetzt, nachdem er gegessen hat, lebt er ein wenig auf. Er war ausgehungert. Er erzählt Robert von Schulungen und Personalrabatten. Aber ist das wirklich das, was er mit seinem Leben anfangen will? Ist es genug? Macht es ihm Spaß, so in Schmutz und Elend zu hausen?

»Und, wie gefällt dir die Wohnung so?«, fragt Robert.

Nicholas zuckt mit den Schultern, doch dann zuckt ein Lächeln um seine Mundwinkel.

»Ich war eigentlich kaum dort in letzter Zeit«, sagt er und spießt seine Gabel in Roberts Pommes.

»Ach?«

»Ich hab da ein Mädchen kennengelernt. Ich verbringe die meiste Zeit bei ihr.«

»Na, dann erzähl doch mal von ihr.« Das sind gute Neuigkeiten.

»Gibt nicht viel zu erzählen. Glaub kaum, dass sie Mamas Fall ist ...«

»Na, das geht sie ja auch nichts an, oder?«

Sein Ton lässt Nicholas verblüfft aufschauen.

»Und, wie ist sie so?«, fragt Robert nach.

»Nett. Wir hoffen, dass wir diesen Sommer ein bisschen wegfahren können, wenn wir die Kohle zusammenkriegen.«

»Wirklich? Wohin?«

»Irgendwo, wo's billig ist. Vielleicht Spanien. Oder Mallorca.« Er grinst.

»Spanien.« Perfekt. »Erinnerst du dich an diesen einen Urlaub, den wir gemacht haben, als du noch klein warst? In Spanien?«

Der Themawechsel scheint Nicholas zu irritieren. »Nein.«

»Du warst ungefähr fünf. Ich musste nach der Hälfte heimfliegen, wegen der Arbeit. Du und Mama, ihr seid allein dageblieben.« Er forscht in Nicholas' Gesicht nach irgendeinem Anzeichen, doch da ist nichts. Eine Leere, die eindeutig verrät, dass da etwas ausgelöscht wurde.

»Kann mich nur ganz verschwommen erinnern.«

»Es war nur für ein paar Tage.« Er will seinen Sohn sanft dazu drängen, sich zu erinnern, ohne ihn jedoch zu alarmieren. »Ich hatte damals ein schlechtes Gewissen. Ich hätte dich nicht allein zurücklassen sollen. Mit Mama.«

Nicholas sieht ihn an und hebt die Schultern. »Ich kann mich kaum erinnern, Papa. Mach dir deswegen keinen Kopf.«

Robert sucht Nicholas' Gesicht wieder nach irgendeinem Aufflackern von Schmerz ab, doch er findet nichts. Was immer er damals erlebt hat, es ist sehr tief vergraben.

»Du solltest mit deiner Freundin eine schöne Reise machen. Ich schieße euch etwas zu. Ist sicher nicht einfach mit deinem Gehalt, bei den Mietpreisen und so.«

Nicholas ist baff. Das ist ganz bestimmt gegen die Regeln – Mamas Regeln –, aber er nimmt von seinem Vater gerne, was er kriegen kann.

»Danke«, sagt er.

Nachdem Robert Nicholas an seiner Wohnung abgesetzt hat, fährt er noch in der Gegend herum, bis er sicher ist, dass Catherine schläft. Er parkt vor dem Haus und blickt zu ihrem Schlafzimmerfenster auf. Das Licht ist aus. Er nimmt das Buch aus seiner Tasche, leuchtet mit seinem Handy die erste Seite an und liest: *Victoria Station an einem grauen, nassen Donnerstagnachmittag. Ein idealer Tag, um allem zu entfliehen …*

Heute Abend ist er zu müde, um sich damit auseinanderzusetzen, was ihm das Buch sagen könnte, und es sind die Fotos, die ihn mitten ins Herz getroffen haben. Er wird das Buch morgen lesen. Er googelt *Das Opfer des Fremden* auf seinem Smartphone und findet die Website für das Buch. Wie Catherine kann er keinen Hinweis auf den Autor entdecken – ob es ein Mann oder eine Frau ist, jung oder alt. Ein Mann in seinem Alter, mutmaßt er. Er liest die Rezension und fragt sich, wer sie geschrieben hat. Dann steigt er aus, schlägt die Autotür zu und betritt das Haus. Nachdem er einen Moment lang gelauscht hat, geht er nach oben ins Gästezimmer und achtet darauf, keinen Lärm zu machen.

23

Frühsommer 2013

Es ist der zweite Abend in Folge, an dem Catherine allein ins Bett gegangen ist. Gestern Abend hat sie versucht, wach zu bleiben und zu warten, bis Robert nach Hause kam, aber sie hat es nicht geschafft. Als sie am Morgen aufwachte, deutete nichts darauf hin, dass er überhaupt ins Bett gegangen war. Erst als sie die Haustür ins Schloss fallen hörte und hinuntereilte, war ihr klar, dass er doch hier geschlafen hatte – und dann ist er wieder gegangen, ohne sie zu wecken.

Er muss wirklich bis über beide Ohren in Arbeit stecken, wenn er so spät nach Hause kommt und morgens so früh das Haus verlässt. Sie hätte gerne mit ihm gesprochen, ihn gefragt, warum er sie nicht angerufen und ihr gesagt hat, was los war, warum er nicht zum Abendessen zu Hause war. Er ist so ein rücksichtsvoller Mann. Ja, rücksichtsvoll. So rücksichtsvoll, dass er im Gästezimmer geschlafen hat, um sie nicht zu wecken. Er ist froh, dass sie wieder schlafen kann, und er wollte sie nicht stören. Und am Morgen muss er dann achtgegeben haben, sie nicht aufzuwecken.

Sie hätte dankbar sein sollen, aber das war sie nicht. Sie war beunruhigt. Und ihre Unruhe ist im Lauf des Tages noch angewachsen, nachdem ihre Anrufe unerwidert blieben und sie auf ihre SMS nur knappe Antworten bekam, und die auch nur mit Verzögerung.

Und jetzt, in dieser zweiten Nacht, die sie allein ist, liegt sie im Bett und horcht wieder auf ihn. Es ist kurz vor Mitternacht. Sie hört das Rumpeln eines Zugs, das zischende Geräusch von Autoreifen auf der nassen Straße, das Motorgeräusch eines Autos, das vor dem Haus hält. Das Schlagen einer Autotür. Sie setzt sich auf. Das könnte er sein. Sie lauscht auf das Klappern des Schlüssels in der Haustür, hört aber nichts als das ferne Läuten einer Kirchturmuhr, die Mitternacht schlägt. Sie steht auf und geht zum Treppenabsatz. Dann hört sie, wie die Schlüssel auf das Tischchen im Hausflur gelegt werden, so leise, dass es ihr wohl entgangen wäre, wenn sie nicht genau aufgepasst hätte. Wenn sie noch im Bett gelegen hätte, wovon Robert vermutlich ausgegangen ist, hätte sie gar nicht gemerkt, dass er nach Hause gekommen ist und unten im Flur steht. Was sie tatsächlich gehört hat, ist, wie viel Mühe er sich gegeben hat, ihr seine Heimkehr zu verheimlichen. Sie wartet darauf, dass er heraufkommt. Als er es nicht tut, geht sie nach unten und zieht den Gürtel ihres Bademantels fest zu, als ob sie damit den Aufruhr in ihrem Inneren abwürgen könnte.

Robert sieht Catherine an, sagt aber nichts. Sein Blick bleibt auf sie gerichtet, als sie näher kommt und einen Stuhl herauszieht, um sich zu ihm an den Küchentisch zu setzen. Er hat sich einen Whisky eingeschenkt und trinkt davon, die Augen weiter auf sie geheftet.

»Robert«, sagt sie leise. Sein Name ist das einzige Wort, das sie herausbringt.

Er stellt sein Glas ab, greift in die Jackentasche und zieht einen Umschlag heraus. Er lässt die Fotos auf den Tisch gleiten und breitet sie mit den Fingern aus, als wolle er einen Kartentrick vorführen. Sie betrachtet sie und ist im ersten Moment verwirrt, so wie er es war, als er sie zum ersten Mal sah. Dann begreift sie schlagartig. Sie sieht die Bilder, hört das Geräusch. *Klick, klick, klick.*

»O Gott«, sagt sie, während es sie zurück in die Vergangenheit reißt, eine unfreiwillige Zeitreisende. Sie fasst die Fotos nicht an, sie starrt nur.

Er packt ihr Handgelenk und zwingt sie, sie zu nehmen. »Sieh sie an. Sieh sie ganz genau an. Sieh *dich* an.« Und das tut sie. Die Tränen treten ihr in die Augen, ihre Kehle schnürt sich zu, ihr Mund ist trocken, es würgt sie. Sie wischt sich mit dem Ärmel die Augen. Sie kann nicht weinen – wenn sie jetzt weint, wird sie nicht mehr aufhören können, die Tränen werden fließen und fließen, bis sie ertrinkt. Sie werden beide ertrinken. Ist dies der schlimmste Moment? Sie weiß, dass er es nicht ist.

»Ich sagte, sieh sie an.« Er hat noch nie so kalt geklungen, noch nie hat ihr seine Stimme einen so eisigen Schauer über den Rücken gejagt. Er schreit nicht, aber alle Liebe ist aus seiner Stimme gewichen, und nur kalte Wut bleibt zurück.

»Sieh sie alle an.«

Und sie ist gezwungen, sie durchzugehen, eins nach dem anderen.

Er hält ihre Hand fest, als sie zu einem Foto kommt, das sie beim Masturbieren zeigt. Es ist mehr als eines, und er lässt nicht zu, dass sie sie flüchtig durchblättert. Sie muss jedes lange betrachten. Dann reißt er sie ihr aus der Hand und legt drei davon nebeneinander auf den Tisch: ein Triptychon seiner schamlosen Frau. Seine Frau, in farbigen Hochglanzabzügen auf ihrem Küchentisch ausgebreitet, ihre Finger klebrig, in ihrer Scham vergraben. Flinke, leichte Finger. Und dann fängt Robert an zu weinen, und es bricht ihr das Herz.

»Oh, Robert, es tut mir so leid ... Ich hätte es dir sagen sollen ...« Sie geht auf ihn zu, will ihn umarmen, ihn näher an sich heranziehen, doch er stößt seinen Stuhl zurück. Er will nicht, dass sie ihn anfasst. Er greift nach einem Foto, das Nicholas mit ihr am Strand zeigt.

»Was ist da gelaufen, verdammt noch mal?« Wieder diese Stimme. Es ist mehr Wut als Schmerz in ihm.

»Ich hätte es dir sagen sollen … aber … Nicholas wusste von nichts. Ehrlich. Er wusste nicht … Es ist so lange her … Ich …«

»Ich weiß verdammt gut, wann es war«, unterbricht er sie. »Es spielt keine Rolle, wie lange es her ist. Du hast das getan …« Und er packt die Fotos und wirft sie ihr ins Gesicht.

Vor Schreck stockt ihr der Atem. Die meisten fallen auf den Boden, ein paar bleiben in ihrem Schoß liegen. Sie wischt sie weg, lässt sie liegen, wo sie sind.

»Und Nicholas?«, sagt er. »Was hat er gesehen? Es ist eine Sache, mir das anzutun, aber *ihm*? Wie konntest du nur? Ich hätte nicht geglaubt, dass du fähig bist …«

Er kann es nicht aussprechen, und sie wartet auf ihn, während er sich müht, seine Gedanken zu ordnen. Doch es ist gefährlich zu warten. Sie sollte eingreifen, bevor er zu viel sagt, aber sie ist verloren. Verloren in der Erinnerung an damals.

»Wer war es? Ich will verdammt noch mal wissen, wer es war? Ging das noch länger? Oder war es irgendein spanischer Kellner – ein Urlaubsabenteuer, als ob du irgendeine Teenie-Schlampe wärst, die im Urlaub rumvögelt. Eine, die mit jedem ins Bett hüpft. Diese geilen englischen Flittchen – ein bisschen Sonne und Sangria, und sie machen für jeden die Beine breit. Natürlich haben sie normalerweise nicht ihre Scheißbälger dabei. Hast du dich gelangweilt? Musstest du dich unbedingt ein bisschen interessant machen?«

»Nein, nein, so war es nicht …« Es kommt ihr vor, als sei ein Fremder in ihr Haus gekommen. Das ist nicht Robert.

»Ach, und wie war es dann? Er hat Fotos von unserem Sohn gemacht. Also sag schon – wie war es?«

»Hör auf, mich anzuschreien!« Denn er schreit jetzt, und sie kann nicht denken, wenn er schreit. Er ist jetzt nicht mehr kalt, sein Zorn hat ihn erhitzt. »Bitte, hör auf. Ich sag es dir ja, wenn du mir zuhörst … Versuch einfach nur zuzuhören.« Sie nimmt seinen Whisky und trinkt ihn aus. Sie macht sich darauf gefasst, es laut auszusprechen, zu gestehen, warum sie es ihm nie gesagt hat. »Ich wollte nicht, dass du uns dort allein lässt. Erinnerst du dich daran? Ich habe dich gebeten, nicht zu gehen, nicht wegen der Arbeit nach Hause zu fliegen, sondern bei uns zu bleiben …« Sie stockt, will sich langsam herantasten, doch er lässt es nicht dazu kommen. Er reißt die Kontrolle wieder an sich, unfähig, seine Wut zu bändigen.

»Du bist echt unglaublich. Du sagst, es ist meine Schuld? Weil ich früher abgereist bin, konntest du dir das Recht herausnehmen, unter den Augen unseres Sohnes mit einem Fremden zu vögeln? Ihm diesen Anblick zuzumuten? Du glaubst wirklich, du könntest alles rechtfertigen, was du tust, nicht wahr? Du glaubst, dass du immer recht hast. Dass das Recht immer auf deiner Seite ist. Die heilige Catherine, leck mich doch am Arsch.«

Sie ist wie betäubt. Er hasst sie in diesem Moment, das kann sie sehen. So schnell ist seine Liebe in Hass umgeschlagen. Er ist verletzt, sagt sie sich, und doch fürchtet sie, dass es mehr ist als das. Schwarze, erstickende Verbitterung quillt aus ihm hervor. Sie sieht zu, wie sein Mund sich öffnet und es aus ihm herausbricht.

»Nicht mal vier Tage hast du es ohne mich ausgehalten? Hast es keine vier Tage ohne Sex ausgehalten? Aber wenn ich mich recht erinnere, hatten wir zu der Zeit ohnehin kaum Sex. Deswegen habe ich dir ja die Scheiß-Unterwäsche gekauft!« Er tritt nach einem der Fotos. »Und, wie lange ist es denn nun gegangen? Habt ihr euch noch öfter getroffen? Vielleicht ab und zu mal auf ein Glas Rioja, nachdem du wieder in England warst? Oh, vielleicht bei einer von deinen verdammten *Geschäfts*reisen! Hast du ihn da mitgenommen?«

Was hatte sie erwartet? Nicht das jedenfalls. Sie starrt die Fotos an, die auf dem Boden liegen, und bückt sich, um sie aufzuheben. »Wo hast du die her?«

Robert ignoriert ihre Frage. Er öffnet seine Tasche und knallt *Das Opfer des Fremden* auf den Tisch.

»Es ist also *doch* über dich.«

Schweiß tränkt ihren Bademantel.

»Ja, aber so war es nicht – nicht so, wie es da beschrieben ist …« Es fühlt sich an, als hätte er ihr die Faust in den Rachen gerammt, und sie kann die Worte nicht herausbringen.

»Wirklich? Und warum warst du so in Panik? Wieso wolltest du es verbrennen? Und du hast gerade gesagt, dass Nicholas nichts davon wusste, aber ihm ist dieses Buch auch zugeschickt worden, nicht wahr? – Also muss er doch dabei gewesen sein …«

»Ja, aber nicht …«, setzt sie an und bricht dann ab. »Du hast es nicht gelesen?«

»Nein, das hätte ich nicht gepackt. Die da verraten mir genug.« Er tritt wieder nach den Fotos. »Hat *er* es geschrieben?«

»Nein«, flüstert sie.

»Was? Ich kann dich nicht verstehen.« Voller Verachtung ist seine Stimme, einschüchternd.

Sie schüttelt den Kopf.

»Wer denn? Seine Frau? Ist sie dahintergekommen?«

»Sein Vater. Ich glaube, es ist sein Vater.«

»Sein Vater? O Mann, ich fass es nicht! Er war jung? Wie jung genau? Erzähl mir nicht, dass er noch minderjährig war.«

Und dann erhebt Catherine die Stimme, aber es ist eher ein Aufschrei als ein Zornesausbruch. Schrill und verzweifelt.

»Er ist tot! Er ist gestorben …«

Sie registriert den Schock in Roberts Miene. Eine Schockwelle, die zwanzig Jahre gebraucht hat, um von ihr zu ihm zu wandern, und die jetzt die Schutzmauern niedergerissen hat, die sie um ihr gemeinsames Leben aufgebaut hatte.

24

Sommer 1993

Es war nicht mitten in der Nacht oder um drei Uhr früh. Es war am späten Nachmittag, an einem schönen, sonnigen Tag. Nancy und ich hatten im Garten gesessen, Zeitung gelesen und Tee getrunken. Wir hatten unsere Stühle in die Ecke der Terrasse gerückt, um die letzten Sonnenstrahlen auszunutzen, bevor unser nordseitiger Garten ganz im Schatten lag. Ich hatte es nicht gleich gehört – erst als ich in die Küche ging, um uns Tee nachzuschenken, erblickte ich die Umrisse von zwei Gestalten durch die Glasscheibe in unserer Haustür. Und dann hörte ich sie auch. Mir wurde später bewusst, dass sie wahrscheinlich schon eine ganze Weile vergeblich Einlass begehrt hatten, denn was ich von der Küche aus hörte, war kein Klopfen mehr, sondern ein dumpfes Hämmern mit der Faust. Nicht aggressiv, aber dringlich. Ich hatte die Kanne in der Hand, um den Tee einzugießen, aber jetzt setzte ich sie ab und sah durch die offene Hintertür nach Nancy. Sie hatte den Hut in die Stirn gezogen, um ihre Augen vor der Sonne abzuschirmen, und war ganz in ihre Lektüre vertieft. Was las sie da? Ich weiß es nicht genau; ich entsinne mich, dass es das Feuilleton war, also dürfte es irgendetwas über ein Theaterstück oder einen Film gewesen sein, oder ein Konzert, das sie vielleicht mit ihrem Stift eingekreist hatte, um vorzuschlagen, dass wir uns Karten besorgen sollten. Was wir aber nicht taten. Wir sind danach nie mehr ins Theater gegangen oder haben uns Musik angehört.

Ich ließ sie lesen und ging zur Haustür. Man weiß es einfach, wenn etwas wirklich Schlimmes passiert ist. Und ich wollte sie so lange wie möglich in jener alten Welt lassen, in der man Sonntagszeitungen lesen und Mitgefühl für die Sorgen anderer empfinden konnte, die nicht die eigenen waren.

»Mr Brigstocke?«, fragte er. Und ich nickte, blieb aber auf der Türschwelle stehen. Ich wollte sie nicht hereinlassen.

»Dürfen wir bitte reinkommen, Sir?« Diesmal sprach sie, und sie sah mir unverwandt in die Augen. Ich zögerte, dann trat ich zur Seite, zog die Tür weiter auf und ließ sie eintreten.

»Ist Ihre Frau zu Hause, Sir?«, fragte sie.

Ich nickte. »Was ist passiert? Wieso sind Sie hier?«

»Wir haben leider schlechte Nachrichten. Bitte, holen Sie Ihre Frau.«

Und ich gehorchte. Sie folgten mir ins Wohnzimmer und sagten, sie würden dort warten. Ich ging weiter durch die Küche und zur Hintertür hinaus, und dann stand ich im Schatten und sah auf Nancy hinunter. Ein letzter Sonnentupfer leuchtete noch auf ihrer Hutkrempe.

Sie blickte auf. »Was ist?« Sie kniff die Augen zusammen und versuchte im Schatten meine Miene zu lesen. »Stephen?«

»Die Polizei ist da. Im Wohnzimmer.«

Sie starrte mich weiter an, den Mund halb geöffnet, und sie wusste genau wie ich, dass wir vor der Zeit alt werden würden. Gebeugt und gekrümmt unter einer unerträglich schweren Last. Sie hievte sich aus den Tiefen des Liegestuhls hoch, und es schien, als hätte sie schon all ihre Vitalität eingebüßt. Ich bot ihr die Hand, und zusammen gingen wir in unser Wohnzimmer, wo wir auf den Sesseln Platz nahmen. Die Polizisten hatten sich aufs Sofa gesetzt.

»Sie haben einen Sohn namens Jonathan, neunzehn Jahre alt? Auf Reisen in Spanien?«

Wir nickten beide. Also ist er nicht tot, dachte ich. Sie haben die Gegenwartsform benutzt. Nancy muss das Gleiche gedacht haben: »Wir haben gestern eine Karte von ihm bekommen. Aus Sevilla.« Sie lächelte tatsächlich, während sie es sagte, als ob das irgendwie beweisen würde, dass es ihm gut ging; eine Bestätigung, dass er ein guter Junge war, der seine Eltern liebte und nicht wollte, dass sie sich Sorgen um ihn machten.

»Es tut uns sehr leid – Jonathan ist bei einem Unfall ums Leben gekommen. Gestern. Es tut uns wirklich sehr leid.«

Ich nickte. Nancy verharrte reglos. Wir saßen da, jeder in seinem Sessel, und dann stand ich auf und ging zu ihr. Ich nahm ihre Hand. Sie war klamm und zeigte keine Reaktion.

»Was für ein Unfall?« Ich dachte an einen Verkehrsunfall. Auf der Straße, da passieren doch laufend Unfälle. Von einem Auto angefahren, oder bei hoher Geschwindigkeit von einem Motorrad gefallen. Von einem Lastwagen überfahren. Irgendetwas Schnelles, Endgültiges, ohne Hoffnung auf Rettung.

»Er ist ertrunken«, sagte der Polizist, und die Polizistin stand auf und bot uns an, Tee zu machen. Ich wies zur Küche.

»Es war ein Unfall. Die spanische Polizei ist sich da ganz sicher. Es war in Tarifa – das Meer ist tückisch dort. Unberechenbar.« Er sah uns an.

Was konnten wir sagen? Was konnten wir tun? Man musste uns sagen, was wir tun sollten. Er wusste das.

»Sie werden nach Spanien fliegen müssen, um Ihren Sohn zu identifizieren«, erklärte er uns. »Die spanischen Behörden geben die Leiche nicht frei, solange keine formelle Identifizierung stattgefunden hat. Es sei denn, jemand anders könnte das für Sie …«

»Dann sind Sie also nicht sicher, dass es Jonathan ist? Es könnte ein Irrtum sein?« Nancy stürzte sich sofort auf den winzigen Hoffnungsfunken.

»Mrs Brigstocke, es tut mir leid, aber es liegt kein Irrtum vor. Die spanische Polizei hat die persönlichen Gegenstände Ihres Sohnes durchsucht … Seine Tasche war am Strand … Es ist dennoch eine formelle Identifizierung erforderlich.«

»Vielleicht hat ja jemand seine Tasche gestohlen?« Nancys Ton war flehend.

»Man hat seinen Pass gefunden. Es handelt sich zweifellos um Jonathan.«

Die Polizistin kam mit dem Tee zurück – zu viel Milch, zu viel Zucker. »Die Leiche kann nicht freigegeben werden, solange sie nicht formell identifiziert ist. Danach können Sie ihn heimholen«, sagte sie, während sie das Tablett absetzte. »Wenn es sonst noch jemanden gibt, der das übernehmen könnte …«

»Nein, es gibt sonst niemanden«, sagte ich.

»Keine anderen Familienmitglieder?«

Ich schüttelte den Kopf.

Sie nahm das zur Kenntnis, dann fuhr sie fort: »Das Konsulat wird Ihnen bei allen praktischen Fragen helfen. Dort wird man sich um alles kümmern.«

Die Leiche. Unser Sohn. Die Leiche. Ich spürte, wie Nancy ihre Hand aus meiner zog. Sie schlang die Finger um ihre Teetasse.

»Hier ist die Nummer des Konsulats, und meine gebe ich Ihnen auch«, sagte die Polizistin, während sie etwas auf einen kleinen Block schrieb. »Falls Sie noch weitere Fragen haben.« Sie hielt mir den Zettel hin, doch es war Nancy, die ihn nahm. Sie setzte sich damit hin und starrte die Zahlen an. Sie blickte nicht auf, als die Polizisten zur Tür gingen, und auch nicht, als sie die Tür hinter ihnen ins Schloss fallen hörte.

Es gab natürlich Fragen. Fragen, die zu stellen ich in diesem Moment nicht die Geistesgegenwart hatte. Wie genau war es passiert? Was für ein Unfall? Waren andere daran beteiligt?

Es war Nancy, die diese Details in Erfahrung brachte, als sie im Konsulat anrief, und es war Nancy, die es mir sagte. Das war das erste Mal, dass ich den Namen Ravenscroft hörte. Nancy wollte sich mit ihr in Verbindung setzen, aber ich redete es ihr aus. Ich sagte, es sei an dieser Frau, uns zu kontaktieren, und damals war Nancy damit einverstanden. Die Tatsache, dass Catherine Ravenscroft keinen Versuch in dieser Richtung unternahm, bestärkte mich noch in der Überzeugung, dass es die richtige Entscheidung gewesen war. Irgendwann später, nachdem Nancy den Film aus Jonathans Kamera hatte entwickeln lassen, muss sie ihre Meinung geändert haben. Aber sie sagte mir nichts davon. Sie behielt es für sich.

Als die Tür sich hinter den Polizisten schloss, sah ich, dass Nancy zitterte. Ich nahm die Decke von der Rückenlehne des Sofas und legte sie ihr um die Schultern. Immer noch hatte sie mich nicht angeschaut.

»Nancy, Nancy«, flüsterte ich. Ich kniete mich hin und zog sie an mich – ich musste ziehen, sie kam nicht freiwillig. Es war der Schock, sie konnte sich nicht rühren. Ich war natürlich auch geschockt, aber in gewisser Weise war ich in der glücklicheren Lage von uns beiden. Ich konnte mich auf sie konzentrieren. Ich musste ihr helfen, deshalb konnte ich nicht darüber nachdenken, wie es mir ging. Ich streichelte ihre Haare, als ob sie ein Kind wäre. Ich sagte wieder ihren Namen, mehrmals hintereinander, ganz leise, als ob ich sie behutsam aus dem Schlaf wecken wollte.

Und dann wachte sie auf und sah mich an. Sie streifte sich die Decke von den Schultern, stand auf und schob mich unsanft beiseite.

»Buch einen Flug, Stephen.«

Dann ging sie nach oben, und ich hörte, wie sie einen Koffer unter unserem Bett hervorzog.

25

Sommer 2013

Roberts Hals ist steif, seine Augen sind trocken. Catherines Lover ist tot. Oh, Mann. Deswegen hat sie geglaubt, es ihm nicht sagen zu müssen. Sie dachte, sie könnte ungestraft davonkommen. Sie musste nicht damit rechnen, dass ihr Lover irgendwann vor der Tür stehen würde. Kein Wunder, dass sie deprimiert war. Sie hat getrauert. Hatte sie sich in ihn verliebt? Sicherlich nicht, in so kurzer Zeit. Aber hat es sie auf die Idee gebracht, dass sie etwas versäumte? Robert hat die Nacht im Auto verbracht, er hat die Whiskyflasche mitgenommen, als er aus dem Haus stürmte. Sie hat ihn angefleht zu bleiben, sie doch bitte anzuhören. Sie ist ihm sogar nachgelaufen.

Er ist nicht weit gefahren, nur bis zur nächsten Seitenstraße. Er wusste nicht, wohin er fahren sollte, also hat er geparkt und ist sitzen geblieben, während er halb damit rechnete, dass sie am Ende der Straße auftauchen würde, weil sie ihm hinterhergeeilt war. Immer wieder sah er in den Rückspiegel, aber sie kam nicht, also hat er seinen Sitz zurückgestellt und den Whisky getrunken.

Eigentlich müsste ihm davon schlecht sein, aber es ist nur der Gedanke an seine Frau, der ihm Übelkeit verursacht. Ihre Lügen – er will nichts mehr hören, und er ignoriert alle ihre Anrufe, bis er schließlich das Handy ausschaltet. Sein Zorn ist das einzig Solide in ihm, und er klammert sich daran, um sich nicht zu verlieren. Es macht ihn ganz krank, wenn er daran denkt, wie sie ihn manipuliert hat. Er hätte es wissen müssen. Es ist schließlich ihr Handwerkszeug, etwas, was er immer schon bewundert hat: ihre Fähigkeit, Menschen dazu zu überreden, Dinge zu tun, die sie eigentlich gar nicht tun wollen. Er hätte sich nicht träumen lassen, dass sie diesen Trick auch bei ihm anwenden würde.

Gestern hat er angefangen, das Buch zu lesen, und dazu den Whisky in sich hineingeschüttet. Weit ist er nicht gekommen – er war zu sehr abgelenkt und konnte sich nicht konzentrieren –, aber heute wird er es lesen, an diesem Vormittag. Er hat auf dem Rücksitz geschlafen, zusammengerollt wie ein Baby, die Knie an die Brust gezogen. Jetzt ist er immer noch hinten, er sitzt aufrecht auf der Rückbank, als ob er auf seinen Chauffeur wartet. Sein Kopf schmerzt, und er hat einen Geschmack im Mund, als ob er aus einer Toilette getrunken hätte, und zwar vor dem Spülen. Er streckt sich nach vorne, nimmt drei extrastarke Kaugummis von der Ablage und stopft sie sich in den Mund. Er braucht etwas zu essen, er braucht Kaffee, und er braucht Zeit, um in Ruhe zu lesen. Fahren kann er allerdings nicht, das will er nicht riskieren. Er hat sicher noch zu viel Alkohol im Blut. Also schließt er den Wagen ab, richtet seine Kleidung und macht sich auf den Weg zur Bushaltestelle.

Es ist halb sechs. Er hat noch mehrere Stunden, ehe er zum ersten Meeting im Büro sein muss. Er wartet auf den Bus. Es ist ein schöner Tag, sonnig und ruhig. Er ist der Einzige, der an der Haltestelle wartet, aber als der Bus kommt, sitzen schon ein paar Fahrgäste drin. Leute, mit denen er normalerweise nicht zur Arbeit fährt. Er vermutet, dass die junge Afrikanerin auf dem Nachhauseweg von einer Nachtschicht ist. Er bemerkt den Saum einer Uniform unter ihrem Anorak. Sie sieht müde aus, mit dunkelvioletten Ringen unter den Augen. Vielleicht arbeitet sie in einem Krankenhaus, eher Hilfspersonal als medizinisches. Eine gute Frau, denkt er; eine Frau, die im Schichtbetrieb arbeitet, um sich und ihre Familie zu ernähren; eine Frau ohne Eitelkeit, die keine Zeit für Affären und Täuschungsmanöver hat. Er fragt sich, ob seine Überlegungen rassistisch sind, und kommt zu dem Schluss, dass sie es wahrscheinlich sind – die edle Einfalt, die er ihr automatisch unterstellt, der Wert, den er ihrer Existenz aufoktroyiert.

Und der ältere Mann – Osteuropäer, vermutet er –, der selbst jetzt im Sommer eine Strickmütze trägt und einen Rucksack mit seinem Imbiss dabeihat, den Robert noch zwei Sitzreihen weiter riechen kann. Ein Bauarbeiter, schätzt er, unterwegs, um das Haus irgendeines privilegierten Londoners aufzumotzen. Ein Haus wie das von Robert und Catherine. Wo man diesem Mann, der eigentlich schon in Rente sein sollte, jede Tasse Kaffee und jeden Gang zur Toilette missgönnen wird. Ihm stülpt Robert eine stille Würde über, eine Ruhe, aus der heraus er das Leben der Menschen, für die er arbeitet, beobachtet, ohne Urteile über sie zu fällen. Als Robert aufsteht, um auszusteigen, lächelt er zuerst die Frau an, dann den Mann. Beide nehmen ihn nicht wahr. Scheinheiliger Idiot, so lautet sein Urteil über sich selbst.

Es ist ein Morgen der Premieren, und er findet ein kleines Café von der Sorte, die er normalerweise nie betreten würde. Aber es ist das einzige in der Nähe des Berkeley Square, das um sechs Uhr früh schon geöffnet hat. Er bestellt Tomaten auf Toast. Vollkornbrot, kein Weißbrot. Nein – getoastet, bitte, nicht in Fett gebraten. Und eine Tasse Tee. Als der Tee gebracht wird, hat er die Farbe von Karamell. Robert hat einen Ecktisch im hinteren Teil gewählt und macht sich an die Lektüre.

Er kann der Versuchung nicht widerstehen, den letzten Satz zuerst zu lesen. Er muss dem Autor beipflichten. Es ist wirklich *schade*, was seine Frau alles versäumt hat, ihr *Versäumnis*, ihm irgendetwas zu sagen. Und jetzt will sie auch nur deshalb reden, weil sie mit dem Rücken zur Wand steht. Er bewundert die Zurückhaltung in der Sprache, kann sie aber nicht teilen. Es ist mehr als nur *schade*, verdammt noch mal. *Tödlich?* Ein leere Drohung. Er sieht keine Notwendigkeit, sie zu beschützen.

Gestern Abend hat sie ihn davon überzeugen wollen, dass das Buch die Dinge nicht so darstellt, wie sie wirklich gewesen sind. Es habe sich nicht so abgespielt. Er konnte sie nicht anhören, konnte den Klang ihrer Stimme nicht ertragen. Es war falsch. Alles an ihr kam ihm falsch vor. Klar, dass sie so etwas sagen würde. Was ihn betrifft, hat sie ihre Chance verspielt, ihm ihre Version darzulegen. Er kann nur diesen gedruckten Worten vertrauen. Sie hat ihre Chance vor Jahren gehabt, und jetzt kann er ihr nichts mehr glauben, denn er weiß, dass es geschönt sein wird. Sie wird alles versuchen, um das Unentschuldbare zu entschuldigen. Und es ist unentschuldbar, wegen Nicholas. Weil er dabei war.

Noch vor weniger als einer Woche wäre es ein Luxus gewesen, stundenlang im Café sitzen und ein Buch lesen zu können, aber jetzt hat er einen trockenen Mund, und seine Finger zittern. Er blättert zurück zur ersten Seite:

Victoria Station an einem grauen, nassen Donnerstagnachmittag. Ein idealer Tag, um allem zu entfliehen. Zwei junge Leute standen am Fahrkartenschalter in der Schlange, fassten sich an den Händen und ließen sich dann wieder los, aber nie sehr lange. Sie konnten es nicht aushalten, länger als ein paar Minuten ohne Körperkontakt zu sein …

Es ist kein Buch von der Sorte, die Robert normalerweise lesen würde, aber er findet, dass es ein echter Pageturner ist. Er kann verstehen, warum es Nicholas fasziniert hat und warum er es bis zum Ende gelesen hat. Es ist in einem lockeren, flüssigen Stil geschrieben und handelt von einem jungen Mann, jünger als Nicholas, der mit seiner Freundin quer durch Europa reisen will. Robert liest von ihrer Vorfreude und ihrer Abenteuerlust. Sie haben ihre Jobs geschmissen, um auf Reisen zu gehen, fest entschlossen, ihre Jugend nicht zu vergeuden. Zwei Menschen, die noch jung genug sind, um mit einer Junior-Railcard zu reisen. Der Geruch der Züge in der Nacht; morgens in einem anderen Land aufwachen, das Fenster herunterziehen und die Mittelmeerluft einatmen, während man durch Landschaften der Freiheit rast. Sie sind verliebt. Sie sind füreinander bestimmt.

Was durch den luftigen Text durchscheint und was Catherine, wie Robert vermutet, davon abgehalten hat, das Buch nach den ersten paar Kapiteln wegzulegen, sind die langsam aufziehenden Wolken der Tragödie. Dieses Paradies wird von kurzer Dauer sein. Durch all die guten Dinge – die Gerüche, die Geschmackserlebnisse, die Wärme – zieht sich die Drohung, dass es nicht so bleiben kann.

Robert ist inzwischen von Tee zu Kaffee übergegangen, und das Paar ist in Nizza angekommen, als schlechte Nachrichten von zu Hause das Mädchen, Sarah, nach England zurückrufen. John, ihr Freund, sagt, er werde mit ihr fahren, aber Sarah will nichts davon wissen. Sie weiß, wie viel diese Reise John bedeutet, wie viel er darüber nachgedacht hat, wie lange er sie geplant und darauf gespart hat. Sarah ist ein Mädchen, wie alle Eltern es sich als Freundin für ihren Sohn wünschen würden. Es kommt zu einem tränenreichen Abschied am Bahnhof von Nizza. John kauft eine Postkarte und setzt sich in ein Café, um seinen Eltern zu schreiben. Er kauft eine Schachtel Gauloises und raucht eine. Sarah mag es nicht, wenn geraucht wird. Nicht einmal seine Eltern wissen, dass er raucht. Er kauft eine Briefmarke, wirft seine Karte ein und setzt seine Reise allein fort.

Jetzt geht es also los, denkt Robert, und er bestellt schwarzen Kaffee.

26

Sommer 1993

Am Flughafen fielen wir eindeutig aus dem Rahmen. Vielleicht kam es mir auch nur so vor, und die anderen bemerkten es gar nicht, obwohl ich vermute, dass einem aufmerksamen Reisenden dieses Ehepaar mittleren Alters aufgefallen wäre, beide mit roten Augen und offensichtlich mehr als urlaubsreif, aber mit einer deutlichen Scheu davor, das Flugzeug zu besteigen. Vielleicht hätte der Beobachter auf Flugangst getippt, aber es war die Angst vor dem Landen, die Nancy und mich plagte – die Angst vor dem Moment, wenn alles Wirklichkeit würde. Bisher hatten wir es uns nur vorstellen können. Jetzt mussten wir die Leiche unseres Sohnes anschauen, der uns vorausgegangen war und eine Erfahrung gemacht hatte, bei der er uns den Vortritt hätte lassen sollen.

Bevor wir zum Flughafen aufbrachen, hatte ich die drei Ansichtskarten von der Kommode genommen, die Jonathan uns geschickt hatte: Paris, Nizza, Sevilla. Bunte Hochglanzbildchen. Hingeworfene Worte, die beim ersten Lesen wenig Eindruck hinterlassen hatten, aber später immer wieder und wieder studiert werden sollten. Die aus Sevilla war die letzte, die wir bekommen hatten: die Kathedrale in Sonnenschein getaucht, im Vordergrund eine Pferdekutsche mit Touristen. Wie hatten diese Touristen ahnen können, dass ihr Bild sich für immer in unseren Köpfen festsetzen würde? Dass wir, als diese Postkarte in unserem Briefkasten landete, zuerst sie sehen würden, um dann die Karte umzudrehen und diese

Worte zu lesen – die letzten, die unser Sohn je an uns richten würde:

Liebe Mama, lieber Papa,
habe zwei Tage hier verbracht. Morgen geht's weiter an die Küste. Habe vor, die Fähre nach Tanger zu nehmen.
Liebe Grüße
J.

Wir sprachen beide kein Spanisch, und so musste das Konsulat in Jerez uns mit dem Papierkram helfen. Es war eine ganze Menge. Eine Bescheinigung nach der anderen musste unterschrieben, gestempelt und bei verschiedenen Behörden eingereicht werden, bevor man uns gestattete, unseren Jungen heimzuholen.

Es war viele Jahre her, dass wir Jonathan zuletzt nackt gesehen hatte, aber er war fast nackt, als wir ihn dort liegen sahen, nur mit einem Tuch über den Genitalien. Er war vollkommen. Unversehrt im Tod, die Augen geschlossen, und unverkennbar unser Sohn. Das Konsulat hatte uns mitgeteilt, dass man ihn einbalsamieren würde – das spanische Recht verlangt das, bevor eine Leiche transportiert werden darf. Ich wusste Bescheid über die technischen Einzelheiten des Einbalsamierungsprozesses, wir beide wussten Bescheid, obwohl wir nicht allzu viel darüber nachdenken mochten.

Jonathan war ertrunken, aber sein Gesicht war nicht so angeschwollen, wie ich es befürchtet hatte. Eine Schramme zog sich an der Innenseite seines linken Arms entlang. Ich fuhr sie mit den Fingern nach, strich über das kalte Fleisch entlang einer violetten Linie, die von einer zweiten gekreuzt wurde. Eine Verletzung, die er sich bei dem Unfall zugezogen hatte, sagte man uns.

Ich weinte, so leise, wie ich nur konnte, aber ich weinte. Nancy zitterte nur. Ihr ganzer Körper bebte, nicht nur ihre Schultern. Es war nicht vom Schluchzen. Es war ausgedehnt, anhaltend. Etwas war in ihr gerissen, und es jagte eine Schockwelle nach der anderen durch ihren Körper. Es war, als wäre sie unter Strom gesetzt worden und könnte nicht mehr ausgeschaltet werden. Ich legte die Arme um sie und versuchte, sie zu beruhigen, aber es gelang mir nicht. Und das Schlimmste daran war ihr Schweigen. Absolutes Schweigen. Als ich sie wegziehen und hinausbringen wollte, rührte sie sich nicht von der Stelle. Sie lehnte sich nach vorne und nahm Jonathans Hand. Sie war steif, die Finger wollten sich nicht mehr um ihre schließen. Wir sahen, dass sein Handteller gerötet und verschrammt war, die Haut aufgerissen und verbrannt. Er muss irgendeinen Gegenstand zu fassen bekommen und sich verzweifelt daran festgeklammert haben. Nancy sank auf die Knie und küsste seine arme, zerschundene Hand, und ich legte ihr beide Hände auf die Schultern.

Der Mann vom Konsulat scharrte mit den Füßen. Es gab keinen Zweifel, dass es unser Sohn war, aber wir mussten dennoch ein Papier unterschreiben, um es zu bestätigen. Er fand, dass es Zeit sei zu gehen, das merkte ich. Ich machte wohl einen hilflosen Eindruck, also kam er auf uns zu.

»Mrs Brigstocke, Mr Brigstocke, wir können jetzt gehen.«

Ich war erleichtert, dass sie ihn ignorierte, das gab mir ein wenig Raum zum Handeln. Ich zog ihre Hand von Jonathans Hand weg und legte sie in meine.

»Nancy, mein Schatz, komm jetzt.«

Endlich ließ sie sich von mir hinausführen. Das Konsulat hatte uns einen Wagen zur Verfügung gestellt, der uns in die Küstenstadt fuhr, in der Jonathan gestorben war. Ich dachte nicht groß darüber nach, ob wir für irgendetwas bezahlen müssten. Wir mussten, wie sich herausstellte. Jonathans Reiseversicherung deckte diese Kosten nicht ab.

Die Fahrt von Jerez nach Tarifa brachten wir schweigend zu, schwitzend auf dem Rücksitz des Wagens. Als wir ankamen, wollte Nancy als Erstes an den Strand gehen. Ich bat den Fahrer zu warten. Es war zu heiß. Mittag. Nirgends Schatten, kein Entkommen vor der heißen, gleißenden Sonne.

Es war der größte Strand, an dem wir je gewesen waren: Meilen über Meilen weißer Sand. Es war eine Wüste, nur dass sich Scharen von Menschen dort tummelten. Ölglänzende Horden, die in der Sonne brieten. Wir waren die Einzigen, die vollständig bekleidet waren, und unsere Schuhe versanken im Sand. Ich überlegte, ob ich meine ausziehen und barfuß gehen sollte, aber Nancy marschierte voran, also folgte ich ihr. Sie steuerte geradewegs aufs Meer zu und hielt dabei mit einer Hand ihren Hut fest. Der Wind pfiff uns um die Ohren, und ich kniff die Augen zusammen, um sie vor dem fliegenden Sand zu schützen. Es war ein unwirtlicher Ort.

Wir brauchten fünfzehn Minuten, um das Wasser zu erreichen, und dann standen wir da und starrten aufs Meer hinaus. Es war, als blickte man ins Weltall – ich konnte kein Ende erkennen. Der Wind spielte auf dem Wasser, kräuselte es zu weißen Schaumkronen, doch es spielten Kinder darin, und Surfer ließen sich vom Wind treiben. Für sie war es ein angenehmer Ort. Meine Schädeldecke glühte, und ich stellte mir vor, wie die Haut Blasen werfen und sich in ein paar Tagen schälen würde. Ich konnte es nicht ertragen, und ich legte eine Hand auf Nancys Arm, doch sie schüttelte mich ab. Sie war noch nicht so weit. Ich schämte mich, weil ich Schwäche gezeigt hatte.

Ich sah hinter mich und überlegte, auf welchem Fleckchen Strand Jonathan wohl gelegen hatte. Ich fragte mich, ob er Windsurfing ausprobiert hatte. Als ich mich wieder zu Nancy umdrehte, zog sie gerade ihre Schuhe aus. Sie hielt mit einer Hand ihren Rock hoch und griff mit der anderen nach meiner

Hand. Ich zog Schuhe und Socken aus, schlug meine Hosenbeine um und trat mit ihr ins Wasser. Wir standen eine Weile da, und als ich sah, dass sie die Augen geschlossen hatte, schloss ich meine auch. »Auf Wiedersehen, Jonathan«, sagte ich in meinem Kopf, und ich stellte mir vor, dass sie das Gleiche tat. Dann gingen wir zum Wagen zurück und fuhren in Jonathans Hotel.

Unser Fahrer wusste genau, wo er hinmusste: ein billiges Backpacker-Hostel in einer Seitenstraße, etwa zwanzig Minuten vom Strand entfernt. Ich erwartete Freundlichkeit vom Personal des Hostels, aber davon merkten wir wenig. Sie hätten Jonathan während seines Aufenthalts dort kaum zu Gesicht bekommen, sagten sie. Sie kannten ihn nicht. Er war ein Fremder, der zufällig während seines Aufenthalts bei ihnen gestorben war. Ich fand, dass sie sich ausweichend verhielten, fast verlegen, als ob sie befürchteten, wir könnten ihnen plötzlich die Schuld am Tod unseres Sohnes geben. Es war nicht ihre Schuld. Niemand hatte Schuld, das sagte man uns immer wieder. Es war ein Unfall. Das Meer ist tückisch, es kann urplötzlich Wind aufkommen wie an jenem Tag. War eine rote Flagge gehisst? Niemand schien sich zu erinnern.

Jonathans Rucksack stand auf einem Stuhl in dem Zimmer, das er bewohnt hatte. Es war ein ungastlicher Raum: ein Einzelbett mit Laken und Decke, eine zerschrammte Kommode, in der noch seine Kleider lagen. Die Polizei hatte die Tasche abgegeben, die er am Strand dabeigehabt hatte. Sie hatten seinen Zimmerschlüssel gefunden und seine Unterkunft ausfindig gemacht. Und sie hatten seinen Pass gefunden, und der hatte sie zu uns geführt.

Nancy kümmerte sich um alles. Sie nahm seine Kleider aus den Schubladen und faltete sie zusammen, um sie dann auf dem Bett zurechtzulegen. Sie ließ sich nicht von mir helfen. Das war ihr Gebiet. Während sie Jonathans Sachen durchsah, saß ich auf einem Stuhl am Fenster und blickte hinaus auf das, was Jonathan gesehen haben musste. Er hatte keinen Meerblick gehabt, sein Zimmer war auf der Rückseite dieser billigen Pension.

Während ich also auf zwei – möglicherweise skandinavische – Rucksacktouristen hinabschaute, die auf weißen Plastikstühlen an einem weißen Plastiktisch in einem Hof mit gelbem und rosa Bruchsteinpflaster saßen, muss Nancy Jonathans Kamera gefunden haben. Hat sie sie in seinen Rucksack gesteckt? Ich weiß es nicht. Oder hat sie sie in ihrer eigenen Tasche versteckt? Ich werde es nie erfahren, aber ich frage mich, wann sie beschlossen hat, den Film entwickeln zu lassen. War es schon damals in Spanien, oder war es später, als wir wieder zu Hause waren? Ich habe die Kamera nie gesehen – ich war immer davon ausgegangen, dass sie irgendwie verlorengegangen war oder dass jemand im Hostel sie gestohlen hatte, nachdem klar war, dass Jonathan nicht mehr kommen und sie holen würde. Es war eine teure Kamera – das teuerste Geschenk, das wir ihm je gekauft hatten. Eine Nikon, ein Spitzenmodell mit Super-Zoom-Objektiv. Unser Geschenk zu seinem achtzehnten Geburtstag. Wenn er sie verloren hätte, hätte er es uns sicher nicht sagen wollen.

Als ich mich vom Fenster abwandte, hielt Nancy Jonathans Taschenmesser in der Hand, ein Schweizermesser, ebenfalls ein Geburtstagsgeschenk von uns. War er damals dreizehn? Vierzehn? Egal, jedenfalls fanden wir, dass er schon alt genug sei, um ihm ein Messer anvertrauen zu können. Nancy fand sein Aftershave, sprühte es in die Luft und schnupperte – ein letzter Hauch vom Duft unseres Sohnes. Warum wollte sie jetzt alles durchsehen?

Pack es doch ein, bitte. Ich wollte raus aus diesem Zimmer.

Sie hielt eine Schachtel Zigaretten hoch. Wir hatten beide nicht gewusst, dass Jonathan rauchte. Seine Freundin Sasha hätte bestimmt etwas dagegen gehabt. Sie war nicht der Typ. Vielleicht hatte er es sich angewöhnt, nachdem sie abgereist war. Ich frage mich, wo Sasha heute ist. Eine Frau um die vierzig, wahrscheinlich verheiratet. Sie war wirklich ein nettes Mädchen, trotzdem hätte ich nicht gewollt, dass Jonathan sie heiratet. Aber das stimmt so auch nicht. Wenn sie nicht abgereist wäre, wenn sie weiter mit Jonathan durch Europa gereist wäre, wäre er wahrscheinlich noch am Leben. Und ich hätte alles getan, um ihn nicht zu verlieren, selbst wenn es bedeutet hätte, das Opfer zu bringen und ihn diese ernste, ein wenig humorlose Frau heiraten zu lassen.

27

Sommer 2013

Robert hat Catherine gefunden, allerdings heißt sie Charlotte, nicht Catherine. Er sieht auf seine Uhr. Er hat noch eine halbe Stunde, wenn er rechtzeitig zu seinem ersten Meeting da sein will, aber er kann jetzt nicht aufhören zu lesen. Er ruft an und bittet darum, es um eine Stunde zu verschieben.

Eine Übernachtung in Tarifa, mehr hatte John nicht eingeplant. Eine Nacht im billigsten Hotel und am nächsten Morgen in aller Frühe mit der Fähre nach Tanger übersetzen. Er war auf den Spuren von Orwell, Bowles und Kerouac; Liebe war es nicht, was er suchte. Aber er hörte ihren Gesang, und er war verloren. Er war leichte Beute für eine Frau mit ihrer Erfahrung. Eine Frau, die sich ein wenig langweilte. Eine Frau, die auf der Suche nach etwas leichter Unterhaltung war, um die paar Tage auszufüllen, bevor sie zu ihrem Ehemann heimkehren würde. Eine Frau, die ein Kind hatte, aber im Moment empfand sie dieses Kind eher als Klotz am Bein. Andererseits war dieser Junge auch eine ganz nützliche Tarnung – er erlaubte ihr, sich als Mutter zu präsentieren, als eine Frau, die sich selbst nicht mehr an die erste Stelle setzte. Eine gute Frau. Was für eine raffinierte Tarnung. Hier bin ich, rief sie von den Felsen. Ich kümmere mich um mein Kind. Allein gelassen von meinem arbeitssüchtigen Mann. Ich kann die Rolle sehr gut ausfüllen. Siehst du, was ich tue? Meine Stimme ist sanft, wenn ich mit meinem kleinen Jungen spreche. Ich lächle. Ich lächle viel. Er ist ein solches Energiebündel, mein kleiner Junge, einfach nicht zu bändigen. Er ist glücklich. Weil ich eine gute Mutter bin. Oh, aber er ist ja so was von anstrengend. Er braucht ständig meine ganze Aufmerksamkeit, und das kostet dermaßen viel Kraft. Ich kann nicht eine Sekunde wegschauen, immer ruft mich seine Stimme: Mami, schau mal, Mami, Mami, Mami. Schau mich an. Schau mich an. Und sie schaut ihn an, wann immer er es verlangt, und sie lächelt, und ihre Stimme ist geduldig, aber es ist alles Show. Ihre geduldige Stimme ist weithin zu hören, darauf achtet sie, damit die anderen Gäste im Café nur ja merken, was für eine tolle Mami sie ist. Ab und zu blickt sie sich um und vergewissert sich, dass ihr Publikum auch aufmerksam zuhört. Schaut mich an, sagt sie, genauso laut wie ihr kleiner Junge, aber sie ist cleverer als er. Und John hörte ihre Stimme, und er war verloren. Er war verblendet von ihrem Zauber.

Er sah ihr leichtes Baumwollkleid unter ihrem Stuhl über den Boden schleifen, ihr langes, sonnengebräuntes Bein, goldschimmernd, das sich durch den Schlitz reckte, der bis zum Ansatz ihres Oberschenkels reichte – ein raffinierter Schlitz, der es ihr erlaubte, sich in dem langen Kleid freier zu bewegen. Es war ein Kleid, das Sittsamkeit deklarierte, aber insgeheim von der Glut flüsterte, die darunter loderte.

Das Bild trifft Robert wie ein Schlag ins Gesicht. Er hat es auf einem der Fotos gesehen – ein Foto von Catherine, wie sie das Bein unter ihrem Strandkleid hervorstreckt. Da sitzt sie mit Nicholas in einem Café. Der Verfasser hasst sie abgrundtief, und Robert spürt auch Eifersucht zwischen den Zeilen.

Er fragt sich erneut, ob eine Freundin es geschrieben haben könnte, aber hat Catherine nicht gesagt, sie glaube, es sei der Vater? Er liest weiter.

Charlotte spendierte ihm ein Bier, zum Dank dafür, dass er ihr geholfen hatte, ihren kleinen Jungen so abzulenken, dass er doch noch seinen Teller leer gegessen hatte. Später begleitete er sie zu ihrem Hotel. Es wurde schon dunkel, und er hatte sonst nichts zu tun. Der kleine Junge war inzwischen still, er war schläfrig und hielt die Hand seiner Mami, und sie und John unterhielten sich, und er erzählte ihr, dass er am nächsten Tag abreisen und die Fähre nehmen würde. Sie sagte, sie sei ein wenig neidisch auf seine Freiheit, aber ihr Neid war spielerisch, nicht wirklich ernst gemeint. Es war noch früh, und sie überredete ihn, unten in der Lobby zu warten, während sie ihr Kind ins Bett brachte. Für den Jungen war Schlafenszeit, aber noch nicht für sie, und sie wolle John noch einen Drink ausgeben, als Dankeschön, und sie sei so froh, zur Abwechslung mal wieder mit einem Erwachsenen reden zu können. Und er fühlte sich geschmeichelt, mit seinen neunzehn Jahren …

Roberts Hände zittern. Er hält eine hoch und betrachtet erstaunt die flatternden Finger, als ob die Hand ein exotisches Insekt wäre, das er noch nie gesehen hat. Was immer er gleich lesen wird, ist tatsächlich passiert. Er kann nichts daran ändern, und doch übt es eine unheimliche Macht über ihn aus, als ob es, wenn er es liest, noch einmal geschehen würde, nur weil er diesmal als Zeuge zugegen ist. Er liest weiter wie ein Teenager, der es nicht erwarten kann, zu den Sexszenen zu kommen.

... Ihre Schüchternheit bezauberte ihn, ihr verschämtes Zögern, sich ihm nackt zu zeigen. Sie habe das Vertrauen in ihren Körper verloren, seit sie Mutter geworden sei, sagte sie, und sie fürchte, er könnte angesichts der Wölbung ihres Bauchs zurückschrecken, mit der Narbe von dem Schnitt, mit dem sie ihren Sohn herausgeholt hatten, und dass John wohl jüngeres, festeres Fleisch gewohnt sei. Und Sarah war jünger, viel jünger, aber das sagte er Charlotte nicht. Oder dass Sarah die einzige Frau war, mit der er geschlafen hatte. Ihre Nervosität ermutigte ihn, für einen Moment waren ihre Rollen vertauscht, und sie ließ ihn in dem Glauben, dass er derjenige sei, der die Zügel in der Hand hatte, der die Initiative ergriff.

Ihr Sohn schlief, sein Bett stand auf der anderen Seite der Tür. Sie hatte sie geschlossen. Sie waren in dem Zimmer, das sie mit ihrem Mann geteilt hatte. Sie schloss die Augen, als er ihr die hauchzarte Baumwolle über den Kopf zog, die Arme hochgestreckt, als wäre sie ein kleines Mädchen, das fürs Schlafengehen ausgezogen wird. Sie trug ihren Bikini, noch sandig von ihrem Tag am Strand. Er zog die Knoten an den Seiten des Unterteils auf und sah zu, wie es zu Boden glitt, und dann zog er ihr das Oberteil aus, eine Schnur um den Nacken und eine quer über den Rücken, die Knoten leicht zu lösen. Sie war nackt, aber er war immer noch angezogen. Sie half ihm nicht beim Ausziehen, sie berührte ihn nicht, sondern sah nur zu, und er bemerkte die Gier in ihren Augen nicht. Er war schön, und er war ein Fremder, und sie wusste, dass sie ihn in der Hand hatte. Sie überredete ihn, seinen Ausflug nach Tanger um ein paar Tage zu verschieben, nur so lange, bis sie abreisen musste ...

»Gutes Buch?«

Robert fährt zusammen. Er kommt sich vor, als wäre er beim Pornoschauen erwischt worden.

»Noch einen Kaffee?«, fragt die Kellnerin. Robert nickt, ja – dann schüttelt er den Kopf. Er weiß nicht, was er will, ist unfähig, eine Entscheidung zu treffen.

»Im Moment nicht«, bringt er schließlich hervor, und dann liest er weiter.

… und was John nicht verstand, war, dass es in Wirklichkeit das Spiel war, das sie liebte: ihn heimlich in ihr Zimmer geschmuggelt zu haben, ohne dass die Hotelangestellten es mitbekamen, sodass sie immer noch lächelten und sie freundlich behandelten; das heimliche Spiel, sich am Strand zu sehen und so zu tun, als seien sie Fremde. Nicht einmal ihrem Sohn war bewusst, dass der Mann, der nur ein paar Schritte von ihnen entfernt auf einem Handtuch lag, seine Mutter intimer kannte, als er sie je kennen würde. Und John dokumentierte seine leidenschaftliche Affäre, so würde er sie bewahren wie einen Schatz, wenn er wieder zu Hause in der wirklichen Welt wäre. Er konnte nicht wissen, dass er diese Fotos nie sehen würde, dass er nie auf diese Zeit würde zurückblicken können …

28

Sommer 2013

Catherine war Robert nachgelaufen, sie hatte gehofft, er würde stehenbleiben. Sie lief bis zur Mitte der Straße, dann stand sie da in ihrem Bademantel und sah ihm nach, bis die Rücklichter seines Wagens um die Ecke verschwanden. Sie blieb noch eine ganze Weile draußen und wartete darauf, dass er wieder auftauchte – er würde es sich doch sicher noch anders überlegen und wieder nach Hause fahren. Aber er kam nicht.

Sie blieb die ganze Nacht auf, weil sie hoffte, dass er sie wenigstens anrufen würde, aber auch das tat er nicht. Sie rief ihn an, hinterließ Nachrichten, die er ignorierte. Sie versuchte sich vorzustellen, wo er sein könnte, doch es gelang ihr nicht. Vor ihrem inneren Auge sah sie keinen bestimmten Ort, aber sie sah ihn das Buch lesen, und sie stellte sich vor, welche Stelle er gerade las und welche Gefühle es in ihm auslöste.

Und das war der Moment, in dem die Wut über die Brutalität dieser Attacke in ihr hochkochte. Sie konnte nicht ins Bett gehen, konnte sich nicht einmal hinsetzen. Sie konnte nicht stillhalten, ihr Körper zuckte. Rastlos ging sie auf und ab, setzte Wasser auf, machte Tee, kippte ihn herunter und machte dann noch mehr, während sie auf Robert wartete. Sie wollte ihm klarmachen, warum sie es ihm nicht gesagt hatte. Es ging ihr nicht um sich, sondern um die beiden: um Robert, aber hauptsächlich um Nick. Mit ihrem Schweigen hatte sie ihren Sohn schützen wollen, und

Jonathans Tod hatte es besiegelt. Es war nicht nötig, dass noch jemand leiden musste.

Aber Robert ist nicht nach Hause gekommen.

Jetzt ist es hell, und sie ist erschöpft. Ihre Glieder sind schwer, wie mit Ballast angefüllt, als ob der ganze Tee, den sie getrunken hat, in sie hineingesickert wäre, bis sie prallvoll und schwer waren. Sie ist damit vollgesogen, ein aufgequollenes, durchfeuchtetes Ding. Wenn sie sich bewegt, kann sie die Flüssigkeit in ihrem Bauch herumschwappen hören. Auch ihr Kopf ist überflutet, bestürmt von Bildern, die sie nicht unter Kontrolle hat, und Erinnerungen, die aus der Tiefe hervorgeholt wurden und sich nicht verjagen lassen.

Sie würde am liebsten die Augen schließen und nie wieder aufmachen. Nicht sterben, nur ganz, ganz lange schlafen. Sie schleppt sich die Treppe hinauf, legt sich aufs Bett und macht die Augen zu. Es ist beinahe eine Erleichterung, dass Robert es jetzt weiß – zumindest, dass der Mann gestorben ist. Er hat ein Recht, wenigstens das zu wissen. Sie hätte es ihm schon längst sagen sollen. Sie hätte ihm längst alles sagen sollen, aber jetzt ist sie zu müde zum Denken. Es ist der Schlafmangel, aber es ist auch der Schock. Der Schock über Roberts Zorn und seinen Hass, der ihr entgegenschlägt. Damit hat sie nicht gerechnet, und es macht ihr Angst, darüber nachzudenken, also nimmt sie den Schock an, lässt sich von ihm betäuben und abschotten. Es ist nicht unangenehm, nichts zu fühlen. Sie wird das Beste daraus machen, solange es anhält.

Sie ist in einen tiefen Schlaf gesunken, als ihr Handy klingelt. Sie greift danach, ohne die Augen aufzuschlagen, während sie sich in die Gegenwart zurückzerrt.

»Hallo?« Sie schlägt die Augen auf, um die Nummer zu lesen. Keine Nummer, nur das Wort *Anruf*. Und auch keine Stimme am anderen Ende.

»Hallo?«, wiederholt sie.

Und dann wartet sie, lauscht. Sie lauschen aufeinander, keiner sagt ein Wort: Er muss nichts sagen, sie weiß, wer er ist. Er wartet auf sie. Er sagt es nicht, aber sie kann es spüren.

29

… Es war einer jener Tage, an denen man sich einen schlimmen Sonnenbrand holen konnte, wenn man nicht aufpasste. Die Sonne hatte viel Kraft, aber ein dünner Wolkenschleier maskierte ihre Heftigkeit, und der kühlende Wind verleitete die Ahnungslosen dazu, ihre ungeschützte Haut den Strahlen auszusetzen. Charlotte gehörte nicht zu den Ahnungslosen. Sie hatte sich selbst mit Sonnenschutzöl eingerieben und cremte jetzt ihren kleinen Jungen ein. Er machte ein ziemliches Theater darum, sie aber auch: Charlotte demonstrierte, was für eine gewissenhafte Mutter sie war, und ihr Sohn Noah sträubte sich gegen die Hände seiner Mutter und klagte, dass ihm die Creme in den Augen brannte.

An diesem Tag zerrte sein Geschrei ganz besonders an ihren Nerven, denn Catherine hatte einen Kater. Sie wusste, dass sie fester rieb als nötig, weil sie sich über die Halsstarrigkeit ihres Sohnes ärgerte. Sie wollte ihn zwingen, sich ihrem Willen zu unterwerfen. Er hatte Sand auf der Haut, sodass es war, als ob sie ihn mit Sandpapier abschmirgelte, und auch mit seinem Gesicht war sie nicht besonders vorsichtig. Etwas Creme blieb in seinen Wimpern hängen. Sie versuchte, sie mit einem Handtuch wegzutupfen, aber er weinte jetzt, und ihr war auch nach Weinen zumute. Sie wollte nur, dass er verschwand. Sie wünschte, sie könnte wenigstens einen Tag, diesen letzten Tag, mit ihrem Liebhaber in der Sonne verbringen.

John schlief noch in seinem Zimmer, in seinem billigen Hotel. Es war fünf Uhr morgens gewesen, als er dorthin zurückgekehrt war, nachdem er die Nacht mit Charlotte in ihrem Fünf-Sterne-Luxus verbracht hatte. Sie hatten es die ganze Nacht miteinander getrieben, während ihr Sohn im Nebenzimmer schlief. Der kleine Junge hatte nicht das Seufzen seiner Mutter gehört, als ihr junger Liebhaber sie befriedigte, er hatte nicht das Klirren ihrer Gläser gehört, als sie zusammen tranken, um wieder übereinander herzufallen, immer wieder und wieder.

Während also Charlotte sich am Strand mit der Sonnencreme abplagte, schlief John aus. Er schlief gut, wie ein Jugendlicher. Mit neunzehn hatte er noch nicht ganz aufgehört zu wachsen, war immer noch erschöpft von den Anforderungen seines eigenen Körpers und den Anstrengungen, die ihm in der Nacht zuvor abverlangt worden waren. Charlotte konnte nicht genug von ihm bekommen, sie hatte ihn hart rangenommen. Sie wusste, dass ihre Zeit begrenzt war, und obwohl sie ihn dazu überredet hatte, nicht nach Tanger zu fahren, würde sie selbst bald zu ihrem Mann nach Hause fliegen. Sie hatte ihn in dieser Nacht weidlich ausgekostet, und sie konnte es kaum erwarten, das Ganze in der kommenden Nacht, ihrer letzten gemeinsamen, noch einmal zu wiederholen.

Sie versuchte, ihre Rolle als Mutter zu spielen, aber an diesem Morgen bot sie eine eher glanzlose Vorstellung. Sie lag auf dem Bauch und versuchte zu schlafen, während Noah mit seiner Schaufel grub. Mit seinen unermüdlichen Baggerarbeiten wirbelte er den körnigen Sand auf, den der Wind in Charlottes Gesicht blies. Es reicht, dachte sie schließlich, und sie fragte ihn: »Lust auf ein Eis?«

Noah hielt im Graben inne. »Jaa, jaa!«, juchzte er.

Charlotte streifte ihr Baumwollkleid über den Bikini, zog

Noah ein T-Shirt an, und Hand in Hand verließen sie den Strand.

Als sie die Stufen hinaufstiegen, die zu den Läden führten, kam John auf sie zu. Sie gingen aneinander vorbei, diese Liebenden, und niemand hätte gemerkt, dass sie sich je begegnet waren. Sein Magen geriet ins Schlingern vor Erregung, ihrer vor Lust beim Anblick seiner verschlafenen Augen und seiner verstrubbelten Betthaare. Fast hätten sie sich berührt, so nahe kamen sie sich. Sie konnten einander riechen, und sie atmete ihn ein und lächelte, aber sie lächelte nicht John an. Nein, dazu war sie zu klug. Sie schenkte Noah das für John gedachte Lächeln. John wusste trotzdem, dass es für ihn war, und Noah ließ sich täuschen, er freute sich nur zu sehen, dass Mami glücklich war, und er lächelte zurück, der unschuldige kleine Knabe. Er war so dankbar für dieses Geschenk, das gar nicht für ihn gedacht gewesen war.

John erkannte Charlottes Handtuch und breitete seines wie üblich in ein paar Metern Entfernung auf, wobei er darauf achtete, dass noch andere Sonnenbadende zwischen ihnen waren. Weit genug, um zu verhindern, dass Noah ihn wahrnahm, aber nahe genug, um Blickkontakt mit Charlotte zu halten. Seit jenem ersten Tag im Café hatten sie darauf geachtet, dass Noah nichts mitbekam. Sie wollte nicht, dass er John erkannte, sie wollte nicht, dass Noah sich mit ihm anfreundete. »Sonst schließt er dich noch ins Herz«, meinte sie, und das konnte sie nicht zulassen. Sie konnte nicht riskieren, dass Noah gegenüber seinem Vater diesen netten Mann erwähnte, den sie im Urlaub kennengelernt hatten, Mamis neuen Freund.

John hatte die Augen geschlossen und den Kopf gesenkt, und er hörte, wie sie an den Strand zurückkamen, bevor er sie sah. Noah schnatterte lauthals vor sich hin, weil er offenbar irgendetwas furchtbar aufregend fand, und John, neugierig geworden, riskierte einen Blick. Noah zog ein Gummiboot an einem Seil hinter sich her, es hoppelte über den unebenen Sand. Er hatte seine Mutter die ganze Zeit angebettelt, ihm ein aufblasbares Spielzeug zu kaufen, und an diesem Tag, ihrem letzten am Strand, hatte sie beschlossen, ihm die Freude zu machen. Irgendein aufblasbares Gummitier hätte es auch getan, aber sie entschied sich für das gelb-rote Gummiboot, und sie setzte ihren Charme ein, um den Mann im Laden dazu zu bringen, dass er seine Lunge leerte und es für sie aufblies. Sie habe nicht die Puste, sagte sie lächelnd. Sie hatte ihre ganze »Puste« in der vergangenen Nacht verbraucht.

Das Gummiboot war ebenso sehr ein Geschenk für Charlotte wie für Noah. Es würde ihren Sohn ablenken, so hoffte sie, würde ihn bei Laune halten, sodass sie sich mit ihrem Buch entspannen konnte, mit ihren Gedanken. Noah war nicht sehr gut darin, sich selbst zu beschäftigen, aber dieses gelb-rote Gummiboot erfüllte offenbar seinen Zweck. Zum ersten Mal in diesem Urlaub schien er damit zufrieden, allein zu spielen, verloren in seiner eigenen kleinen Welt. Er saß im Sand und plapperte vor sich hin, und seine Mutter streckte sich auf dem Bauch aus und wandte den Kopf zu ihrem Lover um. John imitierte ihre Haltung, er drehte das Gesicht zu ihr, und ihre Blicke saugten sich aneinander fest. Es waren Menschen zwischen ihnen, doch sie nahmen sie gar nicht wahr, so sehr waren sie damit beschäftigt, einander mit den Augen zu verschlingen. Charlottes roter Bikini bedeckte nur dürftig die Teile ihres Körpers, mit denen er inzwischen so intim vertraut war. Er konnte sich mühelos jeden Quadratzentimeter ihrer Haut vor Augen führen. Es war, als läge sie nackt vor ihm. Ihre Brüste, ihr Hintern, ihr Venushügel. Er stellte sich auch ihren Geruch vor, dort, wo er lag, und seine Erektion presste sich in den Sand.

Er lechzte danach, sie zu berühren, lechzte danach, unter

sie und in sie hineinzugleiten. Und sie wusste es, sie sah es in seinem Gesicht, in seinen Augen, und sie drehte sich auf die Seite. Ihre Brüste bewegten sich unter dem Bikini, die eine schmiegte sich gegen ihren Arm, als sie sich darauf stützte, und sie öffnete die Lippen und lächelte. Dann griff sie nach ihrem Buch und tat so, als läse sie, während sie in Wirklichkeit für ihn posierte, ihren Lover, und mit ihm flirtete.

Nach einer Weile tat ihr wohl der Arm weh, und sie setzte sich auf. Sie war ruhelos, sie langweilte sich. Sie sah kurz zu ihrem Sohn, doch er war glücklich, er brauchte sie nicht, um sich zu amüsieren, denn er war der Kapitän seines eigenen Schiffs. Als sie aufschaute, fing sie den Blick der Mutter der Familie auf, die neben ihr lag. Ihre Kinder waren älter, Teenager. Charlotte hatte bemerkt, wie sie Noah anlächelte, und jetzt lächelte Charlotte sie an.

»Sprechen Sie Englisch?«, fragte sie.

Die Frau zuckte mit den Achseln und sagte: »Ein bisschen.«

Charlotte gab ihr mit Händen und Füßen zu verstehen, dass die Frau auf Noah aufpassen solle, während sie aufs Klo ging. Die Mutter der zwei Jugendlichen war nur zu gerne bereit, ein Augen auf den süßen kleinen englischen Jungen zu haben. Charlotte war so dankbar, dass sie der Frau ein strahlendes Lächeln schenkte, ehe sie sich zu Noah hinüberbeugte und ihm sagte, dass sie nur ganz kurz weg sein würde. Sie hatte Sorge, dass er vielleicht auch aufs Klo müsste oder sich anstellen würde, weil sie ihn allein ließ, aber ihre Sorge war unbegründet. Er war ein ganz braver Junge.

Er sah nicht einmal hin, als sie in ihre Sandalen schlüpfte, silbern, mit einem dünnen Riemchen zwischen ihren eleganten Zehen, und sich auf den Weg zu den Toiletten machte. John aber sah sehr wohl hin. Er beobachtete sie, als sie mit wiegenden Hüften zu den Kabinen unterhalb der Strandpro-

menade ging. Er wollte ihr nachgehen, aber er musste warten, musste sich erst präsentabel machen, also konzentrierte er sich auf eine Frau mit ledriger Haut – oben ohne, der schrumpelige Po von einem Tanga nur unzureichend bedeckt –, bis seine Erektion in sich zusammenfiel.

Charlotte hatte an den Duschen haltgemacht, sie hielt ihr Gesicht in den Wasserstrahl und klatschte sich die Haare nach hinten, als ob sie ganz allein wäre und nicht an einem öffentlichen Strand. Sie spürte, dass John sie beobachtete. Dann stellte sie die Dusche ab und betrat die Toilette. John folgte ihr. Es war niemand sonst dort, und er wusste, wo er Charlotte finden würde: in der Umkleidekabine am Ende der Toilettenreihe.

Er klopfte an die Tür, und sie machte auf. Sofort schob er seine Hand in ihre Bikinihose. Er wusste, dass sie es vorzog, sie anzulassen – sie hatte ihm erzählt, sie möge das Gefühl, wenn der Stoff sich um sie herum straff spannte. Seine Finger suchten und fanden die weiche, feuchte Glätte, die sie ihm gezeigt hatte. Er hob sie auf den Lattenrost der Bank und schob den Stoff zur Seite, öffnete sie behutsam mit den Fingern, glitt mit seiner Zunge auf und ab und im Kreis, dort, wo sie es ihm gezeigt hatte, genau so, wie sie es mochte. Sie hatte ihm so viel beigebracht. Sie stemmte die Arme gegen die Seitenwände der Kabine, um nicht zu fallen, und sie war so nass, dass er nicht wusste, was sie war und was seine eigene Spucke. Der arme Junge war trunken vor Liebe. Wahnsinnig vor Liebe. Selbst als sie jemanden hereinkommen hörten, konnte er nicht aufhören, und sie hätte auch nicht gewollt, dass er aufhörte. Sie hörten, wie ein Riegel vorgeschoben wurde, sie hörten es plätschern, als jemand nebenan pinkelte, und sie zog ihm die Badehose herunter und schob sich auf ihn, schlang die Beine um ihn und küsste seinen Mund, nahm das, was von ihr gekommen war, aus seinem Mund in ihren und schluckte es wie-

der in sich hinein. Und er klammerte sich an sie und hielt sie, stärker als sie und doch nicht so stark. Und als es vorbei war, lächelte sie und nahm sein Gesicht in ihre Hände, als wäre er ein kleiner Junge. Sie küsste ihn auf die Lippen, auf den Hals und schließlich auf die Stirn. Ein Kuss wie ein Punkt, damit er wusste, dass es das vorläufig gewesen war.

Sie warteten, bis der Störenfried gegangen war, und dann öffnete Charlotte die Tür und lugte hinaus. Sie ging zuerst, er folgte einige Sekunden später. Sie duschte noch einmal, aber John ging weiter, vorbei an seinem Handtuch, und lief geradewegs ins Wasser hinein, um in eine Welle zu tauchen.

Der kleine Noah saß immer noch in seinem Boot und brabbelte vor sich hin. Charlotte war länger fort gewesen, als sie gedacht hatte. Die Mutter hatte ihre Sachen gepackt, sie und ihre Familie mussten aufbrechen. Sie winkte Noah zum Abschied zu, und Charlotte dankte ihr, wobei sie ihrem Sohn über den Kopf strich. Sie war wieder auf dem Posten und sah aufmerksam zu, wie er sein Gummiboot näher ans Wasser zog. Er war nicht im Wasser, er war auf dem Sand. Er war glücklich. Sie schlang die Arme um die Knie und sah ihn an, musste lächeln, weil er so zufrieden wirkte. Sie war erschöpft und legte sich hin. Wenn sie den Kopf ein wenig drehte, konnte sie Noah immer noch sehen. John ging zu seinem Handtuch zurück und trocknete sich ab. Er sah dabei zu Charlotte, aber sie blickte in die andere Richtung, also legte er sich auf den Rücken und schloss ebenfalls die Augen. Er döste, dachte an die kommende Nacht, und er lächelte, als er sich ausmalte, was sie miteinander machen würden.

Als er erwachte, hatte der Wind aufgefrischt, und er zog sein T-Shirt an. Charlotte schlief. Da bemerkte John Noah. Er saß immer noch in dem Gummiboot, das aber nun im flachen Wasser trieb und fröhlich auf den Wellen schaukelte. Hin und her, hin und her. Charlotte wachte auf und drehte den Kopf, um zu sehen, wohin John schaute. Vielleicht war sie überrascht, dass etwas anderes als sie selbst seine Aufmerksamkeit auf sich gezogen hatte. Hin und her, hin und her schaukelte das Gummiboot, und mit jedem Hin wurde es ein Stückchen weiter hinausgetragen, als es mit dem nächsten Her zurücktrieb. Die See war stürmisch geworden, und eine starke Unterströmung zerrte an dem Gummiboot, zog es hinaus, während zwischen Noah und dem Strand ein Bereich mit kabbeligem Wasser stetig anwuchs, in dem andere Leute schwammen und spielten. Keiner von ihnen achtete auf den kleinen englischen Jungen, der aufs Meer hinaustrieb.

John stand auf und sah zu Charlotte hinüber. Sie war ebenfalls aufgestanden, rührte sich aber nicht von der Stelle, blieb mit beiden Füßen auf ihrem Handtuch stehen. Sie wandte sich zu John um, Angst im Gesicht, dann blickte sie wieder zu Noah. Immer noch bewegte sie sich nicht. Sie rief Noah, und dann wandte sie sich an John. »Hilfe!«, rief sie. »Hilf mir!« Und John hätte alles für sie getan. Er rannte sofort zum Wasser, und jetzt erst setzte sie sich in Bewegung. John lief voraus, sie folgte. Sie rief Noah erneut an, und er blickte auf und winkte ihr zu, kein bisschen verängstigt. Und immer noch unternahm niemand etwas, und es waren keine Rettungsschwimmer am Strand.

John konnte erkennen, dass Noahs Boot in die falsche Richtung trieb. Hinaus aufs Meer. Bald würde es nur noch ein Pünktchen in der Ferne sein. Er rannte so schnell, dass der Sand von seinen Füßen die Sonnenbadenden bespritzte, und stürzte sich kopfüber ins Wasser, um auf Noah zuzuschwimmen. Er war stark, ein kräftiger junger Mann und ein guter Schwimmer. Die Strömung zerrte an ihm, aber er schwamm mit ihr, nutzte die Kraft des Meeres, um sich zu dem kleinen Jungen ziehen zu lassen, um seine Kräfte für das Schwimmen zurück zum Ufer aufzusparen. Es war eine Strategie. Er wuss-

te, was er tat, und er konzentrierte sich auf seine Züge: sauber und kraftvoll. Und bald hatte er Noah erreicht und sah, wie verängstigt der Junge war. Er rief nach seiner Mutter, aber sie konnte ihn sicher nicht hören. Er muss sich gefragt haben, warum sie nicht kam, um ihn zu holen. Warum war sie nicht zu ihm hinausgeschwommen? Er versuchte aufzustehen, fiel aber immer wieder um – die Wellen schlugen gegen den Rand seines Gummiboots und schwappten hinein. Die Kunststoffhaut war zu rutschig, und das Boot schaukelte zu stark. Er war in blinder Panik. John versuchte, ihn zu beruhigen. Er forderte ihn auf, still zu sitzen und sich an den Haltegriffen des Boots festzuhalten. Aber der kleine Junge war wie versteinert, er starrte nur zum Strand und hoffte, dass seine Mutter ihn holen käme. John packte das Seil, schlang es sich um die Faust und begann, zum Ufer zurückzuschwimmen.

Er konnte eine Reihe von Menschen sehen, die zuschauten, und in ihrer Mitte Charlotte in ihrem roten Bikini. Er benutzte jeden Muskel in seinem Körper, strengte sich mehr an, als er es je zuvor getan hatte. Seine Haut glänzte rot, die Sehnen spannten sich darunter, das Herz pumpte wild. Das Meer war jetzt sein Feind, es trug ihn nicht mehr, es drängte ihn zurück. Und der Wind tat ein Übriges, er peitschte die Wellen auf und warf das Boot umher, als wollte er Noah hinauskatapultieren. John rief ihm zu, er solle sich gut festhalten. Als er sich umblickte, saß Noah stocksteif da und klammerte sich an den Griffen fest, er starrte immer noch an John vorbei und suchte seine Mutter. Vielleicht glaubte er, das Boot schwämme von selbst zurück zum Strand.

Johns Augen brannten vom Salzwasser, und er war inzwischen am ganzen Körper taub. Er war zu einem Automaten geworden, nur seine Arme und Beine trieben ihn vorwärts. Es gab keine Strategie mehr. Er schwamm zum Rhythmus des Bluts, das in seinen Ohren pochte. Und dann lösten sich zwei Männer, zwei andere mutige Männer, von der Gruppe und liefen los, sprangen ins Wasser und schwammen auf den jungen Mann und das Kind zu. Der eine hatte bald einen Vorsprung, er war der bessere Schwimmer. Er war schnell, und das Meer half ihm, trieb ihn auf John und Noah zu, und er erreichte sie und nahm John das Seil ab, um die kostbare Fracht zum Strand zu schleppen. Keine Zeit für Höflichkeiten – der Mann machte auf der Stelle kehrt und schwamm aufs Ufer zu. John streckte die Hand aus, um das Heck des Gummiboots zu fassen.

Als der Mann sich dem Strand näherte, eilten andere herbei, um ihm zu helfen, packten das Boot und kümmerten sich um das Kind. John sah sie, und er sah, dass Noah in Sicherheit war. Er sah sie alle am Strand. Er selbst war noch im Wasser – weit draußen. Er hatte sich nicht festhalten können, aber niemand hatte es bemerkt. Jetzt sah er zu, wie der zweite Retter abdrehte und sich zu der Schar gesellte, die den kleinen Jungen in Sicherheit brachte. Johns Hände waren weiß vor Kälte, mit roten Streifen, wo das Seil die Haut aufgescheuert hatte. Er hatte kein Gefühl mehr in der Hand. Alles, was er noch fühlen konnte, war seine Lunge. Sie war angewachsen, war riesengroß geworden, sein Brustkorb konnte sie nicht mehr fassen. Er rang nach Luft, doch stattdessen schluckte er einen Mundvoll Wasser. Er hatte kostbare Zeit verloren, als er seine Hand angeschaut und über seine Lunge nachgedacht hatte, anstatt zu schwimmen, und jetzt hatte ihn das Meer noch weiter zurückgedrängt, und er würde jeden Zug noch einmal schwimmen müssen, um wieder zu der Stelle zu kommen, wo er Noahs Boot losgelassen hatte.

Er versuchte alles, er mühte sich nach Kräften. Und er hoffte, dass jemand kommen würde, um ihm zu helfen. Dass jemand sich daran erinnern würde, dass er noch draußen im Wasser war. Und er wollte seine Mutter. Er wollte, dass seine

Mutter kam und ihn aus dem Wasser trug. Wie Noah sehnte er sich nach der Geborgenheit in den Armen seiner Mutter. Er versuchte, den Leuten am Strand zuzuwinken, doch seine Arme hatten keine Kraft mehr. Er konnte nicht winken. Er konnte nicht mehr schwimmen – er drückte nur noch mit den Armen das Wasser nach unten, als ob er es dadurch flacher machen könnte. Er hatte Angst. Es hieß, Ertrinken sei einer der angenehmeren Todesarten, aber John hatte Angst, weil er wusste, dass niemand kommen würde, um ihn zu retten. Er hatte seine letzten Kräfte auf ihr Kind verwendet.

Endlich sah er ein Boot. Und er dachte einen Augenblick lang, dass alles gut werden würde. Doch als sie bei ihm ankamen, war er schon zwei- oder dreimal untergegangen. Sie warfen ihm ein Seil zu, aber er konnte es nicht greifen, denn er war tot. Er war schon tot, als sie ihn erreichten. Sie zogen ihn heraus und legten ihn ins Boot. Jemand versuchte es mit Mund-zu-Mund-Beatmung, ein anderer mit Herzdruckmassage. Sie fuhren das Boot zum Ufer zurück und trugen den Körper des jungen Mannes zu dritt auf den Strand. Dort versuchten sie wieder, ihn zu beatmen, ihn wiederzubeleben. Sie drückten auf seinen Brustkorb, aber sie konnten ihn nicht mehr zurückholen.

Und am anderen Ende des Strands hatte eine Schar von Menschen sich um den kleinen Jungen und seine Mutter versammelt. Sie schützten Noah davor, den Mann sehen zu müssen, der ihn gerettet hatte und jetzt tot im Sand lag. Und Charlotte war auf den Knien, sie hüllte ihren Sohn in ein Handtuch ein und schirmte ihn vom Anblick ihres toten Liebhabers ab.

30

Sommer 2013

Ein petrolgrüner Fiat 500 fegt über den Platz. Robert beobachtet ihn durch das Fenster. Catherines Lieblingsfarbe. Er hatte überlegt, ihr einen zum Geburtstag zu kaufen. Er sitzt in dem Meeting, zu dem er mit Verspätung erschienen ist, obwohl er es um eine Stunde verschoben hatte. Schließlich musste er zuerst duschen, sich rasieren und den Anzug wechseln. Er hat immer einen im Büro im Schrank hängen, allerdings ist es der Anzug, der eigentlich für besondere Anlässe reserviert ist – viel zu elegant für einen normalen Bürotag, und er hat die Überraschung in den Gesichtern der anderen registriert. Sie fragen sich sicher, was er nachher noch so vorhat. Er ist froh, mit ihnen zusammen zu sein, Menschen um sich zu haben, die auf ihn einreden. Er muss noch nicht funktionieren oder selbst etwas sagen, sondern nur beobachten, und das kriegt er gerade noch hin. Er ist dankbar für ihre Stimmen. Es ist ihr Vertrauen in ihn, das ihn vor dem Absturz bewahrt. Jedes Mal, wenn er schlappzumachen droht, schießt ein Wort durch die Luft und richtet ihn wieder auf.

Es war nur ein Buch. Es ist nur ein Buch. Er weiß, dass es nur eine Version der Ereignisse ist, geschrieben von jemandem, der sie offensichtlich hasst, aber kann er dem Autor einen Vorwurf machen? Und es ist eine Version, die immerhin so viel Wahres enthält, dass Catherine es verschwinden lassen wollte. Das Mindeste ist, dass sie mit einem Fremden gevögelt hat, der anschließend starb, als er Nicholas das Leben rettete.

Es ist nicht sie, und doch ist sie es. Es steckt genug von seiner Frau darin, das er wiedererkennt. Und es hat ihm Dinge gezeigt, die er bisher nicht gesehen hat. Sie ist eine Frau, die immer ihren Willen durchgesetzt hat, die immer getan hat, wonach ihr der Sinn stand.

Er erinnert sich an seine erste Begegnung mit ihr. Sie hatte gefragt, ob er sich auf einen Drink mit ihr treffen würde, zu einem inoffiziellen Gespräch. Sie war jung, es war ihr erster Auftrag als Journalistin. Er hätte eigentlich nicht hingehen dürfen – es hätte ihn seinen Job kosten können –, aber sie war so überzeugend am Telefon; sie gab ihm das Gefühl, dass er das Richtige tat, wenn er hinging. Er weiß noch, dass sie sich verspätet hatte – obwohl *er* doch *ihr* einen Gefallen tat –, aber es gelang ihr, selbst diesem Fauxpas einen irgendwie charmanten Touch zu verleihen. Er erinnert sich, wie eine junge, auffallend hübsche Blondine das Pub betrat, und wie er gehofft hatte, dass sie es sei. Sie hatte sich suchend umgesehen, hatte ihn dabei ertappt, wie er sie anstarrte, und ganz schüchtern gelächelt. Er hatte das Lächeln erwidert und war aufgestanden. Sie lud ihn ein – sie bestand darauf –, und er gab ihr alles, was sie verlangte, beantwortete alle ihre Fragen. Inoffiziell natürlich, aber sie verwendete alles, was er ihr erzählt hatte. Es gelang ihr zwar, ihn nicht mit hineinzuziehen, aber sie hielt auch nichts zurück. Sie war eine gute Journalistin. Dennoch, er hätte seinen Job verlieren können.

Schon bei diesem ersten Treffen war er bereit, alles für sie zu tun. Sie wusste, was sie wollte und wie sie es bekommen konnte. Die Konsequenzen waren ihr schnuppe.

Das Buch zeigt ihm eine Mutter, die sich selbst wichtiger nahm als ihr Kind. Es ist wahr, sie war nie eine geborene Mutter. Ihr Liebhaber war gestorben, und sie hatte sich in die Arbeit geflüchtet. Gab sie Nick die Schuld am Tod ihres Liebhabers? Konnte sie es deswegen nicht ertragen, zu Hause zu bleiben und sich um ihn zu kümmern? Kein Wunder, dass das Verhältnis zwischen ihr und Nick immer so schwierig war. Und Robert hat ihr den Rücken freigehalten, hat die Wogen geglättet, war immer zur Stelle, um sie zu unterstützen, hat sich alle Mühe gegeben, ihr kein schlechtes Gewissen zu machen, hat sie nie kritisiert, nie verurteilt. Bis jetzt.

Eines der Fotos kommt ihm in den Sinn. Er versucht, das Bild zu verdrängen und sich auf die Gegenwart zu konzentrieren, aber was er sieht, ist die Vergangenheit. Catherine, wie sie am Strand unter der Dusche steht, den Kopf in den Nacken gelegt, die Augen geschlossen, während das Wasser ihr über Gesicht und Körper strömt, ein Lächeln auf ihren Lippen. Sie genießt es, angeschaut zu werden. Seine Hand zittert wieder, und er ballt die Faust, versteckt sie unter dem Tisch. Die ganze Anspannung, die er jahrelang unterdrückt hat, die Gedanken, die er sich nie zuvor zu denken getraut hat, all das kommt jetzt hoch.

Und doch hat er sie geliebt. Wenn sie ihm damals von ihrer Affäre erzählt hätte, er hätte ihr vergeben können. Aber jetzt nicht mehr. Er beißt sich auf die Innenseite der Wange, um nicht zu weinen. Er hätte alles für sie getan. Er hätte mehr Kinder gewollt, aber auch diesen Wunsch hatte er kampflos aufgegeben. Sie hatte sich nie ausdrücklich geweigert, sie war einfach nur mit immer wieder neuen Ausreden gekommen, bis es schließlich zu spät war. Er hatte sich einen Bruder oder eine Schwester für Nick gewünscht, er hatte gedacht, es würde den Druck von dem Jungen nehmen.

Ein Blatt Papier landet vor ihm auf dem Tisch. Informationen, die er lesen sollte; Details, die er erfassen sollte. Er nimmt das Blatt und versteckt sich dahinter.

Er erinnert sich dunkel, dass Nick das Gummiboot haben wollte oder irgendein aufblasbares Spielzeug, und dass sie sich einig gewesen waren, dass das keine gute Idee wäre. Trotzdem hatte sie es ihm gekauft, nachdem Robert nach Hause geflogen war, und sie hatte ihn nicht im Auge behalten, sie hatte nicht auf ihn aufgepasst, und der Sohn anderer Eltern war gestorben, um Nicholas zu retten. Aber wessen Sohn? Wer hat dieses Buch geschrieben? Die Freundin? Der Vater oder die Mutter? Der alte Mann, der die Fotos abgegeben hat? Dieser arme alte Mann. Was er getan hat, ist ganz schön mies, aber kann er ihm wirklich einen Vorwurf machen? Sollte Robert ihm danken für das, was sein Sohn getan hat? Er sollte dankbar sein, aber zur Dankbarkeit ist er noch nicht in der Lage. Wenn *John*, oder wie immer der Typ hieß, nicht dort gewesen wäre, dann wäre *Charlotte* nicht so verdammt abgelenkt gewesen, und dann hätte sie vielleicht verhindert, dass ihr Sohn mit seinem Gummiboot allein in See stach. Und wenn Robert dort gewesen wäre, wäre das alles überhaupt nicht passiert.

Roberts Kopf ist mit einer pochenden Masse angefüllt. Und sein Bauch ebenso. Dunkle Klumpen von etwas, was er seit Jahren nicht empfunden hat. Eifersucht. Nicht grün, sondern schwarz und zäh. Er ist eifersüchtig auf diesen toten Jüngling, der eine Affäre mit seiner Frau hatte und seinem Sohn das Leben gerettet hat. Der vor langer, langer Zeit in einem fernen Land Robert die Eier abgeschnitten hat, ohne dass er es überhaupt merkte. Er fragt sich, wie oft Catherine an diesen Jungen gedacht hat, wenn sie mit ihm zusammen war. Wie oft hat sie den Sex verglichen? Spielt sie ihm im Bett etwas vor? Manchmal? Immer?

Und Nicholas. Nicholas, der sich nicht einmal an den jungen Mann erinnern kann, der ihm das Leben gerettet hat – was in Roberts Augen diesen »John« noch heldenhafter erscheinen lässt. Ein unbesungener Held. Ein Märtyrer. Er blättert im Kopf das Buch durch. Robert wird kaum erwähnt. Er ist eine Nebenfigur, die nicht einmal einen Namen verdient hat. Ihr Mann.

Er sinkt in sich zusammen, lässt den Kopf hängen wie eine welke Pflanze. Die Worte sind verstummt. Es ist still im Raum. Er blickt auf. Alle Augen sind auf ihn gerichtet, aber er kann ihren Ausdruck nicht deuten. Warten sie auf eine Reaktion? Betrachten sie ihn mit Neugier? Was sehen sie?

»Eine Menge Stoff zum Nachdenken«, sagt er, und der Klang seiner Stimme beruhigt ihn, tief und sonor. Er steht auf. Wenigstens hier ist seine Autorität noch intakt. Das Meeting ist zu Ende, und der Raum leert sich nach und nach.

Er wird mit der Familie Kontakt aufnehmen – wird herausfinden, wer sie sind, und mit ihnen reden. Das Mindeste, was Robert tun kann, ist, sie wissen zu lassen, dass er dankbar ist für die mutige Tat ihres Sohnes, und zu versuchen, die menschlichen Defizite seiner Frau wiedergutzumachen. Zuerst jedoch muss er sich um Nicholas kümmern, ihn unter seine Fittiche nehmen. Er greift nach seinem Telefon.

»Nick? War wirklich schön, dich zu sehen neulich abends ... Sag, könnten wir das wiederholen? Hast du heute Abend Zeit? Es gibt da etwas, worüber ich gern mit dir reden würde.«

31

Sommer 1993

Als Jonathan starb, brach Nancy völlig zusammen. Ihre ganze Welt schrumpfte auf ein kleines, dunkles Etwas ein, und sie konnte an nichts anderes mehr denken als an die Abwesenheit unseres Sohnes. Ein Schritt nach dem anderen, sagte ich ihr immer wieder. Doch ich drang nicht zu ihr durch. Ich konnte ihr nicht helfen.

Ich erinnere mich noch an einen Tag, es war etwas zwei Monate nach seinem Tod. Ich wartete unten auf sie, nachdem ich sie zu einem Spaziergang überredet hatte. Es war schon eine Leistung, sie auch nur zu so einer kleinen Aktivität zu bewegen. Es war Nachmittag, und sie war noch im Morgenrock. Sie ging nach oben, um sich etwas anzuziehen, und ich setzte mich ins Wohnzimmer, um auf sie zu warten. Sie brauchte lange – zu der Zeit war sie in allem, was sie tat, verlangsamt. Ich wollte sie nicht hetzen, denn ich fürchtete, wenn ich hinaufginge, um sie zur Eile zu drängen, würde sie es sich vielleicht anders überlegen. Und außerdem konnte ich hören, wie sie umherging. Ich hörte, wie eine Schublade aufgezogen und die Schranktür zugemacht wurde. Sie zog sich an, sie war auf dem richtigen Weg. Nach einer Weile hörte ich gar nichts mehr, also ging ich nach oben.

Ich rechnete damit, sie auf dem Bett liegend zu finden, doch sie war im Bad. Sie war vollständig bekleidet und war in die Badewanne gestiegen, die sie, wie sich herausstellte, schon vor Stunden hatte volllaufen lassen. Sie lag im eiskalten Wasser, angekleidet für den Spaziergang mit mir. Ihr Kopf war unter Wasser, ihre Augen und ihr Mund waren offen. Ich zog sie heraus. Sie war schwer, die Kleider mit Wasser vollgesogen. Sie sagte mir, sie habe nicht versucht, sich umzubringen. Sie habe nur wissen wollen, wie es sich für Jonathan angefühlt hatte – ob das Ertrinken wehgetan hatte. Sie wollte selbst herausfinden, ob es so schmerzlos war, wie alle sagten: ob man das Bewusstsein verlor, bevor man starb. Und sie war wütend auf mich, weil ich sie daran gehindert hatte, diese Erfahrung quasi mit ihm zu teilen, doch sie gab zu, dass ihr Experiment einen Haken hatte: Das Gefühl der Angst und der Verlassenheit, wenn man von einem gewaltigen Ozean verschlungen wird, kann man nicht nachempfinden, indem man in der Geborgenheit der eigenen Wohnung in einer avocadogrünen Badewanne untertaucht.

Akute Empathie, könnte man sagen, war zu Nancys bevorzugtem Extremsport geworden. Sie hatte mehr Empathie als die meisten Menschen, und doch wusste auch sie, dass sie Unmögliches anstrebte. Aber sie versuchte es immer wieder. Wenn irgendjemand in der Lage war zu verstehen, was ein anderer Mensch fühlte, dann war es Nancy. Zwischen ihr und der Welt waren weniger Schichten als bei uns Normalsterblichen. Sie hatte diese seltene Fähigkeit, sich in die Lage eines anderen zu versetzen und die Welt mit dessen Augen zu sehen. Vor Jonathans Tod hatte es eine Zeit gegeben, als sie mir helfen wollte, das Gleiche zu tun. Wenn ich mich über irgendetwas ärgerte oder aufregte, redete sie mir gut zu und sagte: »Versuch's doch mal von seinem Standpunkt aus zu sehen«, oder: »Versuch dir vorzustellen, wie es ihr geht.« Und ich versuchte es, aber es wollte mir nie so recht gelingen. Nancy dagegen fühlte zu viel, das war das Problem.

Sie hörte auf zu arbeiten, weil sie es nicht mehr ertragen konnte, mit Kindern zusammen zu sein, also arbeitete ich für uns beide, damit das Leben irgendwie weiterging. So etwas Ähnliches wie ein Leben jedenfalls. Wir hätten unser Haus verkaufen und aus London wegziehen sollen. Ich hätte strenger sein und einfach die Entscheidung treffen sollen, aber ich wusste, dass ich Nancy zu nichts zwingen konnte.

Allein sie zu überreden, Jonathans Sachen durchzusehen, überstieg schon meine Kräfte.

Eines Tages kam ich von der Arbeit nach Hause und fand sie oben in seinem Zimmer damit beschäftigt, seine Kleider auf dem Bett auszubreiten. Es erinnerte mich an jenen Tag in dem Hotelzimmer in Spanien.

»Ich werfe sie nicht weg«, sagte sie mit scharfer Stimme, als sie sich umdrehte und mich erblickte. Ich sagte nichts. »Ich will sie nur mal durchsehen.«

Also sah ich ihr zu, wie sie seine Kleider faltete und glatt strich und zu Stapeln ordnete, was mich hoffen ließ, dass sie nun vielleicht das Ausräumen seines Zimmers in Angriff nehmen würde.

»Ich mache uns Tee«, sagte ich. »Und dann helfe ich dir.«

Sie sah mich kurz an, nickte und fuhr fort, seine Schubladen durchzusehen. Als ich wiederkam, sah ich, dass sie begonnen hatte, einen kleinen Koffer zu packen. Ich stellte den Tee ab, setzte mich aufs Bett und sah mich um. Im Zimmer gab es immer noch Überreste aus Jonathans Kindertagen: einen Stoffhund, kahl gescheuert und schlaksig, der auf dem obersten Bücherbord saß; ein reich verziertes Holzkästchen, das wir ihm einmal zu Weihnachten geschenkt hatten und in dem er seine geheimen Schätze aufbewahrte. Ich erinnere mich, dass mich bei dem Anblick Traurigkeit überkam, vermischt mit Freude, weil ich glaubte, dass es mit Nancy nun wieder bergauf gehen würde. Bis zu diesem Tag hatte sie sich geweigert, irgendetwas in seinem Zimmer anzurühren; es sollte genau so bleiben, wie es war.

»Ich tu den Abfall hier rein …« Sie hielt mir einen leeren schwarzen Müllsack hin und schüttelte ihn. Ich trank einen Schluck Tee, stellte die Tasse auf seinen Nachttisch und zog die Schublade auf. Beim Anblick der Batterien und des losen Münzgelds musste ich lächeln – es sah fast genauso aus wie in meiner eigenen Nachttischschublade, bis auf die ungeöffnete Schachtel mit Kondomen. Ich kippte den ganzen Inhalt in den Müllsack und schüttelte ihn, sodass die Kondome nach unten rutschten. Ich wollte nicht, dass Nancy sie sah – die Tatsache, dass sie unbenutzt waren, hatte etwas ungeheuer Bitteres.

Nancy hatte Jonathans Kleiderschrank und seine Kommode zu ihrem Gebiet erklärt, also nahm ich mir die Kiefernholzkiste am Fußende seines Betts vor. Ich hob den Deckel an und sah, dass es ein Endlager für Dinge war, für die er sonst keinen Platz gefunden hatte, darunter ein paar alte Spielsachen, nicht aufgegessene Süßigkeiten, übrig gebliebene Schokoladentaler aus seinem Weihnachtsstrumpf, etwas Kleinkram von Campingurlauben, wie Blechteller und -tassen und eine Stirnlampe … und sogar ein Paar dreckige alte Turnschuhe. Als ich mich weiter nach unten vorarbeitete, fand ich seine Comics. Wir hatten ihm ein Abo von *The Beano* geschenkt, als er ein kleiner Junge war, und ich dachte, es wäre vielleicht nett, ein paar Hefte aufzuheben. Ich nahm sie heraus, und dann sah ich, was darunter versteckt war: eine Pornosammlung – Hefte und Videokassetten. Die Titel und Cover schockierten mich, und ich sah mich verstohlen zu Nancy um, doch sie war ganz in eins von Jonathans Sammelalben vertieft. Ich schlurfte hinüber auf die andere Seite des Betts und schlug eines der Hefte auf.

»Oh Mann!«, entfuhr es mir unwillkürlich.

»Was ist? Was hast du?«, fragte sie.

»Nichts, nichts«, erwiderte ich. »Nur ein kleiner Magenkrampf, das ist alles.« Ich setzte mich kurz hin, dann stand ich wieder auf, trug den schwarzen Müllsack zum Bett und warf alles hinein. Nancy beobachtete mich argwöhnisch.

»Das muss alles weg, Schatz – da sind verschimmelte Essensreste drin. Nichts Wertvolles dabei, glaub mir.« Ich ließ mir nicht anmerken, wie schwer der Sack war, als ich ihn aus dem Zimmer trug und gleich damit hinaus zum Mülleimer ging. Gott sei Dank hatte ich das Zeug gefunden und nicht Nancy. Als ich ins Schlafzimmer zurückkam, lag Jonathans Sammelalbum immer noch aufgeschlagen auf ihrem Schoß.

»Schau dir die mal an«, sagte sie. Ich ging zu ihr und setzte mich neben ihr auf dem Boden. »Ich habe gar nicht gewusst, dass die hier sind. Die sind sehr gut.« Sie lächelte mich an, mit Tränen in den Augen. Sie betrachtete einige Fotos, die lose hinten in dem Album steckten. Im ersten Moment war ich mir nicht sicher, was ich da sah.

»Die sind mit Zoom aufgenommen«, erklärte sie. »Schau …« Sie hielt eines hoch, und ich sah, dass es eine Nahaufnahme eines Auges war. Ein anderes zeigte die Rundung einer Wange, so nahe, dass man die Äderchen unter der Haut sehen konnte.

»Oh ja«, sagte ich.

»Er hat mit seiner neuen Kamera experimentiert«, erklärte Nancy. »Ich wette, das waren die ersten Fotos, die er damit gemacht hat.«

»Wer ist das?«, fragte ich.

Sie sah die Fotos durch und lächelte. »Das bin ich«, sagte sie und hielt die Fotos hoch, eins nach dem anderen, von den fast abstrakten Nahaufnahmen bis zur Auflösung im letzten Bild, das Nancy im Liegestuhl am Ende unseres Gartens zeigte. Er hatte die Fotos gemacht, ohne dass Nancy überhaupt gewusst hatte, dass er da war, und es freute sie zu wissen, dass er ihr so viel Aufmerksamkeit gewidmet hatte.

Es gab noch weitere Fotos: Straßenszenen in North London, Fotoreportagen über das Großstadtleben. Nancy hatte recht: sie waren gut. Er schien ein Talent dafür gehabt zu haben. Wie ein echter Fotojournalist hatte Jonathan es geschafft, sich selbst aus dem Bild herauszuhalten und etwas Echtes und Natürliches einzufangen. Ich bin sicher, dass Nancy den Film aus seiner Kamera zu diesem Zeitpunkt noch nicht hatte entwickeln lassen, aber ich frage mich, ob diese Fotos, die hinten in seinem Sammelalbum steckten, sie vielleicht auf die Idee gebracht hatten. Sie muss angenommen haben, dass sie weitere schöne Bilder finden würde, die sie rahmen lassen könnte, um damit anzugeben.

Ich hatte falschgelegen, wenn ich angenommen hatte, das Durchsehen von Jonathans Sachen sei ein Zeichen dafür, dass sie auf dem Weg der Besserung war. Danach wurde es eher noch schlimmer mit ihr. Sie weigerte sich, das Haus zu verlassen. Wir besuchten niemanden, luden niemanden ein, und nach einem Jahr oder so hatten wir den Kontakt mit allen unseren Freunden verloren. Sie gaben es auf. Ich nehme an, sie dachten, wir hätten ja einander. Und ungefähr fünf Jahre nach Jonathans Tod kam sie dann zu dem Schluss, dass sie auch mich nicht mehr sehen konnte. Jedenfalls für eine Weile, sagte sie. Sie brauchte Zeit für sich, und ich respektierte das. Aber was mir Sorgen bereitete, war, dass sie sich Jonathans Wohnung als Zufluchtsort aussuchte.

Wir hatten von einer Tante etwas Geld geerbt, und wir hatten davon diese Wohnung in Fulham für Jonathan gekauft, in dem Jahr, bevor er zu seiner Reise aufbrach. Wir dachten, es sei eine gute Idee, wenn er seinen ersten Vorgeschmack von Unabhängigkeit nicht allzu weit weg vom Elternhaus bekäme. Er zog für kurze Zeit dort ein, bevor er England verließ. Nancy stattete die Wohnung mit allem aus, was er brauchen könnte: neue Töpfe und Pfannen, Bettwäsche. Und wir überließen ihm auch Sachen von uns, die wir nicht mehr brauchten, wie etwa Nancys Schreibtisch. Sie besuchte ihn dort und gab ihm Kochunterricht, brachte ihm die Fertigkeiten bei, die er benötigen würde, um auf eigenen Füßen zu stehen. Es war alles vorbereitet für ihn, wenn er nach Hause käme, und wir hofften, es würde ihm den Freiraum geben, den er brauchte, um zu entscheiden, was er machen wollte. Wir hofften, er würde vielleicht studieren.

Nach seinem Tod ging sie immer noch ab und zu hin, um sauber zu machen. Sie erzählte niemandem im Haus, was passiert war. Vielleicht dachte sie, wenn die anderen Hausbewohner es nicht wüssten, könnte sie wenigstens an diesem einen Ort so tun, als sei er noch am Leben. Sie wohnte inmitten von Jonathans Sachen und schmückte die Wohnung wie eine Gedenkstätte, mit frischen Blumen in jedem Zimmer. Und anfangs durfte ich sie dort noch besuchen, aber eines Tages bat sie mich dann, nicht mehr zu kommen. Sie sagte, es sei nicht gut für sie. Ich stehe ihrer Genesung im Weg. Ich rief immer noch einmal die Woche an, aber nach einer Weile war auch damit Schluss. Sie sagte, *sie* würde *mich* anrufen, wenn sie so weit sei, nach Hause zurückzukehren. Ich beugte mich ihrer Forderung nur deshalb, weil sie mir versprach, dass sie sich nichts antun würde, und etwas in ihrer Stimme brachte mich dazu, ihr zu glauben. Ich meinte, eine leichte Veränderung darin vernommen zu haben, als ob sie endlich dabei sei, ihren Frieden zu finden.

Am Ende war es jemand von der Eigentümergemeinschaft, der mich anrief, nicht Nancy. Es schmerzt mich zu wissen, wie wenig ich ihr in dieser Zeit von Nutzen sein konnte.

Als ich diesen Anruf bekam, hatte ich panische Angst, dass sie ihr Versprechen gebrochen haben könnte. Man sagte mir, es habe Beschwerden über den Zustand der Gemeinschaftsanlagen gegeben und über den Geruch, der aus der Wohnung kam. Ich verfluchte mich, weil ich so schwach gewesen war –

weil ich nicht früher eingeschritten war und sie nicht einfach heimgeholt hatte. Als ich mit dem Schlüssel, den zu benutzen ich mir so oft verkniffen hatte, die Tür aufschloss, war ich sicher, dass ich sie tot vorfinden würde.

Sie lag auf dem Sofa und hatte die Augen geschlossen, doch sie atmete. Ein unangenehmer Geruch hing in der Luft. Die Toilette war länger nicht geputzt worden, aber der Gestank kam hauptsächlich von einer vollen Mülltüte, die neben der Wohnungstür stand. Sie hatte sie hinunterbringen wollen, hatte aber einfach nicht die Kraft gehabt, und so hatte die Tüte wochenlang dort herumgestanden und eine Pfütze auf dem Boden gebildet, der Inhalt so vergammelt, dass er fast schon von selbst den Weg die Treppe hinunter gefunden hätte.

Sie habe Krebs, sagte sie mir. Sie sprach ganz nüchtern darüber, obwohl sie zu der Zeit schon starke Schmerzen hatte, schon seit Längerem, aber sie erduldete die Krankheit, hieß sie gar willkommen. Es war das, worauf sie gewartet hatte. Die Krankheit füllte die Leere aus, die Jonathan hinterlassen hatte.

Ich hasste diese Wohnung. Als ich hinfuhr und ihr Manuskript fand, war es das erste Mal, dass ich dort war, seit ich sie vor so vielen Jahren nach Hause geholt hatte.

Ich bin mir sicher, dass es unsere Trennung war, auf die sie anspielte, als sie Catherine Ravenscroft erzählte, sie habe *»ihren Mann verloren«*. Eine Zeit lang waren wir füreinander tatsächlich verloren. Aber ich hatte immer geglaubt, *ich* hätte *sie* verloren und nicht umgekehrt. Ich dachte, ich sei der Einzige gewesen, der sich einsam fühlte, und so war es mir ein Trost, als ich in ihrem Notizbuch las, dass es ihr genauso gegangen war wie mir. Ich hatte ihr genauso gefehlt wie sie mir.

Ich nahm sie mit nach Hause und pflegte sie, und sie erholte sich ein wenig. Sie lebte noch zwei Jahre mit mir in unserem Hause. Ich arbeitete nach wie vor in der Privatschule, und ich gebe zu, dass ich meinen Schmerz an diesen Kindern ausließ. Die Schwestern von der Macmillan-Krebshilfe waren wunderbar. Sie kamen vorbei, wenn ich in der Schule war, um sich zu vergewissern, dass es ihr an nichts fehlte. Sie hat sich nie beklagt. Wie gesagt, sie nahm ihr Leiden bereitwillig an. Es war die Art von Leiden, nach dem sie gesucht hatte, etwas Konkretes, an dem sie sich festklammern konnte.

Aber jetzt ist sie wieder lebendig – meine ständige Begleiterin. Ich höre ihre Stimme, und ich spreche regelmäßig mit ihr. Ich habe ihr von dem Anruf erzählt und von der Angst, die in der Stimme der Hure schwang. Es gibt keine Geheimnisse mehr zwischen uns. Und Nancy kann es inzwischen kaum noch erwarten weiterzumachen, genau wie ich. Wir wollen ihre Angst sehen, nicht nur hören.

32

Sommer 2013

Catherine sitzt in ihrem Büro, die Augen auf den Computerbildschirm geheftet, ohne etwas zu sehen. Ihr Kopf ist in Aufruhr, sie kann keinen klaren Gedanken fassen – jeder einzelne, ob alt oder neu, bringt seinen eigenen Schmerz mit sich. Die neuesten, frischesten Erinnerungen tun am meisten weh.

Robert ist ausgezogen. Sie glaubt, dass er in einem Hotel eingecheckt hat, aber sie ist sich nicht sicher. Er redet nicht mit ihr. Das Letzte, was er zu ihr gesagt hat, war, dass er ihren Anblick nicht ertragen könne. Die Worte verschlugen ihr den Atem.

Was hatte sie erwartet? Jedenfalls nicht das. Sie wusste, dass sie Robert Teile von sich selbst vorenthalten hatte, aber bis zu diesem Moment war ihr nicht klar gewesen, wie viel *sie* von *ihm* nicht wusste. Als sie versucht hatte, sich seine Reaktion auf das Buch vorzustellen, war es ihr nicht gelungen, sich seine Verbitterung auszumalen. Sein Zorn hat sie schockiert – er hat sich ganz davon einnehmen lassen, und er hat ihn taub gemacht für alles, was sie ihm sagen könnte. Sie schläft jetzt im Gästezimmer, ist vor der Leere ihres Ehebetts geflüchtet.

Sie klickt auf ihren Bildschirm, gibt vor zu arbeiten, aber der Schock, der ihr in die Knochen gefahren ist, als er sie mit den Fotos konfrontierte, erschüttert sie aufs Neue. Er will sie bestrafen. Er glaubt, dass sie es verdient hat. Sie hat versucht, die Fotos nicht anzusehen, hat versucht, sie wegzuschieben, die Augen davor zu verschließen, aber sie haben sich in ihr Hirn gebohrt, und es gibt keinen Weg zurück. Diese Bilder werden jetzt nie mehr verschwinden. Die Fotos wurden als Ausgangsmaterial für das Buch benutzt, grobes, krudes Rohmaterial, und sie haben sich zu einer falschen Projektion der wahren Geschichte verzerren lassen. Aber leider hat Robert beschlossen, diese Geschichte zu glauben. Und ihre Jahre der Heimlichtuerei haben ihm geholfen, zu seinem Schuldspruch zu gelangen. Ihre irrige Annahme, sie habe das Recht zu schweigen, hat sie verurteilt.

»Du, wegen diesem Schuldirektor, der das Rathbone College verlassen hat, nachdem Brigstocke in den ›Ruhestand‹ geschickt wurde – also, ich habe herausgefunden, dass sie in Cambridge miteinander befreundet waren. Ich habe eine Nummer, unter der er zu erreichen ist – soll ich ihn mal anrufen?«

»Lass mich damit in Ruhe, Kim. Da gibt es keine Story. Lass die Finger davon«, platzt sie unwillkürlich heraus. Verdammt. Sie verliert auch hier die Kontrolle. Sie will Kim nicht vor den Kopf stoßen, also legt sie ihr beschwichtigend die Hand auf den Arm. »Tut mir leid, aber da ist einfach nichts. Vergiss es. Vergiss Stephen Brigstocke.«

Kim schüttelt ihre Hand ab und schlurft davon wie ein geprügelter Hund. Catherine hätte nicht so mir ihr reden sollen. Sie muss sich zusammenreißen. Die Arbeit ist ihre einzige Zuflucht. Sie greift nach dem Zettel mit Stephen Brigstockes Telefonnummer und Adresse, den Kim ihr vor ein paar Tagen gegeben hat, und steckt ihn ein.

»Will jemand Tee?«, ruft sie durchs Büro. Kim ignoriert sie.

Simon schaut herüber und schenkt ihr ein Lächeln. »Ja, bitte«, sagt er.

Er folgt ihr in die Küche, streckt ihr seine Tasse hin. Seine weißen Zähne blitzen.

»Alles in Ordnung, Cath?« Seine Stimme hat einen weinerlich-besorgten Unterton.

Ach, leck mich doch. Ihr Hass auf diesen Mann ist übertrieben, das weiß sie.

»Ja, alles klar, danke.«

»So ein Umzug schlaucht schon ganz schön, nicht wahr – vom Stressfaktor her fast wie 'ne Scheidung.«

Sie wendet ihm den Rücken zu, um ihre Wut zu verbergen. Sicher hat er mitbekommen, wie sie Kim angeschnauzt hat. Sie hängt zwei Teebeutel in die Kanne, füllt sie mit Wasser, schenkt ihm ein, ohne dem Tee Zeit zum Ziehen zu lassen, ignoriert seine Geste, noch etwas zu warten, und genießt den Anblick der dünnen grauen Plörre, die in seinen Becher schwappt. Ihr Handy piepst, als sie ihm den Tee reicht.

Eine SMS von Robert? Sie versucht, ihre zitternden Hände zu verstecken. *Sie hatten kürzlich einen Unfall und haben deshalb Anspruch auf* … Es ist Werbung. Mist.

»Alles in Ordnung?«

Sie nickt, aber sie fühlt sich durch Simons Gegenwart eingeengt, er hindert sie am Nachdenken. Mit steifen Schritten geht sie hinaus und nimmt ihr Handy mit auf die Damentoilette. Sie muss einen Moment ungestört sein, braucht verdammt noch mal Ruhe, um nachdenken zu können. Robert wird sie nicht anrufen. Sie hatte gehofft, wenn der erste Schock sich gelegt hätte, würde er sich vielleicht dazu durchringen können, ihr zuzuhören, und dann könnte sie ihm alles in ihren eigenen Worten erklären. Stattdessen hat er sie amputiert wie ein brandiges Bein. Sie versucht, ihren eigenen Zorn zu unterdrücken, doch er verhärtet sich mehr und mehr. Hat sie es nicht verdient, angehört zu werden? Er gibt ihr das Gefühl, eine Stalkerin zu sein, indem er ihre zahllosen SMS und Voicemails einfach ignoriert.

Sie ruft seine Sekretärin an.

»Hallo, Katy. Ich wollte nur mal fragen, ob Robert gerade im Büro ist. Ich muss ihn nicht sprechen, ich wollte nur etwas vorbeibringen …« Sie hört sich an wie eine Frau, die ihren Mann verdächtigt, eine Affäre zu haben. Wenn er in seinem Büro ist, wird sie hingehen und ihn zur Rede stellen. Er wird nicht weglaufen können, er wird eine Szene vermeiden wollen. Er wird ihr zuhören müssen.

»Nein, er ist früher gegangen«, antwortet Katy. »Er sagte, er wolle heute Nachmittag von zu Hause aus arbeiten.«

»Natürlich. Wie dumm von mir. Das hatte ich völlig vergessen.« Jeden Tag eine neue Lüge.

Als sie die Wohnung betritt, stolpert sie über eine Reisetasche, und ihr Herz beginnt zu rasen. Er ist heimgekommen. Gott sei Dank, er ist wieder eingezogen. Aber es ist Nicholas' Tasche, nicht die von Robert. Es ist Nicholas, der wieder einzieht. Vor der Küche liegt schon ein großer Berg Schmutzwäsche. Robert ist allerdings auch da, er sitzt mit Nick am Küchentisch, jeder mit einem Bier. Robert lächelt vor sich hin, Nicholas ist in die Sportseiten vertieft. Keiner der beiden blickt auf, als sie hereinkommt. Ganz kurz schießt ihr ein Gedanke durch den Kopf: Nicholas im Gästezimmer, sie selbst wieder mit Robert im Ehebett? Doch als Robert sie anschaut, weiß sie, dass es eine Wunschvorstellung ist, und seine Worte bestätigen es.

»Nick ist gekommen, um mir Gesellschaft zu leisten, solange du weg bist.«

Was zum …?

Nicholas dreht sich zu ihr um, und sie ist erschrocken, wie blass und müde er aussieht. Weiß er Bescheid? Doch dann lächelt er und wendet sich wieder der Zeitung zu. Sie macht den Mund auf, um etwas zu sagen, doch Robert kommt ihr zuvor. Robert führt hier das Kommando.

»Hört sich nach einer großen Story an, da wirst du bestimmt ein paar Wochen weg sein. Ich hab dir eine Tasche gepackt – ich hab mir gedacht, du willst sicher so schnell wie möglich aufbrechen.«

Jeder Satz trifft sie wie ein Schlag ins Gesicht. Er hat Nick erzählt, sie würde beruflich verreisen. Sie geht auf ihn zu, nimmt seine Hand. »Robert …« Sie möchte, dass er mit ihr nach oben geht, dass er ihr zuhört, aber er zieht seine Hand weg und greift nach dem Telefon. Sie hört, wie er ein Taxi bestellt.

»Was ist das für eine Story, Mama?«, fragt Nicholas.

Robert antwortet für sie. »Oh, das will deine Mutter nicht mal mir verraten.«

Er sagt das ganz leichthin, und Nicholas ist sowieso nicht sonderlich interessiert, also wendet er sich wieder seinen Fußballmeldungen zu.

»Das Taxi ist unterwegs. Sieh lieber mal nach, ob ich auch alles eingepackt habe, was du brauchst.«

Sie bleibt einen Moment stehen, wo sie ist. Am liebsten würde sie ihm ins Gesicht schreien: *Wie kannst du es wagen?*, aber sie tut es nicht. Sie will ihm in Nicholas' Gegenwart keine Szene machen.

Sie geht nach oben und setzt sich aufs Bett. Er hat einen kleinen Koffer gepackt, genug für eine Woche. Sie betrachtet die zusammengefalteten Kleider, die an der Seite hineingestopften Unterhosen, den Waschbeutel, der mit zugezogenem Reißverschluss obenauf steht. Sie tastet im Koffer umher, weil sie hofft, dass er vielleicht einen Zettel hineingesteckt hat, um ihr zu sagen, dass er Zeit zum Nachdenken braucht. Eine kleine Auszeit, und dann könnten sie reden. Aber da ist kein Zettel. Er muss nichts erklären. Sondern sie.

»Dein Taxi ist da!«, ruft er nach oben, und sie macht den Koffer zu und trägt ihn nach unten. Sie will, dass Robert sie anschaut, ihr in die Augen sieht, aber das tut er nicht. Er ist munter und voller Elan. Das Abendessen muss gemacht werden. *Wir kommen ganz gut ohne dich zurecht, vielen Dank*, das ist die Botschaft, die sie heraushört. Nicholas steht auf und schlurft auf sie zu, wobei er eine Socke wegkickt, die von dem Schmutzwäschehaufen herabgekullert ist.

»Bis dann, Mama.«

Sie umarmt ihn. Keine Worte. Über seine Schulter hinweg sieht sie Robert an. Er weigert sich immer noch, sie anzuschauen. *Feigling,* denkt sie, und spürt, wie Nicholas aus ihren Armen gleitet. Das Taxi wartet.

Sie zieht die Haustür zu und geht zu dem Wagen, der mit laufendem Motor am Straßenrand steht. Der Fahrer sieht zu, wie sie ihren Koffer auf den Rücksitz legt und daneben Platz nimmt.

»Wohin soll's gehen?«, fragt er. Robert hat also nicht über ihr Reiseziel entschieden.

Wohin? Sie nennt dem Fahrer eine Adresse.

33

Sommer 2013

Nicholas trägt seine Tasche ins Gästezimmer, lässt sie mit einem Knall auf den Boden fallen und wirft sich rücklings aufs Bett – im freien Fall, die Beine ausgestreckt, die Schuhe noch an den Füßen. Sein Kopf landet auf dem Kissen. Er schließt die Augen und riecht seine Mutter. Er schlägt die Augen wieder auf. Ja, er kann sie tatsächlich riechen. Er schnuppert am Kopfkissen. Das ist sie, eindeutig. Sie hat im Gästezimmer geschlafen. Was zum Teufel geht hier vor? Sein Vater hat sich nicht von ihr verabschiedet. Er ist nicht einmal mit zur Tür gegangen. Das sieht ihm gar nicht ähnlich – er verehrt sie doch. Deswegen hat er sich ja extra bemüht – na ja, einer musste es doch tun. Sie tat ihm leid. Er kann sich nicht erinnern, dass ihm seine Mutter je leidgetan hätte.

Ihr Aufbruch vorhin hat ihn daran erinnert, wie es war, als er klein war und sie morgens immer zur Arbeit ging. Es hatte ihm nie etwas ausgemacht. Wenn sie nach Hause kam, überschüttete sie ihn immer mit Aufmerksamkeit, als ob sie ihn ganz fürchterlich vermisst hätte. Meistens ignorierte er sie – es kam ihm nie echt vor, es war alles nur Schau. Er brachte es fertig, tagelang nicht mit ihr zu reden. Manchmal kam sie mit einem Geschenk für ihn nach Hause – Sandy der Hund war eines davon. Sie hatte ihn wahrscheinlich noch schnell am Flughafen gekauft, aber er liebte Sandy – schlief eine Zeit lang nie ohne ihn ein. Wenn sie zu Hause war, übernahm sie es immer, ihn ins Bett zu bringen und ihm vorzulesen. Dann lag er mit geschlossenen Augen da und tat so, als ob er schliefe, aber sie las trotzdem weiter, und er lauschte dem Klang ihrer Stimme, bis er am Ende tatsächlich einschlief. Er hatte sie gekränkt, als er ihr sagte, er wolle Sandy nicht behalten. Warum zum Henker sollte er?

Wenn es andersrum wäre, und Papa wäre ausgezogen – *sie* hätte ihn nie dazu eingeladen, in ihrem schönen neuen Heim zu wohnen. Aber Papa hat ein weiches Herz. Allerdings wird es Nicholas irgendwann in den Wahnsinn treiben, wenn er mit diesem krampfhaft munteren Small Talk weitermacht. Ständig dieses nervige Gerede darüber, was es zu essen geben soll. Nicholas hat schon die Krise gekriegt, als er nur zugesehen hat, wie sein Vater an dem Zellophan ihres Zwei-Personen-Fertiggerichts herumzupfte – er konnte es nicht erwarten, sich nach oben zu verdrücken. Trotzdem, es ist gut, ein paar häusliche Annehmlichkeiten zu genießen. Wird er es mit seinem Vater aushalten, wenn der die ganze Zeit so ist? Ja, denn er braucht das Geld. Er wird sein Zimmer untervermieten – Papa braucht davon nichts zu wissen. Da ist richtig Geld drin. Arme alte Mama, sie wird sicher alles andere als begeistert sein, wenn er ihr nigelnagelneues Gästezimmer vermüllt.

Er hängt sich über die Bettkante und zieht seine Tasche heran, um den Waschbeutel herauszunehmen. Er hat seine Zahnbürste mitgebracht, aber keine Seife und kein Shampoo. Wozu auch – er ist ja »daheim«. Mama würde einen Anfall kriegen, wenn sie wüsste, dass er Drogen ins Haus bringt. Sie würde denken, dass er *»die Kontrolle verliert«*, dass er *»sein Leben nicht im Griff hat«*, sie würde sich Sorgen machen, dass er wieder *»auf die schiefe Bahn gerät«*. Das wird er natürlich nicht. Ein fester Job, ein Anzug. Was wollen sie mehr? Es ist wie in den alten Zeiten – seine Eltern haben keinen blassen Schimmer, was wirklich läuft. Irgendwas geht da ab bei den beiden, aber er muss nicht unbedingt wissen, was es ist. Sie können ihre Geheimnisse für sich behalten, er hat seine eigenen. Trotzdem, großzügig von dem Alten, ihm den Urlaub zu spendieren. Mit seiner Freundin. Er wird rot, wenn er sich an seine Lüge erinnert. Er hat gar keine Freundin, aber das war es, was sein Vater hören wollte.

Von dort, wo er liegt, kann er die Wipfel der Bäume im Garten sehen. Sie füllen den Fensterrahmen aus. Wie in ihrem alten Haus, nur kleiner. Es ist sogar im selben Viertel, einen Katzensprung von dem Haus entfernt, wo er aufgewachsen ist. Sein Vater hat sich gefreut, als er sagte, er habe eine Freundin, aber Nicholas will sich den Stress nicht antun – mit einer Freundin hat man doch nur Ärger. Aber das Geld hätte er schon gern, also muss er die Geschichte noch ein bisschen weiterspinnen – oder vielleicht wird er einfach sagen, er habe beschlossen, stattdessen mit Freunden zu fahren. Papa wird trotzdem was springen lassen – nachdem er versprochen hat, ihm zu helfen, wird es ihm schwerfallen, einen Rückzieher zu machen. Nicholas lacht, wenn er sich überlegt, was sein Vater wohl von seinen Freunden halten würde.

Nicholas hasst dieses Wort. *Freunde.* Was bedeutet es schon? Kumpel? Kameraden? Gefährten? Es sind die Leute, mit denen er rumhängt, das ist alles. Sie legen keinen Wert drauf, einander kennenzulernen. Es ist, als ob man zu einem Fischschwarm gehört – man schlüpft rein und wieder raus, immer wieder andere Gesichter, aber alle schwimmen in die gleiche Richtung, halten die Formation, lassen sich mitziehen.

Das Geld für einen Urlaub könnte ihn eine ganze Woche über Wasser halten. Er könnte die Augen zumachen und verschwinden, eine nette kleine Verschnaufpause, ehe es wieder an die Arbeit geht. Er dreht sich einen Joint und klemmt ihn zwischen die Lippen, ohne ihn anzuzünden. Der Alte soll sich ja keine Sorgen machen. Work-Life-Balance, so nennt sich das doch, oder? Und Nicholas kriegt das sehr gut hin: nur ab und zu ein bisschen was, um die Realität ein wenig abzusoften, aber nie zu viel.

»Essen ist fertig!«, ruft sein Vater herauf.

Nick verdreht die Augen und gibt keine Antwort. Das hat sie immer ganz wahnsinnig gemacht, wenn er nicht geantwortet hat. *Essen ist fertig.* Keine Antwort. Irgendwann ist dann einer von den beiden raufgekommen, um ihn zu holen. Ob er sie nicht gehört habe? Sie hätten doch schon x-mal gerufen.

Es wird allmählich kalt. Er dreht sich auf die Seite und vergräbt das Gesicht im Kissen, nimmt noch eine Nase voll vom Geruch seiner Mutter. Sie haben sich nie besonders nahegestanden, und doch treibt ihm ihr Duft fast die Tränen in die Augen.

34

Sommer 2013

Der Geruch lässt Catherine innerlich zusammenzucken – der Geruch der Wohnung eines alten Menschen. Nicht Urin, so genau lässt es sich nicht definieren, und doch ist es ein ganz spezifischer Geruch. Was ist es? Müll, der zu lange herumsteht, ehe er herausgebracht wird? Generationen von Haustieren? Eine Mischung aus Katzenhaaren und Stoffen? Künstliche Blumendüfte, mit denen all die anderen Gerüche übertönt werden sollten?

»Hallo, Schatz.« Ihre Mutter steht auf, um sie zu begrüßen, unsicher auf ihren dürren Beinen. Catherine stellt ihren Koffer ab und umarmt sie, achtet darauf, die brüchigen Knochen nicht zu fest zu drücken, als sie die Arme um sie legt. Nur ein sanfter Klaps auf den Rücken, wie von einer Mutter – nur dass er von ihr kommt, der Tochter, die gerne bemuttert würde, aber fürchtet, dass sie dafür zu alt ist.

»Danke, Mama, dass ich bei dir wohnen kann. Es ist ein solches Chaos mit den Handwerkern im Haus, und Robert ist nicht da, deshalb …« Sie setzt darauf, dass ihre Mutter vergessen hat, dass die Handwerker schon seit Wochen fertig sind und dass Robert seit Jahren keine Dienstreisen mehr gemacht hat.

»Ist er wieder in Amerika?«

Catherine nickt. Sie will ihre Mutter nicht mehr anlügen als unbedingt nötig.

»Kann ich dir irgendwas anbieten, Schatz?«

Es ist sieben Uhr, und Catherine hat noch nicht gegessen, aber sie will sich nur in einem dunklen Zimmer hinlegen und schlafen. Ihr ist schlecht, und sie hat Kopfweh. »Ach, weißt du, Mama, ich fürchte, ich kriege eine Migräne. Hättest du was dagegen, wenn ich mich ein bisschen hinlege? Es geht sicher gleich wieder vorbei.«

Ihre Mutter legt den Kopf schief, und ihr Lächeln weicht einem mitfühlenden Ausdruck. »Ich hatte auch immer Kopfschmerzen, als ich so alt war wie du«, sagt sie.

Catherine geht ins Schlafzimmer, das einzige in der Wohnung, und stellt ihren Koffer neben dem Bett ab, in dem ihr Vater früher geschlafen hat. Zwei Einzelbetten, aneinandergeschoben. Dann fällt ihr ein, dass ihre Mutter jetzt im Bett des Vaters schläft, näher an der Tür, näher am Klo, also wählt sie das alte Bett ihrer Mutter. Am Fußende der Tagesdecke ist ein schmutziger dunkler Fleck, wo die Katze immer geschlafen hat. Catherine zieht sich bis auf die Unterwäsche aus, schlüpft ins Bett und schließt die Augen. Sie muss schlafen. Wenn sie schlafen kann, dann wird sie danach vielleicht klarer denken können und irgendwie begreifen, was da gerade mit ihrem Leben passiert.

Sie hört, wie das mühsame Schlurfen der Pantoffeln ihrer Mutter auf dem Teppichboden langsam näher kommt. Sie hört, wie ein Glas Wasser auf den Nachttisch gestellt wird, hört das Knistern von Plastik und Alufolie. Sie schlägt die Augen auf und sieht ihre Mutter am Bett stehen, zwei Tabletten in der ausgestreckten Hand. Mag sie auch vergessen haben, welcher Wochentag gerade ist – der Impuls, sich um ein kränkelndes Kind zu kümmern, ist immer noch da.

»Danke, Mama«, flüstert Catherine. Sie schluckt die Tabletten und macht die Augen wieder zu.

Stundenlang liegt Catherine im Dunkeln und lauscht der Einsamkeit ihrer Mutter: Ein kleines Abendessen wird zubereitet und von einem Tablett vor dem Fernseher gegessen, der Selbstgespräche führt. Die Stimme ihrer Mutter, die sich am Telefon meldet, mit einem Mal fröhlich und munter – auch sie kann sich verstellen.

»Oh, mir geht es blendend. Catherine ist hier. Eine reizende Überraschung, ja. Robert ist verreist ... Ja, er ist wieder mal in Amerika ...« Alles klingt plausibel, bis Catherine hört, wie sie dem Anrufer erzählt, Nicholas sei zu Hause bei dem Kindermädchen gut aufgehoben. »So ein liebes Mädchen ...«

Oh, wir sind ja alle solche Verstellungskünstler. Anderen vorspielen, dass alles wunderbar ist, das können wir. Nur dass ihre Mutter nicht mehr ganz so geschickt darin ist – sie bringt die Zeiten durcheinander und verrät sich damit.

Catherine sinkt in Schlaf, während der Fernseher nebenan vor sich hin brabbelt.

Als sie aufwacht, ist alles still und dunkel. Sie dreht sich um und sieht die Silhouette des Körpers ihrer Mutter im anderen Bett. Sie liegt auf dem Rücken, mit offenem Mund, die Haut in ihrem Gesicht hängt schlaff von den Knochen herab. So wird sie aussehen, wenn sie tot ist. Catherine betrachtet sie lange, und Traurigkeit übermannt sie, als sie an all das denkt, was verloren ist: ihre Kindheit, die Kindheit ihres Sohnes, die Kraft ihrer Mutter und ihr eigener einstiger Glaube, dass die Liebe ihrer Mutter ihr die Kraft gegeben hätte, über alles hinwegzukommen. Ihr Glaube, dass sie diese Kraft in sich aufgesogen hat, dass sie sie schützt wie eine Rüstung. Sie muss reden, sie muss mit irgendjemandem reden. Es ist zu viel, sie kann es nicht mehr für sich behalten.

»Mama ...«

Ihre Mutter regt sich ein wenig, ihre Augenlider zucken.

»Mama, es ist etwas passiert ...«

Die Augen ihrer Mutter bleiben geschlossen. Und da erzählt Catherine ihr alles, was sie Robert nicht hat sagen können. Es bricht alles aus ihr heraus. Ihre Scham, ihre Schuldgefühle. Alles.

Ihre Mutter schweigt. Hat sie es gehört? Oder ist Catherines Geschichte in ihre Träume eingesickert? Ja, vielleicht träumt sie Catherines Geschichte. Sie wird sich vielleicht an das eine oder andere erinnern, wer weiß, und es als Traum abtun. Es hat Catherine geholfen, alles zum ersten Mal laut auszusprechen; zumindest hilft es ihr, wieder einzuschlafen.

Ihr Schlaf ist so tief, dass sie nicht merkt, wie ihre Mutter in der Nacht ihre Hand nimmt, sie eine Weile hält und schließlich sanft drückt.

35

Sommer 2013

Alles, was ich jetzt tue, tue ich mit Nancys Segen. Dessen bin ich mir noch sicherer, wenn ich ihre Strickjacke trage – all die Jahre, die Nancy sie getragen hat, stecken in der Wolle. Sie ist eine Konstante, auch wenn sie ein bisschen ausgeleiert ist, weil ich zu viel daran gezerrt habe, um sie über die Schultern zu bekommen. Ich trage auch eine Mütze von ihr – eine, die sie selbst gestrickt hat. Es sind noch Haare von ihr darin, ihre DNA schmiegt sich an meine. Das versetzt mich zurück in eine Zeit, als wir uns so nahe waren, wie zwei Menschen sich nur sein können: wie wir waren, als wir uns gerade kennengelernt hatten – vor Jonathan, bevor sie Mutter wurde. Als es nur uns zwei gab. Es kommt mir vor, als gäbe es wieder nur uns zwei. Wir arbeiten zusammen, sind Co-Autoren. Es ist unser Buch, nicht nur Nancys.

Ich war derjenige, der ihm einen Namen gab. Wir haben uns immer gegenseitig geholfen, wenn einem von uns kein Titel einfallen wollte, und ich konnte fast hören, wie sie in die Hände klatschte und rief: »Ja, das ist es!«, als mir *Das Opfer des Fremden* einfiel. Der Schluss ist auch von mir. Nancy hatte sich einen anderen Schluss ausgedacht, ein wenig raffinierter vielleicht, aber ich fand, wenn das Buch seine Wirkung auf seine erste Leserin nicht verfehlen sollte, dann brauchten wir stärkeren Tobak. Ich war es, der die Mutter sterben ließ.

Trotzdem ist es Nancy, die die Hauptarbeit geleistet hat. Ich versuche, nicht zu oft daran zu denken, wie sie allein in

Jonathans Wohnung saß und schrieb, die Fotos anstarrte und dahinterkam, was unseren Sohn in Wahrheit dazu getrieben hatte, dieses Kind zu retten. Es gelang ihr, die Nebel zu lichten, die seinen Tod umgaben, und seiner Sinnlosigkeit einen Sinn zu verleihen. Ich bin sicher, dass das ihr die Kraft gab weiterzumachen, ihr einen Grund gab, morgens aufzustehen, wie mir jetzt auch. Erst nachdem sie es abgeschlossen hatte, ließ sie den Krebs von sich Besitz ergreifen. Deswegen hatte sie mich während jener Zeit nicht angerufen: Das Buch genügte ihr.

Der Buchladen bei mir um die Ecke hat einige Exemplare verkauft, erzählte mir Geoff, und ein paar sind auch in der Buchhandlung in der Nähe von Catherine Ravenscrofts Wohnung über den Ladentisch gegangen. Nicht so viele, aber ein paar. Es gibt mir einen kleinen Kick, zu wissen, dass da draußen wildfremde Menschen sind, die sie hassen; dass ich meine Truppen sammle und das Netz weiter auswerfe. Leise, ganz leise, schleichen wir uns von hinten an sie heran. Und wir werden immer mehr.

36

Sommer 2013

Catherine muss nicht die Hausnummern lesen, um zu erraten, welches sein Haus ist. Es ist das, an dem man am liebsten ohne anzuhalten vorbeigehen würde, aber dieses Haus fängt Catherines Blick auf und ruft ihr zu – es klingt wie das verschleimte Grölen eines betrunkenen Obdachlosen auf der Charing Cross Road.

Dieses Haus ist blind, seine Fenster starren vor Dreck. Der Lack, bei den Häusern links und rechts davon so frisch und glänzend, ist schäbig und blättert ab. Der Garten erstickt in Ackerwinde, nur ein wackerer Rosenstrauch hält noch die Stellung, präsentiert rebellisch seine pinkfarbenen Blüten, die Catherine riechen kann, als sie den Gartenweg entlang zur Tür geht – ein süßlicher Duft, der dem Wildwuchs ringsum trotzt.

Ihr Klopfen hallt über die Straße. Niemand macht auf, es gibt auch keine Klingel, also pocht sie noch einmal gegen die Tür, fester diesmal. Sie geht in die Knie und hebt die Klappe des Briefschlitzes an. Die Klappe bleibt offen, dahinter ist kein Metallkorb, der die Post auffängt, man sieht direkt ins Haus. In der Nähe der Tür steht ein Paar Schuhe, abgestoßen und verdreckt, und ein Mantel hängt über einem Stuhl.

»Hallo? Mr Brigstocke? Bitte, machen Sie auf. Ich bin's, Catherine Ravenscroft.«

Sie ist entschlossen, und doch hört sie ein Zittern in ihrer Stimme. Sie versucht es noch einmal.

»Bitte. Ich weiß, dass Sie da sind. Machen Sie die Tür auf. Wir müssen reden über das, was passiert ist.«

Im Haus rührt sich nichts, und auch Catherine verharrt reglos. Sie versucht, auf die kleinste Bewegung zu achten. Er hat Robert gegen sie aufgebracht, hat sie aus ihrer Wohnung vertrieben. Das Mindeste, was er tun kann, ist, ihr in die Augen zu sehen und sich anzuhören, was sie ihm zu sagen hat.

»Mr Brigstocke, bitte – machen Sie die Tür auf. Nichts von alldem, was Sie mir antun, wird Jonathan zurückbringen. Bitte. Ich habe ein Recht darauf, angehört zu werden.«

Die Tür bleibt geschlossen. Sie ruft die Nummer an, die Kim ihr gegeben hat, und hört das Telefon im Haus klingeln. Eine Stimme meldet sich: *»Hallo, wir sind zurzeit leider nicht erreichbar …«* Die Stimme einer Frau. Nancy Brigstocke. Sie kann doch einer toten Frau keine Nachricht hinterlassen. Sie muss ihn sehen, muss ihn zwingen, ihr zuzuhören, ihn dazu bringen, dass er aufhört. Sie ist sicher, dass er da drin ist. Wieder geht sie in die Knie, steckt den Arm durch den Briefschlitz, so weit es geht. Ihr Arm ist schlank, sie schiebt ihn bis zum Ellbogen hinein, verdreht ihn und versucht an die Klinke zu kommen. Es gelingt ihr nicht. Sie zieht den Arm zurück und hält wieder das Gesicht an den Schlitz.

»Ich weiß, dass Sie meine Nummer haben. Rufen Sie mich an – und sagen Sie diesmal etwas. Ich will mit Ihnen über Jonathan reden. Ich habe es verdient, angehört zu werden, Mr Brigstocke.« Sie verharrt auf allen vieren, die Stirn gegen die Tür gelehnt.

Sie hört die blechernen, verzerrten Klänge eines Radios irgendwo hinter sich auf der Straße, und als sie sich umschaut, erblickt sie einen geparkten Lieferwagen mit heruntergelassenen Fenstern. Zwei Bauarbeiter sitzen darin und lassen sich ihren Imbiss schmecken.

Sie dreht sich wieder zur Tür um und kommt zu dem Schluss, dass er vielleicht doch nicht zu Hause ist. Sie wählt noch einmal seine Nummer, und diesmal hinterlässt sie eine Nachricht.

37

Sommer 2013

Es war, als hätte sie eine blinde Schlange durch unseren Briefschlitz geschoben. Wir sahen zu, wie ihr augenloser Kopf die Luft schnupperte, wie sie uns auszuschnüffeln versuchte und sich streckte, um an die Klinke zu kommen – um bei uns einzubrechen. Ich hätte mit der Axt auf sie losgehen sollen. Aber ich bringe hier die Fabelwesen durcheinander – sie hat mehr von einer Sirene als von einer Medusa. Wir hörten das Böse in ihrer Stimme, als sie uns zuerst durch die Tür zu locken versuchte und uns dann auf den Anrufbeantworter säuselte. Sie will, dass wir zuhören, ja? Sie will reden, ja? Sie hat etwas zu sagen. Tja, dafür ist es zu spät. Wir sind nicht bereit, uns ihr Betroffenheitsgesülze anzuhören – und im Übrigen auch nicht das ihres Mannes.

Er hat sich zu einer richtigen Plage entwickelt, schreibt dauernd Kommentare auf der Website von *Das Opfer des Fremden*, müht sich verzweifelt, die verlorene Zeit aufzuholen, und will sich unbedingt mit uns treffen. Er glaubte, er habe es immer noch mit »uns« zu tun, Mr und Mrs, bis ich ihn in einer E-Mail darüber aufklärte, dass meine Frau schon vor einigen Jahren gestorben ist. Jonathan war unser einziger Sohn, sie hat sich von dem Verlust nie erholt. Armer Mann, man muss fast Mitleid mit ihm haben. Ich glaube, ihm ist sehr wohl bewusst, dass er nur eine Randfigur in dieser Geschichte ist. Ich bin nicht daran interessiert, ihn kennenzulernen, aber ich beantworte gerne seine Fragen, wenn ich kann. »Warum jetzt?« – das war einfach. Die Wahrheit war genug. Die Entdeckung der Aufzeichnungen meiner Frau und der Fotos, die Erkenntnis, dass sie mich über Jahre von dem Wissen abgeschirmt hatte, dass der kleine Junge, für den Jonathan sein Leben geopfert hat, kein Fremder war. Dass mein Sohn mit der Mutter dieses Jungen intim war.

Wir hatten einen erfreulichen E-Mail-Wechsel. Aus seinen Zeilen geht hervor, wie sehr ihn seine Frau anwidert, und wie sehr er bemüht ist, sich von ihr zu distanzieren: »*unverzeihlich*«, »*schändliche Grausamkeit*«. Er ist dankbar, endlich »*die Wahrheit zu kennen*«, und er sagt, er »*hoffe, dass so etwas wie eine Versöhnung noch möglich ist*«. Sein Duktus ist der des Mitglieds einer Kommission, das über die Gräueltaten eines diktatorischen Regimes spricht.

Ich drückte mein Bedauern über den Schock und die Schmerzen aus, die ich ihm durch die Zusendung des Buchs und der Fotos bereitet haben muss, und auch mein Bedauern darüber, dass ich ein Exemplar für seinen Sohn an dessen Arbeitsplatz abgegeben habe. »*Ich war nicht bei Sinnen*«, schrieb ich ihm. »*Es war, als müsste ich den Verlust von Jonathan und Nancy noch einmal durchleben.*« Ich hoffte, er könne zumindest versuchen, meinen Kummer zu verstehen. Und ich glaube, er hat verstanden, jedenfalls hat er mir nie irgendwelche kritischen Fragen zu Nancys Schilderung seiner Frau als sexuelles Raubtier gestellt. Er hat sich mit uns gegen sie verbündet.

Nancy tritt von hinten an mich heran und flüstert mir ins Ohr. Sie findet seine Bittbriefe ermüdend und kann es nicht erwarten, Jonathan wiederzusehen, also lasse ich ihn wieder auf dem Bildschirm auftauchen. Er ist noch in Arbeit, aber schon so gut wie fertig. Es hat uns Spaß gemacht, die Fotos auszusuchen: Jonathan an seinem achtzehnten Geburtstag mit der Kamera, die wir ihm geschenkt hatten, um den Hals.

Jonathan mit seinem neuen Rucksack, kurz bevor er zu seiner Europareise aufbrach. Ein lächelnder, gut aussehender Jonathan irgendwo an einem Strand in England – aber es könnte überall sein, also sagen wir, es ist in Frankreich, die erste Etappe seiner Reise. Seine Lieblingsbücher – sie stehen noch in unseren Regalen – kommen auch rein. Und Musik, das ist wichtig, das ist ein »Must«. Sein Geschmack ist ein bisschen 20. Jahrhundert, aber das ist heutzutage »cool« – es zeigt, dass er Tiefe hat, dass er sich auskennt.

Wir haben ihn nicht älter werden lassen, er ist immer noch ein Teenager. Er bleibt ewig jung, für immer ein junger Mann zwischen Schule und Studium. Er hat sich noch nicht für eine Uni entschieden. Bristol? Manchester? Jetzt braucht er nur noch ein paar Freunde – und einen besten Freund, den müssen wir ihm auch besorgen. Freunde werden ihn solider, echter wirken lassen.

Geoff ist uns eine große Hilfe gewesen bei unserem Projekt. Vor ein paar Wochen haben wir uns wieder getroffen. Er hat mich zu einer Veranstaltung in unserer Buchhandlung begleitet, die mich eingeladen hatte, aus meinem Buch zu lesen. Man ist dort, wie Geoff bereits sagte, sehr daran interessiert, lokale Autoren zu fördern.

Es war, das muss ich leider sagen, eine ziemlich erbärmliche Angelegenheit. Da stand ich neben einer kleinen Auslage mit meinen Büchern vor gerade mal einer Handvoll Leute, die gekommen waren, um einen alten Mann zu hören, der soeben sein erstes Buch herausgebracht hatte. Der Wein war billig, die Chips waren pappig, und ich konnte es kaum erwarten, dass es endlich vorbei war. Es war eine Tortur. Meine Stimme versagte, und es fiel mir schwer, die Worte herauszubringen: sie blieben mir im Hals stecken und brachten mich ins Straucheln. Ich wusste, dass ich versuchen sollte, den Zuhörern in die Augen zu sehen, aber irgendwie brachte ich es nicht fertig, vom Buch aufzublicken. Es war mir unangenehm, angeschaut zu werden. Nein, ich mochte es nicht, im Rampenlicht zu stehen.

Geoff und ich flüchteten bei der ersten Gelegenheit ins Pub. Er hatte ein schlechtes Gewissen, weil er mir diese Tortur zugemutet hatte. Es war schließlich seine Idee gewesen. Ich glaube, er hatte unterschätzt, wie schwer es für einen älteren Mann sein würde, der es nicht mehr gewohnt war, sich in Gesellschaft zu bewegen, auf einmal so auf dem Präsentierteller zu sitzen.

»Geoff«, sagte ich, »vergessen Sie's. *Ich* hab's schon vergessen.« Und ich nahm sein leeres Bierglas, um damit zum Tresen zu gehen. Als ich mit den Getränken zurückkam, legte ich meine Hand auf seine, eine väterliche Geste. »Sie sind mir ein guter Freund gewesen«, sagte ich. »Ohne Sie hätte mein Buch es erst gar nicht in diese Buchhandlung geschafft. Und wenn Sie mich nicht so ermutigt hätten, hätte ich mich nie getraut, einen neuen Roman anzufangen.«

Er war gleich Feuer und Flamme. »Stephen, das ist ja großartig! Worum geht es?«

»Ich habe den Plot noch nicht ausgearbeitet, aber ich habe da eine Figur im Kopf. Ich kann ihn sehen, ich kann ihn hören.« Ich lachte leise, während ich mir mit dem Finger an die Schläfe tippte. Er war tatsächlich da drin. »Ich bin noch im Recherchestadium, und ich habe mich gefragt, ob Sie mir vielleicht mit einer Sache helfen könnten. Ich weiß, Sie haben schon viel Zeit für mich geopfert, deshalb frage ich Sie nur ungern ...«

»Nein, nein, kein Problem. Fragen Sie nur.«

Und das tat ich. Ich sagte ihm, die Romanfigur sei ein Teenager, und wenngleich ich mir nach all den Jahren als Lehrer die Charakterisierung durchaus zutraute, hätte ich doch meine Probleme mit dem technischen Kram.

»Ich will für ihn eine Facebook-Seite anlegen. Eine echte …«

»Sie meinen, eine gefakte? Eine gefakte Seite für eine Romanfigur?«

»M-hmmm.« Ich nickte und nahm einen Schluck Bier.

Er sagte nichts. Ich konnte hören, wie die Rädchen in seinem Kopf sich drehten. Alter Mann, männliche Teenager, gefakte Facebook-Seite. Eigenlob stinkt, aber ich darf wohl sagen, dass ich seine Bedenken recht geschickt zerstreut habe.

»Er ist nicht die Hauptfigur – eigentlich möchte ich mich auf den Großvater konzentrieren und auf seine Beziehung zu diesem Jungen, aber ich muss trotzdem ein bisschen mehr von dieser Welt verstehen, in die diese jungen Leute abtauchen, wenn sie ins Internet gehen. Ich meine, schauen Sie doch nur …« Ich deutete hinüber zu einem Tisch mit jungen Leuten: Getränke auf dem Tisch, daneben Zigaretten; Gesichter, die jeden Moment in Gelächter ausbrechen konnten. Alles normal. Es hätte eine Szene aus jeder beliebigen Dekade sein können, mit dem Unterschied: Sie redeten nicht. Es gab keine Unterhaltung. Sie schauten einander nicht einmal an. Sie hatten alle die Augen auf ihre Smartphones gesenkt, wie ein Häufchen älterer Damen, die ihre Bingokarten studieren.

»Was starren die da die ganze Zeit an?« Ich schüttelte den Kopf und lächelte verwirrt.

Er nickte. »Ich verstehe, was Sie meinen.« *Klack-klack,* machten die Zahnrädchen.

»Vielleicht ist es keine gute Idee, aber ich komme mir so dumm vor, wenn es um diese Dinge geht, und ich hatte gehofft, Sie könnten mich da ein wenig anleiten. Eine Einführung für ganz Unbedarfte in Facebook und was die jungen Leute sonst noch so zur ›Kommunikation‹ benutzen.« Ich setzte das Wort »Kommunikation« mit den Fingern in Gänsefüßchen. »Das ist eine fremde Welt für mich.«

»Für mich auch«, sagte er.

»Na ja, war nur so eine Idee.« Verdammt.

»Aber mein Sohn ist ständig damit zugange.«

»Ich wusste gar nicht, dass Sie einen Sohn haben.«

»Doch, doch. Er ist achtzehn. Wohnt bei seiner Mutter, ist aber jedes zweite Wochenende bei mir. Er könnte Ihnen wahrscheinlich helfen.«

Und so fing es an. Sonntage im Internet mit Geoffs Sohn. Und als Gegenleistung für seinen fachlichen Rat half ich ihm mit seinen Englischarbeiten. Geoff war begeistert, als sein Sohn plötzlich Einsen für seine Hausaufgaben bekam, obwohl wir uns wohl beide einig waren, dass ich der eifrigere Schüler war. Aber der Junge war ein guter Lehrer, das muss ich unumwunden zugeben. Er war extrem gründlich. Fünfzig Freunde, sagte er. Mindestens. Und er zeigte mir, wie man sie bekam. Er war ein guter Lehrer, und ich war der ideale Schüler. Manchmal hatte ich das Gefühl, mein Kopf müsse platzen von all den neuen Informationen, aber ich war begierig danach. Wie zum Teufel bringt man ein Foto, das in den 1990ern aufgenommen wurde, in einen Laptop? Wie stellt man das an? Nun, inzwischen weiß ich es. Und wenn es mal drin ist, muss man es verbreiten. Nicht nur auf Facebook, nein, es muss auch in Google sein.

»Was für Musik hört er so?«

Ich zuckte mit den Achseln, kam mir plötzlich vor wie der Klassentrottel. An diesem Nachmittag schickte er mich mit ein paar Tracks auf meinem Laptop nach Hause.

Geoff war immer da, er ließ uns nie allein zu zweit. Er servierte uns Tee, und ich brachte Gläser mit Nancys Marmelade mit, die wir auf unsere Crumpets streichen konnten. Es war eine gute Regelung, und wir hatten ein paar sehr angenehme Wochen.

Ich bestand mit Bravour, ausgestattet mit allen Tricks, die

ich brauchte, um Jonathan wieder zum Leben zu erwecken. Jetzt hat unser Sohn eine Zukunft, und es ist ein gutes Gefühl, sie in unseren Händen zu halten. Wenn er jetzt auf Reisen geht, können wir ihn besser im Auge behalten und seine Vorlieben und Abneigungen kontrollieren, die Freundschaften, die er unterwegs schließt. Man kann nicht zu viele Freunde haben, aber es ist wichtig, dass er einen speziellen Freund hat, einen Vertrauten. Einen, dem er sich öffnen kann.

38

Sommer 2013

Catherine fährt mit dem Bus in die Arbeit, es ist die einfachste Verbindung vom Haus ihrer Mutter aus. Es ist praktisch, es hat nichts mit Feigheit zu tun. Stephen Brigstocke ist der Feigling. Sie hat ihr Handy die ganze Nacht eingeschaltet gelassen, und er hat nicht angerufen. Jetzt sitzt sie im Bus, geht im Kopf noch einmal ihre nächtliche Beichte bei ihrer Mutter durch und fragt sich, ob irgendetwas davon zu ihr durchgedrungen ist. Ihre Mutter hat nichts gesagt, aber weiß sie es? Erinnert sie sich? Ihr kommen die Tränen bei dem Gedanken, dass ihre Mutter es weiß und nicht über sie urteilt. Sie blinzelt die Tränen weg, damit sie sich die Maske vors Gesicht ziehen kann, die sie tragen muss, um den Tag zu überstehen. Die Maske sitzt gut, niemand würde vermuten, dass sie da ist, und sie hat sich sogar daran gewöhnt, wie sie sie beim Atmen behindert.

Als sie dann aussteigt, hat sie sich wieder ganz gefangen und geht zügig die kurze Strecke bis zu ihrem Arbeitsplatz, wie eine selbstbewusste, vielbeschäftigte Frau auf dem Weg ins Büro, ohne auf die Passanten zu achten, denen sie begegnet. Sie bemerkt auch nicht den alten Mann mit der Strickmütze, der stehen geblieben ist, um sie anzustarren, während sie an ihm vorbeirauscht. Sie berühren sich fast. Er kann sie riechen, als sie vorübergeht. Er beobachtet sie, bis sie verschwunden ist.

Sie betritt das Büro, wickelt ihren Seidenschal vom Hals und lässt den wunderschön bedruckten Stoff über ihre Brust fallen, wo er sich bewegt, wenn sie sich bewegt. Sie stellt ihre Tasche am Boden ab und setzt sich auf ihren Stuhl, dreht sich einmal im Kreis, um zu sehen, wer sonst noch da ist, aber sie ist die Erste. Seltsam, es ist zehn Uhr. Sie nimmt ihren Kalender heraus, weil sie denkt, dass heute vielleicht ein Meeting ist, das sie vergessen hat, und dann sieht sie es. Sieht den Stapel auf ihrem Schreibtisch. Mehrere Exemplare von *Das Opfer des Fremden*, die steifen Rücken ihr zugewandt, starren sie vorwurfsvoll an.

Verdammt. Ihre Hände zittern, als sie die Bücher packt und in den Papierkorb unter ihrem Schreibtisch wirft. Verdammte Scheiße. Er war hier. Gott sei Dank ist sie allein, doch als sie sich auf ihrem Stuhl zurücklehnt und aufblickt, sieht sie, dass das nicht stimmt.

Kim und Simon beobachten sie. Kim und Simon stehen Seite an Seite. Kim hält ein Exemplar des Buchs in der Hand. Catherine versucht, Blickkontakt aufzunehmen, doch Kim weicht ihr aus. Simon kommt auf sie zu, die Hand ausgestreckt, als ob er sich einem nervösen Tier nähert.

Sag nichts, lass ihn zuerst reden.

»Cath ...« Er lädt ihren Namen mit seinem eigenen Gefühl von Überlegenheit auf.

Sie sieht zu, wie er näher kommt, und stemmt den Fuß auf den Papierkorb unter ihrem Schreibtisch, um das Zittern in ihrem Bein zu unterdrücken.

»Können wir uns mal kurz unterhalten?« Und er setzt sich auf den Stuhl neben sie. Er hat noch nie verbergen können, dass er sie als Konkurrentin sieht. Diese Gelegenheit wird er sich nicht entgehen lassen. Kim steht neben ihm.

»Es ist so: Kim ist zu mir gekommen, weil sie nicht wusste, was sie tun sollte.«

Kim spricht jetzt, sie hört sich an wie ein nervöses Kind. »Stephen Brigstocke war hier – er hat die Bücher gebracht ...

sein Buch.« Eines zuckt in ihrer Hand. Catherine beißt sich in die Wange, bis sie Blut schmeckt.

»Also, das Problem ist Folgendes«, übernimmt Simon wieder. »Kim hat mir gesagt, du hättest sie gebeten, die Story über Mr Brigstocke fallen zu lassen, und ich habe mich gefragt, warum du sie so unbedingt unter den Teppich kehren wolltest.«

»Ach, tatsächlich? Also, das hat absolut nichts mit dir zu tun.« Ihre Stimme zittert, was ihre Worte schwächer klingen lässt, als sie sind.

»Ich glaube doch ... Ich meine, ich wünschte, es wäre anders, aber ... wenn ein weniger erfahrenes Mitglied unseres Teams zu mir kommt und mich um Rat fragt, wird es zu meiner Angelegenheit.«

»Ein weniger erfahrenes Mitglied unseres Teams? Mein Gott, wofür hältst du dich eigentlich?«

Er nimmt Kim das Buch ab und schwenkt es.

»Du hast Kim gesagt, er sei pädophil, und du hast sie damit beauftragt, ihn ausfindig zu machen. Und dann, nachdem sie das getan hatte, hast du ihr gesagt, sie solle die ganze Sache vergessen.« Er lehnt sich auf dem Stuhl zurück, breitet die Beine aus und schiebt das Becken nach vorne, sodass er Catherine sein Gemächt entgegenreckt. »Ich frage mich, warum du das getan hast.«

»Ich muss mich dir gegenüber nicht rechtfertigen, Simon. Und auch nicht dir gegenüber, Kim.« Sie starrt sie zornig an. »Das ist eine persönliche Angelegenheit. Es hat nichts mit der Arbeit zu tun.«

»Aber warum wolltest du dann, dass ich seine Adresse und seine Telefonnummer herausfinde?« Kim ist den Tränen nahe.

»Hast du ihn hier reingelassen?«, will Catherine wissen.

»Ja – der Empfang hat angerufen, und ich bin runtergegangen, um mit ihm zu sprechen. Als er mir sagte, wer er ist ...«

Simon unterbricht sie. »Ist schon in Ordnung, Kim, ich mach das.« Er wirft ihr über die Schulter ein Lächeln zu. »Also, die Sache ist die: Ich weiß nicht, was in dem Buch steht – ich hatte ja noch keine Zeit, es zu lesen –, aber ein Mann, über den *du* wegen Pädophilie recherchiert hattest, taucht hier auf mit einem Buch, das er geschrieben hat. Und er erzählt Kim, dass du in der Geschichte eine Rolle spielst. Dass du in dem Buch vorkommst. Ich meine, was ist das – so eine Art Beichte?« Und er fächert die Seiten auf, als ob sie seine Frage beantworten könnten.

»Ich habe nicht gesagt, dass er pädophil ist.«

»Aber …«, stammelt Kim.

»Ich habe dich gebeten, mir zu helfen, Stephen Brigstockes Kontaktdaten und ein paar Hintergrundinfos zu recherchieren. Ich habe mich an dich gewandt, weil ich dir vertraut habe.« Jetzt ist Catherine den Tränen nahe.

»He, lass es nicht an Kim aus – sie ist nicht diejenige, die sich hier verteidigen muss.« Er rückt mit seinem Stuhl an Catherine heran, beugt sich so weit vor, dass sie sein Parfum riechen kann. Er hat es geschafft, dass sie sich tatsächlich wie ein nervöses Tier vorkommt. Sie blickt sich im Büro um, aber es ist immer noch niemand sonst da.

»Ich habe allen erzählt, wir hätten eine Besprechung, deshalb sind sie in die Kantine gegangen.«

»Mann, du bist so ein Arschloch, Simon! Das macht dir auch noch Spaß, oder? Du hättest das genauso gut im Besprechungszimmer machen können, aber nein – du wolltest, dass alle dieses beschissene Affentheater mitkriegen!«

»Cath, Cath – *du* hast doch diese Situation herbeigeführt. Du bist nicht ehrlich zu uns, und das macht mir Sorgen – es gefährdet den Ruf des gesamten Teams.«

»Was? Was redest du da für einen Scheiß?«

»Mr Brigstocke ist hierhergekommen, weil er Angst hatte.

Du hast Kim benutzt, um an seine Adresse und Telefonnummer zu kommen, und dann bist du zu seinem Haus gegangen. Er sagt, du hättest versucht einzubrechen, und du hättest Drohungen auf seinem Anrufbeantworter hinterlassen.« Er beugt sich noch weiter vor.

Sie fühlt sich in die Enge getrieben. Sie muss hier weg. Schon greift sie nach ihrer Tasche, aber Simon legt ihr die Hand auf den Arm.

»Cath, ich bitte dich, wir müssen reden …«

»Fass mich ja nicht an!«

Er weicht zurück und hebt beide Hände – von denen eine das Buch hält – in einer Geste der Kapitulation.

»*Er* ist derjenige, der mich verfolgt … deswegen bin ich zu seinem Haus gegangen. Ich wollte mit ihm reden … Er ist derjenige, der *mich* bedroht …«

»Okay, okay. Und warum tut er das? Ich meine, womit bedroht er dich?«

Sie ist betäubt vom Rauschen des Bluts in ihren Ohren.

»Es ist privat. Geht das nicht in deinen verdammten Schädel?«

»Versuch doch bitte, ruhig zu bleiben, ja?«

»Erzähl du mir nicht, dass ich ruhig bleiben soll! Du hast kein Recht, mich dazu auszufragen, und ich bin nicht …« Sie ist kurz davor zu heulen, und das wird sie nicht tun.

»Du bist offensichtlich sehr aufgewühlt. Was immer es ist, das du zu verbergen hast, ich bin sicher, es wäre besser, wenn du reinen Tisch machst.«

Er fasst sie wieder an. Sie reißt ihm das Buch aus der Hand und wirft es. Es trifft ihn im Gesicht. Sie starrt ihn an, fasziniert von dem feuerroten Fleck auf seiner Wange und den kleinen Blutströpfchen, die aus der Schnittwunde an seinem Nasenflügel quellen. Beide sind zu geschockt, um ein Wort zu sagen. Kim ist die Einzige, die nicht erstarrt ist – sie greift einen Packen Papiertaschentücher und hält ihn Simon hin.

»Das hättest du nicht tun sollen«, sagt er, während er seine Nase betupft, und sie hört die Drohung in seinen Worten. Sein Blick zuckt über ihre Schulter, und als sie sich umdreht, sieht sie, dass sie ein Publikum haben – klein, aber dankbar. Ihre Kollegen sehen durch die gläserne Trennwand zu. Sie ist die Attraktion – eine One-Woman-Show. Sie sind schockiert, aber sie bemitleiden sie auch, während sie ihren Kaffee schlürfen. Sie hat sich blamiert. Simon wartet auf eine Entschuldigung.

»Du hast es verdammt noch mal nicht anders gewollt«, sagt sie, als sie hinausgeht. Sie spürt die Blicke der anderen auf sich ruhen, weigert sich aber, sie zu erwidern. Sie fährt mit dem Aufzug nach unten und malt sich aus, wie sie alle zu Simon stürzen. Mein Gott, sie hat sicher wie eine Furie ausgesehen. Sie ist total ausgerastet. Unten geht sie an der Security vorbei und durch die Glastüren hinaus, und sie bleibt nicht stehen, bis sie an der Bushaltestelle ankommt. Sie hat keine Ahnung, wann der Bus kommen wird – in zwei Minuten? In zwanzig? Und nachdem er gekommen ist, erinnert sie sich kaum, wie sie eingestiegen ist, wie sie ihre Oyster Card an das Lesegerät gehalten hat, wie sie sich hingesetzt und durchs Fenster auf die grauen, gesichtslosen Straßen hinausgestarrt hat.

Sommer 1993

Wann hat sie ihn zum ersten Mal gesehen? War Robert dabei, oder war er schon abgereist? Ist ihr Jonathan schon aufgefallen, als sie, Robert und Nicholas noch zu dritt waren? Sie glaubt nicht. Als Robert noch da war, hatte sie nicht einmal von Jonathans Existenz gewusst. Und was war ihr erster Eindruck, als sie ihn dann sah? Jugend, Leichtsinn – er war unbekümmert, und sie war es nicht. Sein dunkles Haar, seine gebräunte Haut, die langen Gliedmaßen. Er beobachtete sie und Nicholas. Sie waren in einem Café in der Nähe des Strands. Es war der Tag von Roberts Abreise. Sie versuchte, Nicholas dazu zu bringen, dass er sein Abendessen aufaß: noch ein Bissen, und dann könnte er ein Eis haben. *Noch eine Gabel voll Reis, und dann holen wir uns beide ein Eis.* Sie war den Tränen nahe, hasste sich selbst, weil sie nicht mal einen beschissenen Tag lang ohne ihren Mann klarkam.

»Nutz es aus«, hatte Robert gesagt. »In London schifft es die ganze Zeit.« Und er hatte gelächelt, und sie hatte versucht, das Lächeln zu erwidern, doch sie konnte nicht. Sie weinte auch nicht, obwohl ihr danach war. Sie wollte keine Szene machen oder Robert zu einer Entscheidung drängen, was ihm wichtiger war: die Arbeit oder sie. Sie hätte das tun können, und sie weiß, dass sie gewonnen hätte. Aber sie hat es bewusst nicht getan.

»Wir kommen mit dir«, hatte sie stattdessen vorgeschlagen.

»Sei nicht albern – warum solltest du das tun? Es ist doch herrlich hier. Das Hotel ist bezahlt – genieß es einfach. Kein Kochen, kein Waschen, ein traumhafter Strand.« Ja, es gab einen Strand, es gab das Meer, die Sonne schien, aber sie wollte nicht allein hier sein. Wochenbettdepression – fünf Jahre danach? Sie hatte es nicht zugegeben. Sei doch froh, das sagten ihr alle. Ja doch, sie konnte froh sein.

Hat sie mit ihm geflirtet? Als sie merkte, dass er sie anschaute, hat sie da geflirtet? Hat sie irgendetwas mit ihren Augen gemacht, was er als Signal auffassen konnte? Sie ließ Nicholas seinen Willen und kaufte ihm ein Eis, bevor er seinen Reis aufgegessen hatte. Und ein Bier für sich selbst. Und der junge Mann, dessen Namen sie noch nicht kannte, lächelte, und sie lächelte zurück, und dieser kleine Kontakt baute sie auf.

Dann gingen sie und Nicholas ins Hotel zurück. Er wollte getragen werden, und das Bier hatte sie milde gestimmt, also hob sie ihn hoch, obwohl er zu schwer war und sie bereits die Strandtasche schleppen musste, mit ihren nassen Handtüchern, den Spielsachen, einem Liter Wasser und ihrem Buch. Sie erinnert sich, wie sie sich beim Verlassen des Cafés vorstellte, dass der attraktive Fremde sie von hinten beobachtete, und wie sie sich Gedanken darüber machte, wie sie von hinten aussah. Ist er ihr zum Hotel gefolgt? Später hat er ihr erzählt, er sei sowieso in die Richtung gegangen …

Der Bus hält, und sie schlägt die Augen auf, befürchtet schon, dass sie ihre Haltestelle verpasst hat. Aber nein, es ist erst die nächste, und von dort noch ein kurzer Fußmarsch zur Wohnung ihrer Mutter. Die jetzt ihr einziger Zufluchtsort ist.

Als sie das Haus betritt, ist die Haushaltshilfe da, und ihre Mutter sieht fern. Sie hat den Ton lauter gedreht als sonst, um beim Geräusch des Staubsaugers noch etwas zu verstehen. Catherine würde am liebsten auf der Stelle kehrtmachen und wieder gehen, aber sie weiß nicht, wohin. Hier ist sie zwar in Sicherheit, aber diese Sicherheit ist fragil wie eine Seifenblase.

Sie hat eine Nachricht von Simon auf der Mailbox, die sie gar nicht erst anhört. Ihr Handy klingelt wieder. Die Arbeit. Sie ignoriert auch den Anruf, stellt das Telefon stumm und schaltet auf Autopilot: küsst ihre Mutter und begrüßt Eileen, die Haushaltshilfe, macht eine Kanne Tee und setzt sich, schließt die Augen und lässt den Geräuschbrei in der Wohnung durch sich hindurchfließen. Als sie die Augen wieder aufschlägt, hat Eileen schon die Jacke an und schlüpft gerade in ihre Straßenschuhe. Es ist still in der Wohnung, der Fernseher ist aus.

»Wiedersehen«, sagt Eileen, »bis nächste Woche.« Sie ist schon zur Tür hinaus, ehe Catherine antworten kann.

Ihre Mutter schläft fest. Sie stellt sich vor, wie sie selbst und ihre Mutter Seite an Seite daliegen, beide schlafend, wie ein Vorher-Nachher-Bild – wobei Catherine sich fragt, ob sie überhaupt so lange durchhalten wird wie ihre Mutter. Sie steht auf und geht ins Schlafzimmer.

Sie checkt ihr Handy. Zwei neue Nachrichten. Sie hört sie ab: die eine von Simon und dann zwei von einer Frau aus der Personalabteilung. Sie setzt sich aufs Bett und ruft zurück.

»Hallo, hier ist Catherine Ravenscroft, kann ich bitte Sarah Fincham sprechen?« Sie hofft, dass die Frau »in einer Besprechung« ist und sie nicht mit ihr reden muss.

»Catherine, hallo. Danke, dass Sie zurückrufen.«

Catherine sagt nichts.

»Man hat mir gesagt, es habe heute im Büro einen Zwischenfall gegeben.«

Sie sagt immer noch nichts.

»Simon hat erklärt, dass er auf eine Anzeige verzichten will. Trotzdem sind wir verpflichtet zu dokumentieren, dass Sie ihn tätlich angegriffen haben. Es wird in ihre Akte kommen, auch wenn Simon, wie gesagt, auf weitere Schritte verzichten will.«

»Verstehe.« Catherine hört, wie ihre Mutter sich regt. Der Fernseher wird wieder eingeschaltet.

»Und es wird eine Ermittlung zu den Anschuldigungen geben müssen, die ein gewisser Mr Stephen Brigstocke erhoben hat. Es sind ernste Anschuldigungen. Das ist Ihnen sicher klar. Gibt es irgendetwas, was Sie zu diesem Zeitpunkt sagen möchten?«

»Nein.«

»Nun, ich werde Sie für eine Woche freistellen – fürs Erste, aber eine Woche ist das Mindeste.« Sie wartet. »Catherine? Sind Sie noch dran?«

»Ja, ich bin noch dran.«

»Ich habe den Eindruck, dass Sie in letzter Zeit sehr unter Druck gestanden haben. Dass Sie Stress in der Arbeit hatten …«

»Es ist nicht die Arbeit – ich hatte keinen Stress in der Arbeit. Ich werde ein paar Tage Urlaub nehmen …«

»Nein, das ist nicht nötig. Heben Sie sich Ihren Urlaub auf – ich lasse Sie krankschreiben.«

Personalerjargon für: Sie haben nicht mehr alle Tassen im Schrank.

»Ich denke, wir sollten uns in einer Woche noch einmal unterhalten, wenn Sie Zeit hatten, ein wenig zur Ruhe zu kommen. Dann können wir die nächsten Schritte besprechen.«

Schweigen.

»Ich denke, es wäre vielleicht hilfreich, wenn Sie mit jemandem über den Umgang mit Ihren Aggressionen reden könnten. Ich bin sicher, dass Sie mit professioneller Hilfe ein paar wertvolle Bewältigungsstrategien entwickeln könnten. Wir können Ihnen da helfen – wir übernehmen die Kosten für die Therapie. Es wird natürlich jemand von außerhalb sein – und alles vertraulich. Wie klingt das?«

»Gut, das klingt gut.« Catherine erstickt fast an den Worten.

»Wir könnten vier Sitzungen anbieten. Wenn Sie danach noch weitermachen wollen, müssten Sie die Kosten selbst tragen … Catherine?«

»Ja, ja. In Ordnung.« Mehr bringt sie nicht heraus.

Die Frau verabschiedet sich und legt auf. Catherine legt sich wieder aufs Bett. Es ist außer Kontrolle. Alles ist ihrer Kontrolle entglitten, es reißt sie mit sich, und sie schließt die Augen und gibt ihren Widerstand auf.

Sommer 1993

Als sie Nick ins Bett gebracht hatte und er endlich schlief, war es acht Uhr. Sie hatte ihn glauben gemacht, es sei dunkel, indem sie die Fensterläden in seinem Zimmer geschlossen hatte, aber durch ihr Fenster konnte sie sehen, dass es draußen noch hell war – zu früh für die Spanier. Nur ein paar Nordeuropäer saßen in der Bar gegenüber. Auch Catherine wollte noch nicht ins Bett. Sie zog einen Jeansrock und ein ärmelloses Top an und band ihre Haare hoch. Sie sah okay aus, ihre Haut war schon leicht gebräunt. Wie schade, dachte sie, dass Robert nicht hier ist, um diese Ruhe mit mir zu genießen. Sie nahm ihr Buch, ihre Zigaretten und ihren Zimmerschlüssel und ging hinunter. Die junge Frau an der Rezeption versprach, die Augen offen zu halten, falls Nicholas herunterkäme, aber Catherine wusste, dass er das nicht tun würde. Wenn er einmal schlief, dann schlief er.

Sie setzte sich an einen Tisch auf der Terrasse der Bar mit Blick auf den Strand. Ein Kellner brachte ihr Räuchermandeln und frische Sardellen, und sie bestellte eine kleine Karaffe Weißwein. Sie wartete, bis der Wein kam, ehe sie ihre Zigarette anzündete, dann inhalierte sie genüsslich und stellte fest, dass sie entspannt war. Vielleicht würde es ja doch noch gut werden. Sie schaute aufs Meer hinaus. Kleine Wellen brachen sich auf dem Sand. Ein paar Leute waren noch am Strand: Familien, vermutlich Spanier, und das eine oder andere Pärchen, das auf den Sonnenuntergang wartete. Und da bemerkte sie ihn.

Er trug ein hellgrünes T-Shirt, vor ihm stand ein Bier, und er rauchte. Plötzlich sah er sie an, und es war ihr furchtbar peinlich, dass er sie dabei erwischt hatte, wie sie ihn anstarrte. Wieso hatte sie ihn angestarrt? Weil er aus dem Rahmen fiel. Weil er der Einzige war, der mit dem Rücken zum Meer saß, der Einzige, der sich nicht für das Schauspiel der Sonne interessierte. Er blickte nach oben zur Promenade, und als er Catherine anschaute, lächelte sie, obwohl er sie nicht angelächelt hatte. Sie flirtete nicht, es war eine instinktive Reaktion. Sie hatte nicht unfreundlich erscheinen wollen. Sie war im Urlaub. Also hatte sie gelächelt. Er erwiderte ihr Lächeln nicht, und das ließ ihn älter wirken. Und es machte sie verlegen zu wissen, dass er wusste, dass sie allein war.

Sie griff nach den Mandeln, bemüht, lässig zu wirken, aber ihre Finger landeten stattdessen in den öligen Sardellen, und sie musste aufschauen und eine Serviette suchen, um keine Fettflecken in ihr Buch und auf das Weinglas zu machen. Und sie sah, dass er sie immer noch anschaute, dann hob er seine Bierflasche und deutete ein Lächeln an, aber sie tat so, als ob sie es nicht bemerkte, während sie sich die Finger an der Serviette abwischte, um sich dann mit einem Cocktailspieß eine Sardelle zu angeln. Sie sah auf die Uhr. Viertel vor neun. Noch fünfzehn Minuten, dann würde sie aufs Zimmer gehen.

Ein Lichtblitz traf ihre Augen. Es war der Blitz seiner Kamera. Er hatte ein Foto gemacht, aber nicht von der wunderschönen lachsfarbenen Sonne. Die Kamera war auf sie gerichtet. Sie erinnert sich noch, wie sie sich für ihre Annahme geschämt hat, er habe ein Foto von ihr gemacht. Es war die Promenade, die er einfangen wollte, mit dem rosigen Widerschein der Sonne auf den Häuserfronten. Und er war unterhalb von ihr – warum hätte er sie aus einem so merkwürdigen Winkel fotografieren sollen? Mit seinem auffälligen Zoomobjektiv. Eine teure Kamera für einen so jungen Mann. Sie zog ihren Rock straff, versuchte, ihn mit Gewalt bis zu den Knien zu ziehen, und schlug die Beine übereinander. Es erinnerte sie an eine Szene aus einem Film, und sie fragte sich, ob sie die Beine wieder auseinandernehmen sollte, doch sie entschied sich dagegen. Was war nur mit ihr los?

Sie erinnert sich an ihr Unbehagen. Sie war es nicht mehr gewohnt, allein auszugehen. Sie war es nicht gewohnt, so angeschaut zu werden, und wusste nicht, wie sie sich verhalten sollte. Und sie wusste nicht, dass das Foto, das er gemacht hatte, Jahre später den Weg in ihr Haus finden und ihr von ihrem Mann ins Gesicht geschleudert würde. Ein Dreieck aus Spitzen und Dunkelheit, aus Haar und Haut und Schatten. Alles, was sie in diesem Moment wusste, war, dass seine Aufmerksamkeit sie sonderbar berührte. Es machte sie nervös, aber zugleich erregte es sie auch, das muss sie zugeben. Sie war erregt.

Jetzt ruft sie sich ganz bewusst in Erinnerung, was sie damals gedacht hat, als sie dort auf der Terrasse saß, mit einem Glas Wein, in der Hand einen Cocktailspieß mit einer Sardelle: Sie dachte daran, wie sie später allein im Bett liegen und sich befriedigen würde, und dass es dieser junge Mann war, an den sie dabei denken würde. Sie bestraft sich selbst mit der Erinnerung an ihre Fantasien von Sex mit einem Fremden, die dann von einem Telefonanruf unterbrochen wurden. Es sei ihr Mann, sagte der Kellner. Der Apparat in der Rezeption. Sie raffte ihre Sachen zusammen, ließ den Wein stehen und folgte dem Kellner ins Hotel.

Während sie mit Robert telefonierte, sah sie den jungen Mann das Hotel betreten, und ihr Herz flatterte, nicht vor Erregung, sondern vor Beunruhigung. Er ging durch die Lobby, direkt an ihr vorbei. Sie weiß noch, dass sie sich gefragt hat, ob sie ihn nicht aufhalten würden, aber das taten sie nicht. Er hatte eine teure Kamera um den Hals hängen. Und er hatte ein sympathisches Gesicht.

Sie wandte sich ab, konzentrierte sich auf Robert und sagte ihm, dass sie ihn vermisse. Er sagte ihr, dass er sie liebe, was er damals auch tat. Sie liebte ihn auch. Liebt sie ihn immer noch? Sie mag nicht darüber nachdenken, noch nicht, sie kann nicht. Das ist nicht der Zweck dieser Erinnerungsübung. Sie weiß noch, dass sie ihm einen Kuss durch den Hörer geschickt hat, bevor sie auflegte.

Als sie sich umdrehte, sah sie ihn auf einem Hocker an der Bar sitzen. Er schaute sie unverwandt an, vor ihm standen zwei Drinks. Seine Tasche hatte er auf dem Hocker daneben abgestellt. Ohne den Blick von ihr zu wenden, nahm er sie herunter und stellte sie auf den Boden. Und dann lächelte er. Endlich. Lächelte sie direkt an.

»Wann bist du nach Hause gekommen?«

Catherine schlägt die Augen auf und sieht ihre Mutter an. »Schon vor einer Weile.«

»Haben sie dich früher gehen lassen?« Ihre Mutter lächelt, und Catherine fragt sich für einen Moment, ob sie glaubt, sie habe früher Schulschluss gehabt, aber das kann nicht sein. So schlimm ist es noch nicht mit ihr.

»Ich hatte alles erledigt, was zu tun war.«

»Hast du wieder diese Kopfschmerzen, Schatz?«

Tränen schießen Catherine in die Augen. Ihre Mutter weiß Bescheid und weiß doch nicht Bescheid, aber das spielt keine Rolle, denn sie weiß, was Catherine braucht. Sie braucht es, dass jemand sie umsorgt, ohne Fragen zu stellen. Sie braucht jemanden, der darauf vertraut, dass sie kein Unmensch ist, auch ohne dass sie es laut sagen muss – auch ohne dass sie irgendetwas erklären muss.

39

Sommer 2013

Nick hat den größten Teil des Nachmittags kiffend in seinem Zimmer verbracht. Früher Schluss gehabt, hätte er zu seinem Vater gesagt, falls der eher nach Hause gekommen wäre, was aber nicht der Fall war. Jetzt ist es zehn Uhr abends, und Nick ist wieder oben. Die Tür ist zu, die Fenster weit offen. Er dreht sich noch einen Joint, zündet ihn an und lehnt sich aus dem Fenster. Das Gästezimmer ist direkt über der Küche, und wenn er nach unten schaut, kann er seinen Vater durch das Glasdach des Anbaus sehen, wie er die Sachen vom Abendessen aufräumt. Nick weiß, dass er ihm eigentlich helfen sollte, aber sein Vater hat ihn nicht zurückgehalten, als er gegangen ist. Er lehnt sich zurück, damit sein Vater ihn nicht sieht, wenn er zufällig nach oben schaut. Er kann doch bestimmt den Rauch riechen, der nach unten zieht, oder? Aber selbst wenn – Nick kann sich nicht vorstellen, dass er etwas sagen würde. Er wird nicht riskieren, Nick zu vertreiben.

Es ist nicht leicht, bei seinem Vater zu wohnen, aber so spart er wenigstens Geld. Er hat sich schwer beherrschen müssen, um nicht laut zu schreien, als sein Vater ihn beim Abendessen über die Arbeit ausgefragt hat. Da war er doch scheißfroh, dass es noch Fußball gab – mit dem Thema konnte er sich über den Rest der Zeit retten.

Er lässt sich aufs Bett fallen und erhascht im Vorbeiflug einen Blick auf sein Bild im Spiegel. Wie der Tod auf Urlaub sieht er aus, käsebleich im Gesicht. Er legt sich seinen Laptop aufgeklappt auf die Brust und stellt sich die unnatürliche Farbe vor, die sein Gesicht im Widerschein des Displays haben muss. Der Sarkophag eines unbekannten jungen Mannes, stoned und versteinert, der sein Buch des Lebens in den Armen hält.

Er verkündet seine Rückkehr in die Welt und wird von einer Flut von Hallos und Willkommensgrüßen empfangen. Virtuelle Fremde, virtuelle Freunde. Er wendet sich jedem einzeln zu, schüttelt virtuelle Hände, schwebt huldvoll an den ausgestreckten Armen all derer vorbei, die nach seiner Aufmerksamkeit gieren. Er beehrt sie mit seiner Anwesenheit, froh, wieder in der Welt der Lebenden zu weilen.

Er hört seinen Vater »Gute Nacht« rufen, und Nick echot die Worte, aber er hätte ebenso gut bellen können wie ein Hund: Die Laute sind ohne Bedeutung. Er ist mitten im Gespräch und möchte nicht unterbrochen werden, seine Finger chatten eifrig und erzählen allen da draußen, was er denkt, was er so treibt. Und manche versuchen, ihn vor die Tür zu locken. Gar nicht weit, gleich um die Ecke – ein mit Brettern vernageltes Paradies, wo sie sich treffen, um zusammen abzuhängen. Ein Dreckloch, aber wenn man die Augen zumacht, ist es ganz okay. Nach einer Weile nimmt man auch den Geruch nicht mehr wahr. Trotzdem, es ist nichts, was man sich zur Gewohnheit machen will. Und das hat er auch nicht getan. Er war nur ein paarmal da, hat sich aus dem Haus geschlichen, wenn sein Vater schlief, und darauf geachtet, rechtzeitig zum Frühstück zurück zu sein, schon fertig angezogen für die Arbeit. Wenn er zu müde zum Reden war – kein Problem, sein Vater hatte Verständnis. Nick ist noch nie ein Morgenmensch gewesen.

Aber heute Abend mag er nicht. Heute Abend bleibt er lieber zu Hause. Eine Nachricht hat er sich bis zum Schluss aufgehoben – eine private Nachricht, nur für ihn bestimmt, von einem neuen Freund. Und ausnahmsweise hat dieses Wort einen Beigeschmack von Wahrheit. Er schenkt diesem Freund seine volle Aufmerksamkeit – ein Gespräch unter vier Augen, nur sie beide. Er ist noch ein Teenager, und er schaut zu Nick auf, saugt jedes Wort von ihm begierig auf.

Wie geht's?, fragt Nick, und der Freund kann es kaum erwarten, ihm alles zu erzählen, was er seit ihrem letzten Chat erlebt hat.

Sie haben viel gemeinsam. Mehr, als man meinen sollte, bei dem Altersunterschied. Sogar ein Buch. Er hat das einzige Buch gelesen, das Nick seit Jahren in die Hand genommen hat. Nick hat zugegeben, dass er das meiste übersprungen hat, weil er wissen wollte, wie es ausgeht – er hat nicht das ganze Ding gelesen, aber jetzt hat er es nachgeholt. Hat die empfohlenen Kapitel durchgeblättert, die Sexszenen. *Bisschen harmlos, Alter: Probier's mal mit dem hier* – und Nick hatte ihm was wirklich Scharfes geschickt. *So was findest du nicht in einem ollen Buch.*

Nick ist älter, hat mehr von der Welt gesehen. *Nimm dir ein Beispiel an mir – geh nicht auf die Uni, scheiß auf Bristol oder Manchester. Bleib in Spanien – in Spanien scheint die Sonne.*

Er ist ganz wild auf Nicks Rat, und Nick hat reichlich Ratschläge erteilt. Das Leben ist zu kurz, um es zu vergeuden, sagt er. Er hat gut reden – aber er redet trotzdem. Er kann gar nicht mehr aufhören, ihm fallen alle möglichen Sachen ein, die er nie laut sagen würde – die er nie zu irgendjemand anderem sagen würde –, und Jonathan verschlingt jedes Wort, das Nicks Finger tippen, und will immer noch mehr, will alles über die Mädels wissen, mit denen Nick gepennt hat, alles über seine Geschäftsidee und über das Jahr, das er durch die Staaten gereist ist. Jonathan saugt alles gierig auf, er hört zu und lernt.

40

Spätsommer 2013

Ich weiß genau, was bei ihr zu Hause los ist: Sie ist ausgezogen, und er ist allein mit seinem Papa, der nicht mehr er selbst ist, der Ärmste. Meine kleine Bücherlieferung an ihr Büro scheint auch einige Unruhe gestiftet zu haben. Sie sei krankgeschrieben, teilte man mir mit, als ich anrief. Man wisse nicht, wann sie wiederkommen würde. »Hoffentlich nichts Ernstes«, sagte ich und legte auf.

Mein Herz ist inzwischen so hart wie meine Zehennägel. Es gab eine Zeit, da hätte ich vielleicht Mitleid mit diesem Jungen gehabt. Früher hätte ich womöglich versucht, ihm zu helfen. Es ist rührend, wie er sich mir gegenüber geöffnet hat. Als ehemaliger Lehrer erkenne ich sie schon von Weitem, diese Jungen mit einem schwarzen Loch in ihrer Seele. Sie versuchen, es mit angeberischer Lässigkeit zu kaschieren, sie tun so, als sei ihnen nichts wichtig, schon gar nicht die Konsequenzen ihrer Null-Bock-Haltung. Aber ich spreche von Heranwachsenden. Er ist kein Junge mehr, er ist fünfundzwanzig Jahre alt, und bei all seiner Großspurigkeit, die er meinem neunzehnjährigen Ich gegenüber an den Tag legt, mit seinen trostlosen kleinen Fantasien über Amerika-Rundreisen und weiß der Teufel was – er kann doch seine zitternde, geduckte Seele vor einem Mann mit meiner Erfahrung nicht verbergen.

Er ist verzweifelt. So verzweifelt, dass er bis spät in die Nacht reden muss. Er hat natürlich noch andere Freunde, aber die sind genauso verloren wie er selbst. Ich habe ihre albernen Frotzeleien gelesen. Und sie kennen ihn nicht so gut wie ich. Wenn ich offline gehe, zieht er los, um sie in der wirklichen Welt zu treffen, seine bekifften kleinen Freunde, und dann ist er am nächsten Abend zurück, mit hängender Zunge, wartet sabbernd vor Ungeduld, dass ich endlich auftauche, damit er mich mit seinen erbärmlichen Drogenabenteuern beeindrucken kann. Ich denke, es wird Zeit, dass ich ihn mal auf mich warten lasse – nur zehn Minuten oder so, damit sein Interesse nicht nachlässt.

Es dauerte nicht lange, bis er auf meine erste Anfrage antwortete – es war das Foto seiner Mutter, das seine Aufmerksamkeit weckte. Ich erzählte ihm, ich hätte es in meinem Haus versteckt gefunden. Ihr Name habe auf der Rückseite gestanden, worauf ich versucht hätte, ihn ausfindig zu machen. Ich glaube, das gefiel ihm. Ich glaube, es schmeichelte ihm, dass jemand sich die Mühe gemacht hatte, ihn zu finden. Es war ein ganz harmloses Foto, seine Mutter allein an einem Strand, aber es hat ihn zum Nachdenken gebracht. Er grübelte eine Weile darüber nach, ob wir vielleicht miteinander verwandt sind. Hat seine Mutter eine Affäre gehabt? Hatte sie noch ein anderes Kind? Hat er vielleicht einen kleinen Halbbruder? Könnte ich dieser Halbbruder sein? Und ich habe noch mehr Fotos in Reserve, aber für die ist er noch nicht bereit – die müssen mit einem Warnhinweis versehen sein. Nicht dass er *mich* vorgewarnt hätte, als er mir diesen Schweinkram schickte. Es ist mir trotzdem gelungen, die anerkennende Reaktion meines Jungen überzeugend zu simulieren, und Jonathan ist so naiv und unschuldig, dass es nicht schwer war, so zu tun, als habe er so etwas noch nie im Leben gesehen.

Er glaubt, dass ich an seinen Lippen hänge, und in gewisser Weise tue ich das auch. Er kann einem fast leidtun, wie er da seine armseligen Geschichten vor einem Jungen ausbreitet, der sechs Jahre jünger ist als er und im Übrigen seit zwanzig Jahren tot. Er mag Jonathan sein Herz geöffnet haben, aber ich bin es, der darin einmarschiert ist, mit Nancys Stimme, die mir in den Ohren tönt, mit den Worten ihres Buchs, die mir zuflüstern – das Quellenmaterial. Und mit ihr an meiner Seite wird es nicht viel brauchen, um diesem schwächlichen Individuum den entscheidenden Schubs zu geben. Ich muss nichts weiter tun, als dem schwarzen Loch in ihm Nahrung zu geben und ihn zu einem Punkt zu führen, an dem es kein Zurück mehr gibt. Und ihn dann dort stehen zu lassen, am Rand des Abgrunds.

41

Auszug aus Nancy Brigstockes Notizbuch – Oktober 1998

… ich konnte keinerlei Gefühlsregung in ihr entdecken – ein völliger Mangel an Empathie. Ich frage mich, ob wir jemals wirklich das Leiden eines anderen Menschen nachempfinden können. Vielleicht verlange ich zu viel. Nichtsdestotrotz hatte ich auf irgendetwas gehofft. Ein paar Worte, die gezeigt hätten, dass sie wenigstens versuchte, meinen Verlust zu verstehen. Sie sagte: »Es tut mir leid. Ich wünschte, er hätte es nicht getan.« Was hat sie gemeint? Wünschte sie, dass statt seiner jemand anders sein Leben riskiert hätte? Wünschte sie, dass Jonathan noch am Leben wäre? Aber das sagte sie nicht.

Ich habe mir ihre Worte immer wieder und wieder durch den Kopf gehen lassen und versucht, ihren Sinn herauszufinden. Manchmal frage ich mich, ob sie aus den tiefsten Tiefen ihres Unterbewusstseins entschlüpft sind. Ich frage mich, ob es ein Geständnis war: ob sie sich wünschte, man hätte ihren Sohn ertrinken lassen. Ist das möglich? Ich versuche mir vorzustellen, wie eine Mutter wollen kann, dass ihr Kind sein Leben verliert. Das kommt vor, nicht wahr? Mütter töten ihre Kinder durch Vernachlässigung. Sie nehmen ihre eigenen Bedürfnisse wichtiger als die ihrer Kinder. Sie vergessen ihre Pflichten. Es kommt vor, man liest darüber. Und sie hatte sich der Vernachlässigung schuldig gemacht – warum sonst wäre ihr fünfjähriger Sohn allein aufs Meer hinausgetrieben? Warum hat sie sich nicht hineingestürzt, um ihn zu retten?

Als wir uns trafen, hatte ich schon herausgefunden, dass sie und Jonathan miteinander intim gewesen waren, und dennoch erzählte sie mir, sie seien sich bis zu diesem Tag nie begegnet. Aber hatten sie nicht in derselben kleinen Ferienanlage gewohnt? Und sie wiederholte die Lüge: »Ich hatte ihn nie zuvor gesehen.« Sie ist eine Lügnerin.

Ich hätte ihr sagen können, dass ich die Fotos gesehen hatte, aber das tat ich nicht. Ich hatte nicht die Kraft für eine Konfrontation, und außerdem, was hätte es gebracht? Es hätte ihn nicht wieder zum Leben erweckt. Ich brauchte all meine Kraft, um mich auf den Beinen zu halten, als ich neben ihr am Grab meines Sohnes stand. Es war kalt. Ich war erschöpft. Ich hatte mir etwas von ihr gewünscht. Ich wollte ihren Sohn kennenlernen, und ich brachte tatsächlich die Kraft auf, sie darum zu bitten. Ich hoffte, dass wir uns wieder treffen würden, und dass sie ihn beim nächsten Mal mitbringen würde, doch sie lehnte ab. Es gab kein zweites Treffen. Ich habe sie nie wiedergesehen, und ich habe das Kind, das nur dank meines Sohns noch am Leben war, nie kennengelernt.

Ich weiß noch, wie ihre Wangen von der Kälte rosig schimmerten, strahlend vor Gesundheit, und ich beneidete sie auch darum, um die Hitze, die sie ausstrahlte. Den Schweiß auf ihrer Oberlippe und ihre glänzende Haut. Ich spürte Hitze, aber keine Wärme. Ihr Blut ist zu kalt, als dass sie je verstehen könnte, wie es sich anfühlt, von einem wildfremdem Menschen gesagt zu bekommen, dass dein Kind tot ist; nicht bei deinem Sohn sein zu können in dem Augenblick, wo er dich am meisten braucht, in dem Augenblick, wo er nach dir schreit. Und du kannst ihm nicht helfen, du kannst ihn nicht im Arm halten, du kannst ihm nicht sagen, dass alles gut wird, dass du bei ihm bist. Ich war nicht da, um Jonathan zu halten, um seinen Kopf zu streicheln, um ihn zu küssen und ihm zu sagen, dass ich ihn liebe. Nur wem so etwas selbst passiert ist, kann wirklich verstehen, wie es ist.

Ihr kleiner Junge läuft auf der Erde herum, während meiner darunter vermodert. Sie schaute Jonathans Grabstein nicht einmal an, die Worte, die wir haben einmeißeln lassen: »Er war unser Engel«. Sie schaute nicht nach unten. Sie hatte keine Blumen mitgebracht. Warum war sie überhaupt gekommen?

Ich wünschte, ihr Sohn wüsste, dass er sein Leben meinem Sohn verdankt. Ich wünschte, er wüsste, dass er ohne Jonathan gar nicht hier wäre.

42

Sommer 1993

Sie erinnert sich, wie sie sich aufsetzte und Nicholas' Namen rief. Sie war auf ihrem Handtuch eingeschlafen, auf dem Bauch liegend, mit den Füßen zum Wasser. Sie war erschöpft. Dabei hatte sie gar nicht einschlafen wollen, aber sie hatte sich erlaubt, sich hinzulegen und den Kopf auf die Hände zu betten, weil Nicholas so zufrieden spielte.

Sie hatte nachgegeben und ihm das gelb-rote Gummiboot gekauft, das er an ihrem ersten Tag entdeckt hatte, als sie und Robert ihn an den Händen genommen hatten und mit ihm über die Promenade spaziert waren. Am ersten Nachmittag hatten sie und Robert ihn von den aufblasbaren Delfinen, Haien und Booten weggezogen und ihm einen Eimer mit Schaufel und einen kleinen Lastwagen gekauft, damit er im Sand spielen konnte. Er hatte nach dem Gummiboot geschrien, und an diesem letzten Tag war sie eingeknickt. Es würde ihn glücklich machen, und wenn er glücklich war, konnte sie sich ausruhen.

Ab und zu hob sie den Kopf, um nachzusehen, ob alles in Ordnung war, und das war es: Er saß in seinem Gummiboot auf dem Sand und strahlte, der stolze Kapitän seines Schiffs. Aber als sie das nächste Mal hinsah, tanzte das Gummiboot bereits auf den Wellen. Sie hatte nicht einschlafen wollen. Jetzt stand sie auf und rief seinen Namen. Die Wellen wurden schon kabbelig, und sie schaukelten das Boot, warfen es hin und her, aber er lächelte immer noch glücklich und zufrieden. Und es waren noch andere im Wasser, die in den Wellen tauchten. Niemand wirkte beunruhigt. Sie ging auf das Wasser zu, ohne Nick aus den Augen zu lassen, und rief seinen Namen, jedes Mal ein bisschen lauter, doch er schaute nicht auf. Er war ganz in seiner eigenen kleinen Welt gefangen. Aus der kabbeligen wurde eine raue See, die Wellen schwollen an und zerrten an dem Boot.

Er war jetzt im tiefen Wasser und wurde von der Strömung weiter hinausgetragen, dorthin, wo das Meer zuerst dunkel und dann schwarz wurde. Die Sonne war weg, und der Wind hatte aufgefrischt.

»Hilfe!«, rief sie. Inzwischen rannte sie. »Hilf mir!«, schrie sie, zitternd vor Angst. Sie erinnert sich voller Scham an ihre Worte: »Hilf mir«, nicht: »Hilf meinem Kind.« – »Hilf *mir*.« Sie lief ins Wasser, bis es ihr an die Hüften reichte, aber es war nicht sie, die zu ihrem Kind hinausschwamm. Sie wusste, dass sie nicht gut genug schwimmen konnte, und sie hatte Angst. Sie hatte Angst zu ertrinken. Sie zwingt sich zu diesem Eingeständnis.

Sie seziert den Moment, erspart sich nichts. Sie hat nicht ihr eigenes Leben für das ihres Kindes riskiert. Sie wusste, dass sie beide ertrinken würden, wenn sie hinausschwimmen würde. Sie hatte im Meer immer schon Angst gehabt, mochte noch nicht einmal mit dem Kopf untertauchen. Es sind Männer, die bei der Rettung von Kindern und Hunden ertrinken, nicht Frauen. Väter, nicht Mütter. Komisch, aber sie kann sich nicht erinnern, je davon gehört zu haben, dass eine Frau ins Wasser gesprungen wäre, um ein ertrinkendes Kind zu retten, obwohl sie sich an jede Menge Fälle erinnern kann, in denen Männer sich in reißende Flüsse oder schmutzige Kanäle gestürzt hatten, ohne an sich selbst zu denken, getrieben von blindem Wagemut. Es muss auch Frauen geben, die so etwas getan haben, aber sie kann sich nicht erinnern, von ihnen gelesen zu haben. Sie steht also nicht ganz allein da, wenn es ihr an diesem Tag an Mut fehlte, ihrem Sohn nachzuspringen. Wäre es ein brennendes Gebäude gewesen oder ein Fensterbrett hoch oben in einem Wolkenkratzer, oder ein Verrückter, der mit einer Pistole herumfuchtelte, es wäre etwas anderes gewesen. Dann hätte sie den Mut gefunden. Sie wäre durch das Feuer gelaufen, hätte riskiert, in den Tod zu stürzen, hätte sich vor Nick geworfen, um die Kugel abzufangen ... aber das Meer? Das Meer hatte ihr ihre Grenzen aufgezeigt.

Und dann rannte er hinein, schob sie im Vorbeilaufen beiseite und stürzte sich in die Wellen wie ein Rettungsschwimmer. Wieso waren eigentlich keine gottverdammten Rettungsschwimmer am Strand? Es war noch nicht einmal eine Flagge gesetzt. Er war derjenige, der auf ihre Hilferufe reagiert hatte. »Nein!« – das Wort entfuhr ihr, ehe sie es verhindern konnte. Ein Aufheulen, das niemand verstand. Sie wollte nicht, dass er es war. Nicht er, bitte nicht. Sie sah zu, wie er auf das Gummiboot zuschwamm. Es kippelte bedenklich hin und her: Nicholas versuchte aufzustehen. *O Gott, bitte, steh nicht auf, du wirst ins Wasser fallen!* Sie versuchte, Nick mit Gesten zu bedeuten, dass er sich hinsetzen solle, doch er war zu weit draußen, um sie sehen zu können.

Inzwischen hatten sich andere zu ihr gesellt. Ein Paar mit einem kleinen Kind und eine weitere Familie, Engländer wie sie. Sie waren freundlich, die Mutter legte den Arm um Catherine. Und auch spanische Familien, alle gefesselt vom Schauspiel des kleinen Jungen, der in seinem Bötchen gefährlich weit aufs Meer hinausgetrieben wurde, und dem jungen Mann, der sich mit kräftigen Zügen zu ihm vorarbeitete. Sie erinnert sich daran, wie stark er war, und sie wusste, dass er Nicholas einholen würde. Nichts würde ihn aufhalten können. Und dann hatte er es geschafft, und die Leute um sie herum lächelten, die englische Mutter tätschelte ihre Schulter und lächelte auch, nur Catherine lachte nicht. Sie schaute hinaus, und ihr war elend zumute.

Er hatte kehrtgemacht und zog Nicholas in seinem Gummiboot hinter sich her. Es war ein hypnotisierender Anblick, wie er mit einem Arm durch die Wellen pflügte. Es war heldenhaft. Er war mutig.

Das waren ihre Gedanken, als sie die Angst in den Stimmen um sie herum vernahm. Aufgeregtes Geschnatter auf Spanisch, und dann der englische Vater: »Er hat Probleme, sie brauchen Hilfe!« Er wollte schon selbst hineinlaufen, als ein jüngerer Spanier ihm zuvorkam. Nicht so jung wie Jonathan, aber trotzdem jung. Ende zwanzig? So alt wie sie? Er schwamm hinaus, packte das Seil und machte kehrt, um mit Nicholas zum Strand zu schwimmen und ihn in Sicherheit zu bringen. Eine Zeit lang sah es so aus, als ob sie sich gar nicht bewegten – die Wellen drängten sie zurück, die Strömung zog sie vom Ufer weg, aber er schaffte es, dieser junge Spanier. Immer näher und näher kam er dem rettenden Strand. Und alle Blicke waren auf ihn gerichtet, nicht auf Jonathan. Sie nahmen alle an, dass er schon klarkäme.

Und endlich war Nicholas am Strand, und sie hob ihn aus dem Gummiboot, hüllte ihn in ein Handtuch und drückte ihn fest an sich. Er zitterte vor Kälte und klapperte so sehr mit den Zähnen, dass er nicht sprechen konnte. Er barg seinen Kopf an der Brust seiner Mutter, und sie zog ihm das Handtuch ganz über den Kopf, wie eine Kapuze, sie beschützte ihn, hielt ihn fest.

Und dann erst drehte sie sich um und sah den jungen Spanier und den englischen Vater zu Jonathan hinausschwimmen, der zurückgeblieben war. Er schien gar keine Anstrengungen mehr zu unternehmen, ans Ufer zu gelangen. Er ruderte mit den Armen, schlug mit den Händen aufs Wasser, alles wie in Zeitlupe.

Spanische Stimmen redeten auf sie ein, freundliche Stimmen, die Menschen lächelten, streichelten Nicholas' Kopf, glücklich über die Rettung dieses kleinen Jungen.

Dann flüsterte die englische Mutter ihr ins Ohr: »Lassen Sie ihn nicht hinsehen. Er darf das nicht sehen.« Und die Leute scharten sich um Nicholas, um ihm die Sicht auf den Strand zu verdecken. Catherine blickte sich um und sah, wie Jonathan aus einem Boot gehoben wurde. Ein Schnellboot war gekommen, aber zu spät. Sie sah zu, wie Jonathans Leiche auf den Sand gebettet wurde. Dann wandte sie sich ab und stellte sich so hin, dass Nicholas nichts sah.

»Du tust mir weh«, waren seine ersten Worte.

Sie hatte nicht gemerkt, wie fest sie ihren Sohn an sich drückte. Andere Mütter hatten eine Barriere gebildet, um das Kind vom Anblick der Leiche des Mannes abzuschirmen, der es gerettet hatte.

»Sie sollten ihn in Ihr Hotel bringen«, sagte die Engländerin, die Hand auf Catherines Arm. »Wo sind Ihre Sachen?«

Sie deutete auf ihr Handtuch und ihre Tasche, und die Frau ging beides holen. Inzwischen zog Catherine Nicholas hastig ein T-Shirt über und nahm seine Hand.

»Wollen wir ins Hotel gehen und fragen, ob du eine heiße Schokolade kriegst?« Sie war schockiert, wie ruhig ihre Stimme klang.

»Ja«, antwortete er fröhlich und griff nach dem Seil, um sein Gummiboot abzuschleppen.

»Lassen wir es hier, Nick. Wir fliegen morgen nach Hause. Im Flugzeug können wir es sowieso nicht mitnehmen. So kann ein anderes Kind noch damit spielen.«

Sie hatte sich auf Tränen gefasst gemacht, aber er hatte kein Problem damit. Es war schon vergessen. Der Reiz des Neuen war verflogen. Er erwähnte das Boot und den Zwischenfall nicht mehr. Nie wieder.

Sie wartete darauf. Auf die Erinnerung an seine Angst, den Moment, als er gemerkt hatte, dass er zu weit draußen war und sie nicht bei ihm war, dass das Meer zu stürmisch war, dass er gerettet worden war – aber sie kam nie. Er verlor nie ein Wort darüber. Ihm sei furchtbar kalt, das hatte er gesagt, aber er hatte nie gesagt, dass er geglaubt habe, ertrinken zu müssen. Er hatte nie gesagt, dass er Angst gehabt habe. Vielleicht hatte er wirklich keine Angst gehabt. Er hatte gefroren, und er hatte zum Strand zurückgewollt, und dann war jemand gekommen und hatte ihn geholt. Ganz einfach. Er hatte nie wirklich Angst um sein Leben gehabt.

Als sie die Stufen vom Strand hinaufstiegen, blickte Catherine sich ein letztes Mal um und sah Jonathan auf dem Sand liegen, zugedeckt mit zwei Handtüchern. Tot. Sie wusste, dass er tot war. Und was hat sie gefühlt? Sie darf der Frage nicht ausweichen. *Was hast du gefühlt?*

43

Spätsommer 2013

Den ganzen Tag schon geistert eine Geschichte durch die Nachrichten: eine Geschichte von Kindern, die im wahrsten Sinne des Wortes an Scham gestorben sind, weil sie es nicht fertig brachten, ihren Eltern von den Fotos zu erzählen, die sie im Internet an ausbeuterische Erwachsene gepostet hatten, die sich als ihre Freunde ausgaben. Manche von diesen Kindern sind erst acht Jahre alt. Das ist der Soundtrack im Hintergrund, als ich die Kinderfotos von Jonathan durchsehe, die Nachrichten, die mir durch den Kopf gehen, während ich nach dem Bild suche, das meinen Sohn am besten wiedergibt – das ihn so zeigt, wie ich möchte, dass er in Erinnerung bleibt. Wenn Jonathan heute ein Kind wäre, glaube ich kaum, dass er ein Opfer dieser Ungeheuer werden würde. Er wäre nie an Scham gestorben, denn er wusste, dass er immer mit seiner Mutter reden konnte. Er wusste, dass er ihr alles sagen konnte, ohne dass sie ihn auch nur einen Deut weniger lieben würde. Sie standen einander so nahe, wie es zwischen Mutter und Sohn nur möglich ist.

So nahe, dass es Nancy war, die ihn aufklären musste, nicht ich. Seine Mutter, nicht sein Vater. Man sollte meinen, für mich wäre es leichter gewesen, aber es war Nancy, der er zuhörte, Nancy, mit der er redete. Wenn ich versuchte, das Thema anzuschneiden, steckte er sich immer die Finger in die Ohren und sang laut »La-la-la«, um mich zu übertönen. Nancy und ich haben später darüber gelacht: Es war ja auch zu lustig. Er kam früh in die Pubertät – er war erst elf, aber er musste wissen, was Sache ist, also sagte sie, dass sie es übernehmen würde. Ich weiß noch, wie ich gedacht habe: *Na, viel Glück – mit seiner Mutter über Sex zu reden, wird ihm noch viel peinlicher sein.* War es aber nicht.

Sie sagte ihm, er solle sich hinsetzen und ihr in die Augen schauen, und sie versicherte ihm, es gebe nichts, wovor er Angst haben oder weswegen er verlegen sein müsse. Es sei alles ganz natürlich. Eines Tages würde er dem richtigen Menschen begegnen, und dann würden diese Triebe, die ihm jetzt so unangenehm waren, einen Sinn ergeben. Es gebe nichts, wofür er sich schämen müsse, und er solle ruhig seinen eigenen Körper erforschen. Ja, sie ermutigte ihn sogar dazu, und sie sagte ihm, wenn er sich je wegen irgendetwas Gedanken machte, könne er immer mit ihr reden.

Ich erinnere mich, dass ich bei verschiedenen Gelegenheiten an seiner geschlossenen Zimmertür vorbeigegangen bin und dahinter das Gemurmel ihrer Stimmen gehört habe. Er wusste, dass er ihr vertrauen konnte: Ganz gleich, was er tat, seine Mutter würde es immer verstehen. Unser Sohn wäre sicher vor Internet-Monstern wie mir.

Ich habe ein falsches Alter angegeben, um einen jüngeren Menschen als Freund zu werben. Ich habe mich für jemanden ausgegeben, der ich nicht bin.

Gestern Abend habe ich die restlichen Fotos hochgeladen. Kein Kind sollte seine Mutter so sehen müssen. Was würde es mit Ihnen machen, wenn Sie Ihre Mutter in so frivolen Posen sehen müssten, wie auf dem Präsentierteller: die Schande, der Schmutz? Ich bezweifle, dass es ihm je gelingen wird, diese Bilder aus dem Kopf zu bekommen. Aber es gibt jetzt kein Zurück mehr. Wir haben eine Mission zu erfüllen.

Der kleine Nick. Er wartet auf mich – er will mehr über die Fotos wissen. Wer hat sie gemacht? Also sage ich es ihm.

Dann poste ich das Bild, das ich von Jonathan ausgewählt habe. Ein kleiner Junge, zehn Jahre alt, in dem Pullover, den seine Großmutter ihm zu Weihnachten gestrickt hat. Er strahlt übers ganze Gesicht und reckt stolz die Brust, um die Ninja Turtle zu präsentieren, die sie vorne draufgenäht hat. Und ich füge die Worte hinzu:

JONATHAN BRIGSTOCKE
26. Juni 1974–14. August 1993
Ein Fremder, der starb, als er dir das Leben rettete

Er wird eine Weile brauchen, um zu begreifen, dass Jonathan tot ist – sein junger Freund, der nie sein Freund war –, und überhaupt alles zu verstehen, was ich für ihn gepostet habe. Das Buch wird ihm helfen. Ich habe ihm Seitenzahlen genannt, sodass er diesmal ganz bestimmt nicht umhinkommen wird, sie oder sich selbst wiederzuerkennen. Nancy muss auch zu Wort kommen dürfen. Vielleicht kann er ein paar von ihren Fragen beantworten.

»*Warum hat sie ihrem Kind nicht geholfen? Wie kann eine Mutter ihrem Kind den Rücken zukehren und es auf dem Meer allein lassen? Ein Kind, das nicht schwimmen konnte. Keine Armflügel, kein Schwimmreifen. Wie konnte eine Mutter, die ihre fünf Sinne beisammen hatte, so etwas tun? Hatte sie den Verstand verloren?*

Sie hätte zugeschaut, wie ihr Kind ertrank – sie sagte, sie wünschte, Jonathan hätte es nicht getan. Das waren ihre genauen Worte. War ihre Leidenschaft für Jonathan größer als ihre Liebe zu ihrem Kind? Der kleine Nick – ist er so ein Satansbraten, dass nicht einmal seine eigene Mutter ihn für wert hielt, gerettet zu werden?«

Und rein damit – der Auszug aus Nancys Notizbuch, mein letztes Posting. Ich komme mir vor, als ob ich ein Kätzchen in einen Sack gesteckt und in den Kanal geworfen hätte. Ich kann es miauen hören, aber ich kann nichts mehr tun, um es zu retten. Untergehen oder schwimmen: Jetzt liegt es allein bei ihm.

44

Spätsommer 2013

Jemand packt ihn am Arm und zerrt ihn zur Tür. *Los jetzt, es reicht.* Jemand schubst ihn hinaus auf die Straße, verriegelt die Tür, sperrt ihn aus. Er will losgehen, aber er stolpert. Wird geschubst? Nein, stolpert. Besser erst mal hinsetzen. Es aussitzen. Und er setzt sich auf die Erde, lehnt sich an die Wand.

Er hat das Buch noch in der Hand. Er blättert zum Ende vor. Will den Tod seiner Mutter lesen. Er lacht. Reine Fantasie, Mann. Das will ich sehen, wie die sie dazu bringen wollen, sich vor einen Zug zu werfen. Zurückblättern, noch weiter, noch weiter. Wo waren die Sexszenen? Mama, wie sie diesem Neunzehnjährigen den Schwanz lutscht. Wie abartig ist das denn bitte? Scheiße. Es wirkt auch bei ihm, das darf ja wohl nicht sein. Er steht auf, lässt das Buch auf den Boden fallen und pinkelt darauf. Fettige, kalte Schweißperlen sickern aus seinen Poren, während er es laufen lässt, seine Pisse spritzt auf ihn zurück. Er stützt sich mit den Händen an der Wand ab und versetzt dem Buch mit aller Kraft einen Tritt, sieht ihm nach, wie es über den Gehsteig schlittert. Er lässt sich an der Wand herabgleiten, bis er am Boden sitzt. Macht die Augen zu, aber es hilft nichts – es ist da drin. Es ist in seinem Kopf, und er kriegt es nicht mehr raus. Er gräbt die Fingerspitzen in seine Kopfhaut, will die Bilder aus seinem Gehirn herausreißen, aber er sieht sie so verdammt deutlich vor sich.

Mamis Liebling. Auf dem Weg in ein nasses Grab. Sie hat zugesehen, wie er starb. Arme alte Mami. Eine Münze wurde geworfen, und Nick hat gewonnen. Gerettet, obwohl er eigentlich hätte sterben sollen. Jemand sollte ihr helfen, sollte ihr Nachhilfe geben beim Sich-vor-den-Zug-Werfen. Er schließt die Augen, und ein gelb-rotes Gummiboot schaukelt vorüber, ein kleiner Farbklecks in der Ferne, ein kleiner Fleck, der über den Rand der Welt kippt.

Zahlen schwimmen vor seinen Augen vorüber. Eine Zwei oder eine Sieben ... nein, zwei. Zwei Zweien, zweiundzwanzig. Dann nichts. Ein gesichtsloses Haus. Bretter anstelle von Fenstern. Da ist eine Klingel, und seine Finger tasten danach, sein Ohr drückt gegen die Tür. Ihm ist heiß und kalt zugleich, und schlecht ist ihm auch. Er kann sich nicht erinnern, wie er hierhergekommen ist, aber jetzt ist er hier. Hier will er sein. Er war länger nicht mehr hier, hat dem Drang widerstanden. Hier muss er hin. Ein Summen, ein fernes Summen. Die Tür geht auf, und er fällt ins Haus. Ah, der vertraute Geruch nach Hundescheiße. Er kotzt sich in die Hände – versucht, es aufzufangen. Er hat den Trick schon öfter versucht – es klappt nie, immer fällt was durch. Seine hohlen Hände laufen über, und keinen interessiert es. *Geh dich waschen, Mann.* Er ist drin, schleppt sich die Treppe rauf. Muss nur ganz kurz die Augen zumachen, dann geht's schon wieder. Er rollt sich auf dem Boden zusammen, ein Riesenfötus, und lauscht ihrem leisen Gemurmel. Er muss nicht wissen, was sie sagen, er will nur das Geräusch hören. Es genügt zu wissen, dass er in ihrer Mitte ist – ein Mitreisender.

Er denkt sich eine andere Geschichte für seine Mutter aus: eine tragische Heldin, die ihr einziges Kind durch einen Badeunfall verloren hat. Sie hätte sich vollständig von diesem Verlust erholt; sie hätte diese Rolle gut gespielt – sie hätte ihr besser zu Gesicht gestanden als die der Mutter eines bedeutungslosen, phlegmatischen, nichtsnutzigen Versagers.

Er wälzt sich auf den Rücken und schlägt die Augen auf,

starrt an die Decke. Ein Gesicht schaut auf ihn herab und lächelt. »Alles klar?« Er lächelt zu dem Gesicht auf. Es geht ihm besser. Ein bisschen jedenfalls. Er schleppt sich ins Bad, wäscht sich die Kotze von den Händen, spült den Mund mit Wasser, spuckt aus. Sein Handy vibriert in der Hosentasche. Papa. Verpiss dich.

Aber er ruft seine Mama an. Ist das seine Stimme? Hinterlässt er eine Nachricht? Irgendetwas kommt aus seinem Mund.

»Alles in Ordnung?« Eine Stimme vor der Klotür.

»Ja«, krächzt er und starrt seine Lippen an, die sich im Spiegel bewegen. Er reißt sich los und macht die Tür auf. Da steht ein Mädchen. Ein hübsches Mädchen.

»Geht's dir gut?« Sie späht über seine Schulter ins Bad. »Wer ist da bei dir?«

Er tritt zur Seite, und sie schaut hinein.

»Mit wem hast du geredet?«

»Mit niemand.«

»Du hast geweint.«

»Mir war schlecht.« Er nimmt ihre Hand, er will, dass sie mit ihm kommt, aber sie zieht ihre Hand weg. Er taumelt ins Zimmer und setzt sich aufs Sofa. Es stinkt, jemand hat darauf gepisst, und Federn bohren sich ihm in den Rücken. Aber er will sich nicht bewegen. Er will hier nie wieder weggehen. Hier kann er ganz er selbst sein.

45

Sommer 1993

Sie erinnert sich an die Fragen der spanischen Polizei: Ob sie ihn gekannt habe? Ob sie sich vorher schon einmal begegnet seien? Sie habe ihn vor diesem Tag noch nie gesehen, hatte sie gesagt, und sie hatten ihr das abgenommen und ihr und Nicholas erlaubt, am folgenden Tag nach Hause zu fliegen. Die Polizei hatte seine Tasche. Sie wussten, wo er gewohnt hatte, sie würden die britischen Behörden informieren und die Familie des jungen Mannes kontaktieren. Ein tragischer Unfall. Es stand ihr frei heimzufahren. Es gab keine weiteren Fragen.

An diesem Abend packte sie ihren Koffer, und am nächsten Morgen fuhren sie und Nicholas mit dem Taxi zum Flughafen und nahmen ihre Maschine nach Hause. Ein problemloser Flug, erzählte sie Robert, als sie am Abend zu Hause ankamen. Sie hatte eine Flasche Duty-free-Whisky mitgebracht, und sie tranken noch einen Schluck, bevor sie nach oben ins Bett gingen.

Sie weiß noch, wie sie die Badtür zugemacht hat und den Knutschfleck an ihrem Hals im Spiegel inspizierte, wie sie noch etwas Make-up auftrug, um ihn zu verdecken, und dann das Licht ausschaltete, als sie ins Bett stieg. Und er reckte sich nach ihr, küsste sie auf den Mund, rutschte ein Stück tiefer und küsste ihren Bauch. Er war so zärtlich. Sie schliefen miteinander, obwohl sie es eigentlich gar nicht wollte. Aber sie war der Meinung, dass es sein müsse, dass es ein notwendiger Akt sei, um das Geschehene auszulöschen. Er streichelte ihren Körper. Sie habe ihm gefehlt, sagte er. Er war aufmerksam, sanft und behutsam.

Und wochenlang noch deckte sie das verräterische Mal an ihrem Hals ab, bis es endlich verblasste. Und der Bluterguss an ihrem Oberschenkel hatte sich schon gelbgrün verfärbt, er war leicht zu übersehen. Sie konnte ihr Geheimnis wahren, konnte es in ihrem Kopf vergraben. Nach und nach, über die Jahre hinweg, gelang es ihr, es zu zerkauen wie ein Stück Knorpel, bis sie es schließlich hinunterschlucken konnte, ohne daran zu ersticken.

Es gab Momente, da war sie kurz davor, es Robert zu erzählen, aber sie fand, das wäre egoistisch gewesen. Es wäre etwas anderes gewesen, wenn Jonathan nicht gestorben wäre. Wenn er mit Nicholas im Schlepptau an Land geschwommen wäre, dann wäre alles anders gewesen. Es war ihr Geheimnis. Es gehörte ihr allein. Sie hatte beschlossen, es für sich zu behalten.

Catherines Handy summt auf dem Nachttisch. Sie greift hastig danach, damit es ihre Mutter nicht aufweckt, die gerade erst wieder eingeschlafen ist, nachdem sie auf der Toilette war. Es ist vier Uhr morgens. Ihr Herz schlägt heftig. Es ist Nicholas. Sie steigt aus dem Bett, läuft rasch aus dem Zimmer und macht leise die Tür hinter sich zu, um ihre Mutter nicht zu wecken.

»Hallo? Nick?« Sie ist nicht schnell genug. Sein Anruf ist auf die Mailbox gegangen. Sie hofft, dass er eine Nachricht hinterlässt. Das tut er. Sie hört sie ab, und es ist, als sei sie zwanzig Jahre zurückversetzt worden. Der gleiche Adrenalinstoß, der in der Lendengegend beginnt, so heftig, dass es regelrecht wehtut. Die instinktive Reaktion einer Mutter, wenn ihr Kind zu nahe an den Rand des Abgrunds läuft. Sie spürt es jetzt, als sie Nicks Nachricht hört: Keine Worte, nur ersticktes Schluchzen dringt aus dem Hörer.

Ihr wird eiskalt, als sie seine Nummer wählt, wieder und wieder. Alles, was sie zu hören bekommt, ist ein anderer Nick, der sie auffordert, eine Nachricht zu hinterlassen. Draußen singt ein Vogel, aber es dämmert noch nicht, und es hört sich nicht richtig an. Wie sie ist er zu früh aus seinem Nest gedrängt worden.

Sie schnappt sich Jacke und Handtasche und verlässt die Wohnung. Sie hat kein Auto, also läuft sie zum nächsten Mini-Cab-Standplatz und wartet. Fünf Minuten dauert es, dann fährt ein Wagen mit einem verschlafenen Fahrer vor, der sie zu ihrem Haus bringt. Eine Fahrt von zwanzig Minuten um diese Tageszeit, wo kein Verkehr ist. Sie bezahlt ihn, läuft zur Haustür und schließt auf.

46

Spätsommer 2013

Wie hatte Nancy nur wissen können, was sich zwischen Jonathan und der Hure abgespielt hatte? Wie konnte sie ihre Intimitäten derart detailliert schildern? Sie hatte die Fotos, mit ihrer brutalen Eindeutigkeit, und sie hat ihre Fantasie benutzt, wie es Schriftsteller eben tun. Sie hielt sich nicht immer streng an die Fakten – zum Beispiel bezweifle ich sehr, dass Jonathan daran interessiert war, in den Spuren von Orwell, Bowles oder Kerouac zu wandeln. Wunschdenken? Künstlerische Freiheit. Natürlich hat sie die Namen geändert. Um die Unschuldigen zu schützen? Vielleicht hätte ich wieder die richtigen Namen einsetzen sollen. Es ist ein Roman, aber dennoch möchte ich behaupten, dass das Buch die Wahrheit von ihrem Ballast befreit hat – es ließ sie an die Oberfläche steigen. Es ist schließlich der Gehalt einer Geschichte, auf den es ankommt.

Jonathan war mit seiner Freundin auf Europareise gegangen, eine Tatsache, die Nancy unverändert übernommen hat, wenngleich sie den Grund für Sashas verfrühte Heimkehr geändert hat. Ihr Vater war nicht krank geworden, das war nicht der Grund, weshalb sie die Reise abbrach. Sie und Jonathan hatten sich gestritten, und Sasha war überstürzt nach Hause geeilt. Das ist eine Tatsache, aber es ist nicht von Bedeutung. Das Wichtige ist, dass Jonathan seine Reise allein fortsetzte. Er war ein neunzehnjähriger Junge, allein in einem fremden Land. Er war verletzlich. Ich weiß noch, dass Nancy sich Sorgen machte, weil er allein unterwegs war. Ich machte mir keine Sorgen. Ich vermutete, dass er sich ohne seine Freundin viel besser amüsieren würde. Ich dachte, vielleicht lernt er ja eine kennen, mit der er mehr Spaß hat.

Als wir aus Spanien zurückkamen, nachdem wir Jonathans Leiche identifiziert hatten, rief Nancy als Erstes bei Sasha an. Sie wollte nicht, dass sie es von jemand anderem erfuhr. Es war Sashas Mutter, die den Anruf annahm. Sie sagte, Sasha sei nicht zu Hause, sie werde ihr aber ausrichten, was passiert war. Wir haben nie erfahren, ob sie es getan hat oder nicht, denn wir haben nie wieder von Sasha gehört. Nancy schrieb ihr jedes Jahr eine Karte zum Geburtstag und eine zu Weihnachten, aber wir bekamen nie eine Antwort von ihr. Ich war wütend und regte mich furchtbar darüber auf, aber Nancy war großzügiger. Sie sagte, sie könne es verstehen. Sasha sei jung, man könne das nicht von ihr erwarten, und sicherlich hätte ihre Mutter sie nicht dazu ermuntert, mit uns in Kontakt zu bleiben. Das Verhältnis zu Sashas Mutter war immer schon schwierig gewesen.

Ich erinnere mich an einen Anruf von ihrer Mutter nach Sashas Rückkehr von der Europareise, den Nancy entgegennahm. Ich hörte zwar nur, was Nancy sagte, aber dennoch staunte ich über die Geduld, mit der sie sich die Tirade der Frau anhörte. Sie blieb ruhig und wiederholte ein ums andere Mal, dass es Sache der beiden jungen Leute sei, ihre Differenzen zu regeln, und dass die Eltern nicht das Recht hätten, sich einzumischen. Es gelang ihr, das Gespräch höflich zu beenden, doch als sie auflegte, sah ich, dass sie vor Zorn weiß im Gesicht war. Und doch hatte sie nicht die Beherrschung verloren, und ich bewunderte sie dafür. In ihren Notizbüchern wahrte sie denselben ausgeglichenen Ton. Sie flüstern, diese Bücher, sie toben nicht. Sie wünscht sich Dinge, sie fordert sie nicht.

»Ich wünschte, ihr Sohn wüsste, dass er sein Leben meinem Sohn verdankt. Ich wünschte, er wüsste, dass er ohne Jonathan gar nicht hier wäre.«

47

Spätsommer 2013

Catherine steckt ihren Schlüssel in die Tür und dreht ihn. Fast rechnet sie damit, dass er nicht mehr passt, aber er tut es. Sie schließt auf und läuft gleich nach oben ins Gästezimmer. Registriert das leere Bett, das Durcheinander auf dem Boden, ein Zustand wie nach einer überstürzten Flucht. Dann öffnet sie die Tür ihres Schlafzimmers und tritt zu Robert ans Bett. Er schläft fest. Auf dem Nachttisch liegt eine Packung Schlaftabletten, daneben ein zerfleddertes Exemplar von *Das Opfer des Fremden*. Noch vor einer Weile hätte sie das schockiert, jetzt ist sie nur angewidert, dass er es neben seinem Bett liegen hat. Das er es in ihr Schlafzimmer mitgenommen hat. Sie fragt sich, wo die Fotos sind. Hebt er sie in der Nachttischschublade auf, oder hat er sie vernichtet?

»Robert, wach auf!« Sein Schlaf ist so tief, dass er nicht gehört hat, wie sie die Treppe heraufgerannt ist, und nicht merkt, wie sie sich jetzt über ihn beugt, nicht hört, wie sie ihm ins Ohr schreit. Sie packt ihn an den Schultern und schüttelt ihn. »Wach auf!«

Er stöhnt und dreht sich weg. Seine Augen bleiben geschlossen.

»Robert!«, ruft sie, wütend jetzt. »Wach auf!« Sie nimmt sein Handy und sieht nach, ob Anrufe von Nick darauf sind, findet aber nur ihre eigenen unbeantworteten Anrufe. Wie kann er es wagen zu schlafen? Sie greift nach dem Glas Wasser auf dem Nachttisch und kippt es ihm über den Kopf. Gerechtfertigt, notwendig, entschuldbar. Er spuckt und sprudelt und verzieht das Gesicht. Er bietet einen erbärmlichen Anblick. Sie ist selbst überrascht von ihrer Wut und ihrem Widerwillen.

»Robert, Herrgott noch mal – wach auf! Wo ist Nick?«

Als er endlich die Augen aufschlägt, ist er verwirrt, zu nichts zu gebrauchen.

»Was tust du …?«

»Wo ist Nick?«

Immer noch ist sein Blick verständnislos, er hat Mühe, den Schlaf abzuschütteln. Sie hält ihm das Buch vor die Nase.

»Hast du es ihm gesagt?«

Er rutscht auf die andere Seite des Betts, steht auf und sieht sie an. Er ist nackt, und sie wendet sich ab.

»Hast du es ihm gesagt?«, schreit sie.

Er geht ins Bad und kommt gleich darauf wieder, bis zu den Knöcheln in Frottee gehüllt. Er ist gelassen, ganz und gar nicht beunruhigt.

»Ich habe ihm nichts gesagt«, sagt er. »Aber ich werde es tun …«

»Tja, dafür ist es ein bisschen zu spät. Der Vater ist dir zuvorgekommen. Nick hat mich heute früh um vier angerufen, und jetzt kann ich ihn nicht erreichen. Er geht nicht an sein Telefon und hat auf keinen meiner Anrufe reagiert. Er hat mir eine Nachricht hinterlassen« – sie wedelt mit ihrem Handy vor seinem Gesicht herum –, »und er war in einem fürchterlichen Zustand.« Sie fängt an zu weinen. »Er weiß es. Wo ist er? Wir müssen ihn finden!«

»Ich weiß nicht, wo er ist. Wahrscheinlich bei einem Freund.« Er lässt sich von ihrer Panik nicht anstecken. »Er ist heute Morgen zur Arbeit gegangen, und er ist zum Abendessen nicht nach Hause gekommen. Na und? Er ist fünfundzwanzig.« Er klingt, als wolle er sich rechtfertigen. »Ich bin sicher, es geht ihm gut ... Was soll das heißen, er war in einem fürchterlichen Zustand?«

»Er hat geweint – hat kein Wort gesagt. Ich konnte ihn nur schluchzen hören.«

Roberts Gesicht nimmt einen gequälten Ausdruck an. »O Mann, hätte ich es ihm doch nur gesagt. Das hätte nicht passieren dürfen, dass er es von jemand anderem erfährt.« Er schiebt sich an ihr vorbei, um nach unten zu gehen.

»So habe ich ihn noch nie erlebt, Robert ... Ich habe Angst.«

Er fährt sie an. »Was hast du denn erwartet?« Er sieht sie durchdringend an, bis er offenbar ihren Anblick nicht mehr ertragen kann. »Ich hätte es ihm sagen sollen ... und jetzt musste er es von einem Fremden hören. Kannst du dir vorstellen, wie geschockt er sein muss?«

»Dieser kranke Spinner hat sich an ihn rangemacht ...«

»Was?«, unterbricht er sie. »Du meinst den Vater des Jungen, der ertrunken ist, als er Nick das Leben rettete? Den Vater des jungen Mannes, den du gevögelt hast, um dann zu leugnen, dass du ihm je begegnet bist? Nachdem er gestorben war, als er unser Kind rettete. Meinst du *den* kranken Spinner? Du bist echt unglaublich.«

Gott, wie er sie hasst. Der Hass verzehrt ihn völlig. *Der junge Mann, den sie gevögelt hat.* Er sollte sich um Nick Sorgen machen, anstatt sie anzugreifen. Sie verachtet ihn für seine Unfähigkeit, sich auf ihren Sohn zu konzentrieren, für seine Weigerung, ihr bei der Suche nach ihm zu helfen.

»Kapierst du es nicht? Unser Sohn ist in Gefahr. Dieser Mann hat sich an ihn rangemacht.« Sie hält ihm ihr Handy hin und spielt Nicks Nachricht ab. Es ist herzzerreißend. Robert treten die Tränen in die Augen.

»Das ist deine Schuld. Du hast das getan!« Er spuckt ihr die Worte ins Gesicht, und sie wendet sich ab, doch er lässt nicht locker. »Ich erkenne dich nicht wieder. Was hast du denn erwartet?« Er dreht sie zu sich um, sodass sie ihm ins Gesicht sehen muss. »Wundert es dich etwa, dass es ihn so fertig macht? Die Lügen, all die Lügen, all die Jahre lang. Es war unvermeidlich, dass er es irgendwann herausfinden würde – ich wünschte nur, ich wäre es gewesen, der es ihm gesagt hätte. Er war dir völlig egal, stimmt's? Du warst so mit deinem Lover beschäftigt, dass du unseren Sohn allein draußen auf dem Meer gelassen hast, obwohl er nicht schwimmen konnte. Was soll er davon halten? Er war ein Kind – du warst die Erwachsene. Du warst seine Mutter. Du warst diejenige, die ihn hätte retten sollen, aber du hast nie zuerst an ihn gedacht, oder? Nein, du warst dir immer wichtiger.«

Sie reißt sich von ihm los, wendet ihm den Rücken zu, lässt sich auf keine Diskussion ein. Sie muss sich auf Nick konzentrieren. Sie spürt Roberts Blick, die Verachtung, die er ausströmt. Nie hätte sie geglaubt, dass es so weit kommen würde, aber darüber kann sie jetzt nicht nachdenken. Stattdessen sucht sie in ihrem Handy die Nummer des örtlichen Krankenhauses. Sie ruft an, wartet auf eine Antwort.

»Hallo, ich bin auf der Suche nach meinem Sohn – ich mache mir Sorgen, dass ihm etwas passiert sein könnte … Er hat mich angerufen und war ganz aufgelöst … Er ist fünfundzwanzig … Ja, aber er hatte in der Vergangenheit Probleme mit Drogen, und er war in einem fürchterlichen Zustand, als er mich anrief … Er könnte sich etwas angetan haben … Nicholas Ravenscroft …« Sie merkt genau, dass sie nicht interessiert sind. Ein fünfundzwanzigjähriger Mann, dessen Mutter anruft, um herauszufinden, wo er ist. Es klingt absurd.

Sie läuft nach oben ins Gästezimmer. Er könnte weiß Gott wo sein – in irgendeinem der Londoner Krankenhäuser –, in irgendeinem Zug aus London heraus – an irgendeiner Bahnstrecke … Sie ruft die Polizei an, aber dort wimmelt man sie ab. Ihr Sohn ist fünfundzwanzig. Sie hat vor zwei Stunden zuletzt von ihm gehört. Hat er gesagt, er werde sich etwas antun? Nein, sie muss zugeben, dass er nichts dergleichen gesagt hat.

Sie geht seine Sachen durch. Sein Laptop liefert keine Hinweise. Sie findet seinen Waschbeutel mit verräterischen Hinweisen auf seinen Drogenmissbrauch. O nein, bitte nicht. Sie läuft zum Treppenabsatz und schreit nach unten:

»Hast du gewusst, dass er wieder Drogen nimmt? Hast du das gewusst?«

Robert kommt zum unteren Treppenabsatz und brüllt herauf: »Erzähl du mir nicht, wie ich unseren Sohn zu erziehen habe!« Aber sie merkt, dass es ihn getroffen hat.

Sic geht zurück ins Gästezimmer und wühlt sich auf Händen und Knien durch Nicks Chaos, sucht nach irgendetwas, sie weiß selbst nicht, was. Sie findet einen Brief von John Lewis. Ein Kündigungsschreiben, datiert vor zwei Wochen. Sie schnappt es triumphierend und rennt damit die Treppe hinunter.

»Er hat seinen Job verloren. Wo ist er dann bitte jeden Tag gewesen, wenn du dachtest, er sei in der Arbeit?«

Darauf weiß Robert keine Antwort. Jetzt ist er genauso schockiert und besorgt wie Catherine, und sie schämt sich. Wie konnte sie in dieser Situation Triumph empfinden? Sie sieht zu ihm hinunter und fragt in leiser Verzweiflung: »Hast du irgendeine Ahnung, bei wem er sein könnte? Hat er irgendwen erwähnt?«

Robert gibt keine Antwort. Er weiß es nicht. Sie wissen es beide nicht. *Was sind wir doch für Eltern,* denkt sie. *Wissen beide nicht, wo wir anrufen könnten – wissen beide nicht, bei wem unser Sohn sein könnte.* Hat er Freunde? Aus seiner Teenagerzeit sind keine mehr geblieben, da ist sie sich ziemlich sicher.

»Er hat eine Freundin erwähnt, aber ich habe sie noch nie gesehen, und ich weiß ihren Namen nicht. Ich bin mir nicht mal sicher, ob sie überhaupt existiert …« Er wählt Nicks Nummer, aber der Anruf geht direkt auf die Mailbox. »Hallo, Sportsfreund. Ruf doch mal zurück, wenn du wach bist, und sag Bescheid, ob alles okay ist … Ich hab dich gern …«

Dann klingelt Catherines Handy. Eine unbekannte Nummer. Ihre Finger zittern, als sie auf *Annehmen* drückt.

48

Spätsommer 2013

Es wird Zeit, dass wir mit den Aufräumarbeiten anfangen und unsere Fingerabdrücke beseitigen. Ich habe Jonathans Facebook-Seite geschlossen. Nancy wollte, dass ich sie offen lasse, aber ich hielt es für das Beste, sie stillzulegen. Sie ist frustriert, das merke ich. Sie bezweifelt, dass ich mit meiner Samthandschuh-Methode, wie sie es nennt, das Resultat erzielen werde, das sie sich wünscht. Ich bitte sie, geduldig zu sein. Schau doch, sage ich. Schau dir die Facebook-Seite des kleinen Nick an. Er hat sie nicht angerührt. Das hat doch etwas zu bedeuten. In den letzten vierundzwanzig Stunden hat es auf seiner Seite keine Veränderung gegeben. Das ist ungewöhnlich für ihn. Er kann doch sonst die Finger nicht von seiner Seite lassen. Status – was für ein bombastisches Wort. Sein Status hat sich nicht verändert. Was muss das den jungen Leuten für ein gutes Gefühl geben, einen Status zu haben? Einen Status. Jonathan hatte nie irgendwelche Zweifel, was seinen Status betraf – er brauchte kein Facebook zur Bestätigung. Er musste nie Zweifel haben, wie wichtig er im Leben seiner Mutter war.

Jetzt kann ich es ja sagen: Ich war manchmal eifersüchtig auf Nancys aufopferungsvolle Liebe zu Jonathan. Unsere Beziehung hatte sich nach seiner Geburt verändert, das ist ja nur natürlich. Zwar nicht gleich – anfangs waren es noch wir beide und unser neues Baby, aber je größer er wurde, je mehr er zu einer eigenen Persönlichkeit wurde, desto öfter hatte ich das Gefühl, dass es einerseits mich gab und andererseits die beiden. Sie hatten eine besonders enge Bindung, und es gab Momente, da musste ich mit ihm um ihre Aufmerksamkeit wetteifern. Ich muss ihr bedürftig vorgekommen sein, schwach. Selbstverständlich brauchte Jonathan sie mehr, und es war unfair von mir, je den Versuch zu unternehmen, sie ihm zu entziehen. Wenn wir uns stritten, dann immer nur wegen Jonathan, um die Frage, wie wir am besten mit ihm umgehen sollten. Wir stritten uns nicht oft, eigentlich immer weniger, je älter er wurde. Ich zog mich nach und nach aus den Entscheidungen, die ihn betrafen, zurück. Nancy stand unerschütterlich zu ihrer Überzeugung, was er brauche, sei bedingungslose Liebe und Unterstützung. Das sei es, was jedes Kind brauche, und es war schwer, dem zu widersprechen.

Oh, Nancy, wie tapfer unser Sohn war! Als ich hörte, wie er gestorben war – weil er ein Kind gerettet hatte –, war ich überrascht. Ist das nicht beschämend? Ich hatte nicht gewusst, dass er das Zeug dazu hatte, einem Menschen das Leben zu retten. Und du hattest so etwas schon vermutet, nicht wahr? Obwohl du mir nie vorgeworfen hast, an seinem Mut zu zweifeln, wusstest du, dass ich ein Problem damit haben würde, seinen Tod mit seinem Leben in Einklang zu bringen. Es tut mir leid, dass es mir erst nach deinem Tod möglich ist, Wiedergutmachung zu leisten. Als ich erfuhr, dass der kleine Junge, den er gerettet hatte, der Sohn seiner Geliebten war, ergab es in meinen Augen mehr Sinn. Er hatte ihr gefallen wollen; er hatte ihr zeigen wollen, wie mutig er war. Er war verliebt.

Ich lasse den Computer an, auf dem ich Nicholas Ravenscrofts Facebook-Seite aufgerufen habe, und gehe in den Garten. Ich habe schon angefangen, den Scheiterhaufen zusammenzutragen. Das war etwas, was Jonathan und ich immer zusammen gemacht haben, als er ein kleiner Junge war. Er liebte die Bonfire Night am 5. November, wenn er länger aufbleiben durfte, obwohl es schon dunkel war; er warf Sachen ins Feuer und schrieb seinen Namen mit einer Wunderkerze. Es ist jetzt dunkel, und ich blättere in einem Notizbuch, ohne zu lesen, sehe Nancys Handschrift vor meinen Augen tanzen, und dann lege ich es auf den Holzstoß zu den anderen. Ich zünde eine lange Kerze an und halte sie an den Feueranzünder, sehe zu, wie die Flammen auflodern und die Bücher Feuer fangen. Das Leder stinkt und rollt sich in der Hitze, wird schwarz und schwelt, und die Flammen verschlingen gierig das Papier.

Als ich ins Haus gehe, sehe ich Nancy. Sie sitzt vor dem Laptop, und sie blickt sich zu mir um und lächelt, und ich denke, es liegt daran, dass der Geruch des Feuers frohe Erinnerungen an frühere Bonfire Nights mit Jonathan in mir geweckt hat, aber ich liege falsch mit meiner Vermutung. Auf der Facebook-Seite von Nicholas ist eine Nachricht von seinem Vater.

49

Spätsommer 2013

Nick wurde vor dem St. George's Hospital in South London gefunden. Ein lebloser Körper, abgelegt vor dem Eingang. Der Arzt hat Catherine und Robert erklärt, dass ihr Sohn einen Schlaganfall hatte. Verursacht durch Kokain, wahrscheinlich gespritzt. Es ist noch zu früh, um das Ausmaß der Schädigung zu beurteilen. Innerhalb der nächsten vierundzwanzig Stunden werden sie mehr wissen. Catherine und Robert standen Seite an Seite am Bett ihres Sohnes. Ihnen gegenüber, auf der anderen Seite, waren die Maschinen, die ihn am Leben hielten – die ihm atmen halfen, seinen Herzschlag kontrollierten, ihm lebenswichtige Flüssigkeiten einflößten, um das Gleichgewicht wiederherzustellen. Es war ruhig auf der Intensivstation, fast totenstill. Reihen von Körpern lagen auf Betten, verkabelt, die Augen geschlossen, und warteten starr und reglos darauf, wiedergeboren zu werden. Oder auch nicht.

Catherine blickt ihren Jungen an, den sie nicht hat beschützen können. Der Arzt hat nicht recht behalten. Es sind mehr als vierundzwanzig Stunden vergangen, zwei Tage, genauer gesagt, und sie wissen immer noch nicht, welche Schäden Nicholas sich zugefügt hat. Sie und Robert können nicht länger nebeneinanderstehen, also wechseln sie sich am Bett ihres Sohnes ab. Robert lässt nicht zu, dass Catherine gleichzeitig mit ihm dort ist, und so muss sie warten, bis er gegangen ist, ehe sie ihren Posten einnehmen kann. Sie missgönnt Robert die Zeit, die er bei Nicholas verbringt, die Stunden mit ihrem

Sohn, die er ihr verweigert, aber sie widersetzt sich ihm nicht. In gewisser Weise ist sie erleichtert, ihn nicht zu sehen. Sie hat keinen Raum, über ihn nachzudenken, sie will nur bei Nicholas sein. Jetzt ist sie bei ihm, und jede Sekunde ist kostbar.

Sie ertappt sich bei der Überlegung, ob ihr Sohn immer schon anfällig für einen frühen Tod gewesen ist. Er ist schon einmal gerettet worden, aber sie befürchtet, dass er diesmal nicht so viel Glück haben wird. Wenn sie ihn so ansieht, hilflos wie ein Frühgeborenes, dessen Organismus noch nicht selbstständig funktionieren kann, kommt es ihr vor, als sei auch sie neugeboren. Ihre Seele und ihr Körper sind nackt und ungeschützt. Und merkwürdigerweise ist es ein gutes Gefühl – es ist gut, endlich die Berührung der Außenwelt zu spüren. Sie kann ihren Sohn anschauen und ihn wirklich so sehen, wie sie ihn gesehen hatte, als er in ihr Leben getreten ist: in diesen ersten paar Jahren, bevor seine Anwesenheit sich unentwirrbar mit dem Chaos und dem Schmutz verbunden hat, mit dem sie ihn belastet hat.

Ja, sie muss zu ihrer Rolle in der Entwicklung stehen, die zu ihrer jetzigen Situation geführt hat. Sie kann es nicht von sich schieben, es ist nötig, darüber nachzudenken. Und sobald Nicholas kräftig genug ist, es zu ertragen – falls er das je sein wird –, dann wird sie ihm sagen, was sie ihm schon vor Jahren hätte sagen sollen. Sie berührt seine Wange, sinkt auf die Knie und küsst seine Stirn, lässt ihren Kopf auf der Bettkante ruhen.

Catherine hat ihrer Mutter gesagt, dass Nicholas im Krankenhaus liegt, und ihre Mutter war im ersten Moment bestürzt, um dann sogleich die Information aufzubereiten und zu glätten und Catherine zu versichern, dass heutzutage kaum noch jemand an Masern stirbt. Besser, er macht sie schon als Kind durch. Fast beneidet Catherine ihre Mutter um die Art und Weise, wie ihr Verstand funktioniert. Er lässt nach, aber damit verbunden ist eine Entschlossenheit, unliebsamen Neuigkeiten einen positiven Anstrich zu verpassen. Ihre Mutter wirkt zufrieden, sie schafft sich zumindest vorübergehend eine eigene Welt, die viel schöner ist als die wirkliche.

»Möchten Sie sich vielleicht mal einen Tee holen und eine Kleinigkeit essen? Ich kann mich solange zu ihm setzen.« Eine Krankenschwester legt ihr die Hand auf die Schulter. Ihre Freundlichkeit treibt Catherine die Tränen in die Augen. Sie ist dankbar, aber sie kann Nicholas nicht allein lassen.

»Danke, ich brauche eigentlich nichts.«

»Gehen Sie nur. Ich bleibe hier. Sie sehen erschöpft aus. Sie sollten etwas essen und ein bisschen frische Luft schnappen.«

Und sie lässt sich überreden und steht vom Boden auf. Da ist auch ein Stuhl, auf den sie sich hätte setzen können, aber dann hätte sie den Kopf nicht so nahe bei ihrem Sohn aufs Laken betten können. Sie muss ihm unbedingt so nahe wie möglich sein.

Sie verlässt die Intensivstation und geht in Richtung Ausgang, vorbei an Café, Buchladen und Zeitungskiosk, wo alles dunkel ist. Sie holt sich einen Kaffee und Schokolade aus einem Automaten und geht damit vor die Tür.

Es ist vier Uhr morgens, aber trotz der frühen Stunde stehen ein paar Leute draußen und rauchen. Einer ist ein Patient, zwei sind Besucher wie sie. Sie setzt sich auf eine Bank, und die Kälte dringt durch den Stoff ihrer Jeans. Hier ist Nicholas abgelegt worden, angeschwemmt an der Schwelle des Krankenhauses. Sie wissen immer noch nicht, wer ihn gebracht hat. Fremde, denen er zumindest nicht ganz egal war, sonst hätten sie ihn nicht ins Krankenhaus gefahren.

Die Schokolade packt sie jetzt nicht, sie steckt sie ein und nimmt stattdessen ihre Zigaretten heraus. Eine zum Kaffee. Ein paar Minuten, um sie zu rauchen. Sie schaut auf ihr Handy und findet eine SMS von Kim, dazu ein paar weitere von

Freundinnen, die sich bei ihr gemeldet haben, als sie hörten, dass Nick im Krankenhaus ist.

Catherine hat in der Arbeit angerufen, um die Kollegen zu informieren und zu sagen, dass sie sich länger freinimmt. Und sie hat eine Freundin angerufen und sie gebeten, den anderen Bescheid zu sagen, aber sie wolle niemanden sehen. Jetzt schicken sie ab und zu Nachrichten, versichern ihr, dass sie an sie denken und dass sie da sind, falls sie reden möchte. Sie möchte nicht. Sie will sie alle auf Distanz halten. Sie liest Kims SMS: *»Es tut mir so leid. Sag Bescheid, wenn ich irgendwas tun kann. Ich denk an euch alle. Liebe Grüße, Kim.«*

Catherine drückt ihre Zigarette aus und trinkt einen Schluck von ihrem Kaffee. Er schmeckt nach Plastik und hat keinerlei aufbauende Wirkung. Kims Nachricht dagegen schon eher. Sie ist frei von jeglichem Vorwurf. Sie hat das Buch gelesen, aber das ist nicht mehr wichtig. Was immer geschehen mag, diesen Teil hat sie wenigstens hinter sich. Wenn Nick überlebt – und daran glaubt sie –, dann wird es keine Geheimnisse mehr geben. Er wird alles erfahren. Und Robert? Sie schiebt den Gedanken an ihn ganz weit weg.

Sie steht auf, wirft ihren Becher in den Abfall und taucht wieder in die geschlossene Welt des Krankenhauses ein, mit dem leisen Brummen und Summen der Heizung, der Beleuchtung, der Monitore und Maschinen, die dieses Haus und die Menschen darin am Laufen halten. Als sie zur Intensivstation geht, betrachtet sie das Muster des glänzenden Linoleumbodens. Sogar die schwarzen Kratzer sind poliert, und sie stellt sich vor, wie jemand auf einer weiteren Maschine sitzt und damit die Korridore entlangfährt. Sie glaubt, dieses Bild gesehen zu haben, kann sich aber nicht erinnern, ob es echt oder im Fernsehen war.

Sie drückt den Summer. Die Schwester blickt auf, sieht sie und lässt sie ein.

»Ihr Vater ist hier«, flüstert sie lächelnd.

Catherines müde Augen folgen dem Blick der Schwester. Sie starrt die hagere Gestalt an, die sich über Nicholas' Bett beugt. Ihr Vater ist seit zehn Jahren tot. Sie stürzt kreischend auf ihn zu, packt ihn, zerrt ihn weg, bohrt ihre Finger in seine knochigen Schultern. Er ist so leicht. Sie dreht ihn zu sich um und versetzt ihm mit aller Kraft einen Stoß. Er fällt, knallt gegen einen Stuhl und landet auf dem Boden, wo er liegen bleibt und zu ihr aufschaut. Aber dann wird sie von hinten gepackt und festgehalten. Die Schwester, die vorhin so besorgt um Catherine war, sorgt sich jetzt nur um den alten Mann, der vor ihr liegt. Sie beugt sich über ihn, redet auf ihn ein, vergewissert sich, dass er in der Lage ist aufzustehen. Sie hilft ihm auf, während Catherine zusieht, in Schach gehalten von einer zweiten Schwester. Das ist nicht in Ordnung. Sie versucht sich loszureißen.

»Er hat hier nichts zu suchen. Schaffen Sie ihn hier raus«, schreit sie. »Er ist nicht mein Vater. Sie hätten ihn nicht reinlassen dürfen. Werfen Sie ihn raus! Schaffen Sie ihn hier raus!« Ihre Hysterie veranlasst die Schwester, sie noch fester zu packen.

»Wenn Sie sich nicht beruhigen, rufe ich den Sicherheitsdienst.«

»Ist gut, ich gehe ja schon. Es tut mir so leid …« Der alte Mann zittert, seine Stimme bebt, als er sagt: »Ich wollte nur sehen, wie es Nicholas geht. Es tut mir so leid.« Er hat sich im Griff, im Gegensatz zu Catherine. Er hat eine kleine Platzwunde am Kopf, aber er will keine Umstände machen. Sie sieht zu, wie sie ihm zum Ausgang hilft, die Schwester, die sich genötigt sieht, diesen gebrechlichen, verletzten alten Mann zu stützen. Catherine hört, wie er seine Rolle spielt, wie er weiter Entschuldigungen stammelt. Er wollte doch nur Nicholas sehen. Die Türen schließen sich zischend hinter ihm, und Catherine sinkt auf die Knie und legt den Kopf auf Nicholas' Bett.

Sie steht jetzt unter Beobachtung. Die zweite Krankenschwester bleibt in der Nähe. Man kann Catherine nicht trauen. Sie fängt an zu weinen, versucht unter Tränen alles zu erklären:

»Sie hätten ihn nicht hereinlassen dürfen. Er darf hier nicht rein – er will meinem Sohn wehtun …«

»Sie stören die anderen Besucher. Wir können uns draußen darüber unterhalten. Ich kann Ihnen jemanden rufen, mit dem Sie reden können …«

Catherine schüttelt den Kopf. »Nein, nein.« Sie will nicht gehen. Sie kann Nick nicht allein lassen. Er ist hier nicht sicher. »Es tut mir leid«, sagt sie. »Aber nur Robert und ich dürfen zu ihm – Sie dürfen niemanden sonst reinlassen.«

Die Schwester geht.

Robert kommt früher als sonst, und Catherine läuft ihm erleichtert entgegen.

»Er war hier. Der Vater. Er hat versucht, an Nicholas heranzukommen. Er wollte ihm etwas antun.«

Er schüttelt sie ab. »Das Krankenhaus hat mich angerufen. Ich weiß, was passiert ist. Ich habe ihm gesagt, dass er kommen kann. Ich habe ihn eingeladen. Es ist sein gutes Recht, Nick zu besuchen …«

»Du hast ihn eingeladen hierherzukommen? Bist du wahnsinnig?«

»Nein, ich bin nicht wahnsinnig.«

»Wie kommst du dazu, so etwas zu tun?«

Er sieht sie an, als ob er ihre Frage nicht begreift. »Er weiß, wie es ist, einen Sohn zu verlieren.«

»Hast du ihn getroffen?« Sie hebt die Stimme, während seine ruhig bleibt.

»Nein, noch nicht. Wenn ich gewusst hätte, was sein Sohn für unseren getan hat, hätte ich schon vor Jahren mit ihm und seiner Frau Kontakt aufgenommen. Ich hätte ihnen gedankt. Jetzt ist es zu spät, um Jonathans Mutter zu danken, aber ich kann wenigstens versuchen, es gegenüber seinem Vater wiedergutzumachen.«

Es ist das erste Mal, dass sie Jonathans Namen aus seinem Mund hört.

»Wie konntest du nur, Robert? Wie konntest du ihn hierherbitten?«

Er ignoriert ihre Frage und geht an ihr vorbei zu Nicholas' Bett.

Sie folgt ihm und zischt ihm ins Ohr: »Was glaubst du, warum er ausgerechnet um vier Uhr morgens gekommen ist? Begreifst du nicht, dass er zu einer Zeit kommen wollte, wenn sonst niemand in der Nähe wäre?«

Er dreht sich um und packt sie, seine Finger bohren sich in ihre Oberarme.

»Ich habe gesehen, wie er sich über Nicholas gebeugt hat«, protestiert sie. »Er wollte ...«

»Was wollte er?«, unterbricht er sie. »Die Schwester hat mir genau geschildert, was passiert ist. Sie hat mir gesagt, was du getan hast ...« Er schiebt sie in Richtung Tür.

»Bitte, Mr Ravenscroft ...« Eine Schwester kommt herbeigeeilt. »Wir wollen doch hier keine Szene machen ...«

»Entschuldigung, es tut mir sehr leid«, sagt Robert. »Meine Frau geht jetzt.« Er kehrt Catherine den Rücken zu und nimmt seinen Platz an Nicholas' Bett ein.

50

Spätsommer 2013

Ein kleiner Schubs, mehr wäre nicht nötig gewesen. Ich musste mich zurechtmachen, damit ich einigermaßen präsentabel war. An diesem Morgen verbrachte ich mehr Zeit als sonst vor dem Spiegel. Ich wollte so gut aussehen, wie es in meinem Alter eben möglich ist. Mir fehlen einige Zähne, aber zum Glück nicht ganz vorne, und wenn ich mich beim Lächeln geschickt anstelle, fallen die Lücken nicht allzu sehr auf. Ich übte mein Lächeln vor dem Spiegel. Meine Augen waren allerdings ein Problem. Sie lächelten nicht mit, und das Weiße hatte die Farbe von Speichel mit einer Spur Tabak drin. Ich öffnete den Badezimmerschrank und fand eine Flasche Augentropfen. Das war wahrscheinlich ziemlich unvernünftig, da sie schon längst abgelaufen waren, aber ich verabreichte sie mir dennoch. Es brannte, und einen Moment lang fürchtete ich, meine Augen ernsthaft geschädigt zu haben, aber nachdem ich eine Weile heftig geblinzelt hatte, erholten sie sich wieder und sahen zumindest ein bisschen gesünder aus als vorher.

Die Garderobe war alles in allem das geringere Problem. Ich besitze ein einziges anständiges Jackett und ein Hemd, das ich immer gemocht habe. Nicht zu knallig. Weiche Baumwolle, weiß mit dezentem Karomuster. Beides sitzt nicht mehr so gut wie früher, aber ich finde, mit Nancys Strickjacke darunter als Füllmaterial sah es ganz passabel aus. Noch bin ich kein ganz hoffnungsloser Fall, möchte ich meinen. Ich habe immer noch eine Vorstellung davon, wie ich mich der Außenwelt präsentieren muss. Es ist ja schön und gut, zu Hause in bequemen alten Klamotten rumzulaufen, weil man ja nur von der Familie gesehen wird, aber für Fremde muss man sich schon ein wenig Mühe geben.

Wenn der Vater dort gewesen wäre, wäre alles nach Plan gelaufen, da bin ich mir sicher. Er hätte mich willkommen geheißen, hätte mir sogar Tee geholt. Ein alter Mann, ausgetrocknet und erschöpft nach den zwei Stunden, die ich für die Fahrt zum Krankenhaus gebraucht habe. Wenn man auf öffentliche Verkehrsmittel angewiesen ist …

»… Ja, es ist ein langer Weg, aber ich musste Nicholas unbedingt sehen. Ich weiß, dass meine Frau es gewollt hätte. Sie hat sich wunderbar mit jungen Menschen verstanden, wissen Sie … Sie hätte sich so über die Gelegenheit gefreut, Nicholas kennenzulernen … Es hätte ihr viel bedeutet … Nein, nein, natürlich, ich verstehe. Ich verstehe. Es ist nicht Ihre Schuld. Oh, danke, das ist sehr aufmerksam von Ihnen. Ja, eine Tasse Tee könnte ich jetzt gut gebrauchen.«

Und ich hätte gewartet, bis er zur Tür hinaus war, und dann hätte ich einen Schalter umgelegt, einen Schlauch herausgezogen und wäre gegangen. Alles aus und vorbei. Der Junge hätte nichts davon mitbekommen. Eigentlich ein ganz angenehmer Abgang. Er hätte nichts gespürt. Schneller als ertrinken. Und er ist doch sowieso schon halb hinüber – wahrscheinlich mehr als halb. Er hat sich selbst so weit gebracht, ich habe ihn nicht angerührt. Ich habe ihm kein Haar gekrümmt.

Und die Konsequenzen? Was kümmern mich die Konsequenzen? Die sind mir völlig egal. Aber es kam dann ganz anders.

Als ich einen Blick in die Intensivstation warf und die Reihen von Betten sah, fürchtete ich, dass ich ihn nicht finden würde, aber eine Krankenschwester führte mich freundlicherweise zu ihm. Und lächelte dabei. Ich roch richtig. Ich sah nicht bedrohlich aus. Ich musste nur mit brüchiger Stimme »Nicholas Ravenscroft« flüstern, und die arme, erschöpfte Krankenschwester nahm an, dass ich sein Großvater sei. Nicht nötig, sie zu korrigieren. Aber dann kam die Mutter hereingestürmt. Die Furie. Wie dumm von mir. Ich hatte mich darauf verlassen, dass sie sich genauso wenig um ihren Sohn scheren würde wie damals, als er ein Kind war. Ich dachte, um diese nachtschlafende Zeit würde sie sicher zu Hause im warmen Bett liegen.

Es lag Angst in ihren Augen, als sie auf mich herabsah. Ich erkannte das sofort, weil ich es schon öfter gesehen hatte, wenngleich ich es nicht gewohnt bin, es bei einem Erwachsenen zu sehen. Ich war noch nie der Typ, der ein Gegenüber von der gleichen Gewichtsklasse in Angst und Schrecken versetzt. Ja, sie hatte Angst, allerdings nicht um sich selbst. Sie hatte Angst um ihren Sohn, und das überraschte mich. Das hatte ich nicht erwartet. Ich hatte Wut, Rage und rechtschaffene Empörung erwartet, aber nicht diese instinktive Verteidigung ihres Kindes.

Aber dann lenkte die Berührung der Krankenschwester mich ab. Es ist so lange her, dass eine Frau sich um mich gesorgt hat. Ich genoss die Berührung ihrer Hände – sie gab acht, mir nicht wehzutun, fasste mich ganz behutsam an. Und ihre Stimme war auch sanft. Ihre Sorge um mich war echt, und meine Reaktion war es auch. Ich war dankbar für ihre Güte.

Jetzt ist alles komplizierter geworden. Ich dachte, ich könnte mich hinein- und wieder hinausschleichen, und die Sache wäre erledigt, aber stattdessen muss ich jetzt noch einmal kommen. Was ist die Alternative? Mich darauf zu verlassen, dass das Schicksal ihm den Rest geben wird? Es ist möglich, dass er sich ganz von selbst davonmachen wird, ohne dass ich nachhelfen muss. Ein Schlaganfall, sagte die Schwester.

Er hatte einen Schlaganfall. Es kann sein, dass er überlebt, aber er wird vielleicht »schwer geschädigt« sein. Wäre das in Ordnung, Nancy? Nein? »Schwer geschädigt« reicht nicht? Ich bin müde, ich habe Schmerzen von dem Sturz und der langen Heimfahrt.

Das Telefon klingelt. Nancy meldet sich. Eine Männerstimme hinterlässt eine Nachricht, aber ich unterbreche sie.

»Hallo?«

»Hallo, Mr Brigstocke, hier ist Robert Ravenscroft.«

Ich warte. Warum sollte ich ihm helfen?

»Ich hoffe, Sie haben nichts dagegen, dass ich anrufe. Ich wollte nur sagen, wie leid es mir tut, was da passiert ist. Die Sache mit meiner Frau. Es tut mir so furchtbar leid.«

»Es ist nicht Ihre Schuld, Mr Ravenscroft …«

»Robert, bitte sagen Sie Robert zu mir.«

»Ich nehme an, sie war schockiert, mich dort zu sehen. Sie haben ihr nicht gesagt, dass Sie mich eingeladen haben?«

Er antwortet nicht. Ich warte wieder.

»Wir reden eigentlich nicht miteinander. Ich weiß, es ist albern, wo Nicholas doch so krank ist, aber … Es fällt mir schwer zu verstehen, was sie getan hat … warum sie es mir nicht gesagt hat …«

»Ich bin sicher, dass es nicht leicht für Sie ist.«

»Tut mir leid, ich wollte nicht jammern. Ich rufe an, weil ich mich für sie entschuldigen wollte, und um zu sagen, dass ich hoffe, Sie werden wiederkommen. Ich bin sicher, Nicholas würde Sie bei sich haben wollen. Vielleicht können wir uns treffen. Ich kann verstehen, wenn Sie noch Bedenken haben, aber …«

»Ja, das können wir vielleicht machen«, sage ich. »Aber ich fürchte, ich muss jetzt Schluss machen. Ich bin sehr müde und ein bisschen mitgenommen, um ehrlich zu sein. Ich wollte gerade rauf ins Bett gehen, als Sie anriefen.«

»Ja, natürlich. Ich muss mich nochmals entschuldigen. Ich wollte nur hören, ob Sie gut nach Hause gekommen sind.«

»Ja, das bin ich, vielen Dank, Robert.« Und ich lege auf.

Jetzt bedaure ich schon, dass ich ihm meine Nummer gegeben habe. Ich kann mir vorstellen, dass er ziemlich lästig werden könnte. Ich halte mich am Handlauf fest und ziehe mich die Stufen hinauf. Die Schwester sagte, ich hätte mir möglicherweise das Steißbein geprellt, aber ich denke, es hätte schlimmer sein können, ich hätte mir auch etwas brechen können. Obwohl, wenn ich es mir recht überlege, wäre das vielleicht ganz nützlich gewesen. Dann hätte ich im Krankenhaus bleiben müssen, sie hätten mich auf eine Station gelegt, vielleicht nur ein paar Türen weiter von dem Jungen. Aber egal, ich habe ja eine Einladung vom Vater persönlich. Wir werden zusammen am Bett seines ernstlich kranken Sohnes stehen.

Ich greife nach dem Wasserglas auf dem Nachttisch. Es ist nur halb voll, aber es reicht, um meine Pillen zu nehmen. Zwei gegen die Schmerzen, zwei zum Schlafen. Und noch eine Kleinigkeit gegen die Angst. Das Wasser schmeckt abgestanden, es steht schon eine ganze Weile da. Staubig und abgestanden. Der Schlaf wird bald kommen, ich merke schon, wie er mich übermannt, und hoffe nur, er wird nicht so tief sein, dass ich das Telefon überhöre, wenn der Ehemann anruft. Er hat versprochen, mich zu informieren, wenn sich an Nicholas' Zustand etwas ändert. Allerdings wird Nancy den Anruf annehmen. Er wird ihre rührend zögerliche Stimme hören: *Wir sind zurzeit leider nicht erreichbar. Bitte hinterlassen Sie uns eine Nachricht, damit wir Sie zurückrufen können.*

Ich dämmere für eine Weile weg, aber dann wache ich zu früh auf, und es ist nicht Nancys Stimme, die mich geweckt hat, da bin ich mir sicher.

Das Haus ist still, und doch hat mich irgendetwas aus dem

Tiefschlaf gerissen, denn ich bin noch ganz benommen. Ich hatte geträumt, dass ich durch ein Fenster fiel, dass ich durch eine riesige Glasscheibe krachte. Das Glas war schneller unten angekommen und wartete auf mich, es lauerte über dem Boden, die scharfen Kanten nach oben gerichtet, um mich wie einen Schinken in hauchdünne Scheiben zu schneiden. Das ist es, was mich geweckt hat. Das Klirren von Glasscherben. Jemand ist unten im Haus.

Und dann höre ich, wie die Haustür zufällt. Es ist unmöglich, unsere Haustür geräuschlos zu schließen – der Schnapper ist ein wenig schief angebracht, sodass er jedes Mal beim Auf- oder Zumachen klickt. Ist da gerade jemand gekommen oder gegangen? Ich sehe behandschuhte Hände vor mir. Ich denke an die Polizei, aber das ist albern. Ein Anflug von schlechtem Gewissen, aber es ist trotzdem albern. Die Polizei würde klopfen, sie hätte es nicht nötig einzubrechen.

Ich habe die Haustür gehört, aber jetzt höre ich nichts mehr. Ich ziehe meine Hose an und nehme die Strickjacke von der Stuhllehne. Ich knarre, die Dielen knarren, die Treppe knarrt. Es ist mir unmöglich, mich unbemerkt nach unten zu schleichen, und ich versuche es erst gar nicht. Ich habe keine Angst, ich bin kein Feigling mehr.

Dann stehe ich am Fuß der Treppe und blicke mich um. Licht schießt unter den Vorhängen hindurch. Die Glasscheibe in der Haustür wurde eingeschlagen. Ich sehe mich im Zimmer um und rechne jeden Moment damit, dass mir jemand von hinten eins über den Schädel zieht. Nichts passiert. Und das Zimmer ist leer. Ich gehe durch die Küche, ganz langsam, immer noch steif und wund. Das Haus ist leer.

Und dann sehe ich, dass ich mich geirrt habe. Das Haus ist leer, aber ich bin nicht allein. Sie steht in unserem Garten und schaut auf die Feuerstelle, die immer noch schwelt. Ich gehe zur Terrassentür, und sie dreht sich um und sieht mich an.

Das ist der Moment, auf den ich gewartet habe. Da ist sie. Sie ist am Boden zerstört. Nicholas ist tot. Was wird sie tun? Wird sie versuchen, mich umzubringen?

Ich warte. Wir sagen beide kein Wort. Dann kommt sie auf mich zu, und ich trete zur Seite, lasse sie wieder ins Haus. Sie setzt sich an den Küchentisch und lässt den Kopf in die Hände sinken. Sie reibt sich die Augen so fest, dass ich fürchte, sie müssten aus den Höhlen springen. Als sie aufschaut, sind sie rot und trocken. Ich sehe keine Tränen. Rot gerändert, aber nicht feucht. Ich warte darauf, dass sie spricht.

»Setzen Sie sich.«

Bitte sehr. Warum nicht?

Und dann spuckt sie mich an. Überzieht mich damit, als ob sie gar nicht mehr aufhören könnte. Immer mehr und mehr wird es, bis ich von dem zähen, dickflüssigen Schleim triefe, der sich aus ihr ergießt und an mir kleben bleibt. Ich bin wieder ein Insekt, gefangen im Speichel eines Raubtiers, das mich bei lebendigem Leib auffressen will. Ich werde bei lebendigem Leib aufgefressen.

51

Spätsommer 2013

Catherine hat Blut an den Händen. Vermischt mit ihrem Schweiß überzieht es ihre Handflächen mit einem rötlichen Film. Aber es ist ihr Blut, sie hat sich am rechten Handballen geschnitten, als sie die Scheibe einschlug und hindurchgriff, um seine Haustür zu öffnen. Sie sitzt in ihrem Auto vor Stephen Brigstockes Haus und wischt es an ihrer Jeans ab.

Sie hat gar nicht erst angeklopft. Sie ist einfach eingebrochen und hat die Tür hinter sich zugemacht. Die Vorhänge waren zugezogen, und im Halbdunkel brauchte sie ein paar Sekunden, um zu begreifen, dass sie über das Trümmerfeld eines Lebens ging. Auf dem Tisch standen schmutzige Tassen und Teller herum, leere Bohnendosen, in denen noch die Gabel steckte. Der Boden war mit Papierfetzen übersät, eine alte Anrichte schien sich beschämt in die Ecke zu drücken – ihre Schubladen herausgezogen, die Türen aufgerissen. Catherines Blick wurde schließlich vom einzigen Ruhepol im Zimmer angezogen: einem Schreibtisch, sauber aufgeräumt, mit dem Foto eines Paares aus den Sechzigerjahren in einem Silberrahmen und einem Laptop – eingeschaltet, aber im Ruhemodus. Sie weckte ihn mit einem Tastendruck auf und fuhr erschrocken zurück, als Nicholas' Facebook-Seite sie anblinkte. Mit einer Nachricht von Robert über Nicholas' aktuellen Gesundheitszustand.

Sie ging weiter durch den Dreck und den Gestank in der Küche zu dem Fenster an der Rückseite des Hauses. Sie wusste, dass er sie gehört haben musste; wusste, dass er wahrscheinlich oben war, aber sie hatte es nicht eilig. Sie blickte hinaus auf einen schwer mit Früchten beladenen Apfelbaum, einen verwahrlosten, aber immer noch schönen Garten. Wildblumen reckten die Köpfe aus dem ungemähten Gras, und alte Sträucher hielten tapfer die Stellung gegen das Unkraut, das sie zu ersticken drohte. Ein Feuer schwelte auf dem Rasen, und sie ging hinaus, um sich aus der Nähe anzusehen, was er zu vernichten versucht hatte.

Sie spürte ihn, ehe sie ihn sah – eine eingefallene Gestalt, der dürre, nackte Oberkörper in eine Damen-Strickjacke gehüllt, so stand er in der offenen Hintertür. Er protestierte nicht, zuckte kaum mit den Wimpern, als es aus ihr hervorbrach, aber sie sah ihn unter dem Ansturm ihrer Worte förmlich welken und zusammenschrumpfen.

Catherine erinnert sich an mehr, als sie ihm erzählt hat. Unausgesprochene Worte kreisten in ihrem Kopf, aber sie hielt sie dort fest, sie sollten ihre Geschichte nicht überladen. Sie musste zum Kern der Sache kommen. Und das tat sie.

Als sie geendet hatte, war er still. Er sah auf seinen Schoß hinunter und hielt mit beiden Händen die Kante seines Hockers gepackt.

»Es tut mir leid.« Die Worte überraschten sie. Sie kamen von ihr, nicht von ihm. Sie hatte nicht vorgehabt, sie zu sagen, sie waren ihr einfach so entfahren. Sie ließ sie stehen, erhob sich und ging hinaus.

Und jetzt gestattet sie sich zu weinen. Tränen, über Jahre und Jahre aufgestaut, strömen aus ihr heraus.

Sommer 1993

Als Jonathan Catherine von seinem Barhocker aus anlächelte, nachdem sie mit Robert telefoniert hatte, lächelte sie zurück. Es war eine instinktive Reaktion, aber trotzdem machte es sie verlegen. Sie ignorierte seine Geste, mit der er sie einlud, sich zu ihm zu setzen, und eilte stattdessen zum Aufzug, um zu ihrem Zimmer hinaufzufahren. Dort schloss sie die Tür ab und sah sofort nach Nicholas. Er schlief fest in ihrem Bett, alle viere von sich gestreckt. Sie öffnete die Tür zum Nebenzimmer und trug ihn hinüber in sein eigenes Bett. Dann duschte sie, bevor sie selbst zu Bett ging. An diesem Abend passierte nichts. Gar nichts.

Am nächsten Tag ging sie mit Nicholas an den Strand. Es war noch früh, Nicholas war seit sieben Uhr auf, und so waren sie bereits gegen halb neun dort. Sie erinnert sich, dass sie sich einsam fühlte, aber sie erinnert sich auch an den strahlenden Glanz der Sonne, die noch nicht zu heiß war, und den endlosen Sandstrand. Ein Strand, den sie ganz für sich allein hatten, wie sie zu Nick sagte. Dann ging es mit dem Eimerchen zum Wasserholen und wieder zurück, immer hin und her. Sie bauten eine Stadt – genauer gesagt, Catherine baute sie. Nick hatte nicht ganz kapiert, worum es ging, und dachte, die Sandhaufen, die sie aus dem Eimer kippte, um Läden und Häuser zu bauen, seien dazu da, plattgemacht zu werden. Sie erinnert sich an ihre Geduld und auch an die leisen Schuldgefühle, die sie plagten, weil sie sich ihrer Geduld bewusst war. Es war nicht selbstverständlich für sie, aber sie ließ sich darauf ein, sie ließ sich auf Nick ein. Und während er die Häuser niederriss, fing sie mit den Straßen an, zog eine Schaufel durch den Sand, um ein verschlungenes Wegenetz um die Sandhaufen zu schaffen, die er attackierte.

Nach zwei Stunden trudelten die ersten anderen Touristen ein, und um die Mittagszeit war der Strand voll. Inzwischen war Nicholas auch vom Spielen erhitzt und müde. Sie gingen zum Mittagessen in ein Café und ließen ihre Handtücher liegen, aber nicht die Wertsachen. Sie gingen Hand in Hand, und Catherine erinnert sich, dass sie glücklich war. Sie erinnert sich an das gute Gefühl von Nicks kleiner Patschhand in ihrer Hand, und wie sie sie drückte und er sie wieder drückte. In zwei Tagen würden sie abreisen, und zum ersten Mal war sie in der Lage, die verbliebene Zeit in der Sonne in vollen Zügen zu genießen.

Nick aß sein Mittagessen brav auf, und danach gab es für beide ein Eis. Sie hatte Erdbeer, er Vanille, und sie teilten es sich, während sie zum Strand zurückgingen, jeder ließ den anderen einmal lecken. Sie erinnert sich an den Klecks Erdbeereis, der auf seiner Nasenspitze gelandet war, als er nach ihrem Eis griff und sie es ihm gleichzeitig hinhielt. Er kicherte, genoss die Kälte in seinem Gesicht und fing dann an, sich die Wangen und das Kinn mit Vanilleeis zu beschmieren. Dann streckte er die Zunge ganz weit heraus und versuchte sich Nase und Kinn abzulecken, kam aber nicht ganz heran, worauf Catherine ihm mit dem Saum ihres Strandkleids das Gesicht abwischte, damit er mit seinem Zuckerschnäuzchen nicht die Wespen anlockte.

Als sie bei ihren Handtüchern ankamen, sanken sie erschöpft nieder, erhitzt vom Gehen. Sie erinnert sich, wie sie ihr Strandkleid auszog und sich mit gespreizten Beinen hinsetzte, und wie Nick sich dazwischenkuschelte und sich an ihren nackten Bauch lehnte, während sie ihm vorlas. Sein Körper wurde schwerer, und sein Kopf sank gegen ihren Arm. Er war eingeschlafen, und sie hob ihn behutsam hoch, legte ihn auf die Seite und deckte ihn mit ihrem Strandkleid zu, um ihn vor der Sonne zu schützen. Er schlief über eine Stunde lang, und sie las ihr Buch und war glücklich. Wirklich glücklich. Sie nickte selbst eine Weile ein, eng an ihren Sohn geschmiegt.

Als Nick sich regte, wachte sie auf. Und als sie sich aufsetzte, entdeckte sie Jonathan. Es waren Leute zwischen ihnen. Er war näher am Wasser als sie und Nick, aber er hatte freie Sicht auf sie. Er lag auf dem Bauch, mit dem Kopf zu ihnen. Catherine fragte sich, wie lange er schon dort war. Sie tat so, als hätte sie ihn nicht gesehen, beschäftigte sich mit Nick und holte etwas zu trinken aus ihrer Tasche. Er muss sie in diesem Moment fotografiert haben. Sie erinnert sich nicht, ihn dabei beobachtet zu haben, aber sie hat die Fotos gesehen. Die Aufnahme von ihr und Nick, wie sie auf ihrem Handtuch sitzen und sie Nick zu trinken gibt. Die Plastikflasche war warm, und die Limo muss scheußlich geschmeckt haben, aber Nick beschwerte sich nicht.

Sie erinnert sich an ihre Verlegenheit, weil sie fast nackt war. Dabei zeigte sie nicht mehr entblößte Haut als alle anderen am Strand, und doch kam sie sich nackt vor. Sie nahm die Beine zusammen und zog die Träger ihres Bikinis hoch, die ihr über die Schultern gerutscht waren.

Gegen drei verließen Catherine und Nick den Strand und gingen ins Hotel zurück. Sie kann sich nicht erinnern, was sie die nächsten paar Stunden dort taten, aber die Zeit verging friedlich. Dann fuhren sie mit dem Taxi in die Stadt. Catherine wäre lieber zu Fuß gegangen, aber für Nick war es zu weit, also bestellte das Hotel ihnen ein Taxi. Sie aßen Pizza in einem Café, und danach schlenderten sie Hand in Hand durch die kleinen Gassen, bis sie zu einem Platz kamen, und sie erinnert sich, wie Nick vor Begeisterung krähte, als er das Karussell entdeckte. Es war, als wäre es direkt aus einem Kinderbuch entsprungen. Er wollte auf seinem eigenen Pferd sitzen, und Catherine sollte das dahinter nehmen. Sie erinnert sich, wie sie seine Hände nahm und ihn ermahnte, sich schön an der Stange festzuhalten, die durch das Pferd hindurchging, und dann stieg sie auf ihr eigenes, direkt hinter ihm, wie er es sich gewünscht hatte. Ihr wurde ein bisschen schlecht, als das Pferd auf und ab zu wippen begann und das Karussell sich drehte, und jedes Mal, wenn Nick sich zu ihr umschaute, hatte sie Angst, dass er loslassen würde, aber das tat er nicht, und er war hellauf begeistert. Er amüsierte sich königlich.

Nach dem Karussell kam die Riesenrutsche. Sie war nicht allzu hoch, genau richtig für ein Kind von seiner Größe. Sie ging nicht mit ihm hinauf, weil sie sich sicher war, dass sie in der schmalen Rinne steckenbleiben würde, also sah sie von unten zu, wie er mit seiner Matte in der Hand die Stufen hinaufstieg, und sie lächelte ihm zu, als er auf sie zugeschossen kam, sein Gesicht goldig glänzend. Lachend und glucksend flog er über das Ende der Rutsche hinaus und landete weich. Nichts passiert.

Und dann war es Zeit, ins Hotel zurückzugehen, also machten sie sich auf die Suche nach einem Taxistand. Nick war inzwischen müde und quengelte. Er wollte getragen werden, aber sie hielt seine Hand fest gepackt und versicherte ihm, es sei nicht weit. Sie versprach ihm, dass sie morgen, an ihrem letzten Abend, noch einmal herkommen könnten. Das taten sie auch. Sie kehrten zu dem kleinen Jahrmarkt zurück, aber es war nicht dasselbe. So sehr sie sich auch mühte, es war nicht mehr dasselbe.

Sie fanden einen Taxistand. Es waren keine Taxis da, nur ein Schild mit dem Wort »Taxi« und einer entsprechenden Abbildung. Sie waren die Einzigen, die dort warteten, aber es waren viele Menschen um sie herum, in den Cafés und Läden, beim Schaufensterbummel oder beim Abendspaziergang. Sie hob Nick hoch, und er kuschelte sich an sie. Er war schläfrig und roch nach Zucker.

Und dann sah sie ihn – Jonathan, dessen Namen sie immer

noch nicht kannte. Er saß neben einem Mädchen in einem Café auf der anderen Straßenseite. Das Mädchen studierte eine Karte, und er lehnte sich zu ihr herüber, um mit hineinzuschauen. Das Mädchen wirkte überrascht, und Catherine weiß noch, dass sie sich fragte, ob die beiden sich kannten oder ob sie sich gerade erst begegnet waren. Plötzlich blickte er auf und ertappte Catherine dabei, wie sie ihn anstarrte, und sie wand sich verlegen, drehte sich weg und tat so, als ob sie nach einem Taxi Ausschau hielte. Sie erinnert sich an ihre Erleichterung, als endlich eins kam – oder vielmehr gleich drei auf einmal. Sie setzte Nick ab und beugte sich herunter, um dem Fahrer ihr Ziel zu nennen. Sie erinnert sich, wie sie aus dem Fenster schaute, als sie losfuhren, und sah, dass Jonathan sie beobachtete.

An der Rezeption ließ sie sich den Schlüssel geben, und sie gingen hinauf ins Zimmer. Nick putzte sich die Zähne und zog seinen Pyjama an, dann schloss sie die Läden in seinem Zimmer und setzte sich auf die Bettkante, um ihm eine Geschichte vorzulesen. Er hatte nichts dagegen, in seinem eigenen Bett zu schlafen, solange sie nur die Zwischentür offen ließ, was sie ihm versprach. So konnte er sie von seinem Bett aus sehen, wenn er aufwachte.

Er war schon eingeschlafen, ehe sie zu Ende gelesen hatte, und sie küsste ihn, ging in ihr eigenes Zimmer und legte sich aufs Bett. Ihre Läden waren offen, und sie hörte die Straße, wo es mit dem vorrückenden Abend immer lebhafter zuging. Sie schloss für einen Moment die Augen, und ein Glücksgefühl durchströmte sie. Jetzt noch ein Absacker, dachte sie und beschloss, den Abend mit einem Glas Wein und einer Zigarette auf dem Balkon ausklingen zu lassen.

Sie ging nach unten, nachdem sie die Tür hinter sich abgeschlossen hatte, und bestellte ein großes Glas Weißwein. Die Bar war leer, was wenig überraschend war. Warum sollte jemand bei diesem Wetter drinnen sitzen wollen, zumal in dieser doch eher seelenlosen Hotelbar? Sie unterschrieb für ihren Wein, ging damit nach oben und bemühte sich, nichts zu verschütten, als sie die Tür aufschloss. Sie sah nach Nick. Er hatte seine Decke weggestrampelt und lag auf dem Rücken, die Hände auf dem Kopfkissen, wie er als Baby immer geschlafen hatte.

Sie hatten einen ganz besonderen Tag zusammen verbracht, sie und Nick. Robert war nicht dabei gewesen, aber sie hatte ihn nicht vermisst. Das hatte sie vergessen. Erst jetzt fällt ihr wieder ein, dass sie Robert an diesem Tag gar nicht vermisst hatte. Sie hatte sich mit Nick richtig entspannen können, und sie hatte es genossen. Die leise Angst, die sie morgens nach dem Aufwachen bei dem Gedanken empfunden hatte, einen ganzen Tag lang Nick bei Laune halten zu müssen und dabei immer die Ruhe zu bewahren – diese Angst war verflogen, ohne dass sie es überhaupt bemerkt hatte, und sie hatte sich ganz natürlich in das Zusammensein mit Nick hineingefunden, wie sie es immer gehofft hatte. Erst jetzt erinnert sie sich, wie sie damals gedacht hatte, es sei vielleicht gar nicht so schlecht, dass Robert früher abgereist war. Das hatte sie völlig vergessen. Der Gedanke war ausgelöscht worden. Als sie Robert vor ein paar Wochen angeschrien hatte, er hätte sie und Nick nicht allein lassen dürfen, sie sei deprimiert gewesen und habe nicht gewollt, dass er sie allein ließ, da hatte sie geglaubt, das sei die Wahrheit. In gewisser Weise war es das auch, aber sie hatte vergessen, wie ausgefüllt, wie befriedigt sie sich nach diesem einen Tag simpler Vergnügungen mit ihrem Sohn gefühlt hatte. Ja, das fällt ihr erst jetzt wieder ein. Es war ausgelöscht gewesen, bis zu diesem Moment.

Sie trat mit ihrem Glas Wein und den Zigaretten auf den kleinen Balkon, setzte sich und sah dem Treiben zu, und ausnahmsweise verspürte sie nicht den Wunsch, daran teilzunehmen. Sie war glücklich. Jetzt, da sie vor Stephen Brigstockes Haus in ihrem Auto sitzt, erkennt sie, dass sie in diesem Moment glücklich war. Ihre Augen füllen sich mit Tränen, und sie muss wieder weinen, als sie sich fragt, ob dies tatsächlich das letzte Mal war, dass sie wirklich glücklich war. Ist all das »Glück«, das danach kam, nur eine Täuschung gewesen? Nicht ganz, nicht ganz. Aber dieses Glücksgefühl – davon hat sie dem alten Mann nichts erzählt. Das gehörte nicht zu der Geschichte, die er hören musste. Sie wollte die Dinge nicht durcheinanderbringen. Bei ihm musste sie sich auf das Wesentliche konzentrieren.

Sie trank ihren Wein aus, ging zurück ins Zimmer und machte die Tür und die Läden hinter sich zu. Es war immer noch früh, aber sie war müde. Duschen, lesen, schlafen.

Sie war bereits barfuß und wollte sich eben ausziehen, als sie aus dem Augenwinkel etwas wahrnahm. Sie hatte sich gerade ihr Top über den Kopf gezogen und drehte sich in die Richtung, mit den Armen noch halb in den Ärmeln, wie in einer Zwangsjacke. Es war dunkel im Zimmer, nachdem sie die Läden geschlossen hatte, aber sie konnte jemanden vor der Tür stehen sehen. Groß, breitschultrig. Sie konnte ihn riechen. Vielleicht roch sie ihn, bevor sie ihn sah. Das war durchaus möglich, denn sein Aftershave war schwer und unangenehm süßlich. Die Tür war zu, und sie hörte das Klirren eines Schlüssels in seiner Hand. Sie hatte ihn wohl stecken lassen, weil sie sich so darauf konzentriert hatte, ihren Wein nicht zu verschütten. Ihren verdammten Wein.

Sie zog die Arme aus den Ärmeln und hielt sich das Top vor die Brust, versuchte, sich zu bedecken. Ehe sie schreien konnte, ehe sie ihn auffordern konnte zu verschwinden, spürte sie schon seine Hand auf ihrem Mund. Seine große, heiße Hand. Sie konnte den Schweiß darauf schmecken.

Sie kann ihn immer noch schmecken. Das hat sie dem alten Mann erzählt. Dass sie immer noch die Angst – oder war es Erregung? – auf der Hand seines Sohnes schmecken kann, nach all den Jahren. Geschmack und Geruch – Erinnerungen, die sich ins Gedächtnis einprägen. Die man nicht mehr loswird. Wie pervers, dass sie die glücklichen Eindrücke so schnell vergessen hat, während die üblen ihr so deutlich in Erinnerung geblieben sind.

Seine andere Hand packte ihre, als sie ihn zu schlagen versuchte, und ihr Top fiel auf den Boden. Er sah an ihrem Körper herab, und sie wehrte sich, versuchte, ihre Hände wegzuziehen, und da ließ er sie los, legte den Finger an die Lippen und sah durch die offene Zwischentür zu Nick. Dann griff er in seine Tasche und zog ein Taschenmesser hervor. Er klappte die Klinge aus und setzte die Spitze auf ihre linke Brustwarze, schob sie unter das Körbchen ihres BHs und drückte leicht zu. Seine andere Hand packte sie an der Kehle, und so zog er sie mit sich bis zur Tür von Nicholas' Zimmer. Er stieß sie zu und drehte mit der Hand, die das Messer hielt, den Schlüssel um, die andere immer noch an ihrem Hals.

»Wenn du einen Mucks machst, schlitz ich zuerst dir das Gesicht auf und dann deinem Sohn.«

Er drohte nicht damit, sie umzubringen. Vielleicht hätte sie sich mehr gewehrt, wenn er das getan hätte. Denn sie hätte es ihm vielleicht nicht geglaubt, aber sie glaubte ihm, dass er ihr und ihrem Kind das Gesicht aufschlitzen würde. Er nahm das Messer und zog die Spitze an der Innenseite seines Arms entlang – eine gerade Linie, dann eine zweite, sodass ein Kreuz entstand, sauber in Rot gezeichnet. Er demonstrierte ihr, wie scharf das Messer war. Dann streckte er ihr den Arm hin und zwang sie, das Blut abzulecken.

Sie war überrascht, als sie ihn reden hörte. Der Hass in seiner Stimme schockierte sie. Vor diesem Moment, in den Tagen zuvor, als sie gemerkt hatte, dass er sie anschaute, als er ihr vom Strand aus mit seiner Bierflasche zugeprostet hatte, als er ihr vom Tresen der Hotelbar zugelächelt hatte, da hatte sie sich vorgestellt, dass ganz andere Worte aus seinem Mund kommen würden. Und sie hatte sich auch seine Stimme anders vorgestellt. Sie hatte geglaubt, sie würde sanft sein. Dumme Kuh. Wie beschämend, wie unglaublich beschämend, dass sie gedacht hatte, sie werde bewundert. Wieso hatte sie nicht erkannt, dass sie in seinen Augen kein Mensch war? Für ihn war sie nichts als ein kleines Tier, das man quälen konnte, etwas, woran er seinen Frust und seinen Hass auslassen konnte. Sie hatte angenommen, sein Begehren sei harmlos, spielerisch.

Sie hat sich gezwungen, sich an diese Details zu erinnern, aber dem alten Mann, seinem Vater, hat sie nicht alles erzählt. Sie ist diejenige, die sich an jede Einzelheit erinnern muss; sie muss diese Details ausgraben und den Staub wegblasen, um sie dann unter die Lupe zu nehmen und als das zu erkennen, was sie sind. Sie darf sich nichts ersparen.

Er schaltete die Lampe am Bett ein, um sie besser sehen zu können, dann lehnte er sich an die Tür von Nicks Zimmer und forderte sie auf, sich auszuziehen. Er trug einen kleinen Rucksack über der Schulter, den er jetzt herunternahm und vor sich auf den Boden stellte. Er griff hinein, nahm seine Kamera heraus und hängte sie sich um den Hals, ohne je den Blick von ihr zu wenden. Er beobachtete sie genau, damit sie sich ja nicht von der Stelle rührte. Sie erinnert sich, dass sie sich fragte, ob er vielleicht eine Erpressung plante. Jetzt stieß er sich von der Tür ab und ging durchs Zimmer. Sie konnte den Schlüssel zu Nicholas' Zimmer im Schloss sehen.

»Ausziehen«, sagte er und deutete mit dem Messer auf ihren BH. Sie streifte die Träger über die Schultern, zog den Verschluss nach vorne und hakte ihn auf. Sie hätte leicht hinter sich greifen und ihn so aufmachen können, aber sie spielte auf Zeit. Und sie glaubte tatsächlich, ihre erbärmliche Taktik sei aufgegangen. Sie dachte, sie hätte sich genug Zeit verschafft, um zu Nicks Tür zu stürzen, sie aufzuschließen, hineinzuspringen, von innen abzuschließen und ihn so auszusperren. Aber ihre Finger zitterten, und sie schaffte es nicht, den Schlüssel aus dem Schloss zu ziehen, ehe er sie an der Schulter packte, sie umdrehte und ihr mit der flachen Hand fest ins Gesicht schlug. Sie war noch nie so geschlagen worden, hatte nur als Kind ab und zu von ihrer Mutter einen Klaps hinten auf die Beine bekommen. Es dröhnte in ihren Ohren, und ihre Zähne knirschten.

»Mami? Mami?« Eine schwache Stimme von der anderen Seite der Tür.

Er hielt ihr das Messer mit der Spitze nach oben unters Kinn.

»Sorg gefälligst dafür, dass er wieder einschläft.«

»Schsch, es ist alles gut, Schätzchen. Sei ein lieber Junge, und schlaf schön ein.«

Nick muss an ihre Stimme gehört haben, dass etwas nicht in Ordnung war. Er sagte, er wolle sie sehen.

»Du hast versprochen, dass du die Tür offen lässt, Mami ...« Er wurde schon unruhig.

»Na los, dann mach halt die Tür auf«, zischte er ihr ins Ohr. »Und sorg dafür, dass er Ruhe gibt.«

Und das tat sie. Sie hoffte, die Tür hinter sich zuziehen zu können, aber er war zu schnell und stellte den Fuß dazwischen. Er hatte sich im Schatten verborgen, aber sie konnte spüren, wie er sie beobachtete, als sie sich auf Nicks Bett setzte und seine Haare streichelte. Wie er sie beide beobachtete.

»Was riecht denn da so komisch?«, fragte Nick.

Der Geruch war sein Aftershave.

»Ach, bloß irgend so ein Duftzeug vom Hotel. Ich habe geduscht«, sagte sie und gab ihm einen Kuss auf die Stirn.

»Puh, das stinkt!«, sagte er, und sie versuchte zu lächeln.

»Schlaf jetzt schön, Schätzchen. Ich bin hier. Ich gehe jetzt auch ins Bett«, log sie.

»Du hast gesagt, du lässt die Tür auf«, sagte er. Er mühte sich, die Augen offen zu halten, doch sie widersetzten sich seinem Willen.

»Ja, ich weiß. Es tut mir leid. Schau, jetzt ist sie offen. Schsch, schsch, Liebling, schlaf wieder ein …«, und sie streichelte weiter seine Haare, bis seine Augen den Kampf gewannen und zufielen.

Es hatte nur ein paar Minuten gedauert. Sie spürte, dass er hinter ihr stand. Und sie sah zu, wie er auf Nick herabblickte, wie er dann sein Messer nahm und es über den Augen des schlafenden Jungen hin und her bewegte. Von links nach rechts glitt die Klinge über seine Wimpern hinweg. Sie hielt den Atem an, als sie aufstand und zur Tür ging. Sie musste ihn aus Nicks Zimmer herausschaffen. Gott sei Dank folgte er ihr. Wenn Nick aufgewacht wäre … Was hätte er getan?

Als sie wieder in ihrem Zimmer waren, bat sie ihn, die Tür abzuschließen, und er lächelte, als ob er glaubte, sie wolle nicht, dass sie noch einmal gestört würden.

»So ist's besser«, sagte er. »Also, wo waren wir?«

Sie hatte ihr T-Shirt wieder angezogen, als sie zu Nick ins Zimmer gegangen war, und nun zog sie es erneut aus. Langsamer diesmal – sie wollte ihn für sich einnehmen. Sie wollte nicht, dass er ihr oder Nick wehtat, und sie hoffte, dass er vielleicht nur schauen wollte. Sie hörte das Klicken der Kamera, als sie sich das T-Shirt über den Kopf zog. Sie wusste nicht, was sie tun sollte. Sollte sie posieren? Was sollte sie tun?

Er sah sie an, wie sie da in der Unterhose vor ihm stand. Es war eine einfache weiße. Züchtig und bescheiden. Er war enttäuscht. Er ging zur Kommode, zog die oberste Schublade auf und wühlte darin. Er fand die Dessous, die Robert ihr für den Urlaub gekauft hatte, und hielt sie ihr hin.

»Zieh das an«, sagte er. Also tat sie es.

»Setz dich aufs Bett.« Sie setzte sich aufs Bett.

»Lehn dich ein bisschen zurück. Entspann dich.«

Sie versuchte es, nahm die Arme nach hinten und lehnte sich ein wenig zurück.

»Mach die Beine auseinander«, sagte er.

Sie tat es.

Er setzte sich auf einen Stuhl und sah sie an.

»Steck deine Hand in den Slip.«

Oh verdammt, dachte sie. Sie holte tief Luft und schob die Hand in die Unterhose.

»Sei zärtlich zu dir«, sagte er. »Ich will sehen, wie du kommst.«

Wie konnte sie? Das war unmöglich. Aber sie musste es tun. Ihre Finger begannen sich zu bewegen, und er hielt das Auge an die Kamera und wartete. Sie war trocken. Da war nichts. Sie bewegte die Finger schneller, und dann hörte sie wieder das *Klick, Klick, Klick,* das Sirren des Zooms, als er näher und näher heranging, und sie schloss die Augen und legte den Kopf in den Nacken. Sie öffnete die Lippen, keuchte in gespielter Leidenschaft, biss sich auf die Oberlippe, bewegte ihre Finger und stöhnte, und sie wusste, dass sie es nie schaffen würde, aber er würde den Unterschied sowieso nicht merken, und dann ein letztes Aufstöhnen, ein Seufzen.

Und sie wartete. Sie ließ die Hand dort, wagte nicht, sich zu bewegen, und sie fragte sich, ob das alles war, was er von ihr wollte. Würde er sie anfassen? Oder genügte es ihm, dass sie sich selbst angefasst hatte? *Klick, klick,* immer dieses gottverdammte Klicken. Langsam zog sie ihre Hand weg. Langsam drehte sie den Kopf zu ihm um. Er hatte sich hingesetzt. Er wirkte entspannt, mit der Kamera um den Hals. Von dem Messer war nichts zu sehen.

»Bitte. Bitte, geh jetzt«, sagte sie. »Bitte.«

Und plötzlich war er nicht mehr entspannt, und das Messer war wieder da. Sie hatte einen Fehler gemacht. Das hätte sie nicht sagen dürfen. Sie hätte so tun sollen, als ob sie es auch gewollt hätte. Er nahm sein Messer und schlitzte ihren Slip auf, und dann packte er ihre Hand und schob sie in seine Jeans, in seine Unterhose. Nass. Sie konnte ihn riechen, den scharfen Geruch seines Spermas. Und ihre Hand spürte, wie er hart wurde, und ihr Herz raste, ihre Kehle schnürte sich zu, und sie wusste, dass es noch nicht vorbei war. Ihr war schlecht vor Angst. Panische Angst. Angst um sich selbst, Angst um ihren kleinen Jungen. Ihre Hand umschloss seinen Penis, und sie hätte ihn ihm am liebsten aus dem Leib gerissen. Er zog ihre Hand weg.

»Noch nicht«, sagte er, als ob sie es kaum erwarten könnte. »Dreh dich um.«

»Nein, bitte nicht …« Sie fing an zu weinen, hoffte, so etwas wie Mitleid in ihm zu wecken. Stattdessen ging er zur Tür von Nicks Zimmer.

»Sollen wir ihm zeigen, was Mami gerne macht?« Und sie stellte sich einen Moment lang vor, was es mit ihrem Sohn machen würde, wenn er sähe, was passiert war und was vielleicht noch passieren würde. Was für Folgen hätte das für ihn?

»Okay, es tut mir leid, es tut mir leid.«

Er sah sie an.

»Bitte, komm zurück«, sagte sie. Er kam zurück, und sie ging auf Hände und Knie und zog ihren Slip herunter, der nur noch an einem Faden hing.

»Lächle«, sagte er. Sie lächelte.

»So, dass ich dich sehen kann«, sagte er, und sie drehte den Kopf und lächelte.

»Mach's noch mal«, sagte er und knipste eifrig, als sie die Hand ausstreckte und es sich von hinten machte. Sie schloss die Augen. Sie versteckte sich vor ihm und versuchte nachzudenken. Was sollte sie tun? Sie musste ihn aus dem Zimmer bekommen. Sie musste ihn von Nick wegbekommen. Vielleicht könnte sie das Hotel zusammen mit ihm verlassen …

»Warum hast du aufgehört?«

Sie hatte es gar nicht gemerkt. Jetzt fing sie wieder an, schneller, noch schneller, bis ihr das Handgelenk wehtat, und dann packte er sie und stieß in sie hinein, die Schmerzen, das Blut, und dann drehte er sie um, küsste sie, seine Zähne, sein Speichel, sie konnte sein Aftershave schmecken, bitter auf ihrer Zunge. Sie brachte keinen Laut hervor. Er musste ihr nicht den Mund zuhalten, damit sie still war. Wie konnte sie schreien, wenn Nicholas im Nebenzimmer war? Was denn – würde er vielleicht kommen und sie retten? Sie musste es über sich ergehen lassen. Und inständig hoffen, dass es bald vorbei wäre und er gehen würde. Er bohrte sein Knie in ihren Oberschenkel und stieß wieder in sie hinein, hart, hart, so hart. Aber schnell. Es war vorbei. Es war schnell vorbei, aber er war jung und konnte bald wieder. Und wieder. Und dann endlich hatte er genug. Wie lange? Stunden. Es kam ihr vor wie viele Stunden. Es waren dreieinhalb. Es hatte dreieinhalb Stunden gedauert. Und sie hatte zugelassen, dass er sich brutal an ihr verging. Sie hatte sich nicht gewehrt, sie hatte nicht geschrien. Sie hatte an Nick gedacht. *Nicht schreien. Nicht weinen.*

Er legte sich neben sie aufs Bett, er nahm ihre Hand, sah sie an und lächelte. »Danke«, sagte er. »Das war schön.«

Und sie wollte, dass er starb. Sie hätte alles gegeben, um ihn sterben zu sehen. Das hat sie seinem Vater gesagt. Sie fand, dass er das wissen musste. Sie konnte nicht so tun, als ob es ihr leidtäte. Es war echt. Es war das, was sie empfunden hatte.

Er griff in seinen Rucksack, nahm eine Schachtel Zigaretten heraus und bot ihr eine an. Sie schüttelte den Kopf. Er machte Anstalten, sich eine anzuzünden.

»Nicht hier drin«, sagte sie. Nick würde es riechen, aber das wollte sie nicht sagen. Sie wollte ihn nicht an Nick erinnern. Sie wies auf den Balkon. Er öffnete die Läden und die Tür und trat hinaus.

»Sicher?«, sagte er, während er sich umdrehte und ihr die Schachtel erneut anbot, und sie dachte, sie sollte besser nicht ablehnen, also nahm sie sich eine und folgte ihm nach draußen. Sie zog die Tür hinter sich zu, und sie standen Seite an Seite auf dem Balkon und schauten auf das Partyvolk hinunter, die fröhlichen Menschen, die normalen Menschen, die sich einen vergnügten Abend machten. Jemand sah im Vorbeigehen zu ihnen herauf. Sah sie da Seite an Seite stehen und rauchen, in trauter Zweisamkeit, ohne zu ahnen, dass er einen Vergewaltiger und sein Opfer vor sich hatte.

Sie erinnert sich, wie sie die Zigarette ausdrückte, und wie er sie küsste, ehe er ging – ein letzter Übergriff, als ob er keine Vorstellung davon hätte, was er getan hatte.

52

Spätsommer 2013

Die Tür gibt ihr vertrautes Stottern von sich, als sie hinter ihr ins Schloss fällt. Nachdem sie geendet hatte, sah sie mich an und sagte: »Es tut mir leid.« Und dann stand sie auf und ging. Ich gab keine Antwort. Ich hatte sie nur ein Mal unterbrochen, um eine Frage zu stellen, und sie hatte sie beantwortet. Ich stand nicht auf, um sie zur Tür zu begleiten oder ihr für ihr Kommen zu danken. Ich blieb, wo ich war.

Ich wünschte, ich hätte Nancys Notizbücher nicht verbrannt – ich würde alles tun, um sie wiederzubekommen. Ich brauche den Trost ihrer Worte, aber es ist still im Haus. Nicht ganz allerdings. Ich zittere so sehr, dass der Stuhl, auf dem ich sitze, gegen den Tisch stößt und ich den Sitz mit beiden Händen packen muss, um ihn und mich ruhig zu halten. Warum habe ich Nancys Notizbücher vernichtet und die Fotos behalten? Ich alter Narr.

Ich komme mir nackt und verwundbar vor, als hätte eine Katze meine Haut mit ihrer rauen Zunge abgeleckt und meine Schutzschicht abgetragen, und ich bin mir nicht sicher, ob ich ohne sie überleben kann. Ich taste blind nach irgendetwas, woran ich mich festhalten kann, und klammere mich an das Erstbeste, was ich zu fassen bekomme.

Sie ist eine Lügnerin. Sie hat jahrelang gelogen – das weiß alle Welt. Und jetzt lügt sie wieder. Und ich horche auf Nancys Stimme, die meine Worte wiederholen sollen, aber ich kann nichts hören. Alles, was ich höre, sind Catherine Ravenscrofts Worte, die schildern, wie Jonathan sich ein Kreuz in den Arm geritzt und sie gezwungen hat, sein Blut aufzulecken, und ich erinnere mich an die purpurroten Male, die ich gesehen habe, als ich seine Leiche identifizierte. Narben von einer Verletzung, die er sich bei dem Badeunfall zugezogen hatte, sagte man uns. Aber so sauber und exakt gezogen? Ich wende mich wieder an Nancy:

»Warum hast du sie nicht nach den Fotos gefragt? Warum hast du sie nicht zur Rede gestellt, als sie behauptete, Jonathan nie begegnet zu sein?« Aber Nancy bleibt stumm.

»Sie hat keine Beweise!«, heule ich.

Ich halte die Stille nicht aus. Ich ziehe meine Jacke an und verlasse das Haus. Die Bushaltestelle ist am Ende der Straße, und dorthin marschiere ich: links-rechts, links-rechts, Augen geradeaus. Ich kann das leise Brummen des Busses hören, und als ich mich umdrehe, sehe ich ihn hinter mir die Straße herunterkommen. Ich beschleunige meine Schritte, schaue über die Schulter und versuche, Blickkontakt mit dem Fahrer aufzunehmen. Ich strecke die Hand aus. Es sind noch knapp zwanzig Meter bis zur Haltestelle. Der Bus überholt mich, hält an und wartet. Ein junger Mann steigt aus. Ich bin fast dort, aber der Bus fährt wieder los, bevor ich ihn erreiche. Hat er mich nicht gesehen? Er muss mich gesehen haben. So eine Gemeinheit. Er hat nicht den Anstand besessen, auf mich zu warten, nicht einmal die eine Minute, oder allenfalls drei. Ich entbiete dem davonfahrenden Bus einen angemessenen Gruß, während er um die Ecke verschwindet, und warte auf den nächsten.

Die Zeit vergeht, ohne dass ich es merke. Ich versuche, an nichts zu denken. Als der nächste Bus kommt, steige ich ein und setze mich hinter den Fahrer. Eine ältere Frau nimmt mir gegenüber Platz. Sie versucht, Blickkontakt mit mir aufzunehmen, aber ich schaue an ihr vorbei aus dem Fenster.

»Das wird sicher ein herrlicher Nachmittag. Angeblich soll es später noch aufklaren«, sagt sie.

Ich sehe sie an. Ich möchte etwas erwidern, aber ich bringe kein Wort heraus, also nicke ich nur und wende mich ab. An der nächsten Haltestelle steigt eine Frau mit zwei kleinen Kindern zu, und die ältere Dame fordert eines der Kinder auf, sich zu ihr zu setzen, indem sie auf den Sitz neben sich klopft. Das Mädchen wirkt nervös, es scheint die alte Frau nicht zu kennen, aber die Mutter lächelt, hebt es hoch und pflanzt es auf den Sitz. Dann nimmt sie das andere Kind, einen kleinen Jungen, und hält ihn im Arm. Sie sind ungefähr zwei Jahre alt, ich denke, es müssen Zwillinge sein. Jetzt starrt das kleine Mädchen mich auch an. Ich starre zurück. Die beiden Frauen unterhalten sich über Belanglosigkeiten, aber es ist ganz praktisch, um einen Puffer zwischen mir und ihnen zu schaffen.

Die Frau behält recht. Als ich aussteige, hat sich das Grau verzogen, der Himmel ist blau, und die Sonne scheint. Aber sie steht so tief, dass ich direkt hineinschaue, und ich muss die Augen zusammenkneifen. Und auch dann noch kann ich vor mir nur dunkle, vage Silhouetten erkennen. Ich wende mich nach links und trete durch das Tor. Jetzt habe ich die Sonne zur Rechten und kann wieder klar sehen.

Hier haben Catherine Ravenscroft und Nancy sich getroffen, an dem Ort, wo Nancy jetzt neben Jonathan begraben liegt. Früher bin ich regelmäßig hergekommen, um ihre Gräber zu pflegen, aber inzwischen war ich schon eine ganze Weile nicht mehr hier. Nachdem Nancy wieder zu Hause war, hielt ich es nicht mehr für nötig. Wir haben die Grabstelle nach Jonathans Tod gekauft. Wir dachten uns, dass wir uns zu ihm legen würden, wenn die Reihe an uns wäre. Aus irgendeinem Grund scheinen die Hundebesitzer zu glauben, dass dies ein geeigneter Ort ist, um ihre Hunde frei herumlaufen und ihren Darm entleeren zu lassen. Normalerweise ärgere ich mich darüber, aber heute setze ich mich auf eine Bank und sehe ihnen zu. Jonathan und Nancy sind auf einer Anhöhe hinter mir.

Die Hundebesitzer, die hierherkommen, gehören zur anständigen Sorte, sie beseitigen stets die Hinterlassenschaften ihrer Vierbeiner. Ich sehe zu, wie ein Mann den Haufen seines Hundes mit beeindruckender Technik aufliest. Mit einer geschmeidigen Bewegung stülpt er sich die schwarze Tüte über die Hand, bückt sich, rafft den Haufen auf und befördert ihn direkt in den Abfalleimer, dessen Deckel er schon mit der freien Hand angehoben hat. Ich lächle und nicke, als er weitergeht, und sehe ihm nach, bis er verschwunden ist. Ich schaue in die andere Richtung. Ein Jogger trabt durchs Tor herein, schlägt aber einen anderen Weg ein, weg von meiner Bank. Ich stehe auf, öffne den Hundekotbehälter und fische die schwarze Tüte heraus. Ich halte sie zwischen Daumen und Zeigefinger und gehe damit zum Grab meines Sohnes. Dort knote ich die Tüte auf, und von dem Gestank kommt es mir fast hoch.

»Du widerliches kleines Stück Scheiße«, rufe ich und schleudere die Tüte auf Jonathans Grab. Ein Teil fliegt heraus und bleibt an seinem Grabstein kleben, und sofort schäme ich mich. Nancy liegt direkt neben Jonathan: *Treu sorgende Mutter und geliebte Ehefrau, auf ewig unvergessen.*

Ich vergewissere mich mit einem raschen Blick, dass niemand mich gesehen hat. Dann gehe ich zum Wasserhahn, fülle eine Gießkanne und trage sie zurück, um Jonathans Grabstein abzuwaschen. Ich muss dreimal gehen, bis alles weg ist, dann hebe ich die schwarze Tüte auf und werfe sie in den Abfall. Ich gehe zu den Gräbern zurück, falle zwischen ihnen auf die Knie und weine.

»Hast du es gewusst, Nancy? Hattest du einen Verdacht?« Und das Weinen wird zum Schluchzen, und ich bin auf allen vieren, werfe mich zu ihren Füßen nieder. Da spüre ich eine Hand auf meiner Schulter.

»Kann ich Ihnen helfen?«

Ich blicke auf zu dem Mann, den ich vorhin mit seinem Hund beobachtet habe. Er liest die Inschriften auf den Grabsteinen.

»Ihre Frau und Ihr Sohn?«

Ich nicke und rechne damit, dass er mir noch einmal auf die Schulter klopfen und weitergehen wird, aber er bleibt stehen.

»Wie ist Ihr Sohn gestorben?« Es liegt keine ungehörige Neugier in seiner behutsamen Frage. Mein Mund ist voll mit Spucke und Tränen, und ich habe Mühe, die Worte herauszubringen. Er bietet mir seine Hand und hilft mir auf.

»Er ist ertrunken«, antworte ich schließlich.

»Wie furchtbar«, sagt er.

Aber ich will mehr. »Er hat versucht, ein Kind zu retten.« Ich höre, wie ihm der Atem stockt.

»Das war unglaublich mutig von ihm«, sagt er und nickt, als ob er jetzt wüsste, wer Jonathan war. »Und hat er es geschafft? Das Kind zu retten?«

»Ja.«

»Was für ein mutiger junger Mann er gewesen sein muss.« Er legt mir die Hand auf die Schulter und geht dann davon.

Ja, das war er. Was immer er sonst getan oder nicht getan haben mag, es war mutig von Jonathan, dieses Kind zu retten, das kann niemand leugnen. An diesem Nachmittag hatte er Mut bewiesen. Er war als Erster ins Wasser gelaufen. Das sagte die Polizei. Er war hinausgeschwommen, ohne einen Gedanken an sich selbst zu verschwenden. Wenn er nicht so schnell gehandelt hätte, wäre Nicholas Ravenscroft so weit hinausgetrieben worden, dass niemand ihn mehr erreicht hätte. Der junge Spanier mag derjenige gewesen sein, der Nicholas auf den Strand zog, aber gerettet hat ihn eigentlich Jonathan. Ich hätte zu viel Angst gehabt – die meisten Menschen hätten zu viel Angst gehabt, aber in diesem Moment dachte Jonathan nicht mehr an sich und fand den Mut, das Richtige zu tun. »Er war ein sehr mutiger junger Mann«, so haben Zeugen ihn der Polizei beschrieben, und so haben sie ihn uns beschrieben. »Er hat sich geopfert«, so lautete ihre dramatische Übersetzung aus dem Spanischen.

Ich weiß, dass ich nie so stolz auf Jonathan gewesen bin, wie ich eigentlich hätte sein sollen. Es beschämt mich, zu erkennen, dass ich nie so ganz an seinen Mut geglaubt habe. War es Heldenmut oder Leichtsinn? Vergeblich versuche ich, mich an eine einzige Situation zu erinnern, in der er derart selbstlos gehandelt hätte. Ich wüsste keine einzige. Warum dann in dieser Situation? Und warum konnte er nicht zum Ufer schwimmen? War die Strömung wirklich zu stark?

»Warum hat der Spanier es ans Ufer geschafft und Jonathan nicht?«, war es einmal vor Nancy aus mir herausgeplatzt, und sie gab mir die Antwort, die ich hören wollte.

»Er war da schon zu weit draußen. Er war erschöpft. Er hatte die Schwerarbeit geleistet. Der Spanier musste nur die letzte Etappe schwimmen.«

Zu Hause fange ich wieder an zu zittern. Im Haus ist es kälter als draußen. Ich setze mich an meinen Schreibtisch und öffne die Schublade, in der ich die Fotos aufbewahre. Ich sehe sie durch. Aufnahmen von einer Mutter und ihrem Sohn an einem Strand. Die beiden in einem Café, sie füttert den sich sträubenden Jungen mit einem Löffel. Die beiden beim Eisessen. Sie wirken so natürlich. Sie lächelt, er lächelt. Sie sind im Urlaub. Auf einem Foto sieht sie direkt in die Kamera. Man könnte meinen, der Fotograf säße bei ihnen am Tisch, aber das glaube ich nicht mehr. Sie wusste nicht, dass sie fotografiert wurde, so wie Nancy es nicht wusste, als Jonathan in unserem Garten den Schnappschuss von ihr im Liegestuhl machte. Er war gut, er hatte ein Talent für die Fotografie. Die Aufnahmen erinnern an diese Paparazzi-Fotos, wie man sie in der Regenbogenpresse findet. Intime Nahaufnahmen, aber fotografiert aus sicherer Entfernung. Eine vorgespiegelte Intimität. Wir hatten unserem Sohn das teuerste Zoomobjektiv gekauft, das wir uns leisten konnten.

Die Fotos aus dem Hotelzimmer sind anders. An ihnen ist nichts natürlich. Sie sind gestellt, das sehe ich jetzt. Und während ich sie betrachte, gesellt sich Entsetzen zu meinem Schock. Ich sehe etwas, was ich bisher geflissentlich übersehen habe. Es ist Angst.

Wenn *ich* den Film aus Jonathans Kamera hätte entwickeln lassen und nicht Nancy, wenn *ich* allein an meinem Schreibtisch gesessen und diese Fotos angeschaut hätte, wie sie es getan hat, hätte ich dann gesehen, was sie gesehen hat? Oder hätte ich mich an die Pornosammlung erinnert, die ich in Jonathans Zimmer gefunden hatte? Oder vielleicht hätte ich ja zuerst den Film entwickeln lassen und später erst die Pornos gefunden? Hätte ich dann eine Verbindung hergestellt? Ich hatte die Magazine weggeworfen, um Nancy über die Gelüste ihres Sohnes im Unwissen zu lassen. Aber ich machte mich selbst zum Unwissenden. Ich beschloss damals, meinen Fund zu vergessen, und versäumte es dann, mich wieder daran zu erinnern, als ich all die Jahre später auf die Fotos stieß. Ich sah, was ich sehen wollte. Aber bei Nancy bin ich mir nicht so sicher. Ich fragte mich, ob sie nicht doch etwas anderes darin gesehen hat. Und ich frage mich, ob es das war, was sie nötigte, das Buch zu schreiben. Sie hat es für sich selbst geschrieben und für niemanden sonst.

Hat sie diese Geschichte konstruiert, damit sie ihren Sohn in Frieden ruhen lassen konnte? Mag sein, aber nicht *meinen* Sohn. *Mein* Sohn ist an einem eher unfriedlichen Ort.

Ich spreche ein Gebet für Nicholas Ravenscrofts Genesung und stelle mir vor, wie Nancy mich auslachen würde, aber es gelingt mir nicht, sie heraufzubeschwören. Ich merke, dass ich für ihr Schweigen dankbar bin. Ich stecke die Fotos in den Umschlag zurück.

Ich habe Catherine Ravenscroft gefragt, warum sie Nancy nichts gesagt hat, als sie sich trafen. Warum hat sie ihr nicht gesagt, dass sie vergewaltigt wurde? Sie sah mich überrascht an.

»Das habe ich niemandem erzählt«, sagte sie. »Und ich wollte ihr nicht noch mehr Kummer bereiten.«

Ich bin der erste Mensch, dem sie es erzählt hatte. Und sie erzählte es mir, weil ich sie dazu gezwungen hatte. Wieder war sie zu etwas gezwungen worden, was sie nicht wollte. Ich glaube, sie hat es wirklich so gemeint, als sie sagte, es tue ihr leid. Sie bemitleidete mich, aber ich will ihr Mitleid nicht. Ich will, dass sie mich hasst. Ich brauche es, dass jemand mich noch mehr hasst als ich mich selbst. Ich muss ihr sagen, was ich ihrem Sohn angetan habe. Dass ich dafür verantwortlich bin, dass er da ist, wo er jetzt ist.

Ich wähle ihre Nummer. Ich habe sie schon öfter gewählt, aber nie etwas gesagt. Sie hebt ab.

»Hallo?« Sie muss am Steuer sitzen – ihre Stimme klingt schwach vor den Verkehrsgeräuschen im Hintergrund.

»Ich habe Ihrem Sohn die Fotos von Ihnen gezeigt.« Ich warte auf eine Reaktion, aber es kommt nichts, also fahre ich fort. »Meine Frau wollte, dass Sie genauso leiden, wie sie gelitten hat …« Ich erzähle ihr von meinem Kontakt mit Nicholas. »Ich habe ihn glauben gemacht, Sie seien in Jonathan verliebt gewesen; dass Ihnen Jonathans Leben mehr Wert gewesen sei als seines.« Ich höre sie atmen – kurze, keuchende Atemzüge vor dem Hintergrund der Straßengeräusche, aber sie sagt nichts. Ich rechne damit, dass sie auflegt, doch das tut sie nicht.

»Sie sollten es Ihrem Mann sagen«, sage ich so sanft, wie ich nur kann.

»Das sagen Sie ihm gefälligst selbst«, zischt sie, und ihre Worte lassen mich hoffen, dass sie sich endlich dazu durchgerungen hat, mich zu hassen.

53

Spätsommer 2013

Es ist Robert, der an Nicholas' Bett sitzt, als dieser die Augen aufschlägt, und es ist Robert, der Catherine die Neuigkeit mitteilt. Er schickt ihr eine SMS, und sie liest sie während ihrer zweiten Sitzung bei der Therapeutin, zu der sie sich von ihrem Arbeitgeber hat schicken lassen. Fast wäre sie nicht hingegangen, aber sie hatte die vage Hoffnung, dass es ihr vielleicht helfen würde. Die Therapeutin runzelt die Stirn, als die SMS eingeht. Catherine hätte ihr Handy ausschalten sollen. Sie steht auf und sagt, sie müsse jetzt gehen. Die junge Frau legt den Kopf schief und sagt nichts.

Die therapeutische Erfahrung fühlt sich für Catherine so an, als ob man ihr mit großer Ernsthaftigkeit und äußerster Sorgfalt jeden Zahn einzeln ziehen würde, in der Gewissheit, dass das neue Gebiss, das man ihr irgendwann einsetzen wird, ihr Wohlbefinden erheblich steigern wird. Bis es so weit ist, ist es aber wichtig, dass sie sich an die klaffenden, blutigen Löcher in ihrem Mund gewöhnt.

»Es geht um meinen Sohn. Er hat gerade die Augen aufgemacht.«

Der Kopf neigt sich in die andere Richtung.

»Er liegt auf der Intensivstation.«

Die Miene der Therapeutin drückt zuerst Überraschung aus, dann erhellt sie sich plötzlich, als habe sie begriffen, worum es hier eigentlich geht. Das hat sie zwar nicht, aber es ist nicht ihre Schuld. Catherine hat es ihr nicht gesagt. Die

Therapeutin hat auch nicht gefragt. Sie hat nicht die richtigen Fragen gestellt, und Catherine hat nur direkt auf Fragen geantwortet und nichts von sich aus beigetragen. Sie ist eine unkooperative Patientin, eine Patientin, die offenbar nicht willens oder in der Lage ist, sich selbst zu helfen.

Als Catherine im Krankenhaus ankommt, erfährt sie von einer Schwester, dass Robert vor fünf Minuten gegangen ist. Er achtet sehr darauf, seine Besuche so zu legen, dass er ihr nicht begegnet, aber sie ist sich nicht sicher, ob ihr das noch wichtig ist. Sie sinkt auf die Knie, beugt sich zu Nicholas hin, sagt ihm, dass alles gut wird, dass er jetzt in Sicherheit ist, sagt ihm, dass sie ihn mehr liebt als irgendjemanden sonst – mehr, als sie je irgendeinen Menschen geliebt hat.

Nicholas hat die Augen offen, aber sein Blick ist auf nichts Bestimmtes gerichtet. Er starrt ins Leere, zeigt keine Reaktion. Der Arzt ist dennoch optimistisch. Geduld. Es braucht Zeit. Sie werden noch weitere Untersuchungen durchführen, aber im Moment sieht es gut aus. Man darf hoffen, dass er sich langsam, aber stetig erholen wird, und mit etwas Glück wird er auch wieder ganz gesund.

Das sind gute Nachrichten. Wenn es diese guten Nachrichten nicht gegeben hätte, dann hätte Catherine sich umgebracht, das hatte sie beschlossen. Sie hatte überlegt, wie sie es machen würde. Sich vor die U-Bahn zu werfen kam nicht infrage. Sie hätte den Tod durch Tabletten und Alkohol vorgezogen.

Robert weiß immer noch nicht, dass sie vergewaltigt wurde. Sie wartet auf den Moment, in dem er es erfahren wird, und sie hofft, dass es bald sein wird. Stephen Brigstocke wird doch sicherlich den Mut finden, ihr diesen einen Gefallen zu tun? Wenn nicht, wird sie es Robert selbst sagen müssen, und ihr Magen krampft sich zusammen bei der Vorstellung, dass er ihr nicht glauben könnte. Sie sollte es nicht nötig haben, ihn davon zu überzeugen, dass sie die Wahrheit sagt, und doch fürchtet sie, dass sie genau das würde tun müssen. Seine Verachtung für sie sitzt inzwischen so tief, dass er eher Stephen Brigstocke glauben wird als ihr. Dennoch wäre es grausam, ihn noch länger im Dunkeln zu lassen. Sie bestraft ihn, indem sie ihre Enthüllung aufschiebt, aber es war Robert, der sofort eine Mauer zwischen ihnen hat entstehen lassen, es war Robert, der ihr die Tür vor der Nase zugeschlagen hat.

Sie wird nicht zögern, es Nicholas zu sagen. Jetzt, da sie weiß, dass sie beide nicht sterben werden, muss er es von ihr erfahren und von niemandem sonst. Egal wie schmerzlich es für sie beide sein mag, er muss es wissen. Aber noch ist er nicht stark genug, es wird noch eine Weile dauern, bis er dafür bereit ist. Sie streichelt seine Hand. Seine Fingernägel sind zu lang. Sie wird einen Knipser mitbringen und sie kürzen. Plötzlich kommt ihr eine Erinnerung an den winzigen Nagelknipser, mit dem sie seine Nägel geschnitten hat, als er klein war. Wie weich seine Nägel waren. Am Ende war sie dazu übergegangen, sie mit ihren Zähnen vorsichtig abzuknabbern, damit er sich in der Nacht nicht kratzte.

Sie sieht auf die Uhr. Robert sollte eigentlich schon hier sein, aber sie ist froh, dass er es nicht ist. Sie fängt den Blick einer Krankenschwester auf. Die Schwester hat gesehen, wie Catherine auf ihre Uhr geschaut hat, und sie missbilligt das. Sie alle lehnen Catherine ab. Sie ziehen Robert vor. Den armen Ehemann. Den liebevollen Vater. Sie ist eine hysterische, labile Mutter. Die Frau, die diesen gebrechlichen alten Mann angegriffen hat. Früher wäre es ihr wichtig gewesen, was sie denken, aber jetzt nicht mehr. Sie legt den Kopf auf das Bett und schließt die Augen, dankbar für die geschenkte Zeit mit ihrem Sohn.

54

Spätsommer 2013

»Mein Sohn hat Ihre Frau vergewaltigt. Sie hat es mir erzählt, und ich glaube ihr. Es tut mir leid. Es tut mir alles sehr leid …«

Armer Mann. Das muss er erst mal verdauen. Ich bin wohl zu sehr mit der Tür ins Haus gefallen. Wir sitzen in der Krankenhaus-Cafeteria. Er hat mir eine Tasse Tee gebracht. Er hat darauf bestanden. Ich wollte es ihm ausreden, ich sagte ihm, ich wolle keinen Tee, aber er wollte, dass ich mich entspanne, wollte mir das Gefühl geben, willkommen zu sein. Er sagte, er wolle sich sowieso einen Tee holen gehen. Meine Nervosität deutete er falsch – er dachte, ich sei unruhig wegen des Vorfalls bei meinem letzten Besuch. Er hatte gerade erst die Tasse abgestellt, als ich es ihm sagte. Ich wiederholte es noch einmal langsamer.

»Mein Sohn hat Ihre Frau vergewaltigt. Sie hat mir erzählt, was passiert ist, und ich glaube ihr. Ich schäme mich, das zu sagen, aber ich glaube, dass mein Sohn zu so einer Tat fähig war … Es tut mir so leid.«

Ich möchte mehr sagen, aber ich zwinge mich innezuhalten. Er braucht Zeit, um es zu verarbeiten. Er hat sicher Fragen, und ich werde sie beantworten.

»Meine Frau hat Ihnen das gesagt?«

»Ja.«

»Catherine?«

»Ja.«

»Und Sie glauben ihr?«

Ich nicke. Er sieht an mir vorbei, über meine Schulter hinweg. Es sitzen Leute in der Nähe, aber wir haben einen Tisch für uns. Wir sehen aus wie Vater und Sohn. Die Leute werden annehmen, dass meine Frau – seine Mutter – im Krankenhaus liegt, und dass wir da sind, um einander Trost zu spenden.

»Ich bin sicher, dass sie die Wahrheit gesagt hat.« Ich wiederhole mich: »Ihre Frau wurde von meinem Sohn vergewaltigt.«

»Wann hat sie Ihnen das erzählt?« Seine Stimme ist tonlos, als spräche er unter Hypnose.

»Gestern. Sie ist zu mir nach Hause gekommen ...«

Seine Augen weichen meinen aus, während er diese Information aufnimmt. Sein Blick streift meine Schulter, als er ihn auf seine Teetasse senkt, beide Hände um das billige Porzellan geschlungen.

»Gestern?«

»Ja. Sie war gestern Morgen bei mir.«

Dann sieht er zu mir auf, und ich bemerke seine Erschöpfung. Seine Augen sind blau, und seine Haare, einst blond, sind von einem verwaschenen Grau.

»Warum hat sie es nicht mir gesagt? Sie hätte es *mir* sagen sollen, nicht Ihnen.«

Darauf weiß ich keine Antwort. *Frag mich etwas anderes. Frag mich etwas, was ich beantworten kann.*

Das Schweigen wächst an, frisst sich durch die Luft zwischen uns, und ich sehe, wie die Wut in ihm aufsteigt. Gleich wacht er auf ... vier, drei, zwei, eins ...

»Warum haben Sie mir das nicht eher gesagt? Sie müssen es doch gewusst haben. Sie Schwein! Warum haben Sie nicht eher etwas gesagt?«

»Ich habe es nicht gewusst. Ich habe es erst gestern erfahren. Ich hatte Ihre Frau vorher nie gesehen. Aber als sie sich dann zu mir an den Tisch gesetzt und mir erzählt hat, was geschehen war, wusste ich, dass sie die Wahrheit sagt. Niemand will glauben, dass der eigene Sohn zu so etwas fähig ist.«

Er tastet blind umher, sucht nach etwas, woran er sich festhalten kann. Es hat ihm den Boden unter den Füßen weggezogen. Jetzt weiß ich, was der Ausdruck bedeutet. Es hat uns beiden den Boden unter den Füßen weggezogen.

»Er hat sie vergewaltigt?«

Ich nicke.

»Sie haben geglaubt, dass er dazu fähig wäre, und Sie haben nichts gesagt … Er hatte es schon einmal getan …«

»Nein, nein, bestimmt nicht«, protestiere ich. »Ich habe gehört, wie sie schilderte, was passiert war: die Details, das Messer und … Ich weiß, dass sie die Wahrheit gesagt hat.«

»Das Messer?« Er schließt die Augen, überlegt. »Aber die Fotos …«

Ich sehe zu, wie das Schuldbewusstsein langsam von ihm Besitz ergreift. Er beugt sich über den Tisch und packt mich am Kragen, wobei er mir den heißen Tee über die Beine schüttet. Eine Frau am Nebentisch dreht sich zu uns um. Sie fragt sich sicher, warum ich keinen Mucks von mir gebe, aber ich spüre nichts.

»Ich hatte Mitleid mit Ihnen …«, sagt er. »Ich war Ihrem Scheißsohn dankbar …«

Dann stößt er mich weg und vergräbt das Gesicht in den Händen.

»Ich musste es Ihnen persönlich sagen – ich konnte es nicht am Telefon tun.«

Und dann, elender Wurm, der ich bin, erinnere ich ihn daran, dass es meine Frau war, die das Buch geschrieben hat, nicht ich. Ich sehe den Ausdruck des Abscheus, der sich auf seinem Gesicht ausbreitet. Ich höre mich an, als ob ich ihr die Schuld gebe, aber das tue ich nicht. Ich habe geglaubt, was sie geschrieben hat, und ich dachte, ich sei es ihr schuldig, es bekannt zu machen. Es war ihr Buch, es waren ihre Worte.

»Sie hat nie gewollt, dass irgendjemand sonst es liest. Ich hätte es lassen sollen, wo ich es …«

»Sie haben es meiner Frau geschickt. Und meinem Sohn. Sie haben mir diese Fotos geschickt. Himmel noch mal, wie kann das sein, dass Sie es nicht gewusst haben? Sie haben zugegeben, dass Sie es ihm zugetraut hätten – warum haben Sie die Geschichte dann nie angezweifelt?«

»Und warum haben Sie sie nicht angezweifelt?« Und ich winde mich unter dem Schmerz, den meine Frage ihm bereiten muss.

»Warum ich es nicht angezweifelt habe?« Er lässt das Gesicht in die Hände sinken. Ich sehe seine Schultern zittern, und ich möchte gerne die Hand ausstrecken und ihn berühren, aber ich kann nicht. Ich kann ihn nicht trösten, es gibt nichts, was ich sagen könnte, um die Last seiner Schuld zu lindern oder das Bild seiner Frau aus seinem Kopf zu vertreiben, wie sie dieses abscheuliche Buch liest und sich dabei vorkommt, als würde sie noch einmal vergewaltigt.

Ich habe hier nichts mehr verloren. Es ist erledigt. Er weiß es. Ich lasse ihn dort sitzen und gehe hinauf zur Intensivstation. Ich gehe nicht hinein, ich schaue nur durchs Fenster in der Hoffnung, einen Blick auf Nicholas zu erhaschen, und ich sehe sie am Bett ihres Sohnes knien. Sie sieht aus, als ob sie schliefe.

55

Spätsommer 2013

Er kniet sich neben sie, und sie spürt seinen Arm um ihre Schultern. Sie hält die Augen geschlossen. Sein Gesicht ist ganz nah an ihrem Hals. Es ist nass. Er zittert.

»Verzeih mir, Cath. Es tut mir so leid. Bitte, verzeih mir. Ich weiß, was passiert ist. Er hat mir gesagt, was sein Sohn getan hat …« Diese letzten Worte nuschelt er nur in ihren Hals. Dennoch bleiben ihre Augen geschlossen. Ihr ist schwindlig.

Er nimmt ihre Hand, und sie schlägt die Augen auf, doch es sind Nicks Augen, die ihr entgegenblicken, nicht die von Robert. Nick, der sie direkt anschaut, der sie sieht und erkennt. Es ist passiert, bevor Robert kam – nicht das Öffnen der Augen, sondern das Fokussieren. Catherine hatte seine Hand gehalten, und er hatte den Kopf ein wenig gedreht, und dann schaute er sie an, und sie wusste, dass er sie sehen konnte, dass er sie erkannte, und eine Woge des Glücks durchflutete sie, und sie lächelte und weinte.

»Hallo, mein Schatz«, sagt sie. Er antwortete nicht, sah sie nur an. Sie schickte Robert eine SMS. Sie wusste nicht, dass er mit Stephen Brigstocke in der Krankenhaus-Cafeteria saß. Eine Schwester war bei ihr, und zum ersten Mal seit Längerem bekam Catherine von ihr ein Lächeln zu sehen. Dann kam der Arzt und bestätigte, was sie bereits wussten: Es ist ein echter Fortschritt. Wenn er so weitermacht, könnte er binnen einer Woche die Intensivstation verlassen.

Nick schloss die Augen wieder, und sie schloss ihre. Und dann kam Robert herein.

»Papa ist hier«, flüstert sie Nick zu. Robert war zu sehr damit beschäftigt, Catherine anzuschauen, um zu merken, dass sein Sohn die Augen offen hatte, aber sie hört ihn nach Luft schnappen, und sie spürt, wie die Freude ihn durchpulst. Es ist wie das leise Summen, das man unter Hochspannungsleitungen hört.

»Nick«, sagt er. »Wir sind hier. Wir sind beide hier. Es wird alles gut.« Und er drückt Catherine fester an sich.

Nicholas schaut seine Eltern an, die auf ihn herablächeln. Verwirrt springt sein Blick zwischen ihnen hin und her.

»Ich rufe den Arzt«, flüstert Robert ihr zu.

»Er weiß schon Bescheid«, sagt sie und berichtet ihm die guten Neuigkeiten.

Sie bleiben bis spätabends. Seite an Seite, nur ab und zu geht einer von ihnen etwas zu essen oder zu trinken holen. Sie wagen es nicht, von Nicks Seite zu weichen für den Fall, dass er spricht. Es ist möglich, und sie wollen seine ersten Worte auf keinen Fall verpassen. Gegen ein Uhr nachts beschließen sie, dass es Zeit ist zu gehen. Ein Teil von Catherine fürchtet sich davor. Jetzt werden sie reden müssen, und sie ist zu erschöpft.

Sie fährt mit Robert nach Hause. Es ist spät, und sie hat ein schlechtes Gewissen, weil sie heute Nacht nicht bei ihrer Mutter sein wird, aber sie hat sie angerufen, und ihre Mutter hat wohl verstanden, dass Nick auf dem Weg der Besserung ist und dass Catherine mit Robert heimfahren wird.

Catherine ist vollkommen erledigt. Sie will nur noch nach Hause gefahren und ins Bett gebracht werden. Sie ist so erschöpft, dass sie kaum etwas sagt; ihr Schweigen ist ruhig und friedlich, und es herrscht eine Stille im Auto, als ob sie und Robert darin vakuumverpackt wären.

Auch er hat es nicht eilig zu reden – er ist genauso fix und fertig wie sie. Sie gehen nach oben, und Catherine duscht und wäscht sich den Krankenhausgeruch ab. Sie geht mit nassen Haaren ins Bett und genießt das Kältegefühl am Kopf, das die Hitze abhält. Robert legt sich neben sie und greift nach ihrer Hand, aber die Geste hat nichts Suchendes – er will sie nur halten, und sie lässt ihn. Sie bleibt mit dem Gesicht zu ihm liegen, obwohl sie sich lieber umdrehen würde. Sie schläft besser auf der rechten Seite, trotzdem bleibt sie auf der linken liegen, aus Rücksicht auf seine Gefühle.

»Cath«, flüstert er.

Sie antwortet mit einem Laut, der nicht ganz ein Wort ist, während sie schon in den Schlaf sinkt.

»Cath, es tut mir so leid. Ich werde mir nie verzeihen können …«

Sie legt die Hand auf seine Wange, ohne die Augen aufzumachen. Es ist nicht seine Schuld. Er hat es nicht gewusst, sie hat es ihm nicht gesagt. Aber jetzt ist sie zu erschöpft dafür. Sie dreht sich um, zieht sich die Bettdecke übers Kinn, atmet ihren vertrauten Geruch ein.

»Warum hast du es mir nicht gesagt?«, flüstert er in ihren Nacken. Sein Bedürfnis danach, dass sie sich rechtfertigt, raubt ihr die letzte Kraft. Es ist sein Bedürfnis, nicht ihres, und sie tut so, als hörte sie ihn nicht. Sie will nur endlich einschlafen dürfen in dem Wissen, dass die Wahrheit endlich ihre Fesseln abgeworfen hat.

Die nächsten paar Tage und Abende verbringen sie zusammen im Krankenhaus – beide ganz auf Nicks Genesung konzentriert. Sie kommt in Gang, das können sie sehen. Er ist wach und bei vollem Bewusstsein. Er hat angefangen zu sprechen. Zwar noch etwas undeutlich, aber das wird sich geben. Dafür wird die Therapie sorgen. Seine Eltern scheinen ihn immer noch zu verwirren. Er weiß, wer sie sind, aber dennoch beäugt er sie mit Argwohn. Es bricht Catherine das Herz, wenn sie in seinen Augen sieht, dass er ihr nicht ganz traut, aber er ist noch lange nicht bereit für die Wahrheit. Es wäre nicht fair, und so gibt sie vor, seine Zurückhaltung nicht zu bemerken, und beschäftigt sich damit, ihm frisches Obst, das sie selbst an diesem Morgen geschält und klein geschnitten hat, ans Bett zu stellen und dafür zu sorgen, dass sein Wasserbecher immer gefüllt ist. Sie wischt ihm die Hände und das Gesicht mit Feuchttüchern ab, schneidet ihm die Fingernägel, reibt ihm Hände und Füße mit Creme ein. Er lässt sie gewähren. Er ist schwach wie ein Baby, er braucht bei allem Hilfe.

Catherine will ihm noch Zeit lassen, aber Robert hat es eilig.

»Es ist nicht wahr, Nick, nichts davon ist wahr. Es war alles gelogen. Mama liebt dich. Sie liebt mich. Es ist nicht passiert, jedenfalls nicht …«

»Nicht jetzt«, fällt sie ihm ins Wort. Was hat er sagen wollen? *Der Mann, der dir das Leben gerettet hat, hat deine Mutter vergewaltigt?* Sie merkt, dass sie sich ein bisschen über ihn ärgert. Das ist ihre Geschichte. Jahrelang hat sie nur ihr allein gehört. Er darf sie nicht erzählen, das darf nur sie, und nur sie wird Nick helfen können zu verstehen, warum sie beschlossen hatte, nie darüber zu sprechen.

Es geht langsam voran, aber Nick macht echte Fortschritte. Sein Hals ist noch wund von dem Schlauch, den sie ihm hineingesteckt hatten, aber nach und nach kommen die Worte. Seine Haut ist immer noch grau, und er ist mager, aber er wird es schaffen. Er wird wieder ganz gesund werden. Catherine dankt Gott. Das heißt, sie dankt irgendjemandem, und sie nennt ihn Gott, obwohl sie ihn nicht so recht einordnen kann. Trotzdem – sie ist so dankbar, dass Nicholas ein weiteres Mal gerettet wurde.

Und nicht nur Nicholas macht stetig Fortschritte, sondern auch Catherine und Robert. Langsam und stetig arbeiten sie daran, wieder entspannt miteinander umgehen zu können. Robert wünscht, Stephen Brigstocke wäre tot. Er will ihn bestrafen für das, was er seiner Familie angetan hat. Es raubt ihm den Schlaf – die Bösartigkeit dieses perversen, verkommenen alten Mannes geht ihm unentwegt im Kopf herum.

Catherine schläft gut, zum ersten Mal seit Ewigkeiten. Wenn sie an Stephen Brigstocke denkt, dann mit Kummer. Sie hat mit angesehen, wie er eine unerträgliche Wahrheit schlucken musste. Er hätte sich wehren können – sie hatte damit gerechnet, dass er sie eine Lügnerin schimpfen würde, doch das hat er nicht getan. Er erkannte die Wahrheit, als er sie sah, und das respektiert sie. Es ist etwas, wozu nicht viele Menschen in der Lage sind. Leugnen ist so viel einfacher. Die meisten Eltern hätten das, was sie über seinen Sohn gesagt hat, über seinen toten Sohn, ungenießbar gefunden.

Sie hat Schuldgefühle, weil sie Robert Schmerzen verursacht hat – weil sie zugelassen hat, dass er es auf diese Weise erfahren hat. Er hätte es von ihr hören sollen, und sie hat ihm zu erklären versucht, warum sie dazu nicht in der Lage war. Als sie zusah, wie Jonathan Brigstocke starb, sah sie darin seine Strafe für das, was er ihr angetan hatte. Er würde es nie wieder irgendeiner anderen Frau antun können. Sie würde nie vor Gericht ihre eigene Unschuld beweisen müssen. Sie sah es als ein Zeichen: Sie hatte die Chance bekommen, etwas auszulöschen, was sonst mit Sicherheit ihrer aller Leben vergiftet hätte. Und die Tatsache, dass Nicholas verschont worden war, ließ sie noch fester daran glauben.

Sie weiß jetzt, dass sie im Irrtum war, wenn sie geglaubt hatte, es allein tragen zu können, wenn sie geglaubt hatte, dass es spurlos an ihr vorübergehen würde. Natürlich ist es das nicht. Sie weiß, dass es ihr Verhältnis zu Nicholas belastet hat. Sie hatte geglaubt, sie alle davor zu bewahren, dass es in ihr Leben eindrang.

»Aber es ist in unser Leben eingedrungen ... mit dem Buch. Warum hast du es mir da nicht gesagt?« Sein Ton ist flehentlich.

»Ich weiß es nicht. Ich wollte es ja ... ich habe es versucht ...«

Er sieht sie an und wartet, wartet darauf, dass sie ihm erklärt, wie sie versucht hat, es ihm zu sagen, und es dann doch nicht getan hat.

»Es gab Momente, da hätte ich es fast gesagt. Ich weiß es nicht, Robert. Wenn man etwas so lange für sich behalten hat – wenn man es nie ausgesprochen, nie irgendeinem Menschen gesagt hat –, dann wird es immer schwerer und schwerer.«

Sie findet diese Gespräche zu qualvoll. Danach ist sie in Tränen aufgelöst, voller Scham und Schuldgefühle. Und sie hätte gerne, dass er fragt: »Lag es an mir? Habe ich dich daran gehindert?« Aber das tut er nicht. Er stellt sich nie diese Frage, und sie drängt ihn nicht dazu. Catherines Kampfgeist ist aufgebraucht. Sie fordert Robert nicht heraus, sie fragt ihn nicht, wie es kam, dass er in »Charlotte« sofort sie zu erkennen glaubte. Sie sagt ihm nicht, wie weh es getan hat, seine Wut und seinen Hass zu sehen. Stattdessen weint sie, und er entschuldigt sich. Es tut ihm leid, dass er sie verletzt hat. Das will er nicht – es ist das Letzte, was er will, und so fragt er einfach nicht mehr, lässt sie in Ruhe. Und sie ist erleichtert. Sie fürchtet den Groll, den diese Gespräche in ihr nähren, den Druck, dem sie sich dadurch ausgesetzt fühlt.

Nick ist seit zwei Wochen wieder zu Hause. Catherine und Robert haben ihn zusammen abgeholt. Es war wie damals, als sie Nick als Neugeborenes aus dem Krankenhaus heimgeholt haben: Da waren sie auch beide so vorsichtig mit ihm, als frischgebackene, noch etwas unsichere Eltern. Als er ein Baby war, hat sie den Moment gefürchtet, wo Robert wieder zur Arbeit gehen würde, jetzt sehnt sie ihn herbei.

Heute ist der erste Tag, an dem sie Nick für sich allein hat. Er ist jetzt so weit. Und sie erzählt ihm, dass sie vergewaltigt wurde. Es gab keine Affäre. Sie hat Jonathan Brigstocke nicht geliebt. Sie kannte ihn gar nicht. Sie erzählt Nick, dass er im Nebenzimmer geschlafen hat. Sie erzählt ihm von ihrer Angst, dass Jonathan Brigstocke ihm etwas antun würde. Sie erzählt ihm von dem Messer. Sie versucht, sich nicht dafür zu rechtfertigen, dass sie Nick all das nie erzählt hat. Sie sagt, sie habe es niemandem erzählt.

»Hat er mir das Leben gerettet?«

»Ja.«

»Warum?«

»Ich weiß es nicht. Wir werden es nie wissen. Vielleicht hatte er Schuldgefühle?«

Nick ist blass im Gesicht. Es ist zwar nicht mehr diese fahlgraue Blässe, aber sie kann sehen, dass er müde wird. Sie haben zu Mittag gegessen, und er wird sich bald ein wenig hinlegen wollen, aber er will auch alles wissen. Er will weiterreden.

»Schuldgefühle?«

»Ich weiß es nicht, Schatz.« Sie hält inne, fragt sich, wie viel er ertragen kann. »Es könnte sein. Wir werden nie wissen, warum, aber er hat dir das Leben gerettet. Das war eine bewusste Entscheidung – er ist ins Wasser gesprungen und dir nachgeschwommen; das hätte er nicht tun müssen. Er wollte dich retten.« Sie legt ihm eine Hand auf die Schulter, und er lässt den Kopf sinken. Sie sieht eine Träne über seine Wange rinnen. Sie legt ihm den Arm um den Hals und will ihn an sich ziehen, doch er versteift sich.

»Ist schon okay«, sagt er.

Sie gibt ihm einen Kuss auf den Scheitel und riecht das Shampoo von seiner morgendlichen Dusche. Sie möchte ihn im Arm halten, aber er ist nicht bereit dazu, und sie wendet sich ab, bevor sie selbst zu weinen anfängt.

»Du bist müde«, sagt sie. »Du solltest jetzt schlafen. Wir können später noch reden.«

Er nickt und steht auf. Sie steht auch auf und sieht ihm nach, als er zur Treppe geht.

»Es tut mir leid, dass ich als Mutter so versagt habe«, sagt sie.

Er dreht sich um und zuckt mit den Achseln, dann schüttelt er den Kopf. Keine Worte, aber wenigstens schüttelt er den Kopf.

Nachdem Nick nach oben gegangen ist, legt Catherine sich aufs Sofa und schließt die Augen. Ihr Kopf ist voll mit *Wenn* und *Hätte*. Wenn sie doch nur die Polizei gerufen hätte an dem Abend, als es passiert war. Wenn sie doch nur Robert angerufen hätte. Er wäre gekommen, um bei ihnen zu sein, oder nicht? Aber sie hatte vollkommen neben sich gestanden. Nick war am nächsten Morgen früh aufgewacht, er kam in ihr Zimmer gerannt und sprang auf ihrem Bett herum. Sie hatte überhaupt nicht geschlafen.

Am Abend zuvor hatte sie ein kleines Cremedöschen ausgeleert und gespült, dann hatte sie es gegen ihre Vagina gepresst und sein Sperma aus sich herausgedrückt – die kleine Menge, die nicht an ihrem Bein herabgelaufen war. Ein milchiger Klecks. Sie schraubte den Deckel wieder fest und verstaute das Döschen in ihrem Waschbeutel. Sie erinnert sich, dass sie sich gefragt hat, was wohl passieren würde, wenn ihr

Gepäck durchsucht würde – wenn irgendein ahnungsloser Zollbeamter seine Nase in dieses ganz spezielle Cremedöschen gesteckt hätte. Sie hatte Fotos gemacht: der Bluterguss an ihrem Oberschenkel, der Knutschfleck an ihrem Hals. Die Polizei würde Beweise verlangen, also hatte sie Beweise für sie gesammelt.

Aber hätten sie ihr geglaubt? Sie hatte die Schlüssel zu ihrem Zimmer außen in der Tür stecken lassen. Ganz gleich, wie viele Beweise sie vorlegte, ihr war klar, dass irgendjemand – irgendein Mann wahrscheinlich – vor Gericht aufstehen und sie eine Lügnerin nennen würde; ihr ins Gesicht sagen würde, dass sie diesen jungen Mann in ihr Zimmer gelockt hatte. Dass sie ihn gekannt hatte. Er hatte in der Bar des Hotels, in dem sie wohnte, zwei Drinks bestellt – würde irgendjemand sich daran erinnern, dass sie sich gar nicht zu ihm gesetzt hatte?

Aber dann starb er. *Gott sei Dank,* dachte sie damals. *Er ist tot.* Und sie wusste, dass sie nicht gezwungen sein würde, ihre Unschuld zu beweisen. Und deshalb vernichtete sie die Fotos von ihren Verletzungen, nachdem sie den Film hatte entwickeln lassen, und behielt nur die Urlaubsbilder von sich und Nicholas und Robert.

Während Nick auf ihrem Bett herumhüpfte, lag sie da und tat so, als ob sie lächelte, tat so, als ob sie ihm zuschaute. Jede Handlung, jedes Wort an diesem Morgen fühlte sich fremd an, als ob es nicht von ihr käme. Sie frühstückten. Nick aß, sie nicht. Sie erinnert sich sogar, wie er sie aufgefordert hat aufzuessen. Er konnte es nicht erwarten, an den Strand zu gehen. Sie wollte nicht, aber was hätten sie sonst tun sollen? Sie versuchte, einen anderen Flug zu bekommen. Nicholas war ungeduldig, als sie im Hotel auf eine Antwort warteten. Die Antwort war negativ. Also gingen sie an den Strand. Und unterwegs kaufte sie ihm das Schlauchboot. Ein Lebensretter, dachte sie damals. Es würde ihn glücklich machen und ihr helfen, nicht zusammenzubrechen. Und es machte ihn glücklich. Rein und raus, rein und raus sprang er und redete unentwegt mit sich selbst, spielte jedes einzelne Mitglied der Crew. Und die Hitze und der Schock drückten sie nieder, und sie legte den Kopf aufs Handtuch, schloss die Augen und schlief ein. Sie passte nicht auf ihren kleinen Jungen auf, und er wäre fast ertrunken. Es war ein wildfremder junger Mann, der ihn rettete.

Robert fragt nicht mehr, warum sie es ihm nicht gesagt hat, und das gibt ihr das Gefühl, dass ihr vergeben ist. Er weiß, dass sie keine Affäre hatte, er weiß, dass sie ihn nicht betrogen hat. Und er hat jetzt eine neue Rolle. Er ist nicht mehr der gekränkte Ehemann, sondern der fürsorgliche. Er ist da, um ihr zu helfen, und er drängt sie, mit jemandem zu reden, mit einem Fachmann, der sie in die Vergangenheit zurückführen und sie dann wieder herausbringen kann, aber die Vergangenheit widert Catherine an. Sie wird nicht dorthin zurückgehen. Sie hätte vor langer Zeit zurückgehen sollen, aber jetzt hat sie dort nichts mehr verloren. Es ist die Gegenwart, auf die sie sich konzentrieren will.

56

Herbst 2013

Ich habe viel Zeit damit verbracht, über Jonathan nachzudenken, weil ich verstehen wollte, was für ein Mensch er war. Es ist schwer zuzugeben, dass man sein eigenes Kind nicht kennt, dass man sein eigenes Kind nie wirklich gekannt hat.

Ich habe einmal gesagt, dass Jonathan nie aus Scham in den Tod gegangen wäre, weil er die Liebe seiner Mutter hatte, denn was immer er getan hätte, sie hätte ihm stets vergeben. Aber ich denke, in einem gewissen Sinn ist er tatsächlich an seiner Scham gestorben. Die Spanier haben das richtige Wort benutzt: Er hat sich geopfert. Ich glaube, als er Catherine Ravenscroft vergewaltigte, wusste er, dass er einen Weg ohne Widerkehr beschritten hatte. Er hatte sich verloren. Er riskierte nicht sein Leben, er gab es bewusst hin. Vielleicht suche ich nur verzweifelt nach irgendeinem Trost, aber warum sonst hätte er etwas für ihn so Untypisches tun sollen? Ich glaube, dass Jonathan sich in die Augen geblickt und den Mut gehabt hat, nicht auszuweichen. Er sah sich selbst als das, was er war. Nur sehr wenige von uns sind zu so etwas bereit. Ich finde erst jetzt allmählich die Kraft dazu, und ich habe den Verdacht, dass Nancy sie nie gefunden hat. Es braucht Mut, nicht wahr? Hinter die Maske zu blicken und zu sehen, wer man wirklich ist?

Ich kann nicht sicher sagen, dass er vorher noch nie eine Vergewaltigung begangen hatte, aber ich glaube es eigentlich nicht. Ich weiß allerdings, dass irgendetwas seine Freundin

Sasha veranlasst hat, überstürzt zu ihren Eltern zurückzukehren. Wir nannten sie seine Freundin, obwohl sie sich in Wirklichkeit noch nicht sehr lange gekannt hatten, und ich weiß noch, wie überrascht ich war, als er uns erzählte, dass sie mit ihm auf Reisen gehen würde. Ich war weniger überrascht, als sie dann vorzeitig nach Hause kam. Wenn er sie vergewaltigt hätte, dann hätten ihre Eltern ihn angezeigt, da bin ich sicher. Andererseits muss irgendetwas passiert sein, was ihre Mutter zu diesem wütenden Telefonanruf veranlasste. Nancy wusste es, aber sie hat es mir nie gesagt, und zu meiner Schande habe ich sie nie nach den Details gefragt. Ich wusste nur, dass Nancy automatisch in ihre Rolle als Jonathans Verteidigerin geschlüpft war. Sie hatte das seit Jahren getan, seit er ein kleiner Junge war.

Jetzt erkenne ich Nancys Stimme als das, was sie war: die Stimme einer Frau, die vor Kummer den Verstand verloren hatte – eine Stimme, die ich über Jahre am Leben gehalten hatte, der ich erlaubt hatte, ihre verzweifelte Geschichte zu spinnen, während ich mich zurücklehnte und zuhörte. Nancy staffierte unseren Sohn zu jemandem aus, der er nicht war, und lange vor seinem Tod war ich mit ihr stillschweigend übereingekommen, all die kleinen Hinweise zu übersehen, die uns an unserem Jungen hätten beunruhigen sollen. Kleinigkeiten in seiner Kindheit, die sich, je mehr er heranwuchs, zu immer größeren Verleugnungen seiner wahren Persönlichkeit auswuchsen. Ich hatte dabeigestanden und es zugelassen. Mein Sohn war ein Vergewaltiger. Nicht Nancys Sohn, nein. Aber meiner. Hat Nancy je Verdacht geschöpft? Wenn ja, hat sie sich nichts anmerken lassen. Und selbst wenn sie etwas geahnt hätte – sie hätte sich nie erlaubt, es zu glauben. Sie hat Jonathan umgeschrieben, genau wie ich sie umgeschrieben habe.

Ich habe mich genauso der Täuschung schuldig gemacht

wie Nancy. Ich habe meine Frau zu jemandem gemacht, die sie nicht war. Ich war nicht mutig genug zu erkennen, dass sie schon lange vor Jonathans Tod vom Weg abgekommen war. Jahrelang hatte ich geholfen, ihre Fantasie zu schüren, hatte bei ihrer blinden Verehrung mitgemacht, hatte mich ihr nicht ein Mal entgegengestellt, hatte sie nicht ein Mal infrage gestellt. Ich arrangierte mich mit beiden: dem erfundenen Jonathan und der erfundenen Nancy. Meine einzige Verteidigung ist, dass ich es aus Liebe getan habe. Das haben wir beide. Aber das ist eine armselige Verteidigung.

Schon als Jonathan ein kleiner Junge war, wurden die Leute nicht richtig warm mit ihm. Er war erst einen Monat in der Vorschule, als Nancy ihn wieder herausnahm und sagte, sie wolle ihn bei sich zu Hause behalten. Sie meinte, er sei noch nicht so weit. Und als er in die Schule kam, nahm sie dort eine Stelle an, um in seiner Nähe sein zu können. Er hatte Freunde, die zum Spielen zu uns kamen, aber sie luden ihn umgekehrt nie zu sich ein. Das fiel mir auf, obwohl ich so tat, als ob ich es nicht bemerkte. Ich glaube, die Kinder kamen wegen Nancy so gerne zu uns – sie konnte wunderbar mit ihnen umgehen. Als er noch klein war, war es leichter, so zu tun, als sei alles in Ordnung, aber als er in die Pubertät kam, ließ ihr Einfluss nach. Trotzdem war sie immer zur Stelle, um ihn zu verteidigen.

Ich hätte ihr die Stirn bieten sollen, aber ich wusste, wenn ich das getan hätte, dann hätte ich mich auf die andere Seite geschlagen, auf die des Feindes – auf die Seite all jener, die Jonathan nicht verstanden. Ich hätte mich mit ihr anlegen müssen, mit meiner Frau, der Anti-Medea.

Stattdessen flüchtete ich mich in meine eigene Fantasiewelt. Ich stellte mir immer vor, wie es wäre, einen der Jungen, die ich unterrichtete, als Sohn zu haben. Einen Jungen, mit dem ich reden konnte. Einen Jungen, der zuhörte, wenn man ihm etwas sagte, und der vielleicht manchmal unhöflich oder frech war, aber einem wenigstens in die Augen schaute, eine Verbindung zu einem aufbaute. Nach Jonathans Tod ließ ich mich ganz von dieser Fantasie einnehmen. Ich war völlig aufgelöst.

Es gab da einen Jungen, den ich in der Mittel- und Oberstufe unterrichtet hatte. Ich gab eine Zeit lang vor, er sei mein Sohn. Er war nicht so schlau wie Jonathan. Jonathan bestand seine Prüfungen ohne Anstrengung und mit einer unangenehmen Verachtung für diejenigen, die mehr Mühe hatten. Es war ihm alles vollkommen egal, und er betrachtete seine Zukunft mit derselben Gleichgültigkeit. Das war der Grund, weshalb Nancy vorschlug, dass wir ihm die Europatour bezahlen sollten. Er brauche Zeit, um sich selbst zu finden, meinte sie.

Der Junge, den ich »adoptierte«, war da vollkommen anders. Als er sein Studium aufnahm, folgte ich ihm. Ich nahm den Zug nach Bristol und erzählte jedem, der es hören wollte, dass ich meinen Sohn an der Universität besuchte. Meine Frau und ich hätten sehr spät Kinder bekommen, erklärte ich, wenn ich sah, dass die Leute sich fragten, wie ein alter Mann wie ich noch einen Sohn im Studieralter haben konnte. Ich gab ein Vermögen für die Zugfahrten nach Bristol aus. Nancy hat es nie erfahren. Ich hatte mir freigenommen, aber sie glaubte, ich ginge jeden Morgen in die Schule. Nachdem ich die Prügel kassiert hatte, fuhr ich nicht mehr hin. Ich war froh darum. Die Schläge hatten mich zur Besinnung gebracht.

Das alles ist nicht Nancys Schuld. Es ist meine. Meine Liebe hatte in unseren ersten zwanzig gemeinsamen Jahren Wurzeln geschlagen, und ich hatte weder den Wunsch noch den Willen, sie auszureißen, weder damals noch heute. Ich sehe die Frau, in die ich mich verliebt hatte, immer noch so deutlich vor mir – die Frau, die ich geheiratet und mit der ich zusammengelebt habe. Aber jetzt sehe ich auch die Frau, zu der sie nach Jonathans Geburt geworden war. Eine frühe Blüte, gefolgt von einem unkontrollierten Wachstum von Schösslingen, Zweigen und wuchernden, unordentlichen Trieben, das einsetzte, als sie versuchte, ihn an sich zu ziehen und festzuhalten, um ihn zu behüten – und ihn zu etwas zu machen, was er nicht war. Sie musste sich verbiegen, um das zu erreichen: Sie musste zu einer dornigen, knorrigen Kreatur werden. Ich hätte zur Baumschere greifen und diese Schösslinge abschneiden sollen, bevor sie außer Kontrolle gerieten, bevor sie dem, was gut war, alle Lebensenergie aussaugten. Manchmal ist ein harter Schnitt nötig, genau an der richtigen Stelle, damit die Pflanze nicht von der Nährstoffzufuhr abgetrennt wird und Blüten treiben kann.

Ich habe wieder angefangen, im Garten zu arbeiten: Ich jäte Unkraut, reche das Laub zu Haufen zusammen, um es zu verbrennen. Die Nachbarn haben sich über den Geruch beschwert. Ich sei rücksichtslos, sagen sie – sie hatten draußen Wäsche aufgehängt. Ich fürchte, ihre Beschwerden ermutigen mich eher, als dass sie mich abschrecken. Ich mag Feuer. Ich mag den Rauchgeruch in meinen Kleidern und meinen Haaren. Ich habe es genossen, die Fotos ins Feuer zu werfen, habe mit Befriedigung zugeschaut, wie sie von den Flammen verzehrt wurden. Der gelbe Umschlag mit dem Kodak-Schriftzug wurde zuerst braun, dann schwarz, und ich stellte mir vor, wie die Negative darin zusammenschrumpften, bis nichts mehr übrig war. Ich war sie noch ein letztes Mal durchgegangen für den Fall, dass mir eines entgangen war, auf dem Jonathan zu sehen war. Vielleicht sein Spiegelbild in einem Spiegel, oder sein Schatten an der Wand, aber er war nicht da. Als Nächstes werde ich die Sachen meines Sohnes verbrennen. Es gibt nichts, was ich behalten möchte. Ich habe schon angefangen, Holz für ein neues Feuer zu hacken.

Gestern habe ich Geoff den Laptop gebracht. Ein Geschenk, sagte ich. Er war überrascht, aber ich erzählte ihm, dass ich schon einen neuen im Auge hätte. Was natürlich gelogen war.

»Wie kommen Sie mit dem neuen Buch voran?«, fragte er.

»Oh, das habe ich aufgegeben«, sagte ich und winkte ihm zum Abschied fröhlich zu, damit er sich keine Sorgen machte.

Heute statte ich den Damen im Sozialladen einen Besuch ab. »Ich habe noch ein paar Sachen gefunden«, sage ich und öffne eine Plastiktüte, die Nancys Abendtasche, ihre Strickmütze und ihre Strickjacke enthält. Ich habe die Strickjacke praktisch zu Tode getragen. Sie hat Löcher unter beiden Ärmeln, und der oberste Knopf fehlt. Ich lehne den angebotenen Kaffee ab und sehe zu, wie sie in die Tasche schauen und zögern, den Inhalt anzufassen. Ich frage mich, ob die Strickjacke mich doch noch überleben wird, oder ob diese netten Damen sie von ihrem Elend erlösen werden.

Als ich nach Hause komme, hinterlässt gerade jemand bei Nancy eine Nachricht. Ich habe es nicht übers Herz gebracht, ihre Stimme zu löschen. Der Anrufer bestätigt einen Termin, heute in einer Woche. Zeit genug, um zu erledigen, was ich noch zu erledigen habe. Ich setze mich an meinen Schreibtisch und nehme Stift und Papier heraus.

57

Herbst 2013

Auch Catherine macht Häutungen durch. Sie hat in der Arbeit Bescheid gesagt, dass sie nicht mehr kommen wird. Sie sieht sich einfach nicht imstande – zumindest vorläufig erscheint es ihr sinnlos. Sie hat auch die Therapie abgebrochen. Nach der zweiten Sitzung ist sie einfach nicht mehr hingegangen. Aber vielleicht wird sie es noch mal mit jemand anderem versuchen. Sollte sie wahrscheinlich.

Sie wirft einen Seitenblick auf ihre Mutter. Sie sitzen in identischen Sesseln, Seite an Seite: Catherine in dem, der vor dem Tod ihres Vaters der Platz ihrer Mutter war, ihre Mutter in Vaters Sessel. Sie schauen einen alten Musikfilm, heiteres, unbekümmertes Wohlfühlfernsehen, beide mit einer Tasse Tee in der Hand.

Es klingelt an der Tür, und Catherine geht aufmachen. Es ist Nick. Er hatte gesagt, dass er vielleicht bei Großmutter vorbeischauen würde, aber Catherine war sich nicht sicher gewesen, ob es ernst gemeint war. Als sie ihn vor der Tür stehen sieht und begreift, dass er es wirklich ernst gemeint hat, geht ihr das Herz auf.

»Mama, Nick ist da«, ruft sie, und ihre Mutter erhebt sich mühsam aus ihrem Sessel und tappt auf ihren Enkel zu.

»Hallo, mein Schatz«, sagt sie und reckt den Hals, um ihm einen Kuss auf die Wange zu geben. »Geht's dir wieder besser?«

»Ja, Oma, mir geht's prima«, sagt er, aber das stimmt nicht.

Er ist deprimiert. Er ist einsam. Er ist drogenabhängig. Er braucht Hilfe. Aber ein Besuch bei seiner Großmutter hilft schon. Sie hat Nick immer abgöttisch geliebt, und Catherine sieht zu, wie sie seine Hand nimmt und sie zwischen ihren hält, ihn mit ihrer reinen Liebe auftankt. Er entspannt sich ein wenig, setzt sich in Catherines Sessel und nimmt sich eine Handvoll Süßigkeiten aus der Schüssel auf dem Couchtisch.

Catherine geht Wasser aufsetzen und bleibt in der offenen Tür zwischen Küche und Wohnzimmer stehen, während sie darauf wartet, dass es kocht. Sie betrachtet die Hinterköpfe ihrer Mutter und ihres Sohnes, beobachtet, wie sie sich unaufhörlich bewegen – der ihrer Mutter von dem Tremor, unter dem sie neuerdings leidet, und der ihres Sohnes, weil er wie ein Besessener Süßigkeiten mampft. Vielleicht könnten sie und Nick zusammen eine Therapie machen? Aber sie verwirft den Gedanken sofort wieder. Er geht schon im Rahmen seiner Reha zu einem Therapeuten, und sie will seinen Fortschritt nicht gefährden.

Sie füllt die Teekanne auf und trägt sie ins Zimmer, wo sie sich auf den Boden setzt und sich an Nicks Sessel anlehnt.

»Willst du hier sitzen?«, fragt er.

»Nein, nein, ist schon in Ordnung«, sagt sie und tätschelt sein Bein.

Sie fragt sich, was für einen Unterschied es für Nick gemacht hätte, wenn sie und Robert noch weitere Kinder gehabt hätten – wenn er eine jüngere Schwester oder einen jüngeren Bruder gehabt hätte, sodass er nicht ständig allein im Fokus gestanden hätte. Sie selbst war ein Einzelkind gewesen, und zwar ein sehr glückliches – das war immer ihr Argument gegen Robert gewesen, wenn er es gewagt hatte, einen Fuß in die Arena der Streitfrage *Noch ein Kind oder nicht?* zu setzen. Nick hätte beinahe ein Brüderchen bekommen, oder vielleicht war es auch ein Schwesterchen, sie wird es nie wissen.

Catherine war schwanger, als sie aus Spanien zurückkam. Sie wusste es nur noch nicht. Ihr Zyklus war schon immer ziemlich unregelmäßig gewesen, und so ließ sie mehr als einen Monat verstreichen, ehe sie einen Schwangerschaftstest machte. Sie arbeitete seit einer Woche wieder, und in der Mittagspause ging sie in die Drogerie, um einen Test zu kaufen, mit dem sie sich dann auf der Toilette einschloss. Natürlich wusste sie, dass die Möglichkeit bestand, aber sie hatte sich erfolgreich eingeredet, dass der Test negativ ausfallen würde. Sie hatte es doch verdammt noch mal verdient, ein kleines bisschen Glück zu haben, oder nicht?

Offenbar nicht, denn da war das Ergebnis: Sie hatte ein Baby im Bauch. Sie klappte den Klodeckel herunter und saß eine Weile da, wippte langsam mit dem Oberkörper vor und zurück und dachte nach. Es könnte von Robert sein. Sie hatten im Urlaub miteinander geschlafen. Ein Mal. Trotz der ganzen Mühe, die er sich mit ihren Dessous gemacht hatte, war es nur das eine Mal gewesen. Vielleicht würde ein Baby helfen. Ein Baby könnte die Ablenkung liefern, die sie brauchte. Nicht die Arbeit, sondern ein Baby. Aber wessen Baby? Was, wenn es *ihm* glich? Was, wenn es dunkle Haare und dunkle Augen hatte?

Sie weinte nicht, und sie traf nicht gleich eine Entscheidung. Sie brauchte mehr Zeit. Sie schloss die Kabinentür auf, warf den Test in den Abfalleimer und betrachtete sich dann im Spiegel.

»Gute Nachrichten, hoffe ich doch.«

Sie fuhr zusammen. Sie hatte gar nicht gemerkt, dass jemand hereingekommen war. Eine Kollegin stand neben ihr und lächelte.

»Deine Besprechung mit Tony – hast du den Auftrag bekommen?«

»Oh, ja – ja – na ja, jedenfalls schien ihm die Idee zu gefallen – er will mir morgen Bescheid sagen.« Sie lächelte und nahm sich eine Handvoll Papiertücher, mit denen sie sich flüchtig die Hände abwischte. Dann warf sie das Papierknäuel in den Abfall und achtete darauf, dass der Schwangerschaftstest darunter begraben war. Sie kam sich ein bisschen verrückt vor, weil es ihr so leichtfiel, anderen etwas vorzuspielen – sie dazu zu bringen, das zu glauben, was sie glauben sollten. Sie hatte gar nicht gewusst, dass sie so gut darin war.

Je mehr sie darüber nachdachte, noch ein Kind zu bekommen, desto klarer wurde ihr, dass es unmöglich war. Also ließ sie sich einen Termin in einer Klinik geben und sagte Robert, dass sie am Wochenende ihre Freundin auf dem Land besuchen würde. Aber sie blieb in London.

Es war wie eine Pyjamaparty mit einer Mädchenclique aus dem Internat. Ein paar waren aus Irland gekommen. Alle waren erleichtert, als es vorbei war – und dann saßen sie noch in ihren Pyjamas zusammen, aßen Kekse und tranken Tee und scherzten mit einer Schwester, die hereinkam, um mit ihnen über Verhütung zu sprechen. Um sicherzustellen, dass es keine weiteren ungewollten Schwangerschaften geben würde. Und sie scherzte mit ihnen. Es war schön, mit diesen Frauen zusammen zu sein, in ihren Galgenhumor einzustimmen. Sie erzählte ihnen nicht von der Vergewaltigung – sie wollte die Stimmung nicht verderben, aber sie fragte sich, ob sie die Einzige war. Sie war müde und blass, als sie am Sonntagabend nach Hause kam. Erst jetzt holte es sie so richtig ein. Es sei ein ziemlich furchtbares Wochenende gewesen, erzählte sie Robert.

»*Bin um 7 bei dir.*« Sie liest die SMS von Robert und simst zurück: »*Prima, bis dann.*«

Er kommt sie alle abholen und will mit ihnen essen gehen. Sie sieht auf die Uhr. Es ist Viertel vor sechs.

»Mama? Soll ich dir mit deinen Haaren helfen, bevor wir ausgehen? Ich könnte sie dir waschen und föhnen.«

»Ja, bitte, Schatz.« Ihre Mutter stemmt sich aus dem Sessel hoch. »Deine Mutter ist so gut zu mir«, sagt sie zu Nick, während sie in Richtung Bad geht.

»Du kommst doch mit, ja?«, flüstert Catherine Nick zu.

»Also …«, seufzt er.

»Ach, bitte, Schatz. Deine Oma würde sich so freuen, wenn du dabei bist. Wir sind um neun wieder zu Hause.«

»Na gut, okay. Ach, übrigens, da ist ein Brief für dich gekommen, als ich gerade aus dem Haus ging. Ich musste dafür unterschreiben.«

Er gibt ihr einen Umschlag. In der Ecke ist der Stempel einer Anwaltskanzlei, und sie reißt ihn stirnrunzelnd auf, fragt sich, was für ein Bußgeld sie zu bezahlen vergessen hat. Sie liest den Brief zweimal, dann faltet sie ihn zusammen und steckt ihn in ihre Tasche.

Winter 2013

»Alles in Ordnung?«

Sie nickt und lässt Roberts Hand auf ihrer ruhen. Er lässt sie dort so lange liegen, wie es geht, und nimmt sie erst weg, als er den Blinker betätigen muss. An der nächsten Kreuzung biegt er links ab und fährt dann im Schritttempo weiter, bis sie einen Parkplatz gefunden haben. Er hält an, und Catherine schnallt sich ab. Robert bleibt angeschnallt und legt ihr behutsam die Hand aufs Knie, als wollte er sie zurückhalten.

»Bist du sicher, dass du das wirklich machen willst?«

»Ja«, sagt sie, und es gelingt ihr nicht, ihre Verärgerung zu verbergen. Er fragt sie das jetzt schon zum vierten Mal. Sie öffnet ihre Tür und steigt aus.

Die Glasscheibe in der Haustür ist immer noch kaputt, aber diesmal benutzt Catherine den Schlüssel, um sich Zutritt zu verschaffen. Es gehört jetzt ihr. Das Haus und alles, was darin ist. Sie geht von Zimmer zu Zimmer, sieht sich um, macht eine Bestandsaufnahme. Es sieht noch schlimmer aus, als sie es vom letzten Mal in Erinnerung hat.

»Mein Gott«, sagt Robert.

Sie geht nach oben und sieht über das Geländer auf ihn hinunter. Er steht mitten im Wohnzimmer und ist starr vor Entsetzen.

»Widerlich«, hört sie ihn murmeln. Ja, das ist es. Es ist alles widerlich. Sie öffnet die erste Tür im oberen Flur und wirft einen Blick in Stephen und Nancy Brigstockes Schlafzimmer: ein Doppelbett, ein Frisiertisch, eine Kommode, ein Kleiderschrank. Das Bett ist noch so, wie es war, als Stephen Brigstocke zuletzt darin gelegen hat. Catherine wird nicht diejenige sein, die seine schmutzigen Laken vom Bett abzieht. Sie hat andere damit beauftragt, herzukommen und das Haus binnen wenigen Tagen auszuräumen.

Sie hört Roberts Schritte auf der Treppe, und gleich darauf legt er den Arm um sie, doch sie ist ruhelos und macht auf dem Absatz kehrt, um ins nächste Zimmer zu gehen.

Es ist das einzige andere Schlafzimmer. Es muss Jonathan gehört haben. Die Wände sind hellgrün, und man sieht die Stellen, wo Bilder oder vielleicht Poster heruntergenommen wurden – saubere Rechtecke von fehlenden Dingen. Sie geht hinaus, vorbei an Robert, der in der Tür stehen bleibt, unsicher, ob er hineingehen oder ihr folgen soll. Sie wünscht, er wäre nicht mitgekommen. Er sieht aus wie ein Mann, der von seiner Ehefrau durch ein Haus geschleift wird, das er gar nicht kaufen will, während der Eigentümer zusieht. Sie wirft einen Blick hinter die letzte Tür im Obergeschoss. Ein Relikt aus den Siebzigern: eine avocadogrüne Badezimmergarnitur. Sie macht die Tür wieder zu und geht nach unten. Robert folgt ihr.

Sie gehen durch das Wohnzimmer in die Küche und schauen in den Garten hinaus. Seit Catherine das letzte Mal hier war, hat jemand sich an den Pflanzen zu schaffen gemacht, hat sie mit der Astschere attackiert und die Zweige – vermutlich – in das Feuer geworfen, von dem noch ein verkohltes Loch in der Mitte des Rasens zeugt. Das muss ein gewaltiges Feuer gewesen sein. Er war das Letzte, was auf dem Scheiterhaufen landete. Die Nachbarn hatten sich diesmal ernsthaft über den Geruch beschwert. Sie hatten bei der Stadt angerufen, als sie diesen anderen, abscheulichen Gestank wahrnahmen. Catherine hat einen von ihnen in den Lokalnachrichten gehört.

»Er hat keinen Laut von sich gegeben«, sagte der Nachbar. »Er hat nicht geschrien. Wir haben absolut nichts gehört.« Wenn sie etwas gehört hätten, dann hätten sie natürlich einen Krankenwagen gerufen, anstatt sich bei der Stadtverwaltung zu beschweren. Aber niemand hatte etwas gesehen. Sie hatten die Fenster geschlossen gehalten, nachdem er mit seinen Feuern anfing.

Catherine hatte mit ihrer Mutter vor dem Fernseher gesessen, als sie den Bericht in den Lokalnachrichten sahen. Ihre Mutter schüttelte nur den Kopf über die entsetzliche Geschichte. Ein älterer Mann, der allein gelebt hatte, verbrannt in seinem Garten. Die Polizei ging nicht von einem Verbrechen aus. Ein Benzinkanister war in der Nähe der Leiche gefunden worden. Ihr war nicht klar gewesen, dass es sich um Stephen Brigstocke handelte, bis sie seinen Anwalt traf und er ihr berichtete, was passiert war.

Stephen Brigstocke hatte Catherine alles vererbt. Das Haus und die Wohnung in Fulham.

»Komm, Schatz, lass uns gehen«, sagt Robert.

»Nein. Du kannst ja im Auto warten, wenn du willst. Ich bin noch nicht so weit.«

Aber er will sie nicht allein lassen, also bleibt er, schaut in die Küchenschränke und prallt angesichts des Drecks angewidert zurück. Er stößt mit dem Fuß gegen eine zerbrochene Tasse, die auf dem schmierigen Linoleumboden liegt, wo sie hingefallen ist. Sie sieht zu, wie er ins Wohnzimmer geht und dabei seine Jacke vom Türrahmen weghält, damit sie nicht schmutzig wird. Er sieht sich nach einer Sitzgelegenheit um, überlegt es sich dann aber anders.

»Warum wartest du nicht im Auto?«, sagt sie. »Ich bin ganz gerne eine Weile allein.«

Er sieht sie verständnislos an.

»Ich will es so. Ich möchte allein sein. Bitte.«

»Bist du sicher?«

Sie nickt.

»Ich habe für heute Mittag einen Tisch reserviert«, sagt er. »Um halb zwei bei Pier Luigi – ich gehe heute Nachmittag nicht mehr ins Büro.«

Er ist ein aufmerksamer Mann. Er gibt sich solche Mühe. Er verlässt das Haus, und sie tritt ans Wohnzimmerfenster und sieht zu, wie er ins Auto steigt. Er nimmt sein Handy aus der Tasche und telefoniert. Wahrscheinlich ruft er im Büro an, und sie ist froh, weil es bedeutet, dass er nicht an sie denkt, und das verschafft ihr eine Atempause.

Sie hat beschlossen, Robert zu verlassen. Sie hat es ihm noch nicht gesagt. Aber sie hat wochenlang darüber nachgedacht und mit sich gerungen: bleiben oder gehen? Jetzt steht ihr Entschluss fest.

Sie hat das Bedürfnis zu verzeihen, aber sie kann es nicht. Sie kann ihm nicht verzeihen, weil sie gesehen hat, wie er in den letzten paar Wochen so viel leichter mit der Vorstellung fertig geworden ist, dass sie vergewaltigt wurde, als zuvor mit der Vorstellung, dass sie eine Affäre hatte. Natürlich war er aufgebracht und wütend: Er fühlte sich ohnmächtig, er war nicht da gewesen, um sie zu beschützen. Und doch kommt es Catherine so vor, als könne er diese neue Wahrheit, mit der er konfrontiert worden ist, leichter verdauen als ihren vermeintlichen Ehebruch. Wenn sie schonungslos ehrlich ist, dann glaubt sie, dass er es, hätte man ihn vor die Wahl gestellt, vorgezogen hätte, sie leiden zu lassen, ehe er ihr ein außereheliches Abenteuer gegönnt hätte. Er war so verletzt. Er fühlte sich so betrogen. Er war so wütend. Er sagte, seine Wut rühre daher, dass er sie nicht mehr kannte – sie sei ihm fremd geworden. Jetzt glaubt er, seine alte Catherine wiederzuhaben.

Er irrt sich: Sie kann nie mehr diese Frau sein. Roberts Catherine war diejenige, die ihm nicht die Wahrheit sagen konnte. Die Catherine, die es vorzog, sich selbst die ganze Last aufzubürden, anstatt sie mit ihm zu teilen. Sie war eine starke, unabhängige Frau – eine Catherine, auf die er stolz sein konnte. Er konnte nichts dafür, es war mehr ihre Schuld als seine.

Sie erinnert sich an einen Abend kurz nach Nicholas' Entlassung aus dem Krankenhaus, als Robert ihre Hände nahm und sagte: »Ich werde mir nie verzeihen können, Cath – wie habe ich nur glauben können, dass du uns das antun könntest? Ich werde mir nie verzeihen können …« Und jedes Wort, das er sagte, begrub ihre Liebe zu ihm noch ein wenig tiefer. Er weinte, und sie weinte auch, aber ihre Tränen liefen nebeneinander her. Es war zu spät. Sie hätten vor Jahren zusammen weinen sollen.

Und in Catherines Tränen mischte sich Wut. Robert hatte sich diese Fotos von ihrem Martyrium angeschaut, und er hatte Lust darin gesehen. Er hatte die grausame Tortur übersehen und nur Lust gesehen. Er war zu sehr in seiner eigenen

Eifersucht befangen gewesen, um sie wirklich zu sehen. Das konnte sie ihm niemals verzeihen. Als Jonathan starb, hatte sie geglaubt, sie würde es nie irgendeinem Menschen erzählen müssen; sie würde nie ihre Unschuld beweisen müssen. Robert hatte ihr das Gefühl gegeben, dass sie es hätte tun müssen.

Sie öffnet die Hintertür und tritt hinaus in den Garten. Es nieselt, ein sanfter grauer Dunst, den sie einatmet, als sie über die Terrasse geht. Sie steckt die Hände in die Hosentaschen und sieht auf die schiefen grauen Platten hinunter, und sie fragt sich, ob Stephen Brigstocke sie selbst verlegt hat. Sie tritt auf den mittlerweile gemähten Rasen und geht auf die geschwärzte Grube in der Mitte zu. Aus dem Augenwinkel sieht sie etwas Gelbes flattern – ein Stück Absperrband, das in einem Strauch hängen geblieben ist, ein Überbleibsel der kurzen polizeilichen Ermittlung. Ein paar verkohlte Reste, die aus dem Feuer gezogen wurden, hat man einfach dort liegen lassen. Die Polizei hatte gehofft, sie würden Hinweise darauf liefern, was genau passiert war. Aber sie fanden nicht viel heraus, und sie kamen zu dem Schluss, dass es sich um die Verzweiflungstat eines einsamen alten Mannes handelte. Als die Polizei eintraf, war kaum noch etwas von ihm übrig, und das bisschen, was noch da war, nahmen sie mit, um es zu untersuchen.

Sie schiebt ihre Schuhspitze in die breiige schwarze Masse. Robert hat ihr erzählt, Stephen Brigstocke habe die Verantwortung für das Buch auf seine Frau geschoben. Stimmt das? Hat sie es geschrieben? Vielleicht, vielleicht auch nicht. Spielt es noch eine Rolle? Wohl kaum, nicht mehr jedenfalls.

Sie betrachtet das Haus und versucht sich vorzustellen, wie es früher gewesen sein muss. Ein junges Paar, ein kleines Kind, ihr erstes gemeinsames Zuhause. Ein gepflegter Garten, Sonnenschein. Ein Planschbecken? Ein Picknick auf dem Rasen?

Aber das ist ihre Erinnerung. Sie hat nichts mit diesem Haus zu tun. Sie erinnert sich an sich und Robert mit Nick, als er klein war, als er noch sehr klein war. Vor diesem Spanienurlaub. Nick, wie er in das Planschbecken springt und wieder heraus; sie, wie sie sich neben ihn kauert. Er ist nackt und strahlt übers ganze Gesicht, während er einen Holzlöffel schwingt und damit auf eine Tupperdose schlägt wie auf eine Trommel. Ihre Erinnerung.

Sie stellt sich vor, dass Stephen und Nancy Brigstocke in diesem Garten Momente wie diese mit ihrem kleinen Jungen hatten. Die Armen, denkt sie, die Armen. Sie empfindet keinen Zorn mehr auf die beiden. Sie haben weiß Gott genug gelitten. Sie ist Stephen Brigstocke sogar dankbar. Er hat ihr gegenübergesessen und sich ihre Geschichte angehört. Er hat sie nicht eine Lügnerin genannt. Er hat nicht verlangt, dass sie ihre Unschuld beweist.

Sie ist allein zu Stephen Brigstockes Anwalt gegangen. Robert hat sie erst später von dem Testament erzählt. Es war ein seltsames Treffen. Der Anwalt war überhaupt nicht neugierig, er stellte keine Fragen zu ihrer Beziehung zu seinem Mandanten, obwohl das Testament erst wenige Wochen zuvor geändert worden war. Alles ganz unkompliziert, sagte er, ehe er ihr eine Zusammenfassung von Stephen Brigstockes letztem Willen gab. Sie sagte nichts.

Erst als sie aufstand, um zu gehen, übergab er ihr den Brief. Er sagte, sein Mandant habe ihn gebeten, ihr das Schreiben persönlich zu übergeben. Sie öffnete ihn nicht gleich – sie brauchte ein paar Tage, ehe sie den Mut aufbrachte, ihn zu lesen.

Es war ein holpriger, unbeholfener Brief – schwer zu glauben, dass er von einem ehemaligen Englischlehrer geschrieben worden war. Er wolle nicht, dass sie seine *»Geste als neuerlichen Übergriff«* empfinde. Er wolle sie *»mit meinem*

Vermächtnis nicht belasten«. Er nehme an, dass sie beide Immobilien verkaufen würde, und er habe die Hoffnung, dass das Geld dazu verwendet werden könne, *»Ihnen und Ihrer Familie das Leben leichter zu machen.«* Er hatte offenbar bewusst Begriffe wie »Entschädigung« oder »Wiedergutmachung« vermieden. Und dann schrieb er noch, dass, wenn sie diesen Brief erhielte, seine *»Leiden vorüber sein«* würden. Aber eines sollte sie wissen: *»Mir ist bewusst, dass Sie und Ihre Familie weiter mit dem Schmerz leben müssen, den ich Ihnen zugefügt habe.«* Er endete: *»Ich hoffe, Sie können mir meinen Mangel an Mut vergeben.«*

Sie rätselte über diesen Satz. Nannte er sich einen Feigling, weil er sich das Leben nahm? Oder wegen des Negativs, das er dem Brief beilegte, weil er fand, er hätte den Mut haben müssen, es ihr persönlich zu übergeben? Ein Negativ, das nie entwickelt worden war, erklärte er. Von ihm wie auch von seiner Frau als Ausschuss verworfen. Es steckte in dem zusammengefalteten Brief. *»... Ich lege es jetzt für Sie bei.«*

Sie hält das kleine braune Quadrat ans Licht: Schattierungen von Dunkelheit, Catherine, und ein Fleck im Vordergrund, ein verschwommenes Etwas. Die schwache Wintersonne verschwindet hinter einer Wolke, und das Licht reicht nicht mehr aus, um den Geist in der Aufnahme zu erkennen, doch sie weiß, dass er da ist. Stephen Brigstocke hatte die Negative nach seinem eigenen Sohn abgesucht – stattdessen hatte er ihren gefunden.

Von dort, wo er stand, in der offenen Tür, muss er alles gesehen und gehört haben. In der Tür, von der sie geglaubt hatte, sie sei die ganze Zeit geschlossen gewesen. Die Tür, hinter der sie ihn schlafend geglaubt hatte. Aber er war aus dem Bett aufgestanden und hatte die Tür aufgemacht. Er stand da und schaute ins Zimmer. Das einzige Licht in dem Negativ: eine kleine weiße Gestalt, unverkennbar, sobald man einmal weiß, dass sie da ist. Ein kleiner Geist, der aufgetaucht und wieder verschwunden war, ohne dass jemand es mitbekommen hatte.

Sie hat das Negativ wieder und wieder studiert, hat es in einen Leuchtkasten gesteckt, hat es durch ein Vergrößerungsglas betrachtet, um ganz sicher zu sein. Er muss auch alles gehört haben – ihr vorgetäuschtes Luststöhnen. Er sagte kein Wort. Er rief nicht nach ihr. Er machte die Tür wieder zu und ging ins Bett, zu verängstigt und zu schockiert, um etwas zu sagen. Vielleicht hat er noch eine Weile dagelegen, versteckt unter der Bettdecke, und zu verstehen versucht, was er gerade gesehen hatte. Vielleicht ist er am nächsten Morgen aufgewacht und hat gedacht, er habe alles nur geträumt. Sein kindliches Gehirn löschte die Erinnerung an das aus, was er in dieser Nacht gesehen und gehört hatte.

Aber es war immer da gewesen, dieses Bild, diese Erinnerung an seine Mutter. Eine fremde Mutter, der er nie mehr ganz und gar vertrauen, an die er nie ganz und gar glauben konnte. In diesem Hotelzimmer in Spanien, vor so vielen Jahren, hatte sie sich vorzustellen versucht, was es mit ihrem Sohn machen würde, wenn er sähe, was mit ihr passierte. Er *hatte* es gesehen und gehört. Und seine ganze Kindheit und Jugend hindurch waren die Anzeichen da gewesen, nur dass sie sie nicht erkannt hatte.

Gestern hat Nick das Negativ zum ersten Mal gesehen. Catherine hatte Angst, einen Fehler gemacht zu haben, und wünschte, sie hätte es ihm nicht gezeigt.

»Ich erinnere mich nicht daran … Ich erinnere mich an gar nichts«, sagte er. Er schüttelte den Kopf und betrachtete sein Ebenbild als Kind, aber er konnte sich nicht mehr in den Kopf dieses Kindes versetzen.

Sie legte ihre Hand auf seine, als die Tränen sich an seinen Wimpern sammelten. Er gab sich große Mühe, nicht zu weinen, hielt den Atem an und unterdrückte ein Schluchzen. Sie beugte sich zu ihm und rechnete damit, dass er sich sträuben würde, doch er sank in ihre Arme und legte den Kopf an ihre Brust, und er ließ die Tränen fließen. Er ließ zu, dass sie ihm den Rücken streichelte und seinen Kopf hielt, und sie wurde von tiefer Dankbarkeit überwältigt, dankbar für die Chance, die er ihr gab, ihn nach so langer Zeit endlich kennenzulernen.

Danksagung

Dies sind die Menschen, ohne die dieses Buch nicht möglich gewesen wäre. Ich danke von Herzen:

Richard Skinner von der Faber Academy für seine wunderbare Beratung, und meinen Mit-Faberianern von 2012 für ihre unermüdliche Unterstützung; meinen tapferen Freundinnen Nic Allsop, Meera Bedi, Claire Calman und Beth Holgate fürs Lesen und die Ermutigung; Tiana Brooke für ihre Inspiration; allen bei Transworld, die dafür gesorgt haben, dass das Buch so gut wie nur irgend möglich geworden ist; Felicity Blunt für ihre Liebenswürdigkeit und ihre unbändige Energie, und auch allen ihren Kolleginnen und Kollegen bei Curtis Brown; und zu guter Letzt meinem Mann, Greg Brenman, der mich mit einem Laptop in den Schuppen gesteckt und mir dringend geraten hat, endlich in die Gänge zu kommen …